ARSÈNE LUPIN

MAURICE LEBLANC

ARSÈNE LUPIN

813

Tradução
Andréia Manfrin Alves

Principis

Esta é uma publicação Principis, selo exclusivo da Ciranda Cultural

Traduzido do original em francês
813

Texto
Maurice Leblanc

Tradução
Andréia Manfrin Alves

Preparação
Walter Sagardoy

Revisão
Fernanda R. Braga Simon

Produção editorial
Ciranda Cultural

Diagramação
Linea Editora

Imagens
alex74/shutterstock.com;
YurkaImmortal/shutterstock.com;
ChonnieArtwork/shutterstock.com;
ViktoriiaAblohina/shutterstock.com;
P U P S I K L A N D/shutterstock.com;
Ola-ola/shutterstock.com;
Forgem/shutterstock.com

Dados Internacionais de Catalogação na Publicação (CIP) de acordo com ISBD

L445 Leblanc, Maurice

813 / Maurice Leblanc; traduzido por Andréia Manfrin Alves. - Jandira, SP : Principis, 2022.
384 p. ; 15,50cm x 22,60cm. - (Arsène Lupin)

ISBN: 978-65-5552-784-1

1. Literatura francesa. 2. Mistério. 3. Investigação. 4. Suspense. 5. Detetive. 6. Crime. 7. Netflix. 8. Ação. 9. Aventura. I. Alves, Andréia Manfrin. II. Título.

CDD 843
2022-0916 CDU 821.133.1-3

Elaborado por Lucio Feitosa - CRB-8/8803

Índice para catálogo sistemático:
1. Literatura Francesa : Ficção 843
2. Literatura Francesa : Ficção 821.133.1-3

1ª edição em 2022
www.cirandacultural.com.br

SUMÁRIO

O MASSACRE

1

O senhor Kesselbach parou bruscamente no limiar da sala de estar, pegou no braço de seu secretário e sussurrou com um tom preocupado na voz:

– Chapman, *alguém* entrou aqui outra vez.

– Ora, vamos, senhor – o secretário protestou –, o senhor mesmo acabou de abrir a porta da antessala, e, enquanto almoçávamos no restaurante, a chave não saiu do seu bolso.

– Chapman, *alguém* entrou aqui outra vez – repetiu o senhor Kesselbach.

Ele apontou para uma mala de viagem que estava ao lado da chaminé.

– Veja, aí está a prova. Essa mala estava fechada. E agora não está mais.

– O senhor tem certeza de tê-la fechado? Além do mais, essa mala só contém objetos sem valor, artigos de higiene... – indagou Chapman.

– Só contém isso porque tirei a carteira antes de sair, por precaução... Do contrário... Não, estou dizendo, Chapman, *alguém* entrou aqui enquanto almoçávamos.

Havia um aparelho de telefone pendurado na parede. O homem tirou o fone do gancho.

– Alô… É para o senhor Kesselbach… Apartamento 415… Isso mesmo. Senhorita, por gentileza, telefone para a Chefatura. O Serviço da Sûreté… Eu tenho o número… Um segundo… Ah! aqui está! É o número 822.48… Eu espero na linha.

Um minuto depois, ele retomou:

– 822.48? Eu gostaria de dizer algumas palavras ao senhor Lenormand, chefe da Sûreté. Da parte do senhor Kesselbach… Alô? Ora, sim, o chefe da Sûreté sabe do que se trata. É com a permissão dele que estou telefonando… Ah! Ele não está… Com quem tenho a honra de falar? Senhor Gourel, inspetor de polícia… Parece-me, senhor Gourel, que ontem o senhor estava presente durante minha conversa com o senhor Lenormand… Muito bem! O mesmo fato se repetiu hoje. Invadiram o quarto em que estou hospedado. E, se o senhor vier agora, talvez descubra, com base nas pistas… Daqui a uma hora ou duas? Perfeitamente… O senhor só precisará solicitar o apartamento 415. Mais uma vez, obrigado!

De passagem por Paris, Rudolf Kesselbach, o rei do diamante, como era chamado, ou, segundo seu outro apelido, o Mestre do Cabo, o multimilionário Rudolf Kesselbach (sua fortuna era estimada em mais de cem milhões), ocupava, há uma semana, no quarto andar do Palace Hotel, o apartamento 415, composto de três cômodos: à direita, a sala e o quarto principal tinham vista para a avenida, e o outro quarto, à esquerda, estava ocupado pelo secretário de Chapman e tinha vista para a rua Judées.

Ao lado desse quarto, foram reservados outros cinco para a senhora Kesselbach, que estava prestes a deixar Monte Carlo, onde se encontrava naquele momento, e juntar-se ao marido ao primeiro sinal dele.

Durante alguns minutos, Rudolf Kesselbach caminhou com um ar preocupado. Era um homem alto, tinha o rosto corado, a fisionomia ainda jovem, e seus olhos sonhadores, de um azul-claro visível através dos óculos dourados, davam à sua fisionomia uma expressão de suavidade e timidez que contrastava com a energia da fronte quadrada e da mandíbula proeminente.

Ele foi até a janela: estava fechada. Aliás, como alguém teria conseguido entrar por ali? A varanda privativa que cercava aquele quarto de hotel era interrompida à direita e, à esquerda, ficava separada das varandas da rua Judée por uma fenda de pedra.

Ele retornou ao quarto: não havia nenhuma comunicação com os quartos vizinhos. Passou para o quarto de seu secretário: a porta que dava acesso aos cinco quartos reservados à senhora Kesselbach estava fechada, e o cadeado, trancado.

– Não consigo entender, Chapman. Já constatei diversas vezes acontecimentos estranhos aqui... Admita que são estranhos. Ontem, foi na minha bengala que mexeram... Anteontem, meus documentos certamente foram remexidos. Mas como isso seria possível?

– É impossível, senhor – exclamou Chapman, cuja plácida figura de um homem honesto não esboçava nenhuma inquietude. – O senhor está supondo, só isso... Não tem provas... São apenas impressões... Além disso, só é possível entrar neste quarto pela antessala. O senhor mandou fazer uma chave especial no dia em que chegou, e somente seu criado, Edwards, tem uma cópia dela. O senhor confia nele?

– Por Deus! Ele trabalha comigo há dez anos... Mas Edwards almoça ao mesmo tempo que nós, e isso é errado. Da próxima vez, é melhor que ele desça somente depois de retornarmos.

Chapman encolheu ligeiramente os ombros. Decididamente, o Mestre do Cabo tornava-se um pouco estranho com seus medos inexplicáveis. Que risco se corre em um hotel, especialmente quando não mantemos conosco ou perto de nós nenhum valor, nenhuma soma importante de dinheiro?

Eles ouviram a porta do vestíbulo ser aberta. Era Edwards.

O senhor Kesselbach o chamou.

– Está vestindo sua libré, Edwards? Ah! Muito bem. Não espero nenhuma visita hoje, Edwards... ou melhor, sim, apenas uma visita, a do senhor Gourel. Até lá, permaneça no vestíbulo e vigie a porta. O senhor Chapman e eu temos um trabalho sério a fazer.

O trabalho sério durou alguns instantes durante os quais o senhor Kesselbach examinou as correspondências, analisou três ou quatro cartas e indicou as respostas a serem dadas. Mas, de repente, Chapman, que esperava com a caneta levantada, reparou que o senhor Kesselbach estava pensando em outra coisa que não a correspondência.

Ele segurava entre os dedos e olhava atentamente para um alfinete preto dobrado em formato de anzol.

– Chapman – ele disse –, veja o que encontrei sobre a mesa. É óbvio que este alfinete dobrado significa alguma coisa. Isto sim é uma prova, um objeto de convicção. E você não pode mais insinuar que ninguém entrou nesta sala. Afinal, este alfinete não chegou aqui sozinho.

– Claro que não – respondeu o secretário. – Ele chegou aqui por meu intermédio.

– Como?

– Sim, é um alfinete que estava prendendo minha gravata ao colarinho. Tirei-o ontem à noite, enquanto o senhor lia, e o dobrei distraidamente.

O senhor Kesselbach se levantou, muito irritado, deu alguns passos e parou:

– Você deve estar achando graça, Chapman... e tem razão... Não o contesto, eu estou me sentindo... excêntrico, desde minha última viagem à cidade do Cabo. É que... veja... você não sabe o que há de novo na minha vida... um grande projeto... uma coisa enorme que por enquanto só entrevejo em meio a um esboço do futuro, mas que está ganhando forma... e será colossal...

"Ah! Chapman, você não pode imaginar... Não me importa o dinheiro. Eu tenho... tenho muito... Mas isso é muito mais, é poder, é força, é autoridade. Se a realidade estiver de acordo com o que pressinto, não serei mais apenas o Mestre do Cabo, mas também o mestre de outros reinos... Rudolf Kesselbach, filho do caldeireiro de Augsburgo, caminhará lado a lado com muitas pessoas que, até agora, o tratavam com desprezo... Ele passará por cima deles, Chapman, ele passará por cima deles, tenha certeza disso... E se alguma vez..."

Ele parou, olhou para Chapman como se arrependido de ter falado demais, mas, tomado pelo impulso, concluiu:

– Você compreenderá as razões da minha inquietação, Chapman... Há uma ideia neste cérebro que vale muito... E talvez suspeitem dessa ideia... e me espionam... Estou convencido...

Uma campainha soou.

– O telefone – disse Chapman.

– Por acaso – murmurou o senhor Kesselbach – seria...

Ele retirou o fone do gancho.

– Alô... Da parte de quem? O coronel?... Ah, muito bem! Sim, sou eu... Alguma novidade? Perfeito... Então eu o aguardo... O senhor virá com seus homens? Perfeito... Alô! Não, não seremos incomodados... Darei as ordens necessárias... Então é assim tão grave? Repito que a instrução será precisa... Meu secretário e meu criado vigiarão a porta e ninguém entrará. O senhor conhece o caminho, não é? Portanto, não perca nem um minuto.

Ele desligou o telefone e disse imediatamente:

– Chapman, dois cavalheiros virão até aqui... Sim, dois cavalheiros... Edwards irá recebê-los...

– Mas... o senhor Gourel... o brigadeiro...

– Ele virá mais tarde... daqui a uma hora... Além disso, eles podem se encontrar. Então, diga a Edwards que vá ao escritório e nos avise quando eles chegarem. Não estou para ninguém, exceto para dois cavalheiros, o coronel e seu amigo, e para o senhor Gourel. Anotem esses nomes.

Chapman executou a ordem. E, quando voltou, encontrou o senhor Kesselbach segurando um envelope, ou melhor, uma pequena pasta de couro preto, provavelmente vazia, a julgar pela aparência. Ele parecia hesitar, como se não soubesse o que fazer com o objeto. Iria guardá-lo no bolso ou colocá-lo em outro lugar?

Finalmente, ele se aproximou da lareira e jogou a pasta de couro em sua mala de viagem.

– Vamos finalizar a correspondência, Chapman. Temos dez minutos. Ah! Uma carta da senhora Kesselbach. Por que não me avisou a respeito dela, Chapman? Então não reconheceu a letra?

Ele não escondia a emoção que sentia ao tocar e contemplar a folha de papel que sua esposa tinha segurado entre seus dedos, e onde ela havia depositado um pouco de seu pensamento secreto.

Ele sentiu o perfume e, abrindo-a, leu lentamente, a meia-voz, por fragmentos que Chapman compreendia:

"Um pouco enfastiada... não saio do quarto... Estou ficando entediada... Quando poderei encontrá-lo? Um telegrama seu será bem-vindo..."

– Você telegrafou nesta manhã, Chapman? Então a senhora Kesselbach estará aqui amanhã, quarta-feira.

Ele parecia muito alegre, como se o peso de seus assuntos tivesse sido subitamente aliviado e como se tivesse se livrado de toda a inquietação. Então esfregou as mãos e respirou profundamente, como um homem forte, seguro de seu sucesso, um homem feliz que, provido de felicidade, era capaz de se defender.

– Estão chamando, Chapman. Alguém chamou do vestíbulo. Vá ver o que é.

Mas Edwards entrou e disse:

– Dois cavalheiros estão procurando pelo senhor. São as pessoas...

– Eu sei. Eles estão na antessala?

– Sim, senhor.

– Feche a porta da antessala novamente e não abra mais... exceto para o senhor Gourel, brigadeiro da Sûreté. Chapman, vá buscar esses senhores e diga a eles que eu gostaria de primeiro conversar a sós com o coronel.

Edwards e Chapman saíram e fecharam a porta da sala de estar. Rudolf Kesselbach caminhou até a janela e apoiou a testa contra o vidro.

Lá fora, bem abaixo dele, carros e automóveis circulavam em sulcos paralelos, marcados pela linha dupla dos recuos para pedestres. Um sol brilhante de primavera fazia reluzir os bronzes e os vernizes. Nas árvores, um pouco de verde florescia, e os botões dos castanheiros começavam a desdobrar sua jovem folhagem.

– Que diabos Chapman está fazendo? – indagou Kesselbach, com voz baixa. – Já faz tempo que ele está de conversa.

Ele pegou um cigarro sobre a mesa e, acendendo-o, deu algumas tragadas. Um pequeno grito lhe escapou. Perto dele, em pé, havia um homem que não conhecia.

Ele recuou.

– Quem é o senhor?

O homem, um indivíduo bem-vestido, elegante, cabelo e bigode pretos, olhar sério, zombou:

– Quem sou eu? Ora, o coronel…

– Não, não. Aquele a quem eu chamo assim, aquele que me escreve sob esta assinatura… por convenção… não é o senhor.

– Sou, sim… O outro era apenas… Mas, sabe, meu caro senhor, tudo isso não tem a menor importância. O mais importante é que eu seja… eu. E juro que sou.

– Mas enfim, senhor, o seu nome…

– O coronel… até nova ordem.

Um medo crescente tomava conta do senhor Kesselbach. Quem era aquele homem? O que ele queria? Ele chamou:

– Chapman!

– Que ideia curiosa chamar alguém! Minha companhia não basta?

– Chapman! – repetiu o senhor Kesselbach. – Chapman! Edwards!

– Chapman! Edwards! – exclamou, por sua vez, o desconhecido. – O que vocês estão fazendo, meus amigos? Alguém está chamando por vocês.

– Senhor, por favor, ordeno que me deixe passar.

– Mas, meu caro senhor, quem o impede?

Ele se moveu educadamente. O senhor Kesselbach avançou em direção à porta, abriu-a e, de repente, deu um pulo para trás. Diante dessa porta estava outro homem, empunhando uma pistola.

Ele balbuciou:

– Edwards, Chap…

Mas não concluiu. Ele viu, em um canto da antessala, deitados perto um do outro, amordaçados e amarrados, seu secretário e seu criado.

O senhor Kesselbach, apesar da sua natureza inquieta e impressionável, era corajoso, e a sensação de um perigo real, em vez de abatê-lo, devolvia-lhe toda a sua coragem e energia.

Lentamente, simulando medo, estupor, ele recuou em direção à lareira e se apoiou contra a parede. Seu dedo procurava pela campainha elétrica. Ele a encontrou e apertou o botão durante um bom tempo.

– E o que mais? – perguntou o desconhecido.

Sem responder, o senhor Kesselbach continuou a apertar a campainha.

– E o que mais? O senhor espera que alguém venha, que todo o hotel esteja alvoroçado porque o senhor está apertando esse botão? Ora, meu pobre cavalheiro, vire-se e verá que o fio está cortado.

O senhor Kesselbach se virou bruscamente, como se quisesse ver com seus próprios olhos, mas, com um gesto rápido, agarrou a mala de viagem, mergulhou sua mão dentro dela, pegou um revólver, apontou-o para o homem e disparou.

– Caramba! – exclamou o desconhecido. – Então o senhor carrega suas armas com ar e silêncio?

Houve um segundo disparo, depois um terceiro, mas não houve nenhuma detonação.

– Mais três tentativas, rei do Cabo. Só ficarei feliz quando tiver seis balas na minha pele. Como! O senhor desiste? Uma pena... O alvo parecia promissor.

Ele pegou uma cadeira pelo encosto, girou-a, sentou-se com as pernas afastadas e apontou uma poltrona para o senhor Kesselbach:

– Faça a gentileza de se sentar, meu caro senhor. E sinta-se em casa. Um cigarro? Para mim, não. Prefiro charutos.

Havia uma caixa deles sobre a mesa. Ele escolheu um Upmann colorado e bem moldado, acendeu-o e, curvando-se:

– Obrigado. Este charuto está realmente delicioso. E agora vamos conversar, está bem?

Rudolf Kesselbach escutava tudo estupefato. Que personagem estranho era aquele? Entretanto, vendo-o tão pacífico e tão loquaz, ele pouco a pouco se tranquilizava e começava a acreditar que a situação poderia resolver-se sem violência nem brutalidade.

Ele tirou uma carteira do bolso, abriu-a, mostrou um pacote respeitável de notas de dinheiro e perguntou:

– Quanto?

O outro olhou para ele com um ar desconcertado, como se tivesse dificuldade para compreender. Um instante depois, ele chamou:

– Marco!

O homem com a arma avançou.

– Marco, este senhor tem a gentileza de oferecer estes trocados à sua boa amiga. Aceite, Marco.

Enquanto apontava o revólver com a mão direita, Marco estendeu a mão esquerda, recebeu os bilhetes e se retirou.

– Questão resolvida segundo seu desejo – prosseguiu o desconhecido. – Agora voltemos ao objetivo da minha visita. Serei breve e preciso. Quero duas coisas. Primeiro, uma pequena pasta de couro preto que o senhor costuma carregar consigo. Depois, um pequeno cofre de ébano que ainda ontem estava na mala de viagem. Vamos por ordem. A pasta de couro?

– Queimei.

O estranho franziu a sobrancelha. Ele deve ter tido uma visão dos bons tempos, quando havia maneiras peremptórias de fazer falar aqueles que se recusam.

– Que seja. Veremos. E o cofre de ébano?

– Queimei.

– Ah! – ele grunhiu. – O senhor está tripudiando de mim, meu bravo homem.

Ele torceu-lhe o braço implacavelmente.

– Ontem, Rudolf Kesselbach, ontem, o senhor entrou na agência do Crédit Lyonnais do *boulevard* des Italiens, dissimulando um embrulho sob seu sobretudo. O senhor alugou um cofre-forte... Sejamos precisos: o cofre número 16, fileira 9. Depois de assinar e pagar, o senhor desceu até o subsolo e, quando voltou, não estava mais com o embrulho. Está correto?

– Absolutamente.

– Então os dois objetos estão no Crédit Lyonnais.

– Não.

– Dê-me a chave do seu cofre.

– Não.

– Marco!

Marco veio correndo.

– Pode começar, Marco. O nó quádruplo.

Antes que tivesse tempo de se defender, Rudolf Kesselbach foi amarrado com cordas que machucavam sua pele sempre que ele tentava escapar. Seus braços ficaram imobilizados atrás de suas costas, o peito amarrado à poltrona e as pernas amarradas por faixas, como as pernas de uma múmia.

– Procure, Marco.

Marco vasculhou. Dois minutos depois, ele entregou ao chefe uma pequena chave fixa, banhada a níquel, que tinha os números 16 e 9.

– Perfeito. Nenhum estojo de couro?

– Não, chefe.

– Ele está no cofre. Senhor Kesselbach, por favor, diga qual é a senha secreta que abre a fechadura.

– Não.

– O senhor se recusa?

– Sim.

– Marco!

– Sim, chefe?

– Aponte o cano do seu revólver para a têmpora do cavalheiro.

– Pronto.

– Puxe o gatilho.

– Aí está.

– E então, meu velho Kesselbach, está decidido a falar?

– Não.

– Você só tem dez segundos. Marco!

– Sim, chefe?

– Em dez segundos, estoure os miolos do cavalheiro.

– Entendido.

– Kesselbach, vou começar a contar: um, dois, três, quatro, cinco, seis...

Rudolf Kesselbach fez um sinal:

– Quer falar?

– Sim.

– Já não era sem tempo. Então, a senha... a palavra-chave do cofre?

– Dolor.

– Dolor... Dor... A senhora Kesselbach não se chama Dolorès? Ótimo... Marco, faça o que está combinado... Não cometa nenhum deslize, hein? Repito... Vá encontrar Jérôme na estação do ônibus, entregue a ele a chave e diga a senha: Dolor. Sigam juntos para o Crédit Lyonnais. Jérôme vai entrar sozinho, assinar o registro de identidade, descer até o subsolo e pegar tudo o que estiver no cofre. Entendido?

– Sim, chefe. Mas se por acaso o cofre não abrir, se a palavra "Dolor"...

– Silêncio, Marco. Na saída do Crédit Lyonnais você vai se separar do Jérôme, voltar para sua casa e me telefonar para falar sobre o resultado da operação. Se por acaso a palavra "Dolor" não abrir o cofre, teremos, meu amigo Kesselbach e eu, uma conversa derradeira. Kesselbach, você tem certeza de que não se enganou?

– Sim.

– Então é porque sabe que a busca será inútil. Veremos. Vai, Marco.

– Mas e o senhor, chefe?

– Eu vou ficar. Oh! Não se preocupe. Nunca corri tão pouco perigo. Não é verdade, Kesselbach, que a instrução é precisa?

– Sim.

– Diabos, você está afirmando isso com muita rapidez. Por acaso está tentando ganhar tempo, para eu cair na armadilha como um idiota?

Ele pensou, olhou para o seu prisioneiro e concluiu:

– Não... Isso não é possível... Não seremos incomodados...

Ele não chegou a terminar a frase. A campainha do vestíbulo tocou.

Ele tapou violentamente a boca de Rudolf Kesselbach.

– Ah! Sua raposa velha, você estava à espera de alguém!

Os olhos do prisioneiro brilharam de esperança. Foi possível ouvi-lo escarnecer sob a mão que o sufocava.

O homem estremeceu de raiva.

– Cale-se, senão eu o estrangulo. Venha, Marco, amordace-o. Depressa… Muito bem.

Tocaram a campainha outra vez. Ele gritou, como se fosse realmente Rudolf Kesselbach e como se Edwards ainda estivesse lá:

– Abra, Edwards.

Então ele passou silenciosamente para o vestíbulo e, em voz baixa, apontando para o secretário e o criado:

– Marco, ajude-me a empurrar isto para o quarto… ali… para que não possam vê-los.

Ele levantou o secretário, e Marco carregou o criado.

– Agora volte para a sala.

Ele logo o seguiu e, passando uma segunda vez pelo vestíbulo, disse em voz alta e num tom de surpresa:

– Seu criado não está aqui, senhor Kesselbach… Não, não se incomode… termine sua carta… Eu mesmo vou.

E, tranquilamente, ele abriu a porta da entrada.

– Senhor Kesselbach? – alguém perguntou.

Ele estava diante de uma espécie de colosso, o rosto largo e alegre, olhos brilhantes. O homem se balançava de uma perna para a outra e retorcia entre as mãos as bordas de seu chapéu.

Ele respondeu:

– Perfeitamente, é aqui mesmo. A quem devo anunciar?

– O senhor Kesselbach telefonou… Ele está à minha espera…

– Ah! É o senhor… Vou avisar… Aguarde um minuto, por gentileza. O senhor Kesselbach vai falar com o senhor.

O homem teve a audácia de deixar o visitante no limiar da antessala, em um lugar de onde se podia ver, através da porta aberta, uma parte da sala de estar. E lentamente, sem sequer se virar, ele entrou, juntou-se ao seu cúmplice, que estava próximo do senhor Kesselbach, e disse-lhe:

– Estamos perdidos. É Gourel, da Sûreté…

O outro empunhou sua faca. Ele agarrou-lhe o braço:

– Sem besteiras, hein! Tenho uma ideia. Mas, por Deus, entenda direito o que vou dizer, Marco, e só fale na sua vez… Fale *como se você fosse Kesselbach*… Entendeu, Marco? Você é o Kesselbach.

Ele falou com tanto sangue-frio e com uma autoridade tão violenta que Marco entendeu, sem mais explicações, que precisava fingir ser Kesselbach e pronunciou, de modo a ser ouvido:

– Queira me desculpar, meu caro. Diga ao senhor Gourel que lamento, mas tenho coisas demais a fazer… Eu o receberei amanhã de manhã às nove horas, sim, às nove horas em ponto.

– Muito bem – disse o outro –, agora não se mexa.

Ele voltou para a antessala onde Gourel esperava e disse-lhe:

– O senhor Kesselbach pede desculpas. Ele está terminando um trabalho importante. É possível que o senhor retorne amanhã de manhã, às nove horas?

Houve um silêncio. Gourel parecia surpreso e um pouco preocupado. No fundo do bolso, o punho do homem se contraiu. Um gesto equívoco e ele atacaria.

Finalmente, Gourel disse:

– Está bem… Amanhã às nove, mas, mesmo assim… Está bem! Sim, às nove horas eu estarei aqui…

E, colocando de volta o chapéu, ele seguiu pelos corredores do hotel.

Marco, na sala, desandou a rir.

– Essa foi muito boa, chefe. Ah! Como o senhor o enganou!

– Vá lá, Marco, vá atrás dele. Se ele sair do hotel, deixe-o ir, encontre Jérôme na estação de ônibus, como combinado… e telefone.

Marco partiu rapidamente.

Então o homem pegou uma garrafa e um grande copo sobre a lareira, encheu-o de água, que tomou em um gole só, molhou o lenço, banhou a própria testa coberta de suor e, em seguida, sentou-se junto de seu prisioneiro, dizendo-lhe com falsa gentileza:

– Senhor Kesselbach, tenho a honra de me apresentar.

E, tirando um cartão do bolso, anunciou:

– Arsène Lupin, ladrão de casaca.

2

O nome do famoso aventureiro pareceu causar uma ótima impressão no senhor Kesselbach. Lupin não deixou de notar isso e exclamou:

– Ah! Ah, caro senhor. Está aliviado?! Arsène Lupin é um ladrão delicado, ele repugna o sangue, jamais cometeu outro crime a não ser apropriar-se do bem dos outros... um pecadilho de nada! E o senhor imagina que ele não vai pesar sua consciência com um assassinato inútil. Certo... Mas sua eliminação será inútil? É isso que, de fato, interessa. Neste momento, juro que não estou brincando. Vamos, meu camarada.

Ele aproximou mais sua cadeira da poltrona, soltou a mordaça do prisioneiro e falou com clareza:

– Senhor Kesselbach, no dia exato da sua chegada a Paris, o senhor entrou em contato com o tal Barbareux, diretor de uma agência de informações confidenciais, e, como agiu sem o conhecimento do seu secretário Chapman, o senhor Barbareux, quando se comunicava com o senhor, por carta ou telefone, se apresentava como "o coronel". Preciso lhe dizer sem delongas que Barbareux é o homem mais honesto do mundo. Mas tenho a sorte de ter um dos seus empregados entre os meus melhores amigos. Foi assim que fiquei sabendo dos seus passos junto com Barbareux, e foi assim que fui levado a me ocupar do senhor e a fazer-lhe, graças a cópias de suas chaves, algumas visitas domiciliares nas quais, infelizmente, não encontrei o que queria!

Ele diminuiu o tom de voz e, fixando os olhos nos olhos do seu prisioneiro, examinando seu olhar, procurando seu pensamento sombrio, articulou:

– Senhor Kesselbach, o senhor instruiu Barbareux a descobrir, no submundo de Paris, um homem que carrega, ou carregou, o nome de Pierre

Leduc e cuja descrição principal é: um metro e setenta e cinco de altura, loiro, bigodes. Um sinal particular: como resultado de uma lesão, a ponta do dedo mindinho da mão esquerda foi cortada. Há também uma cicatriz quase apagada na face direita. O senhor parece atribuir uma enorme importância à descoberta desse homem, como se isso pudesse resultar em benefícios consideráveis para o senhor. Quem é esse homem?

– Não sei.

A resposta foi categórica, absoluta. Ele sabia ou não sabia? Pouco importava. A questão é que ele estava determinado a não falar.

– Que seja – disse seu adversário –, mas tem informações mais detalhadas sobre ele do que as que forneceu a Barbareux?

– Nenhuma.

– Está mentindo, senhor Kesselbach. Duas vezes, diante de Barbareux, o senhor consultou os papéis guardados no estojo de couro.

– De fato.

– E esse objeto, onde está?

– Queimei.

Lupin estremeceu de raiva. Obviamente, a ideia de tortura e as comodidades que ela oferecia atravessaram-lhe novamente o espírito.

– Queimou? Mas o cofre… Então o senhor admite… admite que ele está no Crédit Lyonnais?

– Sim.

– E o que tem dentro dele?

– Os duzentos diamantes mais bonitos da minha coleção particular.

Essa afirmação não pareceu desagradar o aventureiro.

– Ah! Ah! Os duzentos diamantes mais bonitos! Mas então é uma fortuna… Ah, isso o faz rir… Para o senhor, é uma ninharia… E o seu segredo vale mais do que isso… Para o senhor, sim, mas e para mim?

Ele pegou um charuto, acendeu um fósforo que deixou apagar naturalmente e permaneceu por algum tempo pensativo, imóvel.

Alguns minutos se passaram. Ele começou a rir.

– O senhor espera que a expedição falhe e não consigamos abrir o cofre? Talvez, meu amigo. Mas, neste caso, você terá de pagar pelo inconveniente. Não vim aqui para ver a cara que você faz, aí, sentado na poltrona... Os diamantes, uma vez que há diamantes... Caso contrário, o estojo de couro... O dilema está posto.

Ele consultou o relógio.

– Meia hora... Caramba! O destino está de má vontade. Mas não brinque, senhor Kesselbach. Palavra de homem honesto, não voltarei para casa de mãos vazias... Ah, finalmente!

Era a campainha do telefone. Lupin pegou rapidamente o aparelho e, mudando o timbre de sua voz, imitando as rudes entonações de seu prisioneiro:

– Sim, sou eu, Rudolf Kesselbach... Ah! Muito bem, senhorita, ponha-me em contato... É você, Marco? Perfeito... Correu tudo bem? No momento certo... Sem contratempos? Parabéns, meu garoto... Então, o que encontraram? O cofre de ébano... Nada mais? Nenhum documento? Espere, espere! E no cofre?... São bonitos os diamantes? Perfeito... perfeito... Um minuto, Marco, deixe-me pensar... Tudo isso, você percebe... se eu dissesse a minha opinião... Não se mexa, permaneça na linha...

Ele se virou:

– Senhor Kesselbach, o senhor tem apreço por seus diamantes?

– Sim.

– Quer comprá-los de volta?

– Talvez.

– Quanto? Quinhentos mil?

– Quinhentos mil... sim...

– Mas há um senão... Como faremos a troca? Um cheque? Não, você tentaria me enganar... ou eu o enganaria... Ouça, depois de amanhã, pela manhã, vá ao Lyonnais, pegue os quinhentos bilhetes e dê um passeio pelo bosque, perto de Auteuil... Eu estarei com os diamantes... em uma sacola, é mais conveniente... O cofre chama muita atenção...

Kesselbach sobressaltou-se:

– Não... não... eu quero o cofre... quero tudo...

– Ah! – reagiu Lupin, morrendo de rir. – Você caiu na armadilha... Você não está nem aí para os diamantes; eles podem ser substituídos... Mas com o cofre você se preocupa como se fosse sua própria pele... Muito bem! Você terá o cofre... Palavra de Arsène... Você o receberá amanhã, pelo correio!

Ele pegou novamente o telefone.

– Marco, a caixa está com você? O que tem ela de especial? Feita de ébano, incrustada com marfim... Sim, eu conheço... Estilo japonês, *faubourg* Saint-Antoine... Nenhuma marca? Ah! Uma pequena etiqueta redonda, com uma borda azul e com um número... Sim, uma indicação comercial... nenhuma importância. E a parte de baixo da caixa, é espessa? Não muito espessa... Caramba! Então não tem fundo falso... Tem certeza, Marco? Examine as incrustações de marfim na parte de cima... ou melhor, não, a tampa.

Ele ficou exultante.

– A tampa! Osso mesmo, Marco! – Kesselbach pestanejou. – Está esquentando! Ah! Meu velho Kesselbach, não percebeu que eu estava de olho em você? Seu desastrado!

E, voltando ao Marco:

– E então? Onde você está? Um espelho no interior da tampa? Ele desliza? Tem ranhuras? Não... Pois bem, quebre-o... Sim, estou dizendo para quebrar... Não tem motivo para esse espelho estar aí... ele deve ter sido colocado.

Ele se impacientou:

– Ora, seu imbecil, não se meta no que não é da sua conta... Obedeça...

Ele deve ter ouvido o barulho que Marco fazia do outro lado do fio para quebrar o espelho, porque gritou triunfante:

– Eu não disse, senhor Kesselbach, que a caçada seria boa? Alô! E então? E então? Uma carta? Vitória! Todos os diamantes do Cabo e o segredo deste homem!

Ele pegou o segundo aparelho de telefone, ajeitou-o cuidadosamente em sua orelha e retomou:

– Leia, Marco, leia devagar... Primeiro o envelope... Bom... Agora repita.

Ele próprio também repetiu:

"Cópia da carta contida no estojo de couro preto."

– E o que mais? Rasgue o envelope, Marco. O senhor nos permite, senhor Kesselbach? Não é o correto, mas, enfim... Vá em frente, Marco, o senhor Kesselbach autorizou. E então? Então leia.

Ele ouviu, depois zombou:

– Caramba! Não é evidente. Vejamos, vou tentar resumir. Uma simples folha de papel dobrada em quatro e cujas dobras parecem novas... Muito bem... No topo, à direita dessa folha, estão estas palavras: *um metro e setenta e cinco, dedo mindinho esquerdo cortado*, etc. Sim, essa é a descrição física de Pierre Leduc. A caligrafia é de Kesselbach, certo? Muito bem... E no meio da folha esta palavra, em maiúsculas:

APOON

"Marco, meu jovem, deixe o papel de lado, não encoste no cofre nem nos diamantes... Em dez minutos eu termino aqui com meu camarada. Daqui a vinte minutos vou encontrá-lo. Ah, a propósito, você me enviou o carro? Perfeito. Até daqui a pouco."

Ele colocou o aparelho de volta no gancho, foi até o vestíbulo depois para o quarto, assegurou-se de que o secretário e o criado não tinham afrouxado suas amarras e que também não corriam perigo de ficarem sufocados com as mordaças, e voltou para o seu prisioneiro.

Ele tinha uma expressão resoluta e implacável.

– Chega de gracinha, Kesselbach. Se não falar, azar o seu. Está decidido?

– A quê?

– A não fazer besteira. Diga o que sabe.

– Não sei de nada.

– Está mentindo. O que significa a palavra Apoon?

– Se eu soubesse, não a teria escrito.

– Que seja, mas a que ou a quem ela se refere? De onde a copiou? De onde veio isso?

O senhor Kesselbach não respondeu. Lupin retomou, mais irritado, mais brusco:

– Ouça, Kesselbach, vou lhe fazer uma proposta. Por mais rico e poderoso que seja, não há tanta diferença entre mim e você. O filho do caldeireiro de Augsburgo e Arsène Lupin, príncipe dos ladrões, podem entrar em um acordo sem que isso seja vergonha nem para um nem para o outro. Eu roubo em apartamentos, e você rouba na Bolsa. Dá tudo na mesma. Então, é o seguinte, Kesselbach. Vamos ser sócios neste caso. Preciso de você porque ignoro a informação. Você precisa de mim porque, sozinho, não vai se safar. Barbareux é um tolo. Eu sou Lupin. Não é verdade?

Silêncio. Lupin insistiu com a voz trêmula:

– Responda, Kesselbach, não é verdade? Se sim, em quarenta e oito horas encontro o tal Pierre Leduc. Porque é sobre ele, não é? É esse o negócio? Responda! Vamos, responda! Quem é esse sujeito? Por que está à procura dele? O que sabe sobre ele?

Ele se acalmou de repente, pôs a mão sobre o ombro do alemão e, num tom seco:

– Só uma palavrinha. Sim... ou não?

– Não.

Lupin puxou do bolso de Kesselbach um magnífico cronômetro de ouro e o colocou sobre o joelho do prisioneiro. Depois desabotoou o colete de Kesselbach, abriu a camisa dele, descobriu-lhe o peito e, pegando sobre a mesa próxima uma caneta de aço forrada de ouro, aplicou a ponta no lugar onde os batimentos do coração faziam pulsar a carne nua.

– Uma última vez...

– Não.

– Senhor Kesselbach, faltam oito minutos para as três horas. Se dentro de oito minutos o senhor não responder, estará morto.

3

Na manhã seguinte, na hora exata do encontro, o brigadeiro Gourel chegou ao Palace-Hotel.

Sem parar, e desdenhando do elevador ele subiu as escadas. No quarto andar, virou à direita, seguiu pelo corredor, e bateu à porta do quarto 415.

Nenhum barulho foi ouvido. Ele tocou novamente. Depois de meia dúzia de tentativas fracassadas, ele seguiu até o escritório do mesmo andar. Lá havia um mordomo.

– O senhor Kesselbach, por favor? Já toquei a campainha umas dez vezes.

– O senhor Kesselbach não dormiu aqui. Não o vemos desde ontem à tarde.

– E o criado? Ou o secretário?

– Também não os vimos.

– Também não dormiram no hotel?

– Provavelmente, não.

– Provavelmente! Mas o senhor deveria ter certeza.

– Por quê? O senhor Kesselbach não está aqui como num hotel, está em casa, em seu apartamento particular. Seu serviço não é feito por nós, mas por seu criado, e não sabemos nada sobre o que está acontecendo na casa dele.

– Sim… de fato…

Gourel parecia muito confuso. Ele tinha vindo por ordens formais, com uma missão precisa, dentro dos limites em que sua inteligência podia funcionar. Fora desses limites, ele não tinha certeza de como agir.

– Se o chefe estivesse aqui… – ele murmurou –, se o chefe estivesse aqui…

Ele mostrou seu cartão e apresentou seus títulos. Então perguntou, ao acaso:

– Então o senhor não os viu voltar?

– Não.

– Mas os viu sair?

– Também não.

– Então, como sabe que saíram?

– Por um cavalheiro que veio ontem à tarde ao 415.

– Um cavalheiro de bigode castanho?

– Sim. Encontrei-o indo embora, perto das três da tarde. Ele me disse: "As pessoas do 415 acabaram de sair. O senhor Kesselbach vai dormir nesta noite em Versalhes, no Réservoirs, para onde o senhor pode enviar suas correspondências".

– Mas quem era esse cavalheiro? Ele falava em nome de quem?

– Não sei.

Gourel estava preocupado. Tudo isso lhe parecia muito estranho.

– O senhor tem a chave?

– Não. O senhor Kesselbach mandou fazer chaves especiais.

– Vou tentar novamente.

Gourel tocou mais furiosamente a campainha. Nada. Estava prestes a sair quando, de repente, se abaixou e colou a orelha no buraco da fechadura.

– Ouça... parece que... mas, sim... é muito, mas muito nítido... queixas... gemidos...

Ele deu um murro na porta.

– Mas, senhor, o senhor não tem o direito...

– Não tenho o direito!

Ele bateu ainda mais forte, mas foi em vão, e ele logo desistiu.

– Rápido, rápido, um serralheiro.

Um dos funcionários do hotel se apressou a cumprir a ordem. Gourel caminhava de um lado a outro, inquieto e indeciso. Os criados dos outros andares se agruparam ali perto. Os funcionários do escritório e da gerência começaram a chegar. Gourel exclamou:

– Mas por que não entramos pelos quartos adjacentes? Eles não têm comunicação com o apartamento?

– Sim, mas as portas que fazem essa comunicação estão sempre trancadas de ambos os lados.

– Então vou telefonar para a Sûreté – disse Gourel, para quem, aparentemente, não havia outra possibilidade de salvação além de seu líder.

– E para o comissariado – alguém observou.

– Sim, faça essa gentileza – ele respondeu, no tom de um cavalheiro que tinha pouco interesse nessa formalidade.

Quando ele voltou do telefone, o serralheiro estava terminando de testar suas chaves. A última girou a fechadura. Gourel entrou rapidamente.

Foi depressa até o lugar de onde vinham as queixas e se deparou com dois corpos: do secretário Chapman e do criado Edwards. Um deles, Chapman, tinha conseguido, pacientemente, afrouxar um pouco a mordaça e soltava pequenos grunhidos. O outro parecia dormir.

Rapidamente, os dois foram desamarrados. Gourel estava preocupado.

– E o senhor Kesselbach?

Ele foi até a sala de estar. O senhor Kesselbach estava sentado e amarrado ao encosto de uma poltrona, próximo da mesa. A cabeça estava inclinada sobre o peito.

– Ele está desmaiado – disse Gourel, aproximando-se dele.

Rapidamente, cortou as cordas que amarravam os ombros do senhor Kesselbach. Como se fosse um bloco, o peito despencou para a frente. Gourel o segurou pela cintura e recuou, soltando um grito de pavor:

– Ele está morto! Apalpem... As mãos dele estão geladas, e vejam os olhos!

Alguém arriscou:

– Apoplexia, provavelmente... ou um aneurisma.

– De fato, não há vestígios de lesão... é uma morte natural.

Deitaram o cadáver no sofá e o despiram. Mas, imediatamente, sobre a camisa branca, manchas vermelhas apareceram, e, assim que foram removidas, eles notaram que, no lugar do coração, o peito havia sido perfurado por uma pequena fenda, e pela ferida fluía uma fina gota de sangue.

Havia um cartão preso à camisa.

Gourel se inclinou. Era o cartão de Arsène Lupin, também manchado de sangue.

Gourel então se endireitou, autoritário e abrupto:

– Um crime!... Arsène Lupin!... Saiam... Saiam todos... Que ninguém permaneça nesta sala ou no quarto... Levem estes senhores e cuidem deles em outra sala! Saiam todos... E não toquem em nada... *O chefe vem aí!*

4

Arsène Lupin!

Gourel repetiu essas duas palavras fatídicas com um ar absolutamente petrificado. Elas ecoavam dentro dele como o prenúncio da morte. Arsène Lupin! O bandido-rei! O aventureiro supremo! Vejamos, será que era possível?

– Mas não, mas não – ele murmurou –, não é possível, *já que ele está morto*!

Mas... será que ele estava mesmo morto? Arsène Lupin!

De pé bem perto do cadáver, Gourel continuava perplexo, atordoado, virando e revirando o cartão com certo medo, como se tivesse acabado de receber a provocação de um fantasma. Arsène Lupin! O que ele ia fazer? Agir? Lutar com os próprios recursos? Não, não... era melhor não agir... Os erros seriam inevitáveis se ele enfrentasse tal adversário. Além disso, o chefe não estava a caminho?

O chefe vem aí! Toda a psicologia de Gourel se resumia nessa pequena frase. Hábil e perseverante, cheio de coragem e experiência, de força hercúlea, ele era um daqueles que avançam apenas quando guiados a isso e que fazem um bom trabalho apenas quando ordenados.

Quanto essa falta de iniciativa piorava desde que o senhor Lenormand havia assumido o lugar do senhor Dudouis a serviço da Sûreté! O senhor Lenormand é que era um líder! Com aquele lá, todos tinha certeza de seguir pelo caminho certo! Tão certo que Gourel parava assim que o impulso do chefe já não surtia efeito.

Mas o chefe estava a caminho! Em seu relógio, Gourel calculava a hora exata da chegada dele. Ele esperava que o comissário de polícia não o precedesse e que o juiz de instrução, provavelmente já nomeado, ou o médico legista, não viessem fazer constatações inoportunas antes que o chefe tivesse tempo para fixar em sua mente os pontos essenciais do caso!

– E então, Gourel, com o que você está sonhando?

– O chefe!

O senhor Lenormand era um homem ainda jovem, se considerarmos a expressão de seu rosto e seus olhos brilhando sob os óculos; mas ele era quase um velhote quando se reparava em suas costas curvadas, a pele seca como se amarelada com cera, a barba e os cabelos grisalhos, toda a sua aparência quebrada, hesitante, adoentada.

Ele tinha passado a vida nas colônias, com dificuldade, como comissário do governo, ocupando os cargos mais perigosos. Lá ele ganhou febres, uma energia indomável, apesar de sua decadência física, o hábito de viver sozinho, falar pouco e agir em silêncio, uma certa misantropia e, de repente, perto dos cinquenta e cinco anos, após o famoso caso dos três espanhóis de Biskra, a grande, a justa notoriedade. A injustiça foi então reparada, e imediatamente ele foi nomeado em Bordeaux, depois subchefe em Paris, e então, com a morte do senhor Dudouis, chefe da Sûreté. Em cada um desses cargos, ele havia demonstrado uma inventividade tão curiosa nos procedimentos, tamanha desenvoltura, qualidades tão novas, tão originais e, acima de tudo, chegado a resultados tão precisos na conduta dos últimos quatro ou cinco escândalos, que a opinião pública estava fascinada e pedia seu nome ao lado daqueles dos mais ilustres policiais.

Gourel não hesitou. O favorito do chefe, que o amava por sua candura e obediência passiva, ele colocava o senhor Lenormand acima de tudo. Era o ídolo, o deus que não se engana.

O senhor Lenormand, naquele dia, parecia particularmente cansado. Ele se sentou com lassidão, espalhou as abas de sua sobrecasaca – uma velha sobrecasaca famosa por seu corte antiquado e sua cor de oliva –, desamarrou o lenço do pescoço, um lenço marrom igualmente famoso, e murmurou:

– Fale.

Gourel contou tudo o que viu e tudo o que descobriu, e o fez sumariamente, conforme o costume que o chefe lhe impusera.

Mas, quando mostrou o cartão de Arséne Lupin, o senhor Lenormand sobressaltou-se.

– Lupin! – exclamou.

– Sim, Lupin, ele está de volta à superfície, aquele animal.

– Tanto melhor, tanto melhor – disse o senhor Lenormand, após um instante de reflexão.

– Evidentemente, tanto melhor – repetiu Gourel, que gostava de comentar as raras palavras de um superior a quem ele só censurava por ser bem pouco loquaz –, tanto melhor, pois o senhor finalmente poderá enfrentar um adversário à sua altura... E Lupin encontrará seu mestre... Lupin deixará de existir... Lupin...

– Procure – disse o senhor Lenormand, cortando a fala de Gourel.

Parecia a ordem de um caçador ao seu cachorro. E, de fato, foi à maneira de um bom cão, esperto, inteligente, curioso, que Gourel procurou sob os olhos de seu mestre. Com a ponta da bengala, o senhor Lenormand designava determinado canto, determinada poltrona, como se designa um arbusto ou um tufo de grama, com uma atenção cuidadosa.

– Nada – concluiu o brigadeiro.

– Nada para você – resmungou Lenormand.

– Foi o que eu quis dizer... Eu sei que, para o senhor, há coisas que falam como se fossem pessoas, verdadeiras testemunhas. No entanto, este é um crime cometido por crédito do senhor Lupin.

– O primeiro – observou o senhor Lenormand.

– O primeiro, de fato... Mas era inevitável. Não se vive essa vida sem, mais dia, menos dia, ser forçado ao crime pelas circunstâncias. O senhor Kesselbach se defendeu...

– Não, pois estava amarrado.

– De fato – admitiu Gourel, desconcertado –, e é bastante curioso... Por que matar um adversário que já não resiste? Mas não importa, se eu tivesse colocado minha mão no pescoço dele ontem, quando estávamos frente a frente, no limiar do vestíbulo...

O senhor Lenormand tinha se dirigido à varanda. Depois visitou o quarto do senhor Kesselbach, à direita, e verificou os trincos das janelas e das portas.

– As janelas destes dois cômodos estavam fechadas quando entrei – afirmou Gourel.

– Fechadas ou forçadas?

– Ninguém tocou nelas. Estão fechadas, chefe...

Um barulho de vozes os levou de volta à sala de estar. Eles encontraram o médico legista examinando o cadáver, juntamente com o senhor Formerie, juiz de instrução.

O senhor Formerie exclamava:

– Arsène Lupin! Enfim, estou contente por um acaso favorável me colocar novamente de frente com esse bandido! Aquele atrevido vai ver com quantos paus se faz uma canoa! E, desta vez, trata-se de um assassino! Agora é entre nós dois, mestre Lupin!

O senhor Formerie não tinha se esquecido da estranha aventura do diadema da princesa de Lamballe e da forma admirável como Lupin a tinha arquitetado, alguns anos antes. A história ficou famosa nos anais do Palais. Ainda riam disso, e o senhor Formerie conservava um sentimento justo de rancor e o desejo de uma brilhante revanche.

– O crime é evidente – disse ele, com seu ar mais convencido –, o motivo será fácil descobrir. Está tudo bem, senhor Lenormand? Meus cumprimentos... Estou encantado...

O senhor Formerie não estava encantado. A presença do senhor Lenormand, ao contrário, não lhe agradava nem um pouco. O chefe da Sûreté não dissimulava o desprezo que sentia por ele.

No entanto, ele se endireitou, sempre solene:

– Então, doutor, o senhor estima que a morte aconteceu há cerca de umas doze horas, talvez um pouco mais? Suponho que estejamos de acordo... E o objeto do crime?

– Uma faca de lâmina muito fina, senhor juiz de instrução – respondeu o médico. – Veja, limparam a lâmina com o lenço do próprio morto...

– De fato... de fato... o rasto é invisível... E agora vamos interrogar o secretário e o criado do senhor Kesselbach. Não tenho dúvida de que o interrogatório nos dará alguma luz.

Chapman, que tinha sido levado para seu próprio quarto, à esquerda da sala de estar, e Edwards já estavam recuperados de suas provações. Eles descreveram os acontecimentos do dia anterior, as preocupações do senhor Kesselbach, a visita anunciada do chamado coronel e finalmente a agressão de que foram vítimas.

– Ah! Ah! – exclamou o senhor Formerie. – Há um cúmplice! E os senhores ouviram seu nome... Marco, os senhores dizem... Isto é muito importante. Quando pegarmos o cúmplice, o caso terá avançado...

– Sim, mas não o pegamos – arriscou o senhor Lenormand.

– Veremos... tudo a seu tempo. E então, senhor Chapman, esse tal Marco saiu logo após o senhor Gourel tocar a campainha?

– Sim, nós ouvimos quando ele saiu.

– E depois dessa partida não ouviram mais nada?

– Sim... de vez em quando, alguns barulhos, mas muito vagos... A porta estava fechada.

– E que tipo de barulho?

– Alguns fragmentos de fala. O indivíduo...

– Chame-o pelo nome: Arsène Lupin.

– Arsène Lupin deve ter telefonado.

– Perfeito! Vamos interrogar a pessoa do hotel responsável pelo departamento de comunicações com a cidade. E, mais tarde, vocês também o viram sair?

– Ele conferiu se ainda estávamos bem amarrados e, um quarto de hora depois, saiu, fechando a porta do vestíbulo.

– Sim, assim que o plano ficou completo. Perfeito... perfeito... Tudo começa a fazer sentido... E depois?

– Depois não ouvimos mais nada... A noite passou... O cansaço me fez adormecer... O mesmo aconteceu com Edwards... E foi só nesta manhã...

– Sim... Eu sei... Bem, não é de todo ruim... Tudo se conecta...

E, marcando as etapas da sua investigação com o tom com que teria marcado tantas vitórias sobre o desconhecido, ele murmurou, pensativo:

– O cúmplice... o telefone... a hora do crime... os barulhos identificados... Muito bem... Muito bem... Ainda temos de descobrir o motivo do crime... Neste caso, como se trata de Lupin, o motivo é claro. Senhor Lenormand, o senhor não encontrou nenhum vestígio de arrombamento?

– Nenhum.

– Significa, então, que o roubo aconteceu diretamente com a vítima. A carteira dele foi encontrada?

– Deixei-a no bolso do casaco – disse Gourel.

Todos passaram para a sala de estar, onde o senhor Formerie notou que a carteira continha apenas cartões de visita e documentos de identidade.

– Que estranho. Senhor Chapman, o senhor seria capaz de nos dizer se o senhor Kesselbach tinha alguma quantia em dinheiro com ele?

– Sim, na véspera, ou seja, anteontem, segunda-feira, fomos ao Crédit Lyonnais, onde o senhor Kesselbach alugou um cofre...

– Um cofre no Crédit Lyonnais? Bom... precisamos investigar essa parte.

– E, antes de sair, o senhor Kesselbach abriu uma conta e sacou cinco ou seis mil francos em espécie.

– Perfeito... Temos algumas informações.

Chapman retomou:

– Há outro ponto, senhor juiz de instrução. O senhor Kesselbach, que há alguns dias estava muito inquieto. – Fez um aparte: – Eu lhe disse a causa... um projeto ao qual ele dava extrema importância. – E prosseguiu: – Parecia particularmente preocupado com duas coisas: primeiro, com um estojo de ébano, que ele guardou em segurança no Crédit Lyonnais, e, segundo, com um pequeno envelope de couro preto no qual ele tinha guardado alguns papéis.

– E esse envelope?

– Antes de o Lupin chegar, ele o colocou, na minha frente, dentro dessa mala de viagem.

O senhor Formerie pegou a mala e procurou. O envelope não estava lá. Ele esfregou as mãos.

– Tudo está se encaixando... Conhecemos o culpado, as condições e o motivo do crime. Este caso não vai se arrastar. Estamos de acordo em tudo, senhor Lenormand?

– Em nada.

Houve um momento de espanto. O comissário de polícia havia chegado e, atrás dele, apesar dos oficiais que vigiavam a porta, a tropa de jornalistas e os funcionários do hotel, que tinham forçado a entrada, estavam espalhados pela antessala.

Por mais notória que fosse a rudeza do homem, que vinha acompanhada de certa grosseria e que já lhe tinha valido algumas advertências em instâncias superiores, a aspereza da resposta o desconcertou. E o senhor Formerie pareceu particularmente perturbado.

– No entanto – ele disse –, eu só vejo algo muito simples: Lupin é o ladrão...

– Por que ele matou? – interrogou o senhor Lenormand.

– Para roubar.

– Desculpe, mas o relato das testemunhas prova que o roubo ocorreu antes do assassinato. O senhor Kesselbach foi amarrado e amordaçado, depois roubado. Por que Lupin, que até agora nunca cometeu um crime, teria matado um homem reduzido à impotência e já despojado?

O juiz de investigação acariciou seus favoritos louros com um gesto que lhe era familiar quando uma pergunta parecia intratável. Ele respondeu, pensativo:

– Há várias respostas para isso...

– Quais?

– Depende de uma série de elementos ainda desconhecidos... Além disso, a objeção se aplica apenas à natureza dos motivos. Quanto ao resto, estamos de acordo.

– Não.

Mais uma vez, ele foi preciso, cortante, quase rude, ao ponto de o juiz, bastante desconcertado, não se atrever sequer a protestar e permanecer estático diante do estranho colaborador. No final, ele articulou:

– Cada um tem seu próprio sistema. Estou curioso para conhecer o seu.

– Não tenho.

O chefe da Sûreté se levantou e deu alguns passos pela sala, apoiado em sua bengala. À sua volta, todos estavam em silêncio, e era bastante curioso ver esse velho fraco e debilitado dominar os outros pela força de uma autoridade a que se sujeitavam sem ao menos aceitá-la.

Depois de um longo silêncio, ele pronunciou:

– Eu gostaria de visitar os quartos colados a este apartamento.

O diretor mostrou a planta do hotel. O quarto do senhor Kesselbach não tinha outra saída senão o vestíbulo do apartamento. Mas o quarto à esquerda, o do secretário, comunicava-se com outra sala.

– Vamos visitá-la – disse ele.

O senhor Formerie não pôde deixar de encolher os ombros e murmurar:

– Mas a porta de comunicação está trancada, e a janela, fechada.

– Vamos visitá-la – repetiu o senhor Lenormand.

Ele foi conduzido até esse quarto, que era o primeiro dos cinco quartos reservados para a senhora Kesselbach. Então, a seu pedido, levaram-no aos quartos seguintes.

Todas as portas de comunicação estavam trancadas de ambos os lados.

– Nenhum destes quartos está ocupado? – ele perguntou:

– Nenhum.

– E as chaves?

– As chaves ainda estão no escritório.

– Então ninguém poderia entrar...?

– Ninguém, exceto o rapaz do serviço de quarto, encarregado de arejar e tirar o pó.

– Traga-o aqui.

O criado, um homem chamado Gustave Beudot, respondeu que, na véspera, conforme as instruções, havia fechado as janelas dos cinco quartos.

– A que horas?

– Às seis da tarde.

– E não percebeu nada de estranho?

– Não, nada.

– E nesta manhã?

– Nesta manhã, abri as janelas exatamente às oito horas.

– E não encontrou nada?

– Não, nada... Ah! A não ser...

Ele hesitou, mas foi pressionado com perguntas e finalmente confessou:

– Bem, eu recolhi, perto da chaminé do 420, uma cigarreira que planejei levar ao escritório nesta noite.

– O senhor está com ela aí?

– Não, ela está no meu quarto. É uma cartucheira de aço polido. De um lado, colocam-se o tabaco e o papel de cigarros, do outro, fósforos. Há duas iniciais em ouro... Um L e um M.

– O que o senhor está dizendo?

Chapman deu um passo à frente. Ele parecia muito surpreso, e, questionando o criado:

– O senhor disse cartucheira de aço polido?

– Sim.

– Com três compartimentos para tabaco, papel e fósforos... tabaco russo, não é? Fino, louro...

– Sim.

– Vá buscá-la... Eu gostaria de ver... constatar pessoalmente...

A um sinal do chefe da Sûreté, Gustave Beudot se afastou.

O senhor Lenormand se sentou e, com seu olhar afiado, examinou o carpete, a mobília, as cortinas. Ele questionou:

– Este aqui é mesmo o 420?

– Sim.

O juiz zombou:

– Eu gostaria de saber que relação o senhor faz entre esse incidente e a tragédia. Cinco portas fechadas nos separam do quarto onde Kesselbach foi assassinado.

O senhor Lenormand não se dignou a responder. O tempo passou. Gustave não havia retornado.

– Onde ele dorme, senhor diretor? – o chefe perguntou.

– No sexto andar, na rua Judée, portanto, acima de nós. É curioso que ele ainda não esteja de volta.

– O senhor teria a gentileza de enviar alguém até lá?

O diretor foi pessoalmente, acompanhado por Chapman. Alguns minutos depois, ele voltou sozinho, correndo, a fisionomia perturbada.

– E então?

– Morto...

– Assassinado?

– Sim.

– Ah! Raios, eles são perigosos, os miseráveis! – o senhor Lenormand falou. – Rápido, Gourel, ordene que fechem as portas do hotel... Vigiem as saídas... E o senhor, diretor, leve-nos ao quarto de Gustave Beudot.

O diretor saiu. Mas, no momento de deixar a sala, o senhor Lenormand se inclinou e pegou um pequeno pedaço de papel em que seus olhos já tinham se fixado.

Era uma etiqueta com borda azul. Ela carregava o número 813. Por via das dúvidas, ele a colocou na carteira e se juntou às outras pessoas.

5

Uma lesão superficial nas costas, entre as duas omoplatas... O médico declarou:

– Exatamente a mesma ferida que o senhor Kesselbach.

– Sim – disse o senhor Lenormand –, foi a mesma mão que feriu, e foi a mesma arma que serviu.

De acordo com a posição do cadáver, o homem foi surpreendido ajoelhado de frente para sua cama, procurando debaixo do colchão pela cigarreira que havia escondido lá. O braço ainda estava preso entre o colchão e o estrado, mas a cigarreira não foi encontrada.

– Esse objeto devia ser diabolicamente comprometedor – insinuou o senhor Formerie, que já não ousava apresentar uma opinião precisa demais.

– Diabos! – reagiu o chefe da Sûreté.

– Mas sabemos as iniciais, um L e um M. E, com isso, pelo que o senhor Chapman parece saber, chegaremos facilmente à resposta.

O senhor Lenormand sobressaltou-se:

– Chapman! Onde ele está?

Procuraram pelo corredor, em meio aos grupos de pessoas amontoadas por lá. Chapman não estava.

– O senhor Chapman tinha me acompanhado – disse o diretor.

– Sim, sim, eu sei, mas ele não retornou com o senhor.

– Não, deixei-o junto do cadáver.

– O senhor o deixou... sozinho?!

– Eu disse: "Fique aí, não se mova".

– E não havia ninguém? O senhor não viu ninguém?

– No corredor, não.

– Mas nas mansardas vizinhas... Ou então, veja, depois dessa reviravolta... não havia ninguém escondido lá?

O senhor Lenormand parecia muito agitado. Ele ia e vinha, abria a porta dos quartos. De repente, ele fugiu com uma agilidade que ninguém acreditava que pudesse ter. Ele desabou pelos seis andares, seguido de longe pelo diretor e pelo juiz de instrução. Embaixo, encontrou Gourel em frente à porta de saída.

– Ninguém saiu?

– Ninguém.

– E a outra porta, na rua Orvieto?

– Deixei Dieuzy de plantão.

– Com ordens formais?

– Sim, chefe.

No vasto hall do hotel, a multidão de viajantes se aglomerava, inquieta, comentando sobre as versões mais ou menos precisas que lhes chegavam sobre o crime. Os criados, convocados pelo telefone, chegavam um por um. O senhor Lenormand logo os interrogava.

Nenhum deles pôde fornecer qualquer informação. Mas uma camareira do quinto andar se apresentou. Dez minutos antes, talvez, ela havia cruzado com dois cavalheiros que desciam pela escada de serviço entre o quinto e o quarto andares.

– Eles desciam rapidamente. O primeiro segurava o outro pela mão. Fiquei surpresa ao ver aqueles dois cavalheiros nas escadas de serviço.

– A senhora conseguiria identificá-los?

– O primeiro, não. Ele desviou o rosto. É magro, loiro. Ele usava um chapéu de feltro preto e roupas pretas.

– E o outro?

– Ah! O outro é um inglês, com um rosto grande, barba feita e roupas xadrez. Não usava nada na cabeça.

O relatório claramente fazia referência a Chapman. A mulher acrescentou:

– Ele parecia... é engraçado... era como se estivesse louco.

A afirmação de Gourel não foi suficiente para o senhor Lenormand. Ele interrogava um a um todos aqueles que estacionavam em ambas as portas.

– Conhece o senhor Chapman?

– Sim, senhor, ele estava sempre conversando conosco.

– E não o viu sair?

– Não. Ele não saiu nesta manhã.

O senhor Lenormand se voltou para o comissário de polícia:

– Quantos homens o senhor tem, comissário?

– Quatro.

– Não é suficiente. Telefone para o seu secretário e peça que ele envie todos os homens disponíveis. E, por favor, providencie pessoalmente a vigilância rigorosa de todas as saídas. Estado de sítio, comissário...

– Mas, enfim – protestou o diretor do hotel –, os meus clientes...

– Não dou a mínima para os seus clientes, meu senhor. Meu dever vem primeiro, e meu dever é prender, custe o que custar...

– Então o senhor acha...? – arriscou o juiz de instrução.

– Eu não acho, senhor... eu tenho certeza de que o autor do duplo homicídio ainda está no hotel.

– Mas, então, Chapman...

– Neste momento, não posso garantir que Chapman ainda esteja vivo. Seja como for, é uma questão de minutos, segundos... Gourel, chame dois homens e procurem em todos os aposentos do quarto andar... Senhor diretor, um dos seus empregados irá acompanhá-los. Irei aos outros andares quando chegarem os reforços. À caça, Gourel, e abra bem os olhos... A presa é das grandes.

Gourel e seus homens se apressaram. O senhor Lenormand permaneceu no hall, perto dos escritórios do hotel. Desta vez ele não pensou em se sentar, como de costume. Ele caminhava da entrada principal até a entrada da rua Orvieto, e voltava ao ponto de partida.

De vez em quando ele ordenava:

– Senhor diretor, vigiem as cozinhas, é possível que alguém tente fugir por lá... Senhor diretor, diga à recepcionista que não autorize nenhum telefonema a nenhuma das pessoas do hotel que queira ligar para a cidade. Se alguém telefonar da cidade, autorize-a a passar o telefonema à pessoa solicitada, mas que ela anote o nome da pessoa... Senhor diretor, providencie uma lista dos seus clientes cujos nomes começam com L ou com M.

Ele disse tudo isso em voz alta, como um general do exército que dá ordens a seus tenentes, das quais dependerá o resultado da batalha.

E era realmente uma batalha implacável e terrível que acontecia no cenário elegante de um palácio parisiense, entre o poderoso personagem que é um chefe de Sûreté e esse misterioso indivíduo perseguido, caçado, já quase cativo, mas tão formidável em astúcia e selvageria.

A angústia tomava conta dos espectadores reunidos no centro do hall, silenciosos e ofegantes, abalados pelo medo do menor barulho, obcecados pela imagem infernal do assassino. Onde ele se escondia? Ele iria aparecer? Acaso não estaria entre eles?... Aquele ali, talvez?... Ou este outro?...

Os nervos estavam tão tensos que, sob um rompante de revolta, as portas teriam sido forçadas e todos ganhariam a rua se o mestre não estivesse lá. Sua presença tinha algo que tranquilizava e acalmava. Todos se sentiam tão seguros quanto os passageiros de um navio liderado por um bom capitão.

E todos os olhares se dirigiam a esse velho cavalheiro de óculos e cabelos grisalhos, sobrecasaca cor de oliva e lenço marrom, que caminhava com as costas curvadas e as pernas vacilantes.

Às vezes vinha apressado, enviado por Gourel, um dos rapazes que acompanhavam a investigação do brigadeiro.

– Alguma novidade? – perguntava o senhor Lenormand.

– Nada, senhor, não encontramos nada.

Em duas ocasiões, o diretor tentou dobrar a instrução. A situação era intolerável. Nos escritórios, vários viajantes, requisitados por seus compromissos, ou já de saída, protestavam.

– Não quero saber – repetia o senhor Lenormand.

– Mas eu os conheço todos.

– Que bom para o senhor.

– O senhor está abusando dos seus direitos.

– Eu sei.

– Provaremos que o senhor está enganado.

– Tenho certeza que sim.

– O próprio juiz de instrução...

– Que o senhor Formerie me deixe em paz! Ele não tem nada melhor para fazer a não ser interrogar os criados, que é o que ele está fazendo agora. O resto não é da conta da instrução. É da polícia. É da minha conta.

Nesse momento, um esquadrão de agentes invadiu o hotel. O chefe da Sûreté os dividiu em vários grupos e os enviou para o terceiro andar, e depois, dirigindo-se ao comissário:

– Meu caro comissário, eu lhe delego a vigilância. Sem fraquejar, eu imploro. Eu assumo a responsabilidade pelo que vai acontecer.

E, seguindo até o elevador, ele foi levado para o segundo andar.

A tarefa não foi fácil. Ela foi longa, pois era necessário abrir as portas dos sessenta quartos, inspecionar todos os banheiros, todas as alcovas, todos os armários, todos os cantinhos.

Mas isso também foi inútil. Uma hora depois, ao meio-dia, o senhor Lenormand tinha acabado o segundo andar, os outros oficiais ainda não tinham terminado os andares superiores, e nenhuma descoberta fora feita.

O senhor Lenormand hesitou: será que o assassino tinha ido para as mansardas?

Ele já estava decidido a descer quando foi avisado de que a senhora Kesselbach tinha acabado de chegar com sua dama de companhia. Edwards, o velho criado de confiança, aceitou a tarefa de informá-la da morte do senhor Kesselbach.

O senhor Lenormand a encontrou num dos salões, abatida, sem lágrimas, mas com o rosto retorcido de dor e o corpo tremendo, como se agitada por calafrios de febre.

Era uma mulher alta, morena, cujos olhos pretos, de grande beleza, estavam preenchidos de pequenos pontos de ouro, como lantejoulas que brilham no escuro. Seu marido a conhecera na Holanda, onde Dolorès nasceu, oriunda de uma velha família de origem espanhola: os Amonti. Ele se apaixonou imediatamente por ela, e, há quatro anos, o acordo deles, feito de ternura e dedicação, nunca tinha mudado. O senhor Lenormand se apresentou. Ela olhou para ele sem responder, e ele ficou em silêncio, pois ela não parecia, em seu estupor, entender o que ele dizia.

Então, de repente, ela começou a chorar profusamente e pediu para ser levada até o marido.

No hall, o senhor Lenormand encontrou Gourel, que estava à procura dele e entregou-lhe um chapéu que tinha nas mãos.

– Chefe, eu encontrei isto... Não há engano quanto à proveniência, certo?

Era um chapéu mole, um feltro preto. No interior, nenhuma coifa, nenhuma etiqueta.

– Onde o encontrou?

– No patamar da escada de serviço, no segundo andar.

– Nos outros andares, nada?

– Nada. Revistamos tudo. Só resta o primeiro. E este chapéu prova que o homem desceu até lá. Estamos perto, chefe.

– Acredito que sim.

O senhor Lenormand parou no pé da escada.

– Encontre o comissário e dê-lhe a instrução: dois homens no pé de cada uma das quatro escadas, revólver em punho. E que disparem se for preciso. Entenda isto, Gourel, se o Chapman não estiver a salvo, e se o indivíduo escapar, eu me demito. Já tem duas horas que estou no meio desse delírio.

Ele subiu as escadas. No primeiro andar, encontrou dois agentes que saíam de um dos quartos, acompanhados por um funcionário do hotel.

O corredor estava deserto. O pessoal do hotel não ousava se aventurar por lá, e alguns hóspedes tinham se trancado em seus quartos, de modo que era necessário bater por um longo tempo e ser reconhecido antes de conseguir que alguém abrisse a porta.

Mais adiante, o senhor Lenormand viu outro grupo de agentes visitando o escritório, e, na outra extremidade do longo corredor, viu outros se aproximando da esquina, ou seja, dos quartos que davam para a rua Judée.

E, de repente, ouviu esses homens gritarem e desaparecem correndo.

Ele se apressou.

Os agentes estavam parados no meio do corredor. Aos seus pés, bloqueando a passagem, o rosto colado no tapete, jazia um corpo.

O senhor Lenormand se inclinou e segurou a cabeça inerte entre as mãos.

– Chapman está morto – murmurou.

Ele o examinou. Um lenço de seda branca, de malha, apertava o pescoço. Ele o desamarrou. Manchas vermelhas apareceram, e ele notou que o lenço segurava, contra a nuca, uma espessa bola de algodão toda ensanguentada.

Mais uma vez, a mesma ferida pequena, clara, direta, implacável.

Imediatamente avisados, o senhor Formerie e o comissário chegaram depressa.

– Ninguém saiu? – o chefe perguntou. – Não houve nenhum alerta!

– Nada – disse o comissário. – Dois homens estão de plantão ao pé de cada escada.

– Talvez tenha subido? – perguntou o senhor Formerie.

– Não!

– Do contrário, ele teria sido encontrado.

– Não... Tudo isso aconteceu já tem algum tempo. As mãos já estão frias... O assassinato deve ter acontecido quase imediatamente depois do outro... no momento em que os dois homens chegaram aqui pelas escadas de serviço.

– Mas o cadáver teria sido visto! Pensem, durante essas duas horas, umas cinquenta pessoas passaram por aqui...

– O corpo não estava aqui.

– Mas, então, onde ele estava?

– Ah, como vou saber?! – o chefe da Sûreté respondeu com firmeza. – Façam como eu, procurem! Não vamos encontrar nada falando.

Com a mão nervosa, ele golpeava com força o punho da sua bengala e permanecia ali, silencioso e pensativo, com os olhos fixos no cadáver. Finalmente, ele pronunciou:

– Senhor comissário, tenha a gentileza de conduzir o corpo da vítima para um quarto vazio. Vamos chamar o médico. Senhor diretor, por gentileza, abra as portas de todos os quartos deste corredor.

Havia à esquerda três quartos e dois salões que formavam um apartamento desocupado, e que o senhor Lenormand visitou. À direita, quatro quartos. Dois deles eram ocupados por um tal senhor Reverdat e por um italiano, o barão Giacomici, ambos ausentes naquele momento. No terceiro quarto, encontraram uma velha senhora inglesa, ainda deitada, e, no quarto seguinte, um inglês que lia e fumava tranquilamente e a quem os barulhos do corredor não haviam distraído de sua leitura. Chamava-se major Parbury.

A propósito, as buscas e os interrogatórios não deram nenhum resultado. A velha senhora não tinha ouvido nada antes das exclamações dos agentes, nem barulho de briga, nem grito de agonia, nem discussão; tampouco o major Parbury.

Além disso, não havia nenhuma evidência equívoca, nenhum vestígio de sangue, nada que sugerisse que o infeliz Chapman tivesse passado por qualquer um desses cômodos.

– Esquisito... – murmurou o juiz de instrução –, tudo isso é muito esquisito...

E acrescentou ingenuamente:

– Entendo cada vez menos... Há uma série de circunstâncias que me escapam parcialmente. O que o senhor acha, senhor Lenormand?

O senhor Lenormand provavelmente ia dar uma daquelas respostas agudas por meio das quais seu mau humor se manifestava habitualmente, quando Gourel apareceu sem fôlego.

– Chefe... encontramos isto... embaixo... no escritório do hotel... sobre uma cadeira...

Era uma pequena embalagem, amarrada em um envelope de sarja preta.

– Alguém abriu? – o chefe perguntou.

– Sim, mas, quando vimos o que continha, refizemos o pacote exatamente como estava... bastante apertado, como o senhor pode ver.

– Desembrulhe!

Gourel tirou o envelope e encontrou uma calça e um casaco preto, que, como as dobras do tecido mostravam, haviam sido embrulhados apressadamente.

No meio, havia uma toalha toda manchada de sangue, que tinha sido mergulhada na água, sem dúvida para destruir a marca das mãos que tinham sido enxugadas nela.

No meio da toalha, um estilete de aço com o cabo revestido de ouro. Ele estava vermelho de sangue, o sangue de três homens degolados, em poucas horas, por uma mão invisível, entre a multidão de trezentas pessoas que iam e vinham pelo vasto hotel.

Edwards, o criado, reconheceu imediatamente que aquele era o estilete do senhor Kesselbach. Na véspera, antes da agressão de Lupin, Edwards o tinha visto sobre a mesa.

– Senhor diretor – disse o chefe da Sûreté –, a instrução será mais rígida. Gourel ordenará que todas as portas sejam abertas.

– O senhor acha que esse Lupin conseguiu sair? – interrogou o senhor Formerie.

– Não. O autor do triplo homicídio que acabamos de constatar está no hotel, em um dos quartos, ou melhor, misturado aos viajantes que estão no hall ou nos salões. Para mim, ele mora no hotel.

– Impossível! Além disso, onde é que ele trocaria de roupa? E que roupas estaria vestindo agora?

– Não sei, mas afirmo.

– E o senhor vai deixar a passagem livre para ele? Mas ele vai sair calmamente, com as mãos nos bolsos.

– Aquele entre os viajantes que sair assim, sem sua bagagem, e que não voltar será o culpado. Senhor diretor, acompanhe-me até o escritório, por gentileza. Eu gostaria de estudar em detalhes a lista dos seus clientes.

No escritório, o senhor Lenormand encontrou algumas cartas endereçadas ao senhor Kesselbach. Ele as entregou ao juiz de instrução.

Havia também um pacote que tinha acabado de ser trazido pelo serviço de entregas postais parisiense. Como o papel que o envolvia estava parcialmente rasgado, o senhor Lenormand pôde ver uma fita cassete gravada com o nome de Rudolf Kesselbach.

Ele abriu. Além dos cacos de um espelho que ainda podiam ser vistos no interior da caixinha, a fita trazia também o cartão de Arsène Lupin.

Mas um detalhe pareceu impressionar o chefe da Sûreté. Do lado de fora, sob a caixa, havia uma pequena etiqueta com uma borda azul, semelhante à etiqueta encontrada na sala do quarto andar, onde haviam encontrado também a cigarreira, *e a etiqueta também tinha o número 813*.

O SENHOR LENORMAND INICIOU SUAS OPERAÇÕES

1

– Auguste, mande entrar o senhor Lenormand.

O oficial de justiça saiu e alguns segundos depois apresentou o chefe da Sûreté.

Havia três pessoas no confortável gabinete do ministério da praça Beauvau: o famoso Valenglay, líder do partido radical havia trinta anos e atualmente o presidente do conselho e ministro do Interior; o senhor Testard, procurador-geral; e o comandante-geral, Delaume.

O comandante-geral e o procurador-geral não deixaram as cadeiras onde se sentaram durante a longa conversa que tinha acabado de ter com o presidente do conselho, mas este se levantou, e, cerrando a mão do chefe da Sûreté, disse-lhe no tom mais cordial:

– Tenho certeza, meu caro Lenormand, de que o senhor sabe a razão pela qual pedi que o senhor viesse até aqui.

– O caso Kesselbach?

– Sim.

O caso Kesselbach! Não há ninguém que não se lembre, não só do trágico caso Kesselbach, cuja complexa meada me propus a desvendar, mas também das pequenas vicissitudes do drama que fascinou a todos nos últimos anos. E ninguém se esqueceu também da emoção extraordinária que ele despertou na França e fora dela.

No entanto, ainda mais do que esse triplo assassinato cometido em circunstâncias tão misteriosas, ainda mais do que a atrocidade abominável dessa carnificina, mais do que tudo, há uma coisa que perturbou o público: o reaparecimento ou, melhor dizendo, a ressurreição de Arsène Lupin.

Arsène Lupin! Ninguém mais tinha ouvido falar dele nos últimos quatro anos, desde sua incrível, surpreendente aventura da Agulha Oca, desde o dia em que, perante os olhos de Herlock Sholmes e de Isidore Beautrelet, ele havia fugido na escuridão, carregando em suas costas o cadáver daquela que ele amava e seguido por sua antiga criada, Victoire.

Desde aquele dia, ele era considerado morto. Essa era a versão da polícia, que, sem encontrar vestígios do seu adversário, o havia pura e simplesmente enterrado.

Alguns, no entanto, supunham que ele estava a salvo e lhe atribuíam a pacífica existência de um bom burguês que cultiva seu jardim, entre sua esposa e seus filhos, enquanto outros alegavam que, curvado sob o peso do sofrimento e cansado das vaidades deste mundo, ele tinha se enclausurado em um convento de trapistas.

E eis que agora ele reaparecia! Eis que ele retomava sua luta impiedosa contra a sociedade! Arsène Lupin voltava a ser Arsène Lupin, o fantasista, o intangível, o desconcertante, o audacioso, o genial Arsène Lupin.

Mas, dessa vez, um grito de horror ecoou. Arsène Lupin havia matado! E a selvageria, a crueldade, o cinismo implacável do caso eram tais que, de repente, a lenda do herói simpático, do aventureiro cavalheiresco e, quando necessário, sentimental deu lugar a uma nova visão de um monstro desumano, sanguinário e feroz. A multidão execrava e temia seu antigo ídolo, mais violentamente do que o havia admirado outrora por sua graciosidade e seu bom humor.

E a indignação dessa multidão assustada se voltou contra a polícia. Antes, todos riam e perdoavam o comissário derrotado pela forma cômica como ele se deixava derrotar. Mas a diversão tinha durado tempo demais, e, em um impulso de revolta e fúria, a autoridade foi chamada a prestar contas pelos crimes indescritíveis que foi incapaz de evitar. Nos jornais, nas reuniões públicas, nas ruas, no próprio tribunal, houve uma tal explosão de raiva que o governo foi atingido e procurou todos os meios para acalmar a superexcitação pública.

Valenglay, o presidente do conselho, tinha um gosto muito aguçado por todos os assuntos de polícia e muitas vezes acompanhou de perto certos assuntos ao lado do chefe da Sûreté, cujas qualidades e o caráter independente ele estimava. Ele convocou ao seu gabinete o prefeito e procurador-geral, com quem falou, e depois o senhor Lenormand.

– Sim, meu caro Lenormand, trata-se do caso Kesselbach. Mas, antes de falar sobre isso, chamo sua atenção para um ponto... um ponto que incomoda particularmente o senhor comandante-geral. Senhor Delaume, o senhor poderia, por gentileza, explicar ao senhor Lenormand...?

– Oh! O senhor Lenormand sabe perfeitamente a que se refere o assunto – respondeu o comandante-geral em um tom que indicava pouca benevolência em relação ao seu subordinado –; nós já conversamos sobre isso, e eu expus a ele minha maneira de pensar sobre sua conduta imprópria no Palace Hotel. De modo geral, estão todos indignados.

O senhor Lenormand se levantou, tirou um papel do bolso e o colocou sobre a mesa.

– O que é isto? – perguntou Valenglay.

– Minha demissão, senhor presidente.

Valenglay sobressaltou-se.

– O quê! Sua demissão? Por causa de uma observação benigna que o senhor comandante lhe dirige e à qual ele não atribui qualquer tipo de importância? Não é, Delaume, nenhuma importância? E o senhor se sente ofendido! Admita, meu bom Lenormand, que o senhor tem uma personalidade forte. Vamos, guarde esse pedaço de papel e conversemos seriamente.

O chefe da Sûreté se sentou e Valenglay, impondo silêncio ao comandante-geral, que não escondia seu descontentamento, declarou:

– Em poucas palavras, Lenormand, eis o que se passa: o retorno de Lupin à cena nos incomoda. Durante muito tempo esse animal zombou de nós. Era engraçado, admito, e, de minha parte, eu era o primeiro a rir. Mas agora estamos falando de crimes. Poderíamos suportar Arsène Lupin enquanto ele divertia o público. Mas matar, não.

– Então, senhor presidente, o que querem de mim?

– O que queremos? Oh! É muito simples. Primeiro, a prisão, depois, o pescoço dele.

– A prisão dele eu posso prometer para breve. O pescoço dele, não.

– Como! Se ele for preso, é o tribunal criminal, a inevitável condenação e a forca.

– Não.

– E por que não?

– Porque o Lupin não matou.

– Hein? Mas o senhor está louco, Lenormand. E os cadáveres do Palace Hotel talvez sejam uma fábula! Não houve um triplo homicídio?

– Sim, mas não foi Lupin quem cometeu.

O chefe articulou essas palavras de forma muito cuidadosa e com uma tranquilidade e uma convicção impressionantes.

O procurador e o comandante protestaram, mas Valenglay retomou:

– Presumo, Lenormand, que não está fazendo essa suposição sem razões sérias.

– Isso não é uma suposição.

– A prova?

– Há duas. Em primeiro lugar, duas evidências de natureza moral, que eu imediatamente apresentei ao juiz de instrução e que os jornais também observaram. Antes de tudo, Lupin não mata. Depois, por que ele teria matado se o propósito de sua expedição, o roubo, havia sido realizado, e ele não tinha nada a temer de um adversário amarrado e amordaçado?

– Que seja. Mas e os fatos?

– Os fatos não valem nada contra a razão e a lógica. Além disso, os fatos não estão claros. O que significaria a presença de Lupin no quarto onde a cigarreira foi encontrada? Por outro lado, as roupas pretas encontradas, que eram obviamente as do assassino, não correspondem de forma alguma, em tamanho, às de Arsène Lupin.

– Então o senhor o conhece?

– Eu, não. Mas Edwards o viu, Gourel o viu, e quem eles viram não é quem a camareira viu na escada de serviço, arrastando Chapman pela mão.

– Então essa é sua teoria?

– O senhor quer dizer "a verdade", senhor presidente. Ela é a seguinte, ou, pelo menos, o que sei sobre a verdade: terça-feira, 16 de abril, um indivíduo... Lupin... invadiu o quarto do senhor Kesselbach por volta das duas da tarde.

Uma risada interrompeu o senhor Lenormand. Era o comandante-geral.

– Permita-me que lhe diga, senhor Lenormand, que o senhor precisa tudo com uma prontidão um pouco excessiva. Há provas de que, às três horas daquele dia, o senhor Kesselbach entrou no Crédit Lyonnais e foi até a sala de cofres. A assinatura dele no registro comprova isso.

O senhor Lenormand esperou respeitosamente até seu superior terminar de falar. Então, sem sequer se preocupar em responder diretamente ao ataque, ele continuou:

– Por volta das duas da tarde, Lupin, assistido por um cúmplice, um homem chamado Marco, amarrou o senhor Kesselbach, tirou dele todo o dinheiro que tinha e o forçou a revelar a combinação do seu cofre no Crédit Lyonnais. Assim que o segredo foi revelado, Marco partiu. Ele se juntou a um segundo cúmplice, que, aproveitando-se de certa semelhança com o senhor Kesselbach, uma semelhança, aliás, que ele reforçou naquele dia, vestindo roupas semelhantes às do sósia e usando óculos com armação de ouro, entrou no Crédit Lyonnais, imitou a assinatura do senhor Kesselbach, esvaziou o cofre e voltou, acompanhado por Marco. Este telefonou imediatamente a Lupin. Lupin, certo de que o senhor Kesselbach não o havia enganado, e o propósito de sua expedição estando cumprido, foi embora.

Valenglay parecia hesitante.

– Sim... Sim... admitamos... Mas o que me surpreende é que um homem como Lupin tenha arriscado tanto por um lucro tão miserável... algumas notas e o conteúdo, sempre hipotético, de um cofre.

– Lupin desejava mais. Ele queria ou o envelope de couro que estava na mala de viagem ou a caixa de ébano que estava no cofre. Ele encontrou a caixa, já que a devolveu vazia. Então, hoje ele sabe, ou está em vias de saber, qual é o famoso projeto que o senhor Kesselbach estava desenvolvendo e sobre o qual ele informava seu secretário momentos antes de sua morte.

– Que projeto é esse?

– Não sei. O diretor da agência, Barbareux, a quem o senhor Kesselbach tinha contado muitas coisas, disse-me que o senhor Kesselbach estava à procura de um indivíduo, um desclassificado, ao que parece, chamado Pierre Leduc. Por que essa busca? E por que laços ele pode estar ligado ao seu projeto? Eu não saberia dizer.

– Que seja – concluiu Valenglay. – É isso o que sei sobre Arsène Lupin. O papel dele acabou. O senhor Kesselbach estava amarrado, sem dinheiro... mas vivo!... O que aconteceu até o encontrarmos morto?

– Nada, durante horas; nada até à noite. Mas, durante a noite, alguém entrou.

– Por onde?

– Pelo quarto 420, um dos quartos reservados por Kesselbach. O indivíduo obviamente tinha uma chave falsa.

– Mas – exclamou o comandante-geral –, entre esse quarto e o restante do apartamento, todas as portas estavam trancadas, e há cinco delas!

– Havia a varanda.

– A varanda!

– Sim, é a mesma varanda para todo o andar, na rua de Judée.

– E as divisórias?

– Um homem ágil consegue passar por elas. Nosso homem conseguiu. Encontrei vestígios.

– Mas todas as janelas do apartamento estavam fechadas, e, depois do crime, foi constatado que ainda estavam fechadas.

– Exceto uma, a do secretário Chapman, que só estava encostada; eu mesmo testei.

Dessa vez o presidente do conselho pareceu um pouco abalado, pois a versão do senhor Lenormand parecia lógica, rigorosa, apoiada em fatos sólidos.

Ele perguntou com crescente interesse:

– Mas esse homem veio com que propósito?

– Não sei.

– Ah! O senhor não sabe…

– Não, nem sei o nome dele.

– Mas por que razão ele matou?

– Não sei. No máximo, temos o direito de supor que ele não veio com a intenção de matar, mas com a intenção de pegar os documentos contidos no envelope de couro e na caixa, e que, encontrando-se por acaso diante de um inimigo reduzido à impotência, ele o matou.

Valenglay murmurou:

– É possível… sim, a rigor… E, na sua opinião, ele encontrou os documentos?

– Ele não encontrou a caixa, já que não estava lá, mas encontrou, no fundo da mala de viagem, o envelope de couro preto. Então, Lupin e o outro estão no mesmo ponto: ambos sabem as mesmas coisas sobre o projeto de Kesselbach.

– Ou seja – o presidente observou –, eles vão lutar um contra o outro.

– Exato. E a luta já começou. O assassino, encontrando um cartão de Arsène Lupin, colocou-o no cadáver. Todas as aparências estariam contra Lupin, então Arsène Lupin seria o assassino.

– Sim... realmente... – declarou Valenglay – o cálculo é bastante preciso.

– E o estratagema teria dado certo – continuou o senhor Lenormand – se, como resultado de outro acaso, desfavorável neste caso, o assassino, seja na ida, seja volta, não tivesse perdido sua cigarreira no quarto 420, e se o funcionário do hotel, Gustave Beudot, não a tivesse encontrado. Desde então, sabendo que tinha sido descoberto, ou estava prestes a...

– Como é que ele sabia?

– Como? Ora, pelo próprio juiz de instrução Formerie. A investigação aconteceu às claras! É certo que o assassino estava escondido entre os assistentes, funcionários do hotel ou jornalistas quando o juiz de instrução enviou Gustave Beudot até a mansarda para procurar pela cigarreira. Beudot subiu. O indivíduo o seguiu e o atacou. Segunda vítima.

Ninguém mais protestava. O drama tinha sido reconstituído com bastante proximidade da realidade e uma precisão verossímil.

– E a terceira? – perguntou Valenglay.

– Essa se ofereceu espontaneamente aos golpes. Não vendo Beudot retornar, Chapman, curioso para examinar pessoalmente a cigarreira, saiu com o diretor do hotel. Surpreendido pelo assassino, foi levado por ele para um dos quartos e, por sua vez, assassinado.

– Mas por que ele se deixou guiar por um homem que sabia ser o assassino do senhor Kesselbach e de Gustave Beudot?

– Não sei, tampouco sei qual foi o quarto onde o crime foi cometido, nem imagino a forma verdadeiramente milagrosa como o culpado escapou.

– Falaram sobre duas etiquetas azuis?

– Sim, uma encontrada na caixa que Lupin enviou, a outra encontrada por mim, provavelmente pertencente ao envelope de couro que o assassino roubou.

– E então?

– E então! Para mim, não significam nada. O que significa alguma coisa é o número *813*, que o senhor Kesselbach escreveu em cada uma delas: sua caligrafia foi reconhecida.

– E o número *813*?

– Mistério.

– E então?

– Então tenho de responder mais uma vez que não sei nada sobre isso.

– O senhor não tem nenhuma suspeita?

– Nenhuma. Dois dos meus homens vivem em um dos quartos do Palace Hotel, no andar onde o corpo de Chapman foi encontrado. Eles vigiam todas as pessoas do hotel. O culpado não está entre os que partiram.

– Ninguém telefonou durante o massacre?

– Sim. Alguém telefonou da cidade para o major Parbury, uma das quatro pessoas que vivem no corredor do primeiro andar.

– E esse major?

– Está sob vigilância dos meus homens. Até agora nada foi encontrado contra ele.

– E em que direção seguem as buscas?

– Oh! Em uma direção muito precisa. Para mim, o assassino está entre os amigos ou parentes da família Kesselbach. Ele seguia suas pistas, conhecia seus hábitos, sabia da razão pela qual o senhor Kesselbach estava em Paris, e pelo menos suspeitava da importância dos seus desígnios.

– Então não seria um profissional do crime?

– Não, não, mil vezes não! O crime foi cometido com uma habilidade e ousadia sem precedentes, mas foi encomendado pelas circunstâncias. Repito, é no entorno do senhor e da senhora Kesselbach que devemos procurar. A prova é que o assassino do senhor Kesselbach matou Gustave Beudot somente porque o rapaz do hotel era dono da cigarreira, e Chapman somente porque o secretário sabia de sua existência. Lembrem-se da emoção de Chapman: somente com a descrição da cigarreira, Chapman teve a intuição do drama. Se ele tivesse visto a cigarreira, nós teríamos sido informados. O desconhecido não se deixou enganar; ele apagou Chapman. E não sabemos nada além das iniciais L e M.

Ele refletiu e pronunciou:

– Outra prova que é a resposta a uma das suas perguntas, senhor presidente. O senhor acredita que Chapman teria seguido esse homem pelos corredores e pelas escadas do hotel se já não o tivesse reconhecido?

Os fatos se acumulavam. A verdade, ou pelo menos a verdade provável, fortalecia-se. Muitos pontos, talvez os mais interessantes, permaneciam obscuros. Mas que luz! Na ausência dos motivos que os haviam inspirado, podia-se ver claramente a série de atos realizados naquela trágica manhã!

Houve um silêncio. Todos meditavam, procuravam argumentos, objeções. Finalmente, Valenglay exclamou:

– Meu caro Lenormand, tudo isso é perfeito... O senhor me convenceu. Mas, no fundo, não avançamos tanto assim.

– Como?

– O objetivo da nossa reunião não é de modo algum decifrar parte do enigma, que, um dia ou outro, não tenho dúvida, os senhores decifrarão por completo, mas dar satisfação, tanto quanto possível, às exigências do público. Ora, que o assassino seja ou não Lupin, se há dois culpados, ou três, ou um só, isso não nos faz chegar ao nome do culpado nem à prisão dele. E o público ainda tem essa impressão desastrosa de que a justiça é impotente.

– O que eu posso fazer?

– Precisamente, dar ao público a satisfação que ele pede.

– Mas parece-me que estas explicações já seriam suficientes...

– Palavras! O povo quer ações. Só uma coisa o satisfaria: uma detenção.

– Raios! Raios! No entanto, não podemos deter o primeiro que aparecer.

– Seria melhor do que não prender ninguém – riu Valenglay. – Vamos, procure bem... O senhor confia em Edwards, o criado de Kesselbach?

– Absolutamente... Além disso, senhor presidente, isso seria perigoso, ridículo, e estou convencido de que o próprio procurador-geral... Enfim, só há dois indivíduos que temos o direito de prender: o assassino... que não conheço... e Arsène Lupin.

– E então?

– Não se prende Arsène Lupin, ou pelo menos isso leva tempo, um conjunto de medidas que eu ainda não tive a oportunidade de combinar, uma vez que eu pensava que Lupin estivesse preso... ou morto.

Valenglay bateu o pé com a impaciência de um homem que gosta de ter seus desejos imediatamente realizados.

– Entretanto... entretanto... meu caro Lenormand, é preciso... É preciso pelo senhor também... O senhor tem consciência de que tem inimigos poderosos e de que, se não fosse por mim... Enfim, é inadmissível que o senhor vacile assim... E quanto aos cúmplices, o que descobriram? Não é só o Lupin... Há também Marco... Há também o patife que fingiu ser o senhor Kesselbach para descer aos cofres do Crédit Lyonnais.

– Esse lhe seria suficiente, senhor presidente?

– Se ele me bastaria! Por Deus, confio no senhor.

– Pois bem, então me dê oito dias.

– Oito dias! Mas não é uma questão de dias, meu caro Lenormand, é simplesmente uma questão de horas.

– Quanto tempo o senhor me dá, senhor presidente?

Valenglay puxou o relógio e riu:

– Eu lhe dou dez minutos, meu caro Lenormand.

O chefe da Sûreté puxou o seu próprio relógio e pontuou, em voz baixa:

– São quatro a mais, senhor presidente.

2

Valenglay olhou para ele, estupefato.

– Quatro a mais? O que o senhor quer dizer?

– Eu quero dizer, senhor presidente, que os dez minutos que o senhor me dá são inúteis. Preciso de seis, nem um a mais.

– Ora essa! Mas, Lenormand... essa piada não seria de bom gosto...

O chefe da Sûreté se aproximou da janela e acenou para dois homens que caminhavam calmamente pelo canteiro central do Ministério. Depois voltou.

– Senhor procurador-geral, tenha a bondade de assinar um mandado de prisão em nome de Daileron, Auguste-Maximin-Philippe, de quarenta e sete anos. Deixe a profissão em branco.

Ele abriu a porta da frente.

– Pode vir, Gourel. Você também, Dieuzy. Gourel se apresentou, acompanhado pelo inspetor Dieuzy.

– Está com as algemas, Gourel?

– Sim, chefe.

O senhor Lenormand avançou na direção de Valenglay.

– Senhor presidente, está tudo pronto. Mas insisto com bastante veemência para que renuncie a essa prisão. Ela atrapalha todos os meus planos; pode abortá-los e, para uma ínfima satisfação, ela corre o risco de comprometer tudo.

– Senhor Lenormand, eu gostaria de observar que só lhe restam oitenta segundos.

O chefe reprimiu um gesto de aborrecimento, caminhou pela sala da direita e para a esquerda, apoiando-se em sua bengala, sentou-se com um ar furioso, como se decidisse se calar, e de repente, tomando partido:

– Senhor presidente, a primeira pessoa a entrar neste gabinete será a pessoa cuja detenção o senhor exigiu. Contra a minha vontade, eu gostaria de deixar claro.

– Só mais quinze segundos, Lenormand.

– Gourel... Dieuzy... a primeira pessoa, certo? O senhor já assinou, senhor procurador-geral?

– Faltam dez segundos, Lenormand.

– Senhor presidente, importa-se de tocar a campainha?

– Valenglay tocou.

O oficial de justiça se apresentou no limiar da porta e esperou.

Valenglay virou-se para o chefe:

– Pois bem, Lenormand, estamos à espera das suas ordens... Quem devemos introduzir?

– Ninguém.

– Mas e o patife cuja detenção o senhor nos prometeu? Os seis minutos já passaram faz tempo.

– Sim, mas o patife está aqui.

– Como? Não entendo... ninguém entrou.

– Está, sim.

– Ora essa! Mas... vejamos... Lenormand, está tripudiando de mim... Repito, ninguém entrou.

– Éramos quatro neste gabinete, senhor presidente, agora somos cinco. Portanto, entrou alguém.

Valenglay sobressaltou-se.

– Hein? Isso é loucura! O que o senhor quer dizer...

Os dois agentes se posicionaram entre a porta e o oficial de justiça. O senhor Lenormand se aproximou do oficial de justiça, pôs as mãos em seu ombro e, com uma voz firme:

– Em nome da lei, Daileron, Auguste-Maximin-Philippe, chefe dos oficiais de justiça da presidência do conselho, o senhor está preso.

Valenglay começou a rir:

– Ah! Essa é boa... Essa é muito boa... Esse maldito Lenormand tem umas ideias ótimas! Muito bom, Lenormand, há muito tempo eu não ria tanto...

O senhor Lenormand se voltou para o procurador-geral:

– Senhor procurador-geral, não se esqueça de colocar no mandado a profissão do senhor Daileron, está bem? Chefe dos oficiais de justiça na presidência do conselho...

– Sim... sim... chefe dos oficiais de justiça... na presidência do conselho... – gaguejou Valenglay, que apoiava as mãos nas costas de tanto rir. – Ah! Esse bom Lenormand tem tiradas de gênio... O público exigia uma detenção... Ele agarra pelo pescoço, quem? O meu chefe dos oficiais de justiça, venerável, o servidor modelo... Bem, é verdade, Lenormand, que eu conhecia certa dose de fantasia sua, mas não a esse ponto, meu caro! Que atrevido!

Desde o início da cena, Auguste não se moveu e parecia não entender nada do que estava acontecendo ao seu redor. Sua boa figura de subalterno leal e fiel parecia absolutamente perplexa. Ele olhava intercaladamente para seus interlocutores com um esforço visível para entender o significado de suas palavras.

O senhor Lenormand disse algumas palavras a Gourel, que saiu. Então, avançando em direção a Auguste, ele pronunciou claramente:

– Não há nada a fazer. Você está preso. O melhor é revelar seu jogo quando a partida está perdida. O que você fez na terça-feira?

– Eu? Nada. Eu estava aqui.

– Está mentindo. Era seu dia de folga, e você saiu.

– De fato... agora eu me lembro... Um amigo do interior veio à cidade... nós fomos dar um passeio pelo bosque.

– O amigo se chama Marco. E vocês foram passear pelos cofres do Crédit Lyonnais.

– Eu! Essa é boa! Marco? Não conheço ninguém com esse nome.

– E isto, você conhece? – interrogou o chefe, colocando debaixo de seu nariz um par de óculos com armação dourada.

– Não... claro que não... Eu não uso óculos...

– Sim, quando você quando vai ao Crédit Lyonnais e finge ser o senhor Kesselbach. Estes óculos estavam no quarto que você aluga, sob o nome de senhor Jérôme, na rua do Colisée, número 5.

– Eu, um quarto? Eu durmo no ministério.

– Mas você troca de roupa lá, para desempenhar seu papel no bando do Lupin.

O outro passou a mão sobre a testa coberta de suor. Ele estava lívido e balbuciou:

– Não entendo... O senhor está dizendo coisas... coisas...

– Precisa de outra informação para entender melhor? Então aqui está o que encontramos entre os papéis que você joga no lixo, debaixo da escrivaninha da antessala, aqui mesmo.

E o senhor Lenormand desdobrou uma folha de papel timbrada do ministério, em que se lia em vários lugares, com uma escrita vacilante: Rudolf Kesselbach.

– E então, o que me diz sobre isso, bravo servidor? Exercícios de imitação da assinatura do senhor Kesselbach. Isso é uma prova?

Um murro no peito fez o senhor Lenormand vacilar. De um salto, Auguste chegou na frente da janela aberta, pisou na soleira e saltou para o pátio central.

– Que droga! – gritou Valenglay. – Ah, bandido!

Ele tocou a campainha, correu, tentou chamar pela janela. O senhor Lenormand disse-lhe com a maior calma:

– Não se agite, senhor presidente…

– Mas o canalha do Auguste…

– Um segundo, por favor… Eu já tinha previsto esse resultado… até o esperava… Não há confissão melhor.

Dominado por seu sangue-frio, Valenglay retornou ao seu lugar. Alguns instantes depois, Gourel entrou segurando pelo colarinho o senhor Daileron, Auguste-Maximin-Philippe, codinome Jérôme, chefe dos oficiais de justiça na presidência do conselho.

– Traga-o, Gourel – disse o senhor Lenormand –, ou, como dizem: "Traz!". O bom cão de caça que regressa com a presa entre os dentes… Ele resistiu?

– Ele mordeu um pouco, mas eu estava apertando com força – respondeu o brigadeiro, mostrando sua mão enorme e nodosa.

– Ótimo, Gourel. Agora leve esse sujeito à prisão, em um fiacre. Sem despedidas, senhor Jérôme.

Valenglay estava se divertindo. Ele esfregava as mãos enquanto ria. A ideia de que o chefe dos seus oficiais de justiça era um dos cúmplices de Lupin parecia-lhe a mais encantadora e irônica das aventuras.

– Muito bem, meu caro Lenormand, tudo isso é admirável, mas como diabos o senhor arquitetou tudo?

– Oh! Da maneira mais simples. Eu sabia que o senhor Kesselbach contatara a agência Barbareux e que Lupin tinha ido até a casa dele, supostamente em nome dessa agência. Procurei por esse lado e descobri que a indiscrição cometida em detrimento do senhor Kesselbach e de Barbareux só podia ter sido feita em benefício de um homem chamado Jérôme, amigo de um funcionário da agência. Se o senhor não tivesse me dado ordens para acelerar as coisas, eu vigiaria o oficial de justiça e chegaria ao Marco, e depois ao Lupin.

– O senhor chegará, Lenormand. E vamos assistir ao espetáculo mais emocionante do mundo, a luta entre Lupin e o senhor. Eu aposto no senhor.

Na manhã seguinte, os jornais publicaram esta carta:

Carta aberta ao senhor Lenormand, chefe da Sûreté.

Todos os meus cumprimentos, caro senhor e amigo, pela prisão do oficial de justiça Jérôme. Foi um bom trabalho, bem feito e realmente digno do senhor.

Parabéns também pela forma engenhosa como provou ao presidente do conselho que eu não era o assassino do senhor Kesselbach. Sua demonstração foi clara, lógica, irrefutável e, sobretudo, verdadeira. Como o senhor bem sabe, eu não mato. Obrigado por ter confirmado isso na ocasião. A estima dos meus contemporâneos e a sua, caro senhor e amigo, me são indispensáveis.

Em contrapartida, permita-me ajudá-lo na perseguição do assassino monstruoso e dar-lhe uma ajuda com o caso Kesselbach. Um caso muito interessante, pode acreditar em mim, tão interessante e digno da minha atenção que saio do refúgio onde vivi durante quatro anos, entre meus livros e meu bom cão Sherlock, convoco todos os meus camaradas e me lanço novamente no combate.

Como a vida dá voltas inesperadas! Eis-me aqui como seu colaborador. Esteja certo, caro senhor e amigo, que eu agradeço e aprecio, na justa medida, esse favor do destino.

Assinado: Arsène LUPIN.

Post-scriptum. – *Mais uma observação que tenho certeza de que o senhor aprovaria. Como não é apropriado para um cavalheiro, que teve o glorioso privilégio de lutar sob minha bandeira, apodrecer na palha úmida de suas prisões, acredito que devo lealmente avisá-lo de que, em cinco semanas, na sexta-feira, 31 de maio, vou libertar o senhor Jérôme, promovido por mim ao posto de chefe dos oficiais de justiça na presidência do conselho. Não se esqueça da data: sexta-feira, 31 de maio. — A. L.*

O PRÍNCIPE SERNINE EM AÇÃO

1

Um andar térreo, na esquina do boulevard Haussmann com a rua de Courcelles. É lá que vive o príncipe Sernine, um dos membros mais brilhantes da colônia russa em Paris e cujo nome aparece a cada momento nas seções "Deslocamentos e Veraneios" dos jornais.

Onze da manhã. O príncipe entra no seu gabinete de trabalho. É um homem que tem entre trinta e cinco e quarenta anos de idade e cujos cabelos castanhos se misturam com alguns fios prateados. Ele tem uma pele saudável, bigodes espessos e costeletas curtas e mal delineadas na pele fresca das faces. Ele se veste devidamente com uma sobrecasaca cinza acinturada e um colete com forro de cotim branco.

– Bem, acho que vai ser um dia difícil.

Ele abriu uma porta que levava a uma sala grande onde havia algumas pessoas esperando e disse:

– Varnier está? Entre, Varnier.

Um homem com a aparência de pequeno-burguês, atarracado, robusto, em forma, veio ao seu chamado. O príncipe fechou a porta.

– E então, como estão as coisas, Varnier?

– Está tudo pronto para esta noite, chefe.

– Perfeito. Conte tudo, resumidamente.

– Aqui está. Desde o assassinato do marido, a senhora Kesselbach, com base no prospecto que o senhor lhe enviou, escolheu como residência a casa de repouso das senhoras, localizada em Garches. Ela vive nos fundos do jardim, no último dos quatro pavilhões que a direção aluga para as senhoras que desejam viver totalmente separadas dos outros pensionistas, o pavilhão da imperatriz.

– E os criados dela?

– Sua dama de companhia, Gertrude, com quem ela chegou algumas horas após o crime, e a irmã de Gertrude, Suzanne, a quem ela trouxe de Monte Carlo, e que lhe serve de criada. As duas irmãs são totalmente dedicadas a ela.

– E Edwards, o camareiro?

– Ela não ficou com ele. Ele voltou para o país dele.

– Ela recebe visitas?

– Ninguém. Ela passa o tempo deitada num sofá. Ela parece muito fraca, doente. Chora muito. Ontem, o juiz de instrução ficou com ela por duas horas.

– Bem. E sobre a jovem?

– A senhorita Geneviève Ernemont vive do outro lado da avenida, em uma ruela que segue em direção ao campo. A casa dela é a terceira à direita. Ela mantém uma escola livre e gratuita para crianças com algum tipo de atraso. A avó dela, a senhora Ernemont, vive com ela.

– E, de acordo com o que você me escreveu, Geneviève Ernemont e a senhora Kesselbach se conheceram?

– Sim. A jovem foi pedir à senhora Kesselbach subsídios para a escola. Elas devem ter gostado uma da outra, porque há quatro dias caminham juntas pelo parque Villeneuve, do qual o jardim da casa de repouso é apenas um anexo.

– A que horas elas saem?

– Das cinco às seis. Às seis horas em ponto, a jovem vai até a escola.

– Então você organizou tudo...

– Para hoje, às seis horas. Está tudo pronto.

– Não haverá ninguém?

– Nunca há ninguém no parque a essa hora.

– Isso é bom. Estarei lá. Pode ir.

Ele o fez sair pela porta do vestíbulo e, voltando para a sala de espera, chamou:

– Os irmãos Doudeville.

Dois jovens entraram, vestidos com uma elegância um pouco exagerada, os olhos vivos, aparentemente simpáticos.

– Olá, Jean. Olá, Jacques. Alguma novidade na Chefatura?

– Não exatamente, chefe.

– O senhor Lenormand ainda confia em vocês?

– Ainda. Depois do Gourel, somos seus inspetores favoritos. A prova é que ele nos instalou no Palace-Hotel para vigiar as pessoas que moravam no corredor do primeiro andar no momento do assassinato de Chapman. Todas as manhãs Gourel vem, e nós lhe reportamos o mesmo que ao senhor.

– Perfeito. É essencial que eu esteja a par de tudo o que está sendo feito e dito na Chefatura de Polícia. Enquanto Lenormand acreditar nos seus homens, eu controlo a situação. E no hotel, descobriram alguma pista?

Jean Doudeville, o mais velho, respondeu:

– A inglesa que vivia num dos quartos foi embora.

– Essa não me interessa. Tenho minhas informações. Mas e o vizinho dela, o major Parbury?

Os dois rapazes pareciam envergonhados. Finalmente um dos dois respondeu:

– Nesta manhã, o major Parbury deu ordens para que sua bagagem fosse transportada para a estação Nord, para o trem do meio-dia e cinquenta, e ele partiu de carro. Nós estávamos na estação no momento da partida do trem. O major não apareceu.

– E a bagagem?

– Ele mandou buscá-la.

– Quem?

– Um comissionista, segundo nos informaram.

– Então vocês o perderam de vista?

– Sim.

– Enfim! – o príncipe exclamou alegremente.

Os outros olharam para ele espantados.

– Ora, sim – disse ele –, eis uma pista!

– O senhor acha?

– Obviamente. O assassinato de Chapman só pode ter sido cometido num dos quartos daquele corredor. Foi para lá, no quarto de um cúmplice, que o assassino do senhor Kesselbach levou o secretário, foi lá que ele o matou, foi lá que ele mudou de roupa e foi o cúmplice que, depois que o assassino partiu, colocou o cadáver no corredor. Mas que cúmplice? A maneira como o major Parbury desapareceu tende a provar que ele não é alheio ao caso. Rápido, telefonem para dar a boa notícia ao senhor Lenormand ou a Gourel. A Chefatura precisa ser informada sobre isso o mais rápido possível. Esses senhores e eu andamos de mãos dadas.

Ele fez mais algumas recomendações sobre o duplo papel deles como inspetores da polícia a serviço do príncipe Sernine e os dispensou.

Na sala de espera ainda havia dois visitantes. Ele convocou os dois.

– Mil desculpas, doutor – disse ele. – Sou todo seu. Como vai Pierre Leduc?

– Morto.

– Oh! Oh! – disse Sernine. – Eu já imaginava, desde o seu recado desta manhã. Mas, mesmo assim, o pobre rapaz não demorou muito...

– Ele estava puro osso. Uma síncope e acabou.

– Ele não falou?

– Não.

– Você tem certeza de que, desde o dia em que nós dois o pegamos debaixo da mesa em um bordel de Belleville, ninguém da sua clínica suspeitou que era ele, Pierre Leduc, que a polícia estava procurando, o misterioso Pierre Leduc que Kesselbach queria encontrar a todo custo?

– Ninguém. Ele ocupava um quarto separado. Além disso, eu tinha feito um curativo em sua mão esquerda, para que não fosse possível ver a ferida do dedo mindinho. Quanto à cicatriz na face, ela fica invisível sob a barba.

– E você o vigiou pessoalmente?

– Pessoalmente. E, de acordo com as suas instruções, aproveitei a oportunidade para interrogá-lo em todos os momentos em que ele pareceu mais lúcido. Mas só obtive balbucios incompreensíveis.

O príncipe murmurou, pensativo:

– Morto... Pierre Leduc está morto... Todo o caso Kesselbach dependia dele, e pronto... agora ele desaparece sem fazer uma revelação, sem dizer uma única palavra sobre si mesmo, sobre o seu passado... Devo embarcar nessa aventura sobre a qual ainda não entendo nada? É perigoso... Posso naufragar...

Ele pensou por um momento e exclamou:

– Ah, não importa! Ainda estou navegando. A morte de Pierre Leduc não é uma razão para que eu abandone o navio. Pelo contrário! E a ocasião é muito tentadora. Pierre Leduc está morto. Viva Pierre Leduc! Vá, doutor. Pode ir para casa. Telefono nesta noite.

O médico saiu.

– Agora somos nós dois, Philippe – disse Sernine ao último visitante, um homem pequeno, de cabelo grisalho, vestido como um funcionário de hotel de segunda categoria.

– Chefe – começou Philippe –, devo lembrar que, na semana passada, o senhor me fez entrar como camareiro no hotel Deux-Empereurs, em Versalhes, para vigiar um jovem.

– Sim, eu sei... Gérard Baupré. A quantas ele anda?

– Quase sem recursos.

– Ainda com ideias obscuras?

– Ainda. Ele quer se matar.

– Isso é sério?

– Muito sério. Encontrei esta pequena nota nos papéis dele.

– Ah! Ah! – fez Sernine ao ler o bilhete. – Ele está anunciando sua morte… e nesta noite!

– Sim, chefe, a corda foi comprada, e o gancho está preso no teto. Então, de acordo com suas ordens, entrei em contato com ele, que me falou da sua angústia, e eu o aconselhei a procurar o senhor. "O príncipe Sernine é rico", eu disse a ele, "ele é generoso, talvez ele o ajude."

– Tudo isso é perfeito. Então ele virá?

– Ele está aqui.

– Como você sabe?

– Eu o segui. Ele pegou o trem para Paris e está neste momento caminhando de um lado para outro do boulevard. A qualquer momento ele irá se decidir.

Nesse exato instante, um criado trouxe um cartão. O príncipe leu e disse:

– Mande entrar o senhor Gérard Baupré.

E dirigindo-se a Philippe:

– Fique no escritório, ouça e não se mexa.

Sozinho, o príncipe murmurou:

– Como eu hesitaria? É o destino que o envia…

Alguns minutos depois, um jovem alto, louro, magro, o rosto fino, um olhar febril, ficou no limiar, envergonhado, hesitante, com a postura de um mendigo que gostaria de estender a mão mas não ousa fazê-lo.

A conversa foi curta.

– O senhor é Gérard Baupré?

– Sim… sim… sou eu.

– A que devo a honra…

– Bem, senhor… Na verdade, alguém me disse…

– Alguém quem?

– Um rapaz do hotel que alega ter trabalhado em sua casa…

– Que seja…

– Bem…

O jovem parou, intimidado, incomodado com a postura arrogante do príncipe. Este observou:

– No entanto, senhor, talvez seja necessário...

– Bem, senhor. Disseram-me que o senhor era muito rico e generoso, e pensei que talvez lhe fosse possível...

Ele se interrompeu, incapaz de pronunciar a palavra de súplica e humilhação.

Sernine se aproximou dele.

– Senhor Gérard Baupré, o senhor não publicou um volume de versos intitulado "O sorriso da primavera"?

– Sim, sim – exclamou o jovem, cuja feição se iluminou –... o senhor leu?

– Sim, seus versos são muito bonitos... muito bonitos. O senhor pretende viver do que eles lhe renderem?

– Certamente... cedo ou tarde...

– Cedo ou tarde... mais provável que seja tarde, não é mesmo? E, enquanto isso, o senhor vem me pedir ajuda para ter como sobreviver?

– O suficiente para comer, senhor.

Sernine colocou a mão no ombro dele e, friamente:

– Os poetas não comem, senhor. Alimentam-se de rimas e sonhos. Faça o mesmo. É melhor do que pedir esmolas.

O jovem estremeceu sob o insulto. Sem uma palavra, ele caminhou rapidamente até a porta.

Sernine o impediu.

– Mais uma palavra, senhor. O senhor não tem mais recursos?

– Mais nada.

– E não tem nenhum plano?

– Ainda tenho uma esperança... Escrevi a um familiar pedindo que me mande algum dinheiro. Vou receber a resposta hoje. É o último limite.

– E, se vai receber uma resposta, o senhor provavelmente está decidido, esta noite, a...

– Sim, senhor.

Isso foi dito de forma simples e clara. Sernine gargalhou.

– Deus! Como o senhor é engraçado, meu bravo jovem! E que convicção ingênua! Volte a me procurar no próximo ano, pode ser? Falaremos novamente sobre tudo isso... É tão curioso, tão interessante... e sobretudo tão engraçado. Ha! Ha! Ha!

E, com uma crise de riso, com gestos exagerados e saudações, ele o acompanhou até a saída.

– Philippe – disse ele, abrindo para o rapaz do hotel –, você ouviu?

– Sim, chefe.

– Gérard Baupré espera por um telegrama nesta tarde, uma promessa de ajuda...

– Sim, sua última esperança.

– Ele não deve receber esse telegrama. Se ele chegar, pegue-o e rasgue-o.

– Está bem, chefe.

– Você está sozinho em seu hotel?

– Sim, sozinho com a cozinheira que não dorme lá. O chefe está fora.

– Bom. Então somos os mestres. Até à noite, por volta das onze. Pode ir.

2

O príncipe Sernine entrou em seu quarto e chamou o criado.

– Meu chapéu, as luvas e a bengala. O carro está aqui?

– Sim, senhor.

Ele se vestiu, saiu e se instalou numa ampla e confortável limusine que o levou até o bosque Boulogne, na residência do marquês e da marquesa de Gastyne, onde foi convidado para almoçar.

Às duas e meia, ele deixou seus anfitriões, parou na avenida Kléber, pegou dois de seus amigos e um médico e chegou ao Parc des Princes às cinco para as três.

Às três horas ele travou uma luta de espadas com o comandante italiano Spinelli, cortou a orelha de seu oponente, e às três horas e quarenta e cinco adentrou em um banco nas proximidades da rua Cambon, de onde saiu, às cinco horas e vinte, com um lucro de quarenta e sete mil francos.

E tudo isso sem pressa, com uma espécie de insolência arrogante, como se o movimento impetuoso que parecia carregar sua vida para um turbilhão de atos e acontecimentos fosse a própria regra dos seus dias mais pacíficos.

– Octave – disse ao motorista –, vamos a Garches.

E, às dez para as seis, ele chegava em frente às antigas muralhas do parque Villeneuve.

Agora despedaçado, danificado, o setor de Villeneuve ainda mantém algo do esplendor que conheceu nos tempos em que a imperatriz Eugénie vinha fazer seus partos. Com suas árvores antigas, sua lagoa, o horizonte de folhagens que se desdobra pelos bosques de Saint-Cloud, a paisagem tem graça e melancolia.

Uma parte significativa da propriedade foi doada ao Instituto Pasteur. Uma porção menor, separada da primeira por todo o espaço reservado ao público, forma uma propriedade ainda bastante vasta, e onde se erguem, em torno da casa de repouso, quatro pavilhões isolados.

– É aqui que vive a senhora Kesselbach – pensou o príncipe, vendo de longe os telhados da casa e dos quatro pavilhões.

Ele então atravessou o parque e seguiu para o lago.

De repente ele parou atrás de um grupo de árvores. Ele tinha visto duas senhoras encostadas no parapeito da ponte que atravessa o lago.

– Varnier e seus homens devem estar por perto. Caramba, eles se escondem muito bem. Eu tenho procurado…

As duas senhoras agora caminhavam pelo gramado, sob as grandes e veneráveis árvores. O azul do céu apareceu entre os ramos embalados por uma brisa calma, e flutuavam no ar os cheiros da primavera e da vegetação jovem.

Sobre as encostas de relva que desciam até a água imóvel, margaridas, macieiras, violetas, narcisos, lírio-do-vale, todas as pequenas flores de abril e maio se agrupavam e formavam, aqui e ali, verdadeiras constelações de todas as cores. O sol se debruçava sobre o horizonte.

De repente, três homens surgiram de um bosque e vieram ao encontro das passeantes.

Eles as abordaram e trocaram algumas palavras. Ambas as senhoras deram sinais visíveis de medo. Um dos homens se aproximou da mais baixa e tentou agarrar a bolsa dourada que ela tinha na mão.

Elas gritaram, e os três homens saltaram sobre elas.

– É agora ou nunca o momento de surgir – disse o príncipe. E ele se lançou.

Em dez segundos, ele chegou quase à beira da água. Com sua aproximação, os três homens fugiram.

– Fujam, malandros – ele tripudiou –, fujam a toda velocidade. Aqui está o salvador que emerge.

E começou a persegui-los. Mas uma das senhoras suplicou:

– Oh! Senhor, por favor, minha amiga está desacordada.

A menor das senhoras, de fato, tinha caído na relva, desmaiada.

Ele recuou e, inquieto:

– Ela está ferida? – perguntou. – Aqueles miseráveis...?

– Não... não... É só medo... Foi a emoção... Além disso... o senhor vai entender... esta senhora é a senhora Kesselbach...

– Oh! – ele reagiu.

Ele ofereceu um frasco de sais, que a jovem imediatamente fez sua amiga inalar, e acrescentou:

– Levante a ametista que serve como tampa. No interior há uma pequena caixa, e, nessa caixa, pastilhas. Dê uma à senhora... uma, nenhuma a mais... a pastilha é muito forte...

Ele observava a jovem cuidar de sua amiga. Ela era loira, de aparência muito simples, com um rosto doce e sério, um sorriso que animava seus traços, ainda que ela não estivesse sorrindo.

"É, Geneviève", pensou ele. E repetiu para si mesmo, bastante comovido:

– Geneviève... Geneviève...

A senhora Kesselbach se recuperava aos poucos. Atordoada de início, ela parecia não entender. Então, quando a memória voltou, ela agradeceu ao seu salvador com um aceno de cabeça.

Ele se inclinou com cerimônia e disse:

– Permita que eu me apresente: príncipe Sernine.

Ela disse em voz baixa:

– Não sei como expressar minha gratidão.

– Não expressando, senhora. É ao acaso que a senhora deve agradecer, o acaso que guiou minha caminhada nesta direção. Mas posso lhe oferecer meu braço?

Alguns minutos depois, a senhora Kesselbach chegava à casa de repouso e dizia ao príncipe:

– Peço-lhe um último favor, senhor. Não fale dessa agressão.

– No entanto, senhora, essa seria a única maneira de saber...

– Para saber, seria preciso uma investigação, e seria mais barulho à minha volta, interrogatórios, fadiga, e já estou quase sem forças.

O príncipe não insistiu. Saudando-a, ele perguntou:

– A senhora me permite ter notícias suas?

– Certamente...

Ela beijou Geneviève e foi para casa.

Começava a anoitecer. Sernine não quis que Geneviève voltasse sozinha. Mas eles ainda nem haviam começado o caminho quando uma figura surgiu das sombras diante deles.

– Vó! – exclamou Geneviève.

Ela se atirou nos braços de uma velha senhora que a cobriu de beijos.

– Ah! Minha querida, minha querida, o que aconteceu? Você está muito atrasada! Logo você que é tão pontual!

Geneviève a apresentou:

– Senhora Ernemont, minha avó... Príncipe Sernine...

Em seguida ela contou o incidente, e a senhora Ernemont repetiu:

– Oh! Minha querida, como você deve ter ficado assustada! Jamais esquecerei, meu senhor... eu juro... Mas como você deve ter ficado assustada, minha pobre querida!

– Vamos, vovó, fique calma, estou aqui...

– Sim, mas o susto poderia ter feito mal a você... Nunca se sabe as consequências. Oh! Isso é horrível...

Eles caminharam ao longo de uma sebe sobre a qual se podia ver um pátio plantado com árvores, alguns canteiros de flores e uma casa branca.

Atrás da casa, ao abrigo de sabugueiros dispostos sobre um caramanchão, havia uma pequena barreira.

A velha senhora convidou o Príncipe Sernine para entrar e o levou para um pequeno salão que servia de locutório.

Geneviève pediu permissão ao príncipe para se retirar por um momento, para ir ver seus alunos que estavam indo jantar.

O príncipe e a senhora Ernemont ficaram sozinhos.

A velha senhora tinha uma figura pálida e triste sob os cabelos brancos cujas mechas terminavam em duas tranças inglesas. Muito forte, de andar pesado, ela tinha, apesar de sua aparência e roupas de senhora, um certo ar vulgar, mas os olhos eram infinitamente bons.

Enquanto ela colocava alguma ordem na mesa, continuando a expressar sua preocupação, o príncipe Sernine aproximou-se dela, segurou sua cabeça com as duas mãos e a beijou em ambas as faces.

– E então, minha velha, como você está?

Ela ficou perplexa, os olhos arregalados, a boca aberta.

O príncipe voltou a beijá-la, rindo. Ela balbuciou:

– Você! É você! Ah, meu Jesus... Meu Jesus! Como é possível? Jesus-Maria!

– Minha boa Victoire!

– Não me chame assim – ela gritou, estremecendo. – Victoire está morta... Sua velha babá não existe mais. Pertenço inteiramente a Geneviève...

Ela continuou, ainda em voz baixa:

– Ah! Jesus... Li o seu nome nos jornais... Então é verdade, você voltou à vida de antes?

– Como você pode ver.

– Mas você tinha jurado que tinha acabado, que ia partir para sempre, que queria ser honesto.

– Eu tentei. Há quatro anos que tento... Não faça de conta que durante esses quatro anos eu fui assunto por aí.

– E então?

– Estou entediado.

Ela suspirou:

– Continua o mesmo... Você não mudou... Ah! Acabou, nunca vai mudar... Então você está envolvido no caso Kesselbach?

– Diabos! Caso contrário, eu teria me dado ao trabalho de organizar um ataque contra a senhora Kesselbach às seis horas, a fim de ter a oportunidade, às seis e cinco, de salvá-la das garras dos meus homens? Salva por mim, ela é obrigada a me receber. Aqui estou eu no coração da praça, e, enquanto protejo a viúva, vigio os arredores. O que você quer? A vida que eu levo não me permite flanar e usar o regime de pequenos cuidados e aperitivos. Tenho de agir por meio de reviravoltas e por vitórias brutais.

Ela o observava com consternação e balbuciou:

– Estou vendo... estou vendo que isso é tudo mentira. Mas, então, Geneviève...

– Ah, sim, matei dois coelhos com uma só paulada. Já que é para preparar um salvamento, melhor que ele valha por dois. Pense em como me teria tomado tempo, esforços desnecessários, talvez, para entrar na intimidade dessa jovem! O que era eu para ela? Que mais poderia ser? Um desconhecido... um estranho. Agora eu sou o salvador. Daqui a uma hora serei... o amigo.

Ela começou a tremer.

– Então você não salvou Geneviève... você vai nos envolver nas suas histórias...

E, de repente, num ataque de revolta, agarrando-o pelos ombros:

– Não, já chega, está me ouvindo? Um dia você me trouxe essa menina e disse: “Tome, eu a confio a você... Os pais dela estão mortos... Cuide dela.” Pois bem, ela está sob minha guarda, e eu saberei como defendê-la de você e de todas as suas tramoias.

De pé, muito firme, com os dois punhos cerrados, o olhar seguro, a senhora Ernemont parecia pronta para qualquer eventualidade.

Calmamente, sem rudeza, o príncipe Sernine tirou uma após outra as duas mãos que o apertavam, agarrou, por sua vez, a velha senhora pelos ombros, sentou-a em uma poltrona, inclinou-se em direção a ela, e, em um tom muito calmo, disse-lhe:

– Por Deus!

Ela começou a chorar, sentindo-se derrotada, e, cruzando as mãos na frente de Sernine:

– Eu suplico, deixe-nos em paz. Estávamos tão felizes! Pensei que tivesse nos esquecido, e eu agradecia aos céus a cada dia que passava. Sim, eu gosto de você, mas Geneviève... Você entende, não sei o que faria por aquela menina. Ela tomou o seu lugar no meu coração.

– Estou percebendo – ele disse, sorrindo. – Você me enviaria de bom grado ao inferno. Vamos, chega de disparates! Não tenho tempo a perder. Preciso falar com Geneviève.

– Você vai falar com ela?

– E então! Por acaso isso é um crime?

– E o que você tem a lhe dizer?

– Um segredo... um segredo muito sério... muito comovente...

A velha senhora estava assustada:

– E que a magoará, talvez? Oh! Eu temo tudo... Temo tudo por ela...

– Aí está ela – disse ele.

– Não, ainda não.

– Sim, se eu ouvi... Enxugue os olhos e seja razoável...

– Ouça – ela disse vividamente –, ouça, não sei que o que você vai dizer, que segredo vai revelar àquela criança que você nem conhece... Mas eu, que a conheço, digo isto a você: Geneviève é uma natureza valente, forte, mas muito sensível. Preste atenção às suas palavras... Você poderia ferir os sentimentos dela... Você nem pode imaginar...

– E por quê, meu Deus?

– Porque ela é completamente diferente de você, de outro mundo... Estou falando de outro mundo moral... Há coisas que você não poderá entender agora. Entre vocês dois, o obstáculo é intransponível... Geneviève tem a consciência mais pura e mais elevada... e você...

– E eu?

– E você não é um homem honesto.

3

Geneviève entrou, animada e encantadora.

– Todas as minhas pequeninas estão no dormitório. Tenho dez minutos de descanso... Ora, vovó, o que há? Você está com uma cara estranha... Ainda é por causa dessa história?

– Não, senhorita – disse Sernine –, acho que fiz o possível para tranquilizar sua avó. Só estávamos falando sobre a senhorita, sobre sua infância, e este é um tópico, ao que parece, que sua avó não aborda sem se emocionar.

– Sobre a minha infância? – disse Geneviève, corando. – Oh, vovó!

– Não a repreenda, senhorita. Foi o acaso que conduziu a conversa para esse tema. Acontece que passei muitas vezes pela pequena aldeia onde a senhorita cresceu.

– Aspremont?

– Aspremont, perto de Nice... A senhorita vivia lá numa casa nova, toda branca...

– Sim – disse ela –, toda branca, com uma pintura azul em volta das janelas... Eu era muito jovem, pois saí de Aspremont aos sete anos; mas me lembro em detalhes das coisas daquela época. E não me esqueci do brilho do sol na fachada branca nem da sombra dos eucaliptos nos fundos do jardim...

– Nos fundos do jardim, senhorita, havia um campo de oliveiras, e, debaixo de uma dessas oliveiras, uma mesa onde sua mãe trabalhava nos dias quentes...

– É verdade, é verdade – disse ela, bastante comovida –, e eu ficava brincando ao lado dela.

– E foi lá – disse ele – que vi sua mãe várias vezes... Imediatamente, ao vê-la, reencontrei a imagem dela... mais alegre, mais feliz.

– A minha pobre mãe, de fato, não era feliz. Meu pai faleceu no mesmo dia em que nasci, e nada foi capaz de consolá-la. Ela chorava muito. Guardei daquele tempo um pequeno lenço com o qual eu enxugava as lágrimas dela.

– Um lencinho com desenhos cor-de-rosa.

– O quê! – ela disse, espantada. – O senhor sabe…

– Eu estava lá, um dia, quando a senhorita a consolava… E o fazia tão gentilmente que a cena permaneceu viva na minha memória.

Ela olhou para ele profundamente, e sussurrou, quase para si mesma:

– Sim, sim… eu acho que me lembro… a expressão dos seus olhos e também o som da sua voz…

Ela baixou as pálpebras por um momento e se encolheu como se tentasse em vão recuperar alguma lembrança que lhe escapava.

E retomou:

– Então o senhor a conhecia?

– Tinha amigos perto de Aspremont, onde a encontrava. Da última vez, ela parecia ainda mais triste, mais pálida, e, quando voltei…

– Tinha acabado, não é? – disse Geneviève. – Sim, ela partiu muito depressa, em poucas semanas… e fiquei sozinha com vizinhos que cuidavam dela… E uma manhã, levaram-na embora… E, naquela mesma noite, enquanto eu dormia, veio alguém que me pegou em seus braços, que me embrulhou em cobertores…

– Um homem? – disse o príncipe.

– Sim, um homem. Ele falava comigo muito gentilmente… A voz dele me fazia bem e, levando-me para a estrada, e depois de carro noite adentro, ele me embalava e me contava histórias… com a mesma voz… com a mesma voz…

Ela se interrompeu pouco a pouco e olhou para ele novamente, ainda mais profundamente e com um esforço visível para captar a impressão fugaz que lhe escapava em alguns momentos.

Ele lhe disse:

– E o que mais? Para onde ele a levou?

– Minha lembrança é vaga... É como se tivesse dormido durante vários dias... Eu me encontrei no burgo de Vendée, onde passei toda a segunda metade da minha infância, em Montégut, com o pai e a mãe Izereau, pessoas honestas que me alimentaram, me criaram, e cuja dedicação e ternura eu nunca vou esquecer.

– E esses também estão mortos?

– Sim – ela disse –, uma epidemia de febre tifoide na região... mas eu só soube mais tarde. Desde o início da doença deles, eu tinha sido levada como da primeira vez, e sob as mesmas condições, à noite, por alguém que também me embrulhou em cobertores... Só que eu era mais velha, lutei, tentei gritar... e ele teve que fechar a minha boca com um lenço.

– Que idade a senhorita tinha?

– Quatorze... isso já faz quatro anos.

– Então a senhorita pôde reconhecer esse homem?

– Não, ele estava todo coberto e não me disse uma única palavra... No entanto, sempre achei que era o mesmo, porque guardei na memória o mesmo cuidado, os mesmos gestos atenciosos e cheios de precaução.

– E o que mais?

– Depois, como da outra vez, houve o esquecimento, o sono... Dessa vez parece que fiquei doente, tive febre... E acordei num quarto alegre, claro. Uma senhora de cabelos brancos se inclinou sobre mim e sorriu. Era vovó... E o quarto é o que eu ocupo lá em cima.

Ela tinha retomado sua figura feliz, a expressão vívida, e terminou com um sorriso:

– E foi assim que a senhora Ernemont me encontrou uma noite à sua porta, dormindo, ao que parece, me acolheu, se tornou minha avó, e, depois de algumas provações, a menina de Aspremont degusta das alegrias de uma existência tranquila, ensina cálculo e gramática a meninas rebeldes ou preguiçosas... mas que gostam dela.

Ela se expressava alegremente, em um tom ao mesmo tempo pensativo e leve, e sentia o equilíbrio de uma natureza razoável.

Sernine a ouvia com crescente surpresa e sem tentar dissimular sua perturbação.

Ele perguntou:

– Nunca mais ouviu falar desse homem?...

– Nunca.

– E ficaria feliz em vê-lo novamente?

– Sim, muito feliz.

– Bem, senhorita...

Geneviève estremeceu.

– O senhor sabe de alguma coisa... da verdade, talvez...

– Não... não... apenas...

Ele se levantou e caminhou pelo cômodo. De vez em quando, seu olhar parava em Geneviève, e parecia que ele estava prestes a responder à pergunta que lhe foi feita com palavras mais precisas. Ele falaria?

A senhora Ernemont aguardava angustiada a revelação desse segredo, do qual o descanso da jovem podia depender.

Ele se sentou novamente ao lado de Geneviève, pareceu hesitar e finalmente disse:

– Não... não... Foi um pensamento que passou pela minha cabeça... uma lembrança...

– Uma lembrança? Conte-a?

– Eu me enganei. Havia alguns detalhes em seu relato que me induziram ao erro.

– O senhor tem certeza?

Ele hesitou novamente e depois afirmou:

– Absoluta.

– Ah, sim. – fez ela, desapontada. – Pensei que tinha adivinhado... que o senhor conhecia...

Ela não concluiu, esperando uma resposta para a pergunta que lhe fazia, sem ousar formulá-la completamente.

Ele se calou. Depois, não insistindo mais, ela inclinou-se para a senhora Ernemont.

– Boa noite, vó. As pequenas devem estar na cama, mas nenhuma delas consegue dormir sem meu beijo de boa-noite.

Ela estendeu a mão ao príncipe.

– Obrigada mais uma vez...

– A senhorita vai embora? – ele disse vividamente.

– Sim, com licença. Vovó irá acompanhá-lo.

Ele se curvou diante dela e beijou-lhe a mão. Quando abriu a porta, ela se virou e sorriu.

Depois desapareceu.

O príncipe ouviu o som de seus passos se distanciarem e não se mexeu mais, o rosto pálido de emoção.

– Bem – disse a velha senhora –, você não contou?

– Não...

– Esse segredo...

– Mais tarde... Hoje... é estranho... Não consegui.

– Foi assim tão difícil? Ela não sentiu que você era o estranho que a levou por duas vezes? Bastava uma palavra...

– Mais tarde... mais tarde... – ele disse, recuperando toda a sua segurança. – Você entende... Essa criança mal me conhece... Primeiro tenho de conquistar o direito de ter o afeto, a ternura dela... Quando tiver dado a ela a existência que merece, uma existência maravilhosa, como se vê nos contos de fadas, então falarei.

A velha senhora acenou com a cabeça.

– Receio que esteja enganado... Geneviève não precisa de uma existência maravilhosa... Ela tem gostos simples.

– Ela tem o gosto de todas as mulheres, e a fortuna, o luxo, o poder fornecem alegrias que nenhuma delas despreza.

– Sim, Geneviève despreza. E seria melhor você...

– Veremos. Por enquanto, deixe comigo. E fique tranquila. Não tenho a intenção, como você diz, de envolver Geneviève em todas as minhas tramoias. Ela mal vai me ver... Só que era preciso mantermos contato, e está feito. Adeus.

Ele saiu da escola e seguiu para o carro. Estava feliz.

– Ela é encantadora e tão doce, tão séria! Os olhos da mãe, aqueles olhos que me enterneciam até às lágrimas... Meu Deus, tudo isso ficou distante! E que bela lembrança... Um pouco triste, mas tão bonita!

E ele disse em voz alta:

– Sim, cuidarei da felicidade dela. E logo! E a partir desta noite! Perfeitamente, ainda esta noite ela terá um noivo! Para as jovens, não é essa a condição da felicidade?

4

Ele encontrou o carro na estrada.

– Para minha casa – disse ele a Octave.

Em casa, ele telefonou a Neuilly, passou as instruções para aquele de seus amigos a quem ele chamava de Doutor, e então se vestiu.

Jantou nos arredores da rua Cambon, passou uma hora na Ópera e voltou para o carro.

– Para Neuilly, Octave. Vamos buscar o Doutor. Que horas são?

– Dez e meia.

– Caramba! Acelere!

Dez minutos depois, o carro parou no final do boulevard Inkermann, em frente a uma vila isolada. Ao sinal da buzina, o Doutor apareceu. O príncipe perguntou:

– O indivíduo está pronto?

– Embalado, amarrado, selado.

– Em bom estado?

– Excelente. Se tudo correr como o senhor me disse ao telefone, a polícia não irá suspeitar de nada.

– É o seu dever. Vamos embarcá-lo.

Eles transportaram no carro uma espécie de saco comprido que tinha a forma de um indivíduo e que parecia bastante pesado.

E o príncipe disse:

– Para Versalhes, Octave, rua de la Vilaine, em frente ao hotel Deux--Empereurs.

– Mas é um hotel suspeito – observou o Doutor –, eu o conheço.

– A quem está contando isso? A tarefa será difícil, pelo menos para mim... Mas ora! Eu não trocaria minha situação nem por uma fortuna! Quem, então, alegou que a vida é monótona?

O hotel Deux-Empereurs... uma alameda enlameada... dois degraus abaixo, e entraram num corredor iluminado pelo brilho de uma lâmpada.

Com o punho, Sernine bateu a uma porta pequena.

Um funcionário do hotel apareceu. Era Philippe, o mesmo a quem, de manhã, Sernine tinha dado ordens a respeito de Gérard Baupré.

– Ele ainda está aqui? – o príncipe perguntou.

– Sim.

– A corda?

– O nó está feito.

– Não recebeu o telegrama que esperava?

– Aqui está, interceptei-o.

Sernine pegou o papel azul e leu.

– Minha nossa – ele disse com satisfação –, já estava na hora. Prometeram-lhe mil francos para amanhã. Vamos, o destino está a meu favor. Quinze para a meia-noite. Dentro de quinze minutos o pobre-diabo vai se lançar para a eternidade. Leve-me, Philippe. Fique aqui, Doutor.

O rapaz pegou a vela. Eles subiram até o terceiro andar e, caminhando na ponta dos pés, seguiram por um corredor baixo e fedorento, preenchido por mansardas, e que chegava a uma escada de madeira onde os trapos de um tapete emboloravam.

– Ninguém conseguirá me ouvir? – perguntou Sernine.

– Ninguém. Ambos os quartos são isolados. Mas não se engane, ele está no da esquerda.

– Bem. Agora volte para baixo. À meia-noite, o Doutor, Octave e você trarão o indivíduo até onde estamos e esperarão.

A escadaria de madeira tinha dez degraus que o príncipe escalou com infinitas precauções... Lá em cima, um corredor e duas portas... Sernine demorou cinco longos minutos para abrir a porta da direita sem que um menor ruído quebrasse o silêncio.

Uma luz brilhava na escuridão do recinto. Tateando, para não bater em uma das cadeiras, ele caminhou em direção a essa luz. Ela vinha do quarto ao lado e era filtrada por uma porta de vidro coberta por um retalho de tapeçaria.

O príncipe afastou essa espécie de cortina. Os vidros eram foscos, mas estavam danificados, riscados em alguns lugares, de modo que, aplicando um olho, era possível ver facilmente tudo o que acontecia no outro quarto.

Havia um homem que ele viu da frente, sentado diante de uma mesa. Era o poeta Gérard Baupré.

Ele escrevia sob a luz de uma vela.

Acima dele pendia uma corda que estava presa a um gancho fixado no teto. Na extremidade inferior da corda, um laço simples tinha sido preparado.

Um leve sinal ecoou no relógio da cidade.

"Cinco para a meia-noite", pensou Sernine. "Mais cinco minutos."

O jovem continuava escrevendo. Depois de um momento ele pousou sua caneta, colocou em ordem as dez ou doze folhas de papel que havia escurecido com tinta, e começou a reler tudo.

A leitura não parecia agradá-lo, pois uma expressão de descontentamento se fixou em seu rosto. Ele rasgou o manuscrito e queimou os pedaços com a chama da vela.

Depois, com uma mão febril, desenhou algumas palavras num papel em branco, assinou bruscamente e levantou-se.

Mas, ao ver a corda a dez polegadas acima da cabeça, ele sentou-se imediatamente com um grande frêmito de horror.

Sernine via claramente a sua figura pálida, as faces magras contra as quais ele apertava os punhos cerrados. Uma lágrima escorreu, uma só, lenta e desolada. Os olhos se fixaram no vazio, olhos assustadores de tristeza e que já pareciam ver o temível nada.

E era uma figura tão jovem! Faces ainda tão delicadas, sem nenhuma ruga aparente! E olhos azuis como um céu oriental…

Meia-noite. Os doze trágicos badalos da meia-noite, aos quais tantos desesperados se agarraram no último segundo da sua existência!

No décimo segundo, ele se levantou de novo e, corajosamente dessa vez, sem tremer, olhou para a corda sinistra. Ele até esboçou um sorriso – pobre sorriso, lamentável careta do condenado que a morte já dominou.

Rapidamente ele subiu na cadeira e pegou a corda com uma das mãos.

Por um momento ele ficou ali parado, imóvel, não por hesitação ou falta de coragem, mas porque era o instante supremo, o minuto da graça que se concede antes do gesto fatal. Contemplou o quarto infame onde o destino o havia encurralado, o horrível papel das paredes, a cama miserável.

Em cima da mesa, nem ao menos um livro: tudo tinha sido vendido. Nem uma fotografia, nem um envelope de carta: ele não tinha pai, nem mãe, nem família… O que o ligava à existência?

Com um movimento brusco, ele colocou sua cabeça no meio do nó e puxou a corda até que esse nó apertasse seu pescoço firmemente.

E, derrubando a cadeira com os dois pés, saltou no vazio.

5

Dez segundos, vinte segundos se passaram, vinte segundos consideráveis, eternos…

O corpo teve duas ou três convulsões. As pernas tinham instintivamente procurado um ponto de apoio. Agora nada mais se mexia…

Mais alguns segundos… A pequena porta de vidro foi aberta.

Sernine entrou.

Sem a menor pressa, ele pegou a folha de papel que o jovem tinha assinado e leu:

Cansado da vida, doente, sem dinheiro, sem esperança, eu me mato.
Que ninguém seja condenado pela minha morte.
30 de abril. – Gérard Baupré.

Ele recolocou a folha sobre a mesa, à vista de todos, aproximou-se da cadeira e a colocou debaixo dos pés do jovem. Ele mesmo subiu na mesa, e, enquanto segurava o corpo apertado contra ele, levantou-o, afrouxou o nó e o passou por cima da cabeça.

O corpo envergou entre seus braços. Ele o deslizou sobre a mesa e, saltando para o chão, estendeu-o sobre a cama.

Então, ainda com a mesma serenidade, ele entreabriu a porta de saída.

– Vocês três estão aí? – murmurou.

Perto dele, ao pé da escada de madeira, alguém respondeu:

– Estamos aqui. Devemos içar nosso pacote?

– Sim!

Ele pegou o castiçal e o acendeu.

Penosamente, os três homens subiram as escadas carregando o saco onde o indivíduo estava amarrado.

– Coloquem-no aqui – disse ele apontando para a mesa.

Com um canivete, ele cortou as cordas que amarravam o saco. Surgiu um lençol branco, que ele afastou.

Dentro desse lençol havia um cadáver, o cadáver de Pierre Leduc.

– Pobre Pierre Leduc – disse Sernine –, você nunca saberá o que perdeu ao morrer tão jovem! Eu o teria levado longe, meu amigo. Enfim, vamos seguir sem os seus serviços... Vá, Philippe, suba na mesa, e você, Octave, na cadeira. Levantem a cabeça dele e desfaçam o nó.

Dois minutos depois, o corpo de Pierre Leduc balançava na ponta da corda.

– Perfeito, a substituição de cadáveres não foi tão difícil assim. Agora podem se retirar. Você, Doutor, vai voltar aqui amanhã de manhã e descobrir o suicídio do senhor Gérard Baupré, ouviu, de Gérard Baupré. Aqui está a carta de despedida dele. Você vai chamar o médico legista e o comissário, vai cuidar para que nem um nem outro perceba que o defunto tem um dedo cortado e uma cicatriz na face...

– Fácil.

– E faça com que o processo verbal seja escrito rapidamente e de acordo com o que você ditar.

– Fácil.

– Finalmente, evite que ele seja enviado ao necrotério e que autorizem seu enterro imediato.

– Menos fácil.

– Tente. Você examinou o outro?

Ele apontou para o jovem que jazia inerte sobre a cama.

– Sim – afirmou o médico. – A respiração está voltando ao normal. Mas arriscamos muito... A carótida poderia ter...

– Quem não arrisca... Em quanto tempo ele vai recuperar a consciência?

– Daqui a alguns minutos.

– Bem. Ah! Não vá ainda, Doutor. Fique lá embaixo. Seu trabalho ainda não acabou por esta noite.

Deixado sozinho, o príncipe acendeu um cigarro e fumou calmamente, lançando pequenos anéis de fumaça azul em direção ao teto.

Um suspiro o tirou de seus devaneios. Ele se aproximou da cama. O jovem começou a se agitar, e seu peito subia e descia violentamente, como um adormecido sob a influência de um pesadelo.

Ele pôs as mãos no pescoço como se sofresse de dor, e esse gesto o fez se levantar imediatamente, aterrorizado, ofegante...

Então ele viu Sernine à sua frente.

– O senhor! – ele murmurou sem entender. – O senhor!

Ele o contemplava com um olhar estúpido, como se visse um fantasma.

Tocou novamente a garganta, apalpou o pescoço, a nuca. E de repente soltou um grito rouco, uma loucura de terror fez seus olhos se arregalarem, arrepiou seus cabelos e os agitou por inteiro como se fossem uma folha! O príncipe tinha desaparecido, e ele via, na ponta da corda, o homem enforcado!

Ele recuou até a parede. Aquele homem, aquele enforcado, era ele! Era ele mesmo. Ele estava morto e se via morto! Um sonho excruciante que acontece após a morte? Alucinação daqueles que já não existem e cujo cérebro perturbado ainda palpita um resto de vida?

Seus braços se agitaram no ar. Por um momento, ele parecia se defender da visão ignóbil. Depois, exausto, derrotado uma segunda vez, desmaiou.

– Perfeito – o príncipe zombou. – Natureza sensível... impressionável... Atualmente, seu cérebro está fora de órbita... Vamos lá, o momento é propício. Mas, se eu não resolver o caso em vinte minutos, ele vai me escapar...

Ele empurrou a porta que separava as duas mansardas, voltou para a cama, levantou o jovem e o levou para a cama do outro quarto.

Em seguida, umedeceu suas têmporas com água fresca e o fez respirar sais.

O desmaio, dessa vez, não foi longo.

Timidamente, Gérard entreabriu as pálpebras e olhou para o teto. A visão tinha desaparecido.

Mas a disposição dos móveis, a localização da mesa e da lareira e alguns outros detalhes o surpreendiam – e também a lembrança de seu ato, a dor que ele sentia no pescoço...

Ele disse ao príncipe:

– Eu sonhei, não foi?

– Não.

– Como não?

E, de repente, lembrando-se:

– Ah! É verdade, eu me lembro... Eu queria morrer... e até...

Ele se inclinou ansiosamente:

– Mas e o resto? A visão?

– Que visão?

– O homem... a corda... Isso foi um sonho?

– Não – afirmou Sernine –, isso também é realidade...

– O que o senhor está dizendo? O que está dizendo? Oh! Não... não... Eu suplico... acorde-me se eu estiver dormindo... ou então é melhor eu morrer! Mas estou morto, não é? E este é o pesadelo de um cadáver... Ah! Sinto que minha razão está me deixando. Eu suplico...

Sernine colocou gentilmente a mão sobre os cabelos do jovem e então curvou-se em direção a ele:

– Ouça... ouça com atenção e entenda. Você está vivo. Sua substância e seu pensamento são os mesmos e vivem. Mas Gérard Baupré está morto. Você me entende, não é? O ser social chamado Gérard Baupré não existe mais. Esse você apagou. Amanhã, no registro civil, em frente ao nome que você carregava, escreveremos: "falecido" e a data da sua morte.

– Mentira! – balbuciou o jovem aterrorizado. – Mentira! Eu, Gérard Baupré, estou aqui!

– Você não é Gérard Baupré – declarou Sernine.

E designando a porta aberta:

– Gérard Baupré está ali, no quarto ao lado. Quer vê-lo? Ele está pendurado no gancho em que você o colocou. Na mesa está a carta na qual você assinou a morte dele. Tudo isso é muito exato, tudo isso é definitivo. Não há mais nada a fazer quanto a esse fato irrevogável e brutal: Gérard Baupré não existe mais!

O jovem ouvia tudo com desespero. Mais calmo, agora que os fatos assumiam um significado menos trágico, ele começava a entender.

– E então? – ele murmurou.

– Então, vamos conversar...

– Sim, sim... vamos conversar...

– Um cigarro? – disse o príncipe... – Você aceita? Ah, vejo que está voltando a se unir à vida! Tanto melhor, vamos nos dar bem, e depressa.

Ele acendeu o cigarro do jovem, o seu e imediatamente, em poucas palavras, com a voz seca, explicou:

– Como o falecido Gérard Baupré, você estava cansado de viver, doente, sem dinheiro, sem esperança... Quer ser saudável, rico, poderoso?

– Não compreendo.

– É muito simples. O acaso o colocou em meu caminho. Você é jovem, bonito, poeta, é inteligente, e, seu ato de desespero o prova, de uma bela honestidade. Essas são qualidades que raramente são encontradas juntas. Eu as valorizo e me responsabilizo por elas.

– Elas não estão à venda.

– Imbecil! Quem está falando em vender ou comprar? Mantenha sua consciência. É uma joia muito preciosa que entregarei a você.

– Então, o que o senhor quer de mim?

– Sua vida!

E, apontando para a garganta ainda ferida do jovem:

– Sua vida! A vida de que você não soube desfrutar! A vida que você desperdiçou, perdeu, destruiu, e que pretendo reconstruir de acordo com um ideal de beleza, grandeza e nobreza que lhe dariam vertigem, meu amigo, caso você vislumbrasse o abismo em que meu pensamento mais secreto está mergulhando...

Ele mantinha a cabeça de Gérard entre as mãos e continuou com uma ênfase irônica:

– Você está livre! Sem obstáculos! Já não tem de carregar o peso do seu nome! Você apagou esse número de matrícula que a sociedade lhe imprimiu como um ferro vermelho no ombro. Está livre! Neste mundo de escravos, onde cada um usa sua etiqueta, você pode ou ir e vir como um desconhecido, invisível, como se fosse dono do anel dos Giges... ou escolher a etiqueta que mais lhe agrade! Você entende? Entende o magnífico tesouro que representa para um artista, para si mesmo, se o quiser? Uma vida virgem, novinha em folha! Sua vida é uma cera que você tem o direito de moldar como quiser, de acordo com as fantasias de sua imaginação ou os conselhos da sua razão.

O jovem fez um gesto de lassidão.

– Ah, sim. O que quer que eu faça com esse tesouro? O que fiz até agora? Nada.

– Entregue-o a mim.

– O que o senhor faria com ele?

– Tudo. Se você não é um artista, eu sou! E entusiasta, inesgotável, indomável, transbordante. Se não tem o fogo sagrado, eu tenho! Onde você falhou, eu terei sucesso! Entregue-me sua vida.

– Palavras, promessas! – exclamou o jovem cuja expressão se animava. – Meros devaneios! Eu sei o que valho!... Conheço minha covardia, meu desânimo, meus esforços inúteis, toda a minha miséria. Para recomeçar a minha vida, precisaria de uma vontade que não tenho...

– Eu tenho a minha...

– Amigos...

– Você terá.

– Recursos...

– Eu lhes darei, e que recursos! Você só precisará retirar o que quiser, como se faz com um cofre mágico.

– Mas quem é o senhor, então? – o jovem exclamou, perplexo.

– Para os outros, príncipe Sernine... Para você, o que importa? Sou mais do que um príncipe, mais do que um rei, mais do que um imperador.

– Quem é o senhor? Quem é o senhor? – balbuciou Baupré.

– O mestre... aquele que quer e que pode... aquele que age. Não há limites para minha vontade e não há limites para o meu poder. Sou mais rico que o mais rico, pois a fortuna dele me pertence... Sou mais poderoso do que os mais fortes, porque a força deles está a meu serviço.

Ele segurou outra vez a cabeça do rapaz e, olhando-o com seu olhar penetrante:

– Seja rico também... seja forte... É a felicidade que estou lhe oferecendo... a alegria de viver... a paz ao seu cérebro de poeta... e é também a glória. Aceita?

– Sim... sim... – Gérard sussurrou, deslumbrado e dominado. – O que devo fazer?

– Nada.

– Entretanto...

– Nada, eu disse. Toda a base dos meus projetos depende de você, mas você não conta. Não precisa desempenhar um papel ativo. Por enquanto, você é apenas um figurante... ou nem isso! Um peão que eu manipulo.

– O que vou fazer?

– Nada... somente versos! Você viverá como bem entender. Terá dinheiro. Vai aproveitar a vida. Não vou sequer me ocupar com você. Repito, você não tem participação em minha aventura.

– E quem serei eu?

Sernine estendeu o braço e apontou para o quarto ao lado:

– Você vai ocupar o lugar daquele ali. *Você é aquele ali.*

Gérard tremeu de revolta e desgosto.

– Oh, não! Aquele homem está morto... Além disso... é um crime... Não, eu quero uma vida nova, feita para mim, imaginada para mim... um nome desconhecido...

– Aquele, estou dizendo – exclamou Sernine, irresistível em energia e autoridade –, você será aquele e nenhum outro! Aquele, porque o seu destino é magnífico, porque seu nome é ilustre e transmite a você uma herança dez vezes secular de nobreza e orgulho.

– É um crime – gemeu Baupré, enfraquecido.

– Você será aquele – proferiu Sernine com uma violência inaudita. – Aquele! Caso contrário, você voltará a ser Baupré, e eu tenho controle sobre a vida ou a morte de Baupré. Escolha.

Ele sacou o revólver, armou-o e o apontou ao jovem.

– Escolha – ele repetiu.

A expressão do seu rosto era implacável. Gérard estava assustado e caiu na cama chorando.

– Quero viver!

– Você quer mesmo? Irrevogavelmente?

– Sim, mil vezes sim! Depois da coisa horrível que fiz, a morte me assusta... Tudo, tudo menos morte! Tudo! O sofrimento... a fome... a doença... todas as torturas, todas as infâmias... o próprio crime, se for preciso, mas não a morte.

Ele tremia de febre e angústia, como se o grande inimigo ainda o estivesse rondando e ele se sentisse impotente para fugir de suas garras.

O príncipe redobrou seus esforços e, com uma voz ardente, segurando-o sob ele como uma presa:

– Não estou lhe pedindo nada impossível, nada de mau... Se houver alguma coisa, sou responsável por isso... Não, nenhum crime... Um pouco de sofrimento, no máximo... um pouco do seu sangue que irá escorrer. Mas o que é isso perto do medo de morrer?

– O sofrimento me é indiferente.

– Então, vamos lá! – clamou Sernine. – Agora mesmo! Dez segundos de sofrimento, e pronto... dez segundos, e a vida da outra pessoa será sua...

Ele o havia agarrado pelo braço e, curvado sobre uma cadeira, segurava a mão esquerda do jovem espalmada sobre a mesa, com os cinco dedos afastados. Rapidamente ele tirou uma faca de seu bolso, pressionou a ponta contra o dedo mindinho, entre a primeira e segunda junta, e ordenou:

– Bata! Bata você mesmo! Um único golpe e estará feito!

Ele pegou a mão direita dele e tentava abatê-la sobre a outra como um martelo.

Gérard se contorceu convulsionado de horror. Ele entendeu.

– Nunca! – ele gaguejou. – Nunca!

– Bata! Um golpe e estará feito, um golpe e você será como esse homem, ninguém o reconhecerá.

– Qual é o nome dele...

– Bata primeiro...

– Nunca! Oh! Que suplício... Por favor, façamos isso depois...

– Agora... Eu quero... É preciso...

– Não... não... Não posso...

– Bata logo, seu imbecil. É a fortuna, a glória, o amor...

Num ímpeto, Gérard levantou o punho.

– O amor – disse ele.

– Sim... por isso... sim...

– Você amará e será amado – professou Sernine. – Sua noiva está à sua espera. Eu a escolhi. Ela é mais pura do que as mais puras, mais bela do que as mais belas. Mas tem de ser conquistada... Bata!

O braço endureceu para o movimento fatal, mas o instinto foi mais forte. A energia sobre-humana convulsionou o jovem. De repente, ele se livrou dos braços de Sernine e fugiu.

Correu como um louco para o outro quarto. Um urro de pavor lhe escapou com a visão do espetáculo abominável, e ele voltou a cair junto à mesa, ajoelhado perante Sernine.

– Bata! – insistiu Sernine, abrindo novamente os cinco dedos e dispondo a lâmina da faca.

Foi mecânico. Com um gesto de autômato, os olhos arregalados, rosto lívido, o jovem levantou o punho e bateu.

– Ah! – ele fez, gemendo de dor.

O pequeno pedaço de carne tinha saltado. O sangue escorria. Pela terceira vez, ele desmaiou.

Sernine olhou para ele por alguns segundos e falou calmamente:

– Pobre menino! Tudo bem, eu recompensarei em cem vezes isso. Pago sempre cada centavo.

Ele desceu e encontrou o Doutor:

– Acabou. Agora é sua vez... Suba e faça uma incisão na face direita, semelhante à de Pierre Leduc. É necessário que as duas cicatrizes sejam idênticas. Daqui a uma hora virei buscá-lo.

– Aonde o senhor vai?

– Tomar um ar. Meu coração está em frangalhos.

Do lado de fora, ele respirou profundamente e acendeu outro cigarro.

– Belo dia – sussurrou ele. – Um pouco sobrecarregado, um pouco cansativo, mas frutífero, realmente frutífero. Agora sou amigo de Dolorès Kesselbach. Sou amigo de Geneviève. Criei um novo Pierre Leduc, muito apresentável e inteiramente devoto a mim. E, enfim, encontrei para Geneviève um marido difícil de ser encontrado por aí. Agora minha tarefa acabou. Tudo o que tenho de fazer é colher os frutos dos meus esforços. Agora é com o senhor, Lenormand. Estou pronto.

E acrescentou, pensando no infeliz mutilado que ele tinha deslumbrado com suas promessas:

– Porém... só há um porém... Eu ignoro completamente quem era esse Pierre Leduc cujo lugar eu generosamente cedi a esse bom jovem. E isso é maçante. Porque, afinal, nada prova que Pierre Leduc não era filho de um açougueiro!

O SENHOR LENORMAND COM AS MÃOS À OBRA

1

Na manhã de 31 de maio, todos os jornais recordavam que Lupin, em uma carta escrita ao senhor Lenormand, havia anunciado para essa data a fuga do oficial de justiça Jérôme.

E um deles resumiu muito bem a situação até aquele dia:

"A terrível carnificina do Palace-Hotel data de 17 de abril. O que se descobriu desde então? Nada.

"Havia três indícios: a cigarreira, as letras L e M, o embrulho de roupas esquecidas no escritório do hotel. Que benefício se obteve disso? Nenhum.

"Desconfia-se, ao que parece, de um dos viajantes que vivia no primeiro andar e cujo desaparecimento parece suspeito. Encontraram-no? Descobriram sua identidade? Não.

"Então o drama continua tão misterioso como na primeira hora, e a escuridão, igualmente impenetrável.

"Para completar esse quadro, afirma-se que haveria desacordo entre o comandante-geral e seu subordinado, o senhor Lenormand, e que este último, menos fortemente apoiado pelo presidente do conselho, teria pedido demissão há vários dias. A continuação do caso Kesselbach seria assumida pelo chefe da Sûreté, o senhor Weber, inimigo pessoal do senhor Lenormand.

"Em resumo, é a desordem, a anarquia.

"Do outro lado, Lupin, isto é, o método, a energia, a consequência.

"Nossa conclusão? Será breve. Lupin irá raptar seu cúmplice hoje, 31 de maio, como previsto."

Essa conclusão, que foi encontrada em todas as outras páginas, foi também adotada pelo público. E deve-se crer que a ameaça também não tinha passado despercebida pelos altos cargos, porque o comandante-geral e, na ausência do senhor Lenormand, supostamente doente, o chefe-adjunto da Sûreté, o senhor Weber, tinham adotado as medidas mais rigorosas, tanto no Palácio de Justiça como na prisão da Santé, onde estava o réu.

Por prudência, não se atreveram a suspender os interrogatórios diários do senhor Formerie naquele dia, mas, da prisão ao boulevard do Palais, uma verdadeira mobilização das forças policiais protegia as ruas do entorno.

Para espanto de todos, o dia 31 de maio passou, e a fuga anunciada não aconteceu.

Houve alguma coisa, um início de execução que resultou em um tumulto de bondes, ônibus e caminhões com a passagem da viatura prisional e na inexplicável quebra de uma das rodas desse veículo. Mas a tentativa não foi bem-sucedida.

Portanto, houve um fracasso. O público ficou quase desapontado, e a polícia triunfou.

No dia seguinte, sábado, um enorme burburinho se espalhou pelo Palais e percorreu os escritórios editoriais: o oficial de justiça Jérôme tinha desaparecido.

Como era possível?

Apesar de as edições especiais confirmarem a notícia, recusavam a admiti-la. Mas, às seis horas, uma nota publicada pelo *Despacho da Noite* tornou-a oficial:

Recebemos a seguinte comunicação assinada por Arsène Lupin. O carimbo especial que foi aposto, em conformidade com a circular que Lupin enviou recentemente à imprensa, certifica a autenticidade do documento.

Senhor Diretor,

Peço desculpas publicamente por não ter cumprido com minha palavra ontem. No último momento, percebi que o 31 de maio caía numa sexta-feira! Eu poderia devolver a liberdade ao meu amigo em uma sexta-feira? Não pensei que tivesse de assumir tal responsabilidade.

Também peço desculpas por não dar aqui, com minha franqueza habitual, explicações de como esse pequeno evento ocorreu. Meu procedimento é tão engenhoso e tão simples que eu teria medo, ao revelá-lo, de que todos os malfeitores pudessem se inspirar nele. Que surpresa será o dia em que puder falar! "Isso é tudo?", dirão. Agora não mais, mas era preciso pensar nisso.

Atenciosamente,

Assinado: Arsène LUPIN.

Uma hora depois, o senhor Lenormand recebeu um telefonema: Valenglay, o presidente do conselho, convocava-o ao Ministério do Interior.

– Que boa aparência, meu caro Lenormand! E eu que pensei que o senhor estivesse doente e não quis incomodá-lo!

– Não estou doente, senhor presidente.

– Então, essa ausência foi por indiferença? Sempre esse mau-humor.

– Admito que seja mal-humorado, senhor presidente… mas que esteja indiferente, não.

– Mas o senhor permanece em casa! E Lupin aproveita a oportunidade para libertar seus amigos…

– E eu poderia impedi-lo?

– Como! Mas a astúcia do Lupin é grosseira. De acordo com seu processo habitual, ele anunciou a data da fuga, todos acreditaram nela, uma tentativa aparente foi arquitetada, a fuga não aconteceu, e, no dia seguinte, quando ninguém pensava mais sobre isso, vuuuu, os pássaros voaram.

– Senhor presidente – disse seriamente o chefe da Sûreté –, Lupin dispõe de seus meios, e não somos capazes de impedir o que ele decidiu. A fuga era certa, matemática. Preferi me abster e deixar o ridículo para os outros.

Valenglay tripudiou:

– De fato, neste momento, o senhor comandante-geral e o senhor Weber não devem regozijar-se. Mas, afinal, o senhor pode me explicar, Lenormand?

– Tudo o que se sabe, senhor presidente, é que a fuga ocorreu no Palais de Justice. O réu foi levado em uma viatura prisional até o gabinete do senhor Formerie, mas ele não saiu do Palais de Justice. No entanto, ainda não sabemos o que foi feito dele.

– É desconcertante.

– Desconcertante.

– E não se descobriu nada?

– Sim. O corredor interno, que ladeia os escritórios de instrução, estava lotado com uma multidão absolutamente incomum de réus, guardas, advogados, oficiais de justiça, e descobriu-se que todas essas pessoas tinham recebido falsas convocações para comparecer no mesmo horário. Por outro lado, nenhum dos juízes de instrução, que supostamente os tinha convocado, foi naquele dia ao seu escritório, e isso como resultado de falsas convocações do Ministério Público, que os enviou para todos os cantos de Paris… e para os subúrbios.

– Isso é tudo?

– Não. Dois guardas municipais e um réu foram vistos atravessando o pátio. Do lado de fora, um fiacre estava à espera deles.

– E qual é a sua hipótese, Lenormand? Sua opinião?

– Minha hipótese, senhor presidente, é que os dois guardas municipais eram cúmplices que, aproveitando-se da desordem do corredor, tomaram o lugar dos verdadeiros guardas. E a minha opinião é que essa fuga só foi possível graças a circunstâncias tão especiais, a um conjunto de fatos tão estranhos que temos de admitir como uma das mais inadmissíveis cumplicidades. No Palais, noutro lugar, Lupin tem laços que impedem todos os nossos cálculos. Ele tem alguns na Chefatura de Polícia, alguns à minha volta. É uma grande organização, um serviço como o da Sûreté, mas mil vezes mais habilidoso, mais ousado, mais diversificado e mais flexível do que aquele que lidero.

– E o senhor suporta isso, Lenormand!

– Não.

– Então, por que sua inércia desde o início deste caso? O que fez contra Lupin?

– Preparei o combate.

– Ah, perfeito! E, enquanto o senhor preparava, ele agia.

– Eu também.

– E sabe alguma coisa?

– Muito.

– O quê? Então fale.

O senhor Lenormand, apoiando-se em sua bengala, fez uma pequena caminhada meditativa pela vasta sala. Em seguida, ele sentou-se de frente para Valenglay, escovou com as pontas dos dedos os paramentos de sua sobrecasaca cor de oliva, ajeitou os óculos de armação prateada sobre o nariz e disse claramente:

– Senhor presidente, tenho em minhas mãos três trunfos. Em primeiro lugar, conheço o nome sob o qual Arsène Lupin se esconde atualmente, o nome sob o qual viveu no boulevard Haussmann, recebendo diariamente seus colaboradores, reconstituindo e coordenando seu bando.

– Mas então, santo Deus, por que não o prende?

– Só recebi essas informações depois do ocorrido. Desde então, o príncipe… vamos chamá-lo de "Príncipe Três Estrelas", desapareceu. Ele está no exterior cuidando de outros negócios.

– E se ele não voltar?

– A posição que ele ocupa e a forma como se envolveu no caso Kesselbach exigem que ele reapareça, e com o mesmo nome.

– Todavia…

– Senhor presidente, eis meu segundo trunfo. Encontrei Pierre Leduc.

– Então vamos!

– Ou melhor, foi Lupin quem o encontrou, e foi Lupin que, antes de desaparecer, instalou-o num pequeno vilarejo perto de Paris.

– Caramba! Mas como o senhor suspei…

– Oh! Foi bem fácil. Lupin colocou dois de seus cúmplices na função de vigilantes e protetores de Pierre Leduc. Ora, esses cúmplices são meus agentes, dois irmãos que eu emprego em segredo e que o entregarão a mim na primeira oportunidade.

– Bravo! Meus parabéns! Isso significa que…

– Isso significa que, como Pierre Leduc é, pode-se dizer, o ponto central em torno do qual convergem todos os esforços daqueles que estão em busca do famoso segredo de Kesselbach… por meio dele, saberei, cedo ou tarde: primeiro, quem é o autor do triplo assassinato, uma vez que esse miserável substituiu o senhor Kesselbach na realização de um grandioso projeto, até agora desconhecido, e uma vez que o senhor Kesselbach precisava encontrar Pierre Leduc para a realização desse tal projeto; segundo, terei Arsène Lupin, uma vez que ele persegue o mesmo objetivo.

– Maravilhoso. Pierre Leduc é a isca que o senhor lança ao inimigo.

– E o peixe morde, senhor presidente. Acabei de receber um aviso de que um indivíduo suspeito foi visto rondando a cidadezinha em que vive Pierre Leduc, sob a proteção dos meus dois agentes secretos. Daqui a quatro horas, estarei no local.

– E o terceiro trunfo, Lenormand?

– Senhor presidente, ele chegou ontem ao endereço do senhor Rudolf Kesselbach. Uma carta que interceptei...

– Interceptou. O senhor está indo muito bem.

– ... que abri e guardei comigo. Aqui está ela. Ela data de dois meses. Foi carimbada na Cidade do Cabo e contém estas palavras:

Meu bom Rudolf, estarei no dia 1º de junho em Paris, e ainda tão miserável como quando me salvou. Mas espero muito desse caso de Pierre Leduc que lhe indiquei. Que história estranha! O senhor o encontrou? Em que pé estamos? Mal posso esperar para descobrir.

Assinado: seu fiel STEINWEG.

– O dia 1º de junho – interveio o senhor Lenormand – é hoje. Pedi a um dos meus detetives para encontrar um tipo chamado Steinweg. Não tenho dúvida de que o senhor terá sucesso.

– Nem eu – exclamou Valenglay, levantando-se –, e peço mil desculpas, meu caro Lenormand, e faço minha humilde confissão: eu estava prestes a demiti-lo... sem titubear! Amanhã eu ia receber o comandante-geral e o senhor Weber.

– Eu já sabia, senhor presidente.

– Impossível.

– Senão, por que eu teria me incomodado? Hoje o senhor está a par de meus planos. De um lado, montei armadilhas onde o assassino eventualmente será apanhado: Pierre Leduc ou Steinweg irão entregá-lo a mim. Do outro lado, estou cercando Lupin. Dois agentes dele estão trabalhando para mim, e ele acredita que eles são os seus colaboradores mais dedicados. Além disso, ele também trabalha para mim, já que persegue, como eu, o autor do triplo assassinato. Só que ele imagina estar me enrolando, enquanto sou que eu estou fazendo isso. Então, terei sucesso, mas com uma condição...

– Qual?

– Eu preciso ter liberdade para agir e fazer tudo de acordo com as necessidades do momento, sem me preocupar com o público que se impacienta ou com meus chefes que fazem intrigas contra mim.

– Combinado.

– Nesse caso, senhor presidente, dentro de alguns dias, ou sairei vitorioso ou estarei morto.

2

Saint-Cloud, um vilarejo localizado em um dos pontos mais altos do planalto, ao longo de uma rota pouco frequentada.

São onze da noite. O senhor Lenormand deixou o carro em Saint-Cloud e, seguindo o caminho com precaução, aproximou-se. Uma sombra surgiu.

– É você, Gourel?

– Sim, chefe.

– Avisou os irmãos Doudeville sobre minha chegada?

– Sim. Seu quarto está pronto, pode ir para a cama e dormir... A menos que tentem raptar Pierre Leduc nesta noite, o que não me surpreenderia, dada a artimanha do indivíduo que os Doudevilles encontraram.

Eles atravessaram o jardim, entraram lentamente e subiram até o primeiro andar. Os dois irmãos, Jean e Jacques Doudeville, estavam lá.

– Nenhuma notícia do príncipe Sernine? – ele perguntou.

– Nenhuma, chefe.

– E Pierre Leduc?

– Ele permanece deitado o dia todo em seu quarto no térreo, ou no jardim. Nunca sobe para nos ver.

– Ele está melhor?

– Bem melhor. O descanso está nitidamente fazendo bem a ele.

– Ele é devoto de Lupin?

– Do príncipe Sernine, na verdade, porque ele não suspeita de que os dois são um só. Pelo menos eu acho, já que não dá para saber muito sobre ele. Ele nunca fala. Ah, é um sujeito muito estranho! Só há uma pessoa que tem o dom de animá-lo, de fazê-lo falar, e até rir. É uma jovem de Garches a quem o príncipe Sernine o apresentou: Geneviève Ernemont. Ela já esteve aqui três vezes. Hoje inclusive...

Ele acrescentou brincando:

– Acho que eles estão flertando... É como Sua Alteza, o príncipe Sernine, e a senhora Kesselbach... Ouvi dizer que ele está de olho nela! Aquele maldito Lupin!

O senhor Lenormand não respondeu. Parecia que todos esses detalhes, que ele não fazia questão de mencionar, eram registrados nas profundezas de sua memória, no momento em que ele deveria tirar conclusões lógicas. Ele acendeu um charuto, mastigou-o sem o fumar, voltou a acendê-lo e o abandonou. Fez mais duas ou três perguntas, depois se jogou na cama completamente vestido.

– Se acontecer qualquer coisa, me acordem... Caso contrário, estarei dormindo. Podem ir. A seus postos.

Os outros saíram. Passou uma hora, duas horas...

De repente, o senhor Lenormand sentiu que alguém lhe cutucava, e Gourel disse:

– Levante-se, chefe, alguém abriu a cancela.

– Um homem, dois homens?

– Só vi um... A lua surgiu nesse momento, e ele se agachou.

– E os irmãos Doudeville?

– Mandei-os vigiar pelos fundos. Eles irão contra-atacar no momento oportuno.

Gourel agarrou o senhor Lenormand pela mão, levou-o para o andar de baixo e depois para uma sala escura.

– Não se mexa, chefe, estamos no toilette de Pierre Leduc. Vou abrir a porta da alcova onde ele dorme... Não tenha medo... ele tomou seu calmante de todas as noites... nada o acorda. Venha. O esconderijo não é bom? Estas são as cortinas da cama dele... Daqui o senhor vê a janela e todo o lado do quarto que vai da cama até a janela.

A janela estava bem aberta, e uma claridade confusa penetrava, muito precisa às vezes, quando a lua espalhava o véu das nuvens.

Os dois homens não tiravam os olhos do cruzamento deserto, certos de que o evento esperado ocorreria lá.

Algum pequeno barulho... um estalo...

– Ele está subindo a treliça – cochichou Gourel.

– Ela é alta?

– Dois metros... dois metros e meio...

Os estalos ficaram mais nítidos.

– Vá, Gourel – murmurou Lenormand –, junte-se aos Doudevilles... traga-os de volta ao pé do muro e bloqueiem a estrada a qualquer um que queira vir aqui.

Gourel foi embora.

No mesmo momento, uma cabeça apareceu rente à janela, e então uma sombra saltou para dentro da varanda. O senhor Lenormand entreviu um homem magro, mais baixo do que a média, vestindo cores escuras e sem chapéu.

O homem se virou e, inclinado sobre a varanda, olhou por alguns segundos para o vazio, como se estivesse se certificando de que nenhum perigo o ameaçava. Depois se curvou e deitou-se no chão. Ele parecia imóvel. Mas, instantes depois, o senhor Lenormand percebeu que a mancha negra que ele formava na escuridão estava avançando, aproximando-se.

A sombra chegou até a cama.

Ele teve a impressão de ouvir a respiração desse ser, e até mesmo de perceber seus olhos, olhos brilhantes e afiados, que penetravam as trevas como fogos-fátuos que *enxergavam* através delas.

Pierre Leduc suspirou profundamente e se virou. Novamente, o silêncio.

O ser havia deslizado pela cama fazendo movimentos imperceptíveis, e a silhueta sombria se destacava na brancura dos lençóis pendurados.

Se o senhor Lenormand esticasse o braço, conseguiria tocá-lo. Dessa vez ele distinguiu claramente a nova respiração que se alternava com a do adormecido, e teve a ilusão de também perceber o som de um coração batendo.

De repente, um facho de luz... O homem tinha acionado a mola de uma lanterna elétrica com um projetor, e Pierre Leduc se viu com o rosto completamente iluminado. Mas o homem permaneceu na sombra. e o senhor Lenormand não conseguiu ver seu rosto.

Ele viu apenas algo brilhando no espaço iluminado e estremeceu. Era a lâmina de uma faca, e essa faca, afiada, pequena, mais para estilete do que para punhal, pareceu-lhe idêntica à faca que tinha encontrado perto do cadáver de Chapman, o secretário do senhor Kesselbach.

Ele se conteve para não saltar sobre o homem. Queria primeiro saber o que o sujeito tinha vindo fazer...

A mão se levantou. Ela golpearia? O senhor Lenormand calculou a distância para impedir o golpe. Não era um gesto de assassinato, mas um gesto de precaução. Se Pierre Leduc se mexesse, se tentasse gritar, a mão o abateria.

O homem se inclinou sobre o adormecido, como se examinasse alguma coisa.

"A face direita...", pensou o senhor Lenormand, "a cicatriz na face direita... ele quer ter certeza de que se trata de Pierre Leduc".

O homem virou-se um pouco, de modo que só se viam seus ombros. Mas as roupas e o sobretudo estavam tão perto que tocaram as cortinas atrás das quais o senhor Lenormand se escondia.

"Um movimento da parte dele", pensou, "um tremor de inquietação, e eu o apunhalo".

Mas o homem não se mexeu, totalmente concentrado em seu exame. Finalmente, depois de passar o punhal para a mão que segurava a lanterna, ele levantou o lençol da cama, primeiro bem pouco, em seguida um pouco mais, de modo que o braço esquerdo do adormecido foi descoberto, e a mão ficou totalmente exposta.

A luz da lanterna iluminou essa mão. Quatro dedos se exibiam. O quinto tinha a segunda falange cortada.

Uma segunda vez, Pierre Leduc fez um movimento. Imediatamente a luz se apagou, e por um momento o homem ficou junto à cama, em pé, imóvel. Será que ele decidiria por golpeá-lo? O senhor Lenormand estava angustiado com o crime que podia evitar tão facilmente, mas que queria evitar apenas no último segundo.

Um longo, muito longo silêncio. De repente, ele teve a visão, imprecisa a propósito, de um braço que se erguia. Instintivamente, ele se moveu, estendendo a mão por cima do adormecido. Com esse gesto, bateu no homem.

Houve um grito surdo. O indivíduo golpeou no vazio, defendeu-se ao acaso, e depois correu para a janela. Mas o senhor Lenormand tinha saltado sobre ele e o agarrava pelos ombros com os dois braços.

Imediatamente, sentiu que o homem cedia e que, mais fraco, indefeso, se esquivava da luta e procurava deslizar entre seus braços. Com toda a sua força, ele o apertou, curvou seu corpo ao meio e o estendeu de bruços no chão.

– Ah! Peguei você... peguei você – ele murmurou, triunfante.

E sentiu uma embriaguez singular ao aprisionar com seu abraço irresistível esse terrível criminoso, esse monstro inominável. Ele se sentia vivo e estremecia, zangado e desesperado, suas duas existências misturadas, as suas respirações confundidas.

– Quem é você? – ele perguntou. – Quem é você? Você precisa dizer...

E ele apertava o corpo do inimigo com uma energia crescente, porque tinha a impressão de que esse corpo diminuía entre seus braços, que ele desmaiava. Apertou mais... e mais...

De repente, tremeu dos pés à cabeça. Ele sentiu uma leve picada na garganta... Exasperado, apertou ainda mais: a dor aumentou, e ele percebeu que o homem tinha conseguido torcer seu braço, deslizar a mão até seu peito e erguer o punhal. O braço estava de fato imobilizado, mas, à medida que o senhor Lenormand cerrava mais seus abraços, a ponta do punhal entrava na carne exposta.

Ele virou a cabeça um pouco para escapar dessa ponta, que seguiu o movimento e fez a ferida aumentar.

Então ele não se moveu mais, assolado pela lembrança dos três crimes e por tudo o que aquilo representava de espantoso, atroz e fatídico. Essa mesma pequena agulha de ferro que perfurava sua pele e que também era implacavelmente cravada...

De repente, ele soltou a presa e deu um salto para trás. Então, imediatamente, tentou retomar a ofensiva. Tarde demais. O homem passou pela janela e saltou.

– Atenção, Gourel! – ele gritou, sabendo que Gourel estava lá, pronto para receber o fugitivo.

Ele se inclinou. Um barulho de seixos, uma sombra entre duas árvores, a batida da cancela... E nenhum outro barulho... Nenhuma intervenção...

Sem se preocupar com Pierre Leduc, ele chamou:

– Gourel! Doudeville!

Nenhuma resposta. O grande silêncio noturno do campo...

Ele pensou novamente no triplo assassinato, no estilete de metal. Mas não, era impossível, o homem não teve tempo para atacar, nem precisaria fazê-lo, pois encontrou o caminho livre.

Ele saltou e, acionando a mola de sua lanterna, reconheceu Gourel caído no chão.

– Por Deus! – ele jurou. – Se ele estiver morto, vão me pagar caro.

Mas Gourel estava vivo, tonto apenas, e, alguns minutos depois, retomando a consciência, resmungou:

– Um murro, chefe... um simples murro em cheio no peito meu caro chefe. Que atrevido!

– Eram dois?

– Sim, um pequeno, que subiu, e outro que me surpreendeu enquanto eu vigiava.

– E os Doudevilles?

– Não os vi.

Um deles, Jacques, foi encontrado perto da cancela, todo ensanguentado, a mandíbula demolida; o outro, um pouco mais longe, sufocando, o peito esmagado.

– O quê? O que significa isto? – perguntou o senhor Lenormand.

Jacques contou que ele e seu irmão tinham encontrado um indivíduo que os deixou fora de ação antes que eles tivessem tempo de se defender.

– Ele estava sozinho?

– Não. Quando se aproximou de nós, estava acompanhado por um camarada, menor que ele.

– Conseguiu reconhecer quem o golpeou?

– Pela composição física, pareceu-me o inglês do Palace Hotel, aquele que partiu sem deixar rastros.

– O major?

– Sim, o major Parbury.

3

Após um momento de reflexão, o senhor Lenormand se pronunciou:

– Não há mais espaço para a dúvida. Eram dois no caso Kesselbach: o homem com o punhal, que matou, e seu cúmplice, o major.

– Essa é a opinião do príncipe Sernine – sussurrou Jacques Doudeville.

– E nesta noite – continuou o chefe da Sûreté –, eram eles novamente... os mesmos dois.

E acrescentou:

– Ainda bem. Temos cem vezes mais chances de apanhar dois culpados do que apenas um.

O senhor Lenormand cuidou dos seus homens, mandou-os se deitar e procurou saber se os assaltantes tinham perdido algum objeto ou deixado vestígios. Não encontrou nada e foi se deitar.

De manhã, como Gourel e Doudeville não sofriam muito com seus ferimentos, ele ordenou que os dois irmãos fizessem uma busca nos arredores, e foi com Gourel para Paris, a fim de despachar seus outros assuntos e dar algumas ordens.

Ele almoçou em seu escritório. Às duas horas, recebeu uma boa notícia. Um de seus melhores agentes, Dieuzy, tinha interceptado o alemão Steinweg, correspondente de Rudolf Kesselbach, quando ele saiu de um trem vindo de Marselha.

– Dieuzy está aqui? – ele perguntou.

– Sim, chefe – respondeu Gourel –, ele está aqui com o alemão.

– Traga-os aqui.

Nesse momento, ele recebeu um telefonema. Era Jean Doudeville quem telefonava do escritório de Garches. A comunicação foi rápida.

– É você, Jean? Alguma novidade?

– Sim, chefe, o major Parbury…

– E então?

– Nós o encontramos. Ele se disfarçou de espanhol e escureceu a pele. Acabamos de vê-lo. Ele estava entrando na escola livre de Garches. Foi recebido por essa senhorita… a jovem que conhece o príncipe Sernine, Geneviève Ernemont.

– Raios!

O senhor Lenormand largou o aparelho de telefone, pegou depressa o chapéu, correu para o corredor, encontrou Dieuzy e o alemão e gritou com eles:

– Encontrem-me aqui às seis horas…

Ele correu pelas escadas, acompanhado por Gourel e por três inspetores que havia encontrado no caminho, e seguiu para o seu automóvel.

– Para Garches… dez francos de gorjeta.

Um pouco antes do parque de Villeneuve, na curva da ruela que leva à escola, ele mandou o carro parar. Jean Doudeville, que o aguardava, gritou imediatamente:

– O patife atravessou a ruela há dez minutos.

– Sozinho?

– Não, com a jovem.

O senhor Lenormand agarrou Doudeville pelo colarinho:

– Miserável! Você o deixou partir! Mas você deveria…

– Meu irmão está atrás dele.

– Grande coisa! Ele conseguirá despistar seu irmão. Vocês estão bem-dispostos?

Ele assumiu pessoalmente a direção do carro e adentrou resolutamente na ruela, sem se preocupar com a rota e com os arbustos. Rapidamente, chegaram a uma estrada vicinal que os levou a uma encruzilhada onde outras cinco estradas se ramificaram. Sem hesitar, o senhor Lenormand escolheu a estrada mais à esquerda, que seguia para Saint-Cucufa. De fato, no topo da costa que desce até a lagoa, eles ultrapassaram o outro irmão Doudeville, que gritou:

– Eles estão de carro… a um quilômetro de distância.

O chefe não parou. Ele jogou o carro na descida, queimou as curvas, contornou o lago e, de repente, lançou uma exclamação de triunfo.

No topo de uma pequena subida que se apresentava na frente deles, ele tinha visto o capô de um automóvel.

Infelizmente, ele entrou pelo caminho errado. Teve de dar marcha à ré.

Quando voltou para o cruzamento, o carro ainda estava lá, parado. Imediatamente, enquanto ele manobrava, viu uma mulher saltar do veículo. Um homem apareceu no degrau do automóvel. A mulher estendeu o braço. Duas detonações soaram.

Sua pontaria deve ter sido ruim, pois uma cabeça saltou para o outro lado do capô, e o homem, vendo o carro, chicoteou seu cavalo, que partiu num galope. Logo o veículo desapareceu em uma curva.

Em questão de segundos, o senhor Lenormand completou a manobra, subiu em linha reta, passou pela jovem sem parar e fez uma curva ousada.

Era um caminho florestal descendente, íngreme e rochoso, entre bosques espessos, pelo qual só se podia seguir muito lentamente, com o maior cuidado. Mas o que importava? Vinte passos à frente, o carro, um tipo de cabriolé de duas rodas, dançava sobre as pedras, sendo arrastado, quase freando, na verdade, por um cavalo que seguia com cautela, dando trotadas seguras. Não havia nada a temer, a fuga era impossível.

Então os dois veículos rolaram de cima para baixo, batendo e chacoalhando. A certa altura, eles ficaram tão perto um do outro que o senhor Lenormand teve a ideia de pôr os pés no chão e correr com os seus homens. Mas ele sentiu o perigo que seria frear em uma inclinação tão íngreme e continuou, seguindo o inimigo de perto, como uma presa que é mantida ao alcance do olhar e da mão.

– Conseguimos, chefe... conseguimos – os inspetores murmuravam, animados com a imprevisibilidade da caçada.

No pé da estrada tinha início um caminho que se dirigia para o Sena, em direção a Bougival. Em terreno plano, o cavalo seguiu a trotes lentos, sem pressa, mantendo-se no meio da pista.

Uma força violenta sacudiu o automóvel. Em vez de rolar, o veículo parecia saltar, tal qual um animal selvagem que pula, e, escorregando pelo aterro, pronto para ultrapassar todos os obstáculos, alcançou o carro e o ultrapassou...

Um xingamento do senhor Lenormand... Gritos de raiva... O carro estava vazio!

O carro estava vazio. O cavalo partiu pacificamente com as rédeas em suas costas, provavelmente retornando ao estábulo de alguma pousada próxima onde tinha sido alugado para o dia...

Sufocando sua raiva, o chefe da Sûreté disse apenas:

– O major deve ter saltado durante os poucos segundos em que perdemos o carro de vista, no início da descida.

– Temos de vasculhar os bosques, chefe, e temos certeza...

– De voltar para casa de mãos vazias. O patife já deve estar longe, e ele não é desses que se deixam capturar duas vezes no mesmo dia. Ah, mas que droga!

Eles se juntaram à jovem que encontraram na companhia de Jacques Doudeville, e que não parecia lamentar sua aventura.

O senhor Lenormand, apresentando-se, ofereceu-se para levá-la para casa e logo lhe perguntou sobre o major inglês Parbury.

Ela se surpreendeu:

– Ele não é nem major nem inglês, e o nome dele não é Parbury.

– Então qual é o nome dele?

– Juan Ribeira; ele é espanhol. Foi encarregado por seu governo para estudar o funcionamento das escolas francesas.

– Que seja. O nome e nacionalidade dele não importam. É ele quem procuramos. Já faz muito tempo que vocês se conhecem?

– Uns quinze dias. Ele ouviu falar de uma escola que fundei em Garches e estava interessado em minha empreitada, a ponto de me oferecer um subsídio anual, com a única condição de que ele pudesse vir de vez em quando para verificar o progresso dos meus alunos. Não tinha como recusar…

– Não, é claro, mas deveria ter consultado o seu entorno… A senhora não mantém contato com o príncipe Sernine? É um homem que dá bons conselhos.

– Oh! Tenho plena confiança nele, mas neste momento ele está viajando.

– A senhorita não tinha o endereço dele?

– Não. Além disso, o que lhe teria dito? Esse cavalheiro se portava muito bem. Somente hoje… Mas não sei…

– Por favor, senhorita, seja franca comigo. E, acredite-me, também pode confiar em mim.

– O senhor Ribeira passou por aqui um dia desses. Disse-me que foi enviado por uma senhora francesa de passagem por Bougival, que essa mulher tinha uma neta cuja educação queria me confiar, e que ela me implorava para vir sem demora. Tudo me pareceu muito natural. Sendo hoje feriado, e como o senhor Ribeira tinha alugado um carro que estava à espera dele no final da estrada, não objetei em me juntar a ele.

– Mas qual era, então, o propósito dele?

Ela corou e pronunciou:

– Sequestrar-me. Depois de meia hora ele confessou…

– Não sabe nada sobre ele?

– Não.

– Ele vive em Paris?

– Suponho que sim.

– Ele não lhe escreveu? Não tem algumas linhas escritas por ele, um objeto esquecido, uma pista que pode nos servir?

– Nenhuma pista… Ah! No entanto… Mas, provavelmente, isso não tem nenhuma importância…

– Fale, por favor, fale…

– Bem, há dois dias, esse cavalheiro pediu minha permissão para usar minha máquina de escrever e elaborou, com certa dificuldade, porque não está acostumado a usá-la, uma carta cujo destinatário eu descobri por acaso.

– E que endereço é esse?

– Ele escrevia para o *Journal* e colou cerca de vinte selos no envelope.

– Sim, os classificados, provavelmente – disse Lenormand.

– Tenho o exemplar de hoje, chefe – disse Gourel.

O senhor Lenormand abriu o jornal e consultou a oitava página. Um instante depois, sobressaltou-se. Ele tinha lido esta frase redigida com as abreviaturas habituais: *Informamos qualquer um que conheça o senhor Steinweg que gostaríamos de saber se ele está em Paris e qual é seu endereço. Responder da mesma forma.*

– Steinweg – observou Gourel – é precisamente o indivíduo que Dieuzy nos traz.

"Sim, sim", disse a si mesmo o senhor Lenormand, "é o homem cuja carta para Kesselbach eu interceptei, o homem que lançou este na pista de Pierre Leduc... Assim, eles também precisam de informações sobre Pierre Leduc e seu passado... Eles também estão tateando no escuro..."

Ele esfregou as mãos: Steinweg estava à sua disposição. Em menos de uma hora, Steinweg falaria. Em menos de uma hora, o véu das trevas que o oprimiam e faziam do caso Kesselbach o mais agonizante e impenetrável dos casos cuja solução ele tinha perseguido, esse véu seria rasgado.

LENORMAND SUCUMBE

1

Às seis da tarde, o senhor Lenormand regressou ao seu escritório na chefatura de polícia.

Imediatamente, ele convocou Dieuzy.

– Seu homem está aqui?

– Sim.

– Em que pé você está com ele?

– Não fomos muito longe. Ele não diz uma só palavra. Eu disse a ele que, de acordo com um novo decreto, os estrangeiros eram obrigados a apresentar uma declaração de permanência na prefeitura, e eu o trouxe até o escritório do seu secretário.

– Vou interrogá-lo.

Mas, nesse momento, um garoto apareceu.

– Uma senhora quer falar imediatamente com o senhor, chefe.

– Onde está o cartão dela?

– Aqui.

– Senhora Kesselbach! Mande-a entrar.

Ele foi pessoalmente recepcioná-la e a convidou para sentar-se. Ela tinha o mesmo olhar tristonho, a aparência doente e o ar de extrema lassidão em que se revelava o infortúnio de sua vida.

Ela estendeu um exemplar do *Journal*, apontando para a linha do anúncio em que o senhor Steinweg era mencionado.

– O padre Steinweg era amigo do meu marido – disse ela –, e não tenho dúvida de que ele sabe de muita coisa.

– Dieuzy – disse Lenormand –, traga a pessoa que está esperando... Sua visita não terá sido inútil, senhora. Só lhe peço que, quando essa pessoa entrar, não diga uma palavra.

A porta foi aberta. Um homem apareceu. Ele era velho, de barbas brancas, a figura marcada por rugas profundas, malvestido, o ar de perseguição daqueles miseráveis que andam pelo mundo em busca do alimento diário.

O homem permaneceu no limiar, as pálpebras piscando, olhou para o senhor Lenormand, pareceu envergonhado com o silêncio que o recebeu e virou o chapéu entre as mãos com embaraço. Mas de repente ele pareceu espantado. Seus olhos se arregalaram, e ele gaguejou:

– Senhora... senhora Kesselbach.

Ele tinha visto a mulher.

E mais calmo, sorridente, sem mais timidez, aproximou-se dela com um sotaque estranho:

– Ah! Fico contente... Finalmente!... Pensei que nunca mais... Fiquei espantado... Não tive notícias... nenhum telegrama... E como está o bom Rudolf Kesselbach?

A senhora deu um passo para trás, como se tivesse sido atingida em pleno rosto, e de repente caiu sobre uma cadeira e começou a soluçar.

– O quê? O que aconteceu? – perguntou Steinweg.

O senhor Lenormand interveio imediatamente.

– Vejo que o senhor ignora certos eventos recentes. Já tem muito tempo que está viajando?

– Sim, três meses... Eu fui até Mines. Depois voltei para a Cidade do Cabo, de onde escrevi ao Rudolf. Mas no caminho eu aceitei trabalhar em Porto Said. Rudolf recebeu a minha carta, suponho.

– Ele está ausente. Explicarei as razões dessa ausência. Mas, antes, há um ponto sobre o qual gostaríamos de obter algumas informações. Trata-se de um personagem que o senhor conheceu e a quem se referia nas suas conversas com o senhor Kesselbach como Pierre Leduc.

– Pierre Leduc! O quê? Quem disse isso?

O velho estava transtornado.

Ele gaguejou outra vez:

– Quem disse? Quem lhe revelou?

– O senhor Kesselbach.

– Nunca! É um segredo que revelei a ele e Rudolf guarda segredos... especialmente este...

– De todo modo, é essencial que nos responda. Estamos neste momento realizando uma investigação sobre Pierre Leduc que tem de ser concluída sem demora, e só o senhor pode nos esclarecer, uma vez que o senhor Kesselbach não está mais aqui.

– Enfim, o que vocês querem? – questionou Steinweg, aparentemente decidido.

– Conhece o senhor Pierre Leduc?

– Nunca o vi, mas há muito tempo sou detentor de um segredo que diz respeito a ele. Como resultado de incidentes inúteis de serem relatados, e graças a uma série de acasos, eu finalmente tive a certeza de que aquele cuja descoberta me interessava vivia em Paris, em meio ao caos, e que ele se denominava como Pierre Leduc, que não é seu verdadeiro nome.

– Mas ele sabe o nome verdadeiro?

– Suponho que sim.

– E o senhor?

– Eu o conheço.

– Bem, diga-o.

Ele hesitou, e então, violentamente:

– Não posso... não posso...

– Mas por que não?

– Não tenho esse direito. Todo o segredo está nisso. Ora, quando revelei esse segredo a Rudolf, ele lhe atribuiu tanta importância que me deu uma grande soma de dinheiro para comprar o meu silêncio e me prometeu uma fortuna, uma verdadeira fortuna, no dia em que conseguisse reencontrar Pierre Leduc e tirar vantagem desse segredo.

Ele sorriu amargamente:

– A grande soma de dinheiro já está perdida. Eu tinha vindo buscar notícias da minha fortuna.

– O senhor Kesselbach está morto – disse o chefe da Sûreté.

Steinweg sobressaltou-se.

– Morto! Mas será possível? Não, isso só pode ser uma armadilha. Senhora Kesselbach, é verdade?

Ela baixou a cabeça. O padre parecia esmagado por essa revelação inesperada, que deve ter sido infinitamente dolorosa, pois ele começou a chorar.

– Pobre Rudolf, eu o conheci quando ainda era pequeno... Ele vinha brincar comigo em Augsburgo. Eu gostava muito dele.

E invocando o testemunho da senhora Kesselbach:

– E ele também gostava de mim, não é, minha senhora? Ele deve ter lhe contado... do seu velho padre Steinweg, como me chamava.

O senhor Lenormand se aproximou dele e, com a sua voz mais nítida:

– Ouça-me. O senhor Kesselbach foi assassinado... Vamos, tenha calma... Os gritos são inúteis... Ele foi assassinado, e todas as circunstâncias do crime provam que o culpado sabia desse famoso projeto. Haveria alguma coisa na natureza desse projeto que lhe permitisse adivinhar?

Steinweg permaneceu imóvel. Ele balbuciou:

– A culpa é minha... Se eu não o tivesse colocado nesse caminho...

A senhora Kesselbach avançou, suplicante.

– O senhor acredita que, tem alguma ideia... Oh, eu imploro, Steinweg!

– Não faço ideia... Eu não pensei a respeito – ele sussurrou. – Preciso refletir sobre isso...

– Procure no entorno do senhor Kesselbach – disse Lenormand. – Ninguém esteve envolvido nas suas conversas naquele momento? Ele não confessou a ninguém?

– A ninguém.

– Pense bem.

Dolorès e o senhor Lenormand, inclinados sobre ele, aguardavam ansiosamente a sua resposta.

– Não – disse ele. – Não consigo pensar em ninguém...

– Pense com calma... – disse o chefe da Sûreté. – O nome e o sobrenome do assassino têm como iniciais um L e um M.

– Um L... – ele repetiu. – Não consigo imaginar... um L... um M...

– Sim, as letras são de ouro e marcam o canto de uma cigarreira que pertencia ao assassino.

– Uma cigarreira? – fez Steinweg, esforçando-se para pensar.

– De aço polido... E um dos compartimentos internos é dividido em duas partes, a menor para o papel de cigarro, a outra para o tabaco...

– Em duas partes, em duas partes – repetia Steinweg, cuja memória parecia despertada por esse detalhe. – O senhor poderia me mostrar esse objeto?

– Aqui está, ou melhor, eis uma reprodução exata – disse Lenormand, entregando-lhe uma cigarreira.

– Hein! O quê? – reagiu Steinweg pegando a cigarreira.

Ele a contemplava com um olhar estúpido, examinava, virava de todos os lados, e de repente soltou um grito, o grito de um homem atingido por um pensamento assustador. E ficou ali, lívido, com as mãos trêmulas, o olhar desvairado.

– Ora, fale alguma coisa – ordenou o senhor Lenormand.

– Oh! – ele disse, como se cegado pela luz. – Tudo faz sentido...

– Fale de uma vez...

Ele empurrou os dois, caminhou até às janelas, cambaleando, depois retornou e dirigiu-se ao chefe da Sûreté:

– Senhor, senhor... o assassino do Rudolf, eu vou lhe dizer... Bem...

Ele se interrompeu.

– E então? – disseram os outros.

Um minuto de silêncio. Na grande paz do escritório, entre aquelas paredes que já ouviram tantas confissões, tantas acusações, ressoaria o nome do abominável criminoso? Parecia ao senhor Lenormand que ele estava à beira do abismo insondável, e que uma voz subia, subia até sua garganta... Mais alguns segundos e ele diria...

– Não – murmurou Steinweg –, não, não posso...

– O que o senhor está dizendo? – gritou o chefe da Sûreté, furioso.

– Estou dizendo que não posso.

– Mas o senhor não tem o direito de ficar calado! A justiça exige.

– Amanhã. Falarei amanhã... Preciso pensar... Amanhã conto tudo o que sei sobre Pierre Leduc... tudo o que suponho sobre este caso... Amanhã, prometo...

Sentia-se nele essa espécie de obstinação que os esforços mais enérgicos enfrentam em vão.

O senhor Lenormand cedeu.

– Que seja. Espero até amanhã, mas aviso que, se amanhã não falar, serei obrigado a advertir o juiz de instrução.

Ele chamou o inspetor Dieuzy de lado:

– Acompanhe-o até o hotel... e fique lá... Vou enviar dois camaradas... E, o mais importante, fique de olhos bem abertos. Alguém pode tentar tirá-lo de nós.

O inspetor levou Steinweg, e o senhor Lenormand, dirigindo-se à senhora Kesselbach, a quem a cena havia comovido fortemente, desculpou-se:

– Acredite em meu pesar, senhora... Compreendo o quão afetada deve estar.

Ele a interrogou sobre a época em que o senhor Kesselbach tinha estreitado relações com o velho Steinweg e sobre a duração dessas relações. Mas ela estava tão cansada que ele não insistiu.

– Devo voltar amanhã? – ela perguntou.

– Não, não é necessário. Eu a manterei informada a respeito de tudo o que Steinweg disser. Permite que lhe ofereça o meu braço até o seu carro? Estes três andares são tão difíceis de descer...

Ele abriu a porta e desapareceu antes dela. No mesmo momento, foram ouvidas exclamações no corredor, e muitos correram: inspetores de serviço, funcionários do escritório...

– Chefe! Chefe!

– O que aconteceu?

– Dieuzy!

– Mas ele acabou de sair daqui…

– Ele foi encontrado nas escadas.

– Morto?

– Não, inconsciente, desmaiado…

– Mas e o homem? O homem que estava com ele? O velho Steinweg?

– Desapareceu…

– Raios!

2

Ele correu pelo corredor, desceu as escadas apressadamente e encontrou Dieuzy deitado no chão do primeiro andar, rodeado de pessoas que cuidavam dele.

Ele viu Gourel subindo.

– Ah! Gourel, você está vindo de baixo? Encontrou alguém?

– Não, chefe…

Mas Dieuzy retomava a consciência e, com os olhos mal abertos, murmurou:

– Aqui, no patamar, a porta pequena…

– Ah! Raios! A porta do sétimo quarto! – exclamou o chefe da Sûreté. – Eu disse para trancarem essa porta… Era certo que mais dia, menos dia…

Ele se precipitou sobre a maçaneta.

– Meu Deus! A fechadura foi empurrada para o outro lado.

A porta estava parcialmente envidraçada. Com a ponta do revólver, ele partiu um dos vidros, puxou a fechadura e disse a Gourel:

– Corra por aqui até a saída da praça Dauphine…

E, voltando a Dieuzy:

– Vamos, Dieuzy, fale. Como você fez para ficar nesse estado?

– Um murro, chefe…

– Um murro daquele velhote? Mas ele mal consegue ficar em pé…

– Não do velhote, chefe, mas de outro que caminhava pelo corredor enquanto Steinweg estava com o senhor, e que nos seguiu como se também estivesse indo embora… Quando cheguei aqui, ele me perguntou se eu tinha fogo… Procurei a minha caixa de fósforos… Então ele aproveitou a oportunidade para me dar um soco no estômago… Quando caí, tive a impressão de que ele estava abrindo esta porta, levando o velhote junto…

– Você conseguiria reconhecê-lo?

– Ah! Sim, chefe… Um sujeito robusto, pele negra. Certamente um tipo do sul…

– Ribeira – resmungou o senhor Lenormand –, sempre ele! Ribeira, vulgo Parbury… Ah! Que inescrupuloso, que audácia! Ele tinha medo do velho Steinweg e veio buscá-lo aqui mesmo, bem debaixo do meu nariz!

E, batendo o pé com raiva:

– Mas, Cristo, como é que ele sabia que Steinweg estava aqui? Bandido! Não tem nem quatro horas eu o perseguia pelos bosques de Saint-Cucufa… e agora aqui está ele! Como é que ele sabia? Então está lendo minha mente?

Ele foi tomado por um daqueles ataques de alucinação em que parecia não ouvir nem ver mais nada. A senhora Kesselbach, que estava de passagem naquele momento, cumprimentou-o sem que ele respondesse.

Mas um som de passos no corredor o trouxe de volta à realidade.

– É você, enfim, Gourel?

– Foi isso mesmo, chefe – disse Gourel, ofegante. – Eles eram dois. Seguiram por este caminho e saíram pela praça Dauphine. Um automóvel os aguardava. Havia duas pessoas dentro dele, um homem vestido de preto com um chapéu sobre os olhos…

– É ele, é ele – disse o senhor Lenormand –, é o assassino, o cúmplice de Ribeira-Parbury. E a outra pessoa?

– Uma mulher, sem chapéu, uma espécie de governanta… E bonita, ao que parece. Ruiva.

– Hein? O quê? Você está dizendo que ela é ruiva?

– Sim.

O senhor Lenormand virou-se num impulso, desceu as escadas de dois em dois degraus, atravessou os pátios e chegou ao cais Orfèvres.

– Alto! – ele gritou.

Uma carruagem com dois cavalos se distanciava. Era o carro da senhora Kesselbach… O cocheiro ouviu e parou. O senhor Lenormand já tinha saltado para o degrau:

– Mil perdões, minha senhora, mas sua ajuda me é indispensável. Pedirei sua permissão para acompanhá-la… Temos de agir rapidamente. Gourel, o meu carro… Você o dispensou? Traga outro, então, qualquer um…

Cada um correu para o seu lado. Mas cerca de dez minutos se passaram antes que alguém trouxesse um carro alugado.

O senhor Lenormand fervilhava de impaciência. A senhora Kesselbach, de pé na calçada, cambaleava com a garrafinha de sais na mão.

Finalmente eles se instalaram.

– Gourel, sente-se ao lado do motorista e vamos direto para Garches.

– Para minha casa! – reagiu Dolorès, estupefata.

Ele não respondeu. Ele aparecia na portinhola, acenava com o corta-fila, chamava pelo nome os agentes que regulavam o trânsito das ruas. Finalmente, quando chegaram a Cours-la-Reine, ele sentou-se e disse:

– Por obséquio, senhora, responda claramente às minhas perguntas. A senhora viu a senhorita Geneviève Ernemont por volta das quatro horas?

– Geneviève… sim… eu estava me vestindo para sair.

– Foi ela quem lhe contou sobre o anúncio no *Journal*, relacionado a Steinweg?

– De fato.

– E foi por isso que veio me ver?

– Sim.

– A senhora estava sozinha durante a visita da senhorita Ernemont?

– Confesso que não me lembro… Por quê?

– Lembre-se. Alguma de suas criadas estava lá?

– Talvez… como eu me vestia…

– Como elas se chamam?

– Suzanne… e Gertrude.

– Uma delas é ruiva, não é?

– Sim, Gertrude.

– A senhora a conhece há muito tempo?

– A irmã dela sempre me serviu… e Gertrude está comigo há anos… É a dedicação em pessoa, a probidade…

– Que seja, mas a senhora confia cegamente nela?

– Oh, absolutamente!

– Tanto melhor, tanto melhor!

Eram sete e meia. A luz do dia começava a desaparecer quando o carro chegou em frente à casa de repouso. Sem se preocupar com sua companheira, o chefe da Sûreté correu até o concierge.

– A criada da senhora Kesselbach acabou de chegar, não é?

– Que criada?

– Gertrude, uma das duas irmãs.

– Mas Gertrude não precisou sair, senhor. Não a vimos sair.

– Mas alguém acabou de chegar.

– Oh! Não, senhor, não abrimos a porta a ninguém desde… desde as seis da tarde.

– Não há outra saída além desta?

– Nenhuma outra. Os muros que cercam a propriedade de todos os lados são altos…

– Senhora Kesselbach – disse o senhor Lenormand a sua companheira –, vamos até seu pavilhão.

Os três partiram. A senhora Kesselbach, que não tinha a chave, tocou a campainha. Foi Suzanne, a outra irmã, quem apareceu.

– Gertrude está aqui? – perguntou a senhora Kesselbach.

– Sim, senhora, no quarto dela.

– Chame-a, senhorita – ordenou o chefe da Sûreté.

Um instante depois, Gertrude desceu, formosa e graciosa com seu avental branco todo bordado.

Ela tinha um rosto de fato muito bonito, emoldurado pelos cabelos ruivos. O senhor Lenormand olhou para ela durante um bom tempo sem dizer nada, como se procurasse penetrar além daqueles olhos inocentes.

Ele não a interrogou. Um minuto depois, disse apenas:

– Pois bem, senhorita, muito obrigado. Você vem, Gourel?

Ele saiu com o brigadeiro e, imediatamente, seguindo pelos caminhos escuros do jardim, disse:

– É ela.

– O senhor acha, chefe? Ela parece tão tranquila!

– Tranquila demais. Qualquer outra estaria assustada e me perguntaria por que mandei chamá-la. Ela, nada. Apenas o vigor de um rosto que quer se manter sorridente a todo custo. Mas vi uma gota de suor escorrer de sua têmpora até a orelha.

– E então?

– Então tudo isso é muito claro. Gertrude é cúmplice dos dois bandidos que operam em torno do caso Kesselbach, ou para surpreender e executar o famoso projeto, ou para capturar os milhões da viúva. Provavelmente a outra irmã também faz parte do complô. Por volta das quatro horas, advertida de que eu sabia do anúncio do *Journal* e também de que eu tinha um encontro com Steinweg, Gertrude aproveitou a partida de sua senhora, correu para Paris, encontrou Ribeira e o homem do chapéu e os acompanhou até o tribunal onde Ribeira sequestrou o senhor Steinweg para seu benefício.

Ele refletiu e concluiu:

– Tudo isso nos prova: primeiro, a importância que atribuem a Steinweg e o medo que suas revelações lhes inspiram; segundo, que há uma verdadeira conspiração em torno da senhora Kesselbach; terceiro, que eu não tenho tempo a perder, porque a conspiração é perigosa.

– Que seja – disse Gourel –, mas há uma coisa inexplicável. Como Gertrude saiu e entrou pelo jardim onde estamos, sem o conhecimento dos concierges?

– Através de uma passagem secreta que os bandidos tiveram de construir recentemente.

– E que, provavelmente, desemboca no pavilhão da senhora Kesselbach? – observou Gourel.

– Sim, talvez – disse o senhor Lenormand –, talvez... Mas tenho outra ideia...

Eles seguiram ladeando o muro. A noite estava clara, e, mesmo sendo difícil discernir suas duas silhuetas, eles enxergavam o suficiente para examinar as pedras dos muros e se certificar de que nenhuma brecha, por mais hábil que fosse, tinha sido feita.

– Talvez uma escada? – Gourel insinuou.

– Não, já que Gertrude passa por esse tal lugar em plena luz do dia. Esse tipo de comunicação não pode, obviamente, terminar do lado de fora. É necessário que o buraco esteja escondido por alguma construção existente.

– Há apenas os quatro pavilhões – objetou Gourel –, e todos eles são habitados.

– Mas o terceiro pavilhão, o Hortense, não é habitado.

– Quem disse?

– O concierge. Por medo do barulho, a senhora Kesselbach alugou esse pavilhão, que fica próximo ao dela. Quem sabe se, ao fazê-lo, ela não sofreu a influência de Gertrude?

Ele deu a volta na casa. As persianas estavam fechadas. Ele levantou ao acaso o trinco da porta, e ela abriu.

– Ah, Gourel, acho que encontramos! Vamos entrar. Acenda sua lanterna... Oh! O vestíbulo, a sala de estar, a sala de jantar... É inútil. Deve haver um porão, já que a cozinha não fica neste piso.

– Por aqui, chefe... aqui está a escadaria de serviço.

Eles desceram, de fato, para uma cozinha bastante grande e lotada de cadeiras de jardim e guaritas de junco. Havia uma lavanderia, também usada como despensa, anexada a ela e com a mesma desordem de objetos empilhados um em cima do outro.

– O que é aquilo brilhando ali, chefe?

Gourel abaixou-se e pegou um alfinete de cobre com uma falsa cabeça de pérola.

– A pérola ainda brilha – disse Lenormand –, o que não seria o caso se ela estivesse neste porão há muito tempo. Gertrude passou por aqui, Gourel.

Gourel começou a derrubar uma pilha de barris vazios, armários e mesas velhas.

– Está perdendo seu tempo, Gourel. Se a passagem estivesse aqui, como alguém conseguiria primeiro mover todos esses objetos e, depois, colocá-los de volta após sua passagem? Veja, aqui há uma divisória sem uso que não tem nenhum motivo para estar presa à parede por este prego. Afaste-a.

Gourel obedeceu. Atrás da divisória, a parede estava escavada. À luz da lanterna, viram uma passagem subterrânea.

3

– Não me enganei – disse o senhor Lenormand –, a passagem foi construída recentemente. Você percebe que esta obra foi feita às pressas, e para uma duração limitada... Sem alvenaria... Duas tábuas cruzadas e uma viga que serve de teto, e é tudo. Isso vai aguentar o tempo que precisar, o suficiente para o objetivo almejado, ou seja...

– Como assim, chefe?

– Bem, primeiro, para permitir as idas e vindas de Gertrude e seus cúmplices, e depois, um dia, muito em breve, o rapto, ou melhor, o desaparecimento milagroso e incompreensível da senhora Kesselbach.

Eles avançavam cuidadosamente para não bater em certas vigas cuja solidez parecia duvidosa. À primeira vista, o comprimento do túnel era muito superior aos cinquenta metros que separavam o pavilhão da cerca do jardim. Então ele terminava bem longe dos muros e além de um caminho que corria ao longo da propriedade.

– Não chegamos ao lado de Villeneuve e do lago por aqui? – perguntou Gourel.

– Pelo contrário, chega-se ao lado oposto – o senhor Lenormand respondeu.

A galeria descia por uma encosta suave. Um degrau, depois outro, e uma curva para a direita. Chegaram, então, a uma porta embutida em um retângulo de blocos cuidadosamente cimentados.

O senhor Lenormand a empurrou, e ela abriu.

– Um segundo, Gourel – disse ele, parando. – Vamos pensar um pouco. Talvez seja melhor recuarmos.

– E por quê?

– Devemos pensar que Ribeira previu o perigo e tomou as devidas precauções caso o esconderijo subterrâneo fosse encontrado. Ora, ele sabe que estamos fazendo buscas pelo jardim. Certamente nos viu entrar neste pavilhão. Quem nos garante que ele não está preparando uma armadilha para nós?

– Somos dois, chefe.

– E eles são vinte.

Ele olhou. O subterrâneo subia, e ele caminhou até a outra porta, cinco metros mais à frente.

– Vamos até aqui – disse ele –, e veremos.

Ele passou, seguido por Gourel, a quem ele recomendou deixar a porta aberta, e caminhou até a outra porta, prometendo a si mesmo que não iria mais longe. Mas a porta estava fechada, e, embora a fechadura parecesse funcionar, ele não a abriu.

– O cadeado está trancado – disse ele. – Vamos voltar sem fazer barulho. Especialmente porque, lá fora, estabeleceremos, de acordo com a orientação da galeria, a direção em que deveremos procurar a saída do subterrâneo.

Eles voltavam para a primeira porta quando Gourel, que estava caminhando na frente, soltou uma exclamação de surpresa.

– Veja, ela está trancada...

– Como? Eu disse para você deixar a porta aberta.

– E eu deixei, chefe, mas ela fechou sozinha.

– Impossível! Teríamos ouvido o barulho.

– E então?

– Então... então... Não faço ideia...

Ele se aproximou.

– Vejamos… há uma chave… Ela gira? Do outro lado deve haver uma fechadura…

– Quem a teria trancado?

– Eles. Raios! Bem atrás de nós. Deve haver outra galeria paralela a esta… ou eles permaneceram no pavilhão inabitado. Enfim, estamos presos…

Ele mexeu na fechadura com força, colocou sua faca na abertura, tentou todos os meios, e então, num momento de cansaço, disse:

– Não há nada a fazer!

– Como assim não há nada a fazer, chefe? Neste caso, estamos arruinados?

– Acho que sim… – disse ele.

Eles foram até a outra porta e depois retornaram à primeira. Ambas eram feitas de madeira maciça, reforçadas por vigas indestrutíveis.

– Precisaríamos de um machado – disse o chefe da Sûreté –, ou pelo menos de um instrumento resistente… até mesmo uma faca com a qual tentaríamos cortar o provável local da fechadura. Mas não temos nada…

Ele teve um súbito ataque de raiva e se lançou contra o obstáculo, como se tivesse a esperança de derrubá-lo. Depois, impotente, vencido, disse a Gourel:

– Escute, tentaremos fazer alguma coisa de novo daqui a uma ou duas horas… Estou exausto, vou dormir. Fique vigiando durante esse tempo, e, se vierem nos atacar…

– Ah! Se vierem nos atacar, eu defenderei, chefe – observou Gourel como um homem que venceria a batalha, por mais dura que ela fosse.

O senhor Lenormand deitou-se no chão. Um minuto depois ele já estava dormindo. Quando acordou, ficou por alguns segundos indeciso, sem entender, e também se perguntou que tipo de sofrimento era aquele que o atormentava.

– Gourel. – ele chamou. – Ora! Gourel?

Não obtendo uma resposta, ele acendeu sua lanterna e viu Gourel ao seu lado, dormindo profundamente.

"Por que estou sofrendo desse jeito? Estou sentindo verdadeiras tensões... Ah, isso! Estou com fome! É simples... estou morrendo de fome! Que horas são agora?", ele pensou.

Seu relógio marcava sete e vinte, mas ele lembrou que não havia dado corda nele. O relógio de Gourel também não funcionava. No entanto, tendo acordado com as mesmas dores no estômago, ambos estimaram que já tinha passado um bom tempo desde a hora do almoço e que haviam dormido durante boa parte do dia.

– Minhas pernas estão dormentes – falou Gourel –, e parece que meus pés estavam em uma geleira. Que sensação estranha!

Ele tentou fazer uma massagem nos pés e disse:

– Ora, meus pés não estavam em uma geleira; eles na verdade estão na água... Olhe, chefe. Ali, na direção da primeira porta, é uma verdadeira lagoa...

– Infiltrações – respondeu o senhor Lenormand. – Vamos voltar para a segunda porta...

– Mas o que o senhor está fazendo, chefe?

– Acha que vou deixar que me enterrem vivo neste sepulcro? Ah! Não, ainda não estou velho para isso... Como ambas as portas estão fechadas, vamos tentar atravessar as paredes.

Uma por uma, ele começou a arrancar as pedras que se projetavam na altura de sua mão, esperando cavar outra galeria que chegaria até o nível do chão. Mas o trabalho era longo e penoso, porque naquela parte do subsolo as pedras tinham sido cimentadas.

– Chefe, chefe... – balbuciou Gourel com a voz abafada.

– E então?

– Seus pés estão na água.

– Mas o que é que tem? Sim, estão... E daí? Eles ficarão secos no sol.

– Mas o senhor não percebe?

– O quê?

– Está subindo, chefe, está subindo...

– O que está subindo?

– A água...

O senhor Lenormand sentiu um arrepio percorrer seu corpo. Ele entendeu. Não eram infiltrações fortuitas, mas uma inundação habilmente preparada e que acontecia de forma mecânica e irresistível, graças a algum sistema infernal.

– Ah, o canalha! – ele vociferou. – Se eu conseguir pegá-lo!

– Sim, sim, chefe, mas temos de sair daqui primeiro, e por mim...

Gourel parecia completamente abatido, incapaz de ter uma ideia ou propor um plano.

O senhor Lenormand estava ajoelhado no chão e media a velocidade com que a água subia. Cerca de um quarto da primeira porta já estava coberto, e a água avançava até a metade da segunda porta.

– O progresso é lento, mas ininterrupto – disse ele. – Dentro de algumas horas, ela terá passado por cima de nossa cabeça.

– Mas isso é assustador, chefe, é horrível – disse Gourel.

– Ah! Vamos, você não vai nos incomodar com essas suas lamentações, não é mesmo? Pode chorar se quiser, mas não quero ouvir.

– É a fome que me enfraquece, chefe. Meu cérebro está girando.

– Coma o próprio punho.

Como bem observou Gourel, a situação era realmente terrível, e, se o senhor Lenormand estivesse menos disposto, já teria desistido de uma luta tão vã. O que fazer? Não era plausível esperar que Ribeira lhes abrissem passagem. Tampouco esperar que os irmãos Doudevilles pudessem resgatá-los, já que os inspetores não sabiam da existência daquele túnel.

Então, não restava nenhuma esperança, a não ser a de um milagre...

– Vejamos, vejamos – repetia o senhor Lenormand –, isso é muito bizarro, não vamos morrer aqui! Mas que raios! Deve haver algum jeito. Ilumine aqui, Gourel.

Encostado à segunda porta, examinou-a de cima a baixo, em todos os cantos. Provavelmente, havia daquele lado, como do outro, uma fechadura, uma fechadura enorme. Com a lâmina da faca, ele tirou os parafusos, e a fechadura se soltou.

– E o que mais? – perguntou Gourel.

– Bem – disse ele –, esta fechadura é feita de ferro, bastante longa, quase afiada, certamente não vale uma picareta, mas, mesmo assim, é melhor do que nada... e...

Sem completar sua frase, ele enfiou o instrumento na parede da galeria, um pouco antes do pilar de alvenaria que sustentava as dobradiças da porta. Como ele esperava, uma vez que o objeto atravessou a primeira camada de cimento e pedras, encontrou uma terra mais mole.

– Ao trabalho! – exclamou.

– Vou trabalhar, chefe, mas explique...

– É muito simples, é uma questão de escavar, em torno desta pilastra, uma passagem de três ou quatro metros de comprimento, que chegará do outro lado da porta e nos permitirá escapar.

– Mas isso vai demorar horas, e durante esse tempo a água está subindo.

– Ilumine aqui, Gourel.

– Dentro de vinte minutos ou meia hora, ela vai cobrir nossos pés.

– Ilumine aqui, Gourel.

A ideia do senhor Lenormand fazia sentido, e, com um pequeno esforço, puxando para si e deixando cair no túnel a terra que ele atacava com o instrumento, ele logo cavou um buraco grande o suficiente para escorregar por ele.

– Minha vez, chefe! – disse Gourel.

– Ah! Ah! Está voltando à vida? Muito bem, trabalhe... Você só precisa contornar a pilastra.

Nesse momento, a água lhes subia até os tornozelos.

Será que eles teriam a oportunidade de concluir o trabalho iniciado?

À medida que avançavam, a obra ficava mais difícil, pois a terra removida os encobria, e, deitados de bruços na passagem, eram obrigados a puxar de volta os escombros que a obstruíam.

Depois de duas horas, três quartos do trabalho havia sido feito, mas a água já cobria suas pernas. Mais uma hora e ela chegaria à abertura do buraco que estavam cavando.

Dessa vez seria o fim...

Gourel, exausto pela falta de comida e muito corpulento para entrar e sair desse corredor cada vez mais estreito, teve de desistir. Ele não se movia mais, tremendo de angústia com o toque da água gelada que o soterrava pouco a pouco.

O senhor Lenormand trabalhava incansavelmente. Tarefa terrível, trabalho de formiga que era realizado na escuridão sufocante. As mãos dele sangravam. Ele estava esfomeado. Mal conseguia respirar um ar que era insuficiente, e de vez em quando os suspiros de Gourel lembravam-no do terrível perigo que o ameaçava no fundo do seu covil.

Mas nada poderia desencorajá-lo, porque agora ele encontrava à sua frente as pedras cimentadas que formavam a parede da galeria. Era o mais difícil, mas o objetivo se aproximava.

– Está subindo – exclamou Gourel, com uma voz estrangulada –, está subindo.

O senhor Lenormand redobrou seus esforços. De repente, a haste da fechadura que ele estava usando caiu no vazio. A passagem estava feita. Bastava alargá-la, o que ficava muito mais fácil agora que podia descartar a terra diante de si.

Gourel, aterrorizado, soltava uivos como uma besta agonizante. Ele não se mexia. A salvação estava ao alcance de suas mãos.

No entanto, ele teve alguns segundos de ansiedade quando percebeu, pelo barulho dos materiais que caíam, que aquela parte do túnel também estava cheia de água – o que era natural, uma vez que a porta não era um dique suficientemente hermético.

Mas o que importava? A saída estava desobstruída, e, com um último esforço, ele conseguiu passar.

– Venha, Gourel – gritou ele, voltando para buscar seu companheiro.

Ele o puxou pelos punhos, praticamente desacordado.

– Vamos, mexa-se, palerma, estamos salvos.

– O senhor acha, chefe? O senhor acha? Temos água até o peito...

– Vamos em frente. Enquanto ela não ultrapassar nossa boca... E sua lanterna?

– Ela não funciona mais.

– Pouco importa.

Ele soltou uma exclamação de alegria:

– Um degrau... dois degraus! Um escada. Finalmente!

Eles saíram da água, daquela água amaldiçoada que quase os tinha engolido, e foi uma sensação agradável, uma libertação que os exaltou.

– Pare! – o senhor Lenormand sussurrou.

A cabeça dele tinha batido em alguma coisa. Com os braços estendidos, ele se apoiou no obstáculo, que imediatamente cedeu. Era a porta de um alçapão, e, quando esse alçapão estava aberto, chegava-se a uma cava onde a luz de uma noite clara era filtrada por um respiradouro.

Ele dobrou a porta e escalou os últimos degraus.

Um pano caiu sobre ele. Braços o agarraram. Ele sentiu como se estivesse embrulhado num cobertor, numa espécie de saco, e depois foi amarrado por cordas.

– Agora o outro – disse uma voz.

A mesma operação foi realizada com Gourel, e a mesma voz disse:

– Se gritarem, matem-nos imediatamente. Você está com seu punhal?

– Sim.

– Vão em frente. Vocês dois, levem este aqui... Vocês dois, aquele ali. Sem luz e sem barulho. Isso seria perigoso! Desde esta manhã estão procurando no jardim ao lado... há uns dez ou quinze lutando. Volte ao pavilhão, Gertrude, e, se acontecer alguma coisa, telefone para mim em Paris.

O senhor Lenormand tinha a impressão de estar sendo carregado e, depois de um instante, achou que estavam do lado de fora.

– Aproxime a charrete – disse a voz.

O senhor Lenormand ouviu o barulho de um carro e de um cavalo.

Colocaram-no deitado sobre tábuas. Gourel foi içado perto dele. O cavalo partiu trotando.

A viagem durou cerca de meia hora.

– Alto! – ordenou a voz. – Desçam-nos. Ei, motorista, vire a charrete para que a traseira encoste no parapeito da ponte! Muito bem... Não há barcos no Sena? Não? Então não vamos perder tempo! Vocês amarraram pedras a eles?

– Sim, paralelepípedos.

– Neste caso, podem ir em frente. Entregue a sua alma a Deus, senhor Lenormand, e reze por mim, Parbury-Ribeira, mais conhecido como barão Altenheim. E então? Está tudo pronto? Boa viagem, senhor Lenormand!

O senhor Lenormand foi colocado no parapeito. Empurraram-no. Ele sentiu que estava caindo no vazio e ouviu novamente a voz que zombava:

– Boa viagem!

Dez segundos depois, era a vez do brigadeiro Gourel.

PARBURY RIBEIRA ALTENHEIM

1

As meninas brincavam no jardim sob a minuciosa supervisão da senhorita Charlotte a nova colaboradora de Geneviève. A senhora Ernemont lhes distribuiu bolos, depois voltou para o quarto que servia como sala de estar e locutório e se instalou em frente a uma escrivaninha sobre a qual organizou os papéis e registros.

De repente, ela sentiu uma presença estranha na sala. Inquieta, ela se virou.

– Você! – ela exclamou. – De onde você veio? Por onde...?

– Shiiiiu – fez o príncipe Sernine. – Ouça-me e não vamos perder um minuto. Geneviève?

– Está visitando a senhora Kesselbach.

– Ela voltará aqui?

– Não na próxima hora.

– Então vou deixar os irmãos Doudevilles chegarem. Tenho um encontro com eles. Como está Geneviève?

– Muito bem.

– Quantas vezes ela viu Pierre Leduc desde que parti, há dez dias?

– Três vezes, e ela deve encontrá-lo hoje na casa da senhora Kesselbach, a quem ela o apresentou, de acordo com as suas ordens. Mas preciso dizer que esse Pierre Leduc não me convence muito. Geneviève deveria encontrar um bom moço da classe dela. Um professor, por exemplo.

– Está louca! Geneviève se casar com um professor de primário!

– Ah! Se você primeiro considerasse a felicidade de Geneviève…

– Ora, Victoire. Pare de me incomodar com essa tagarelice. Acha que eu tenho tempo para sentimentalismos? Estou jogando uma partida de xadrez e empurro minhas peças sem me preocupar com o que elas pensam. Só depois de ganhar a partida vou me preocupar em saber se o cavaleiro Pierre Leduc e a rainha Geneviève têm coração.

Ela o interrompeu.

– Você ouviu? Um apito…

– São os dois Doudevilles. Vá buscá-los e deixe-nos a sós.

Assim que os dois irmãos entraram, ele os interrogou com sua precisão habitual:

– Eu sei o que os jornais disseram sobre o desaparecimento do Lenormand e do Gourel. Você sabe de mais alguma coisa?

– Não. O subchefe, senhor Weber, assumiu pessoalmente o caso. Há oito dias procuramos no jardim da casa de repouso e não conseguimos explicar como é que eles podem ter desaparecido. Todo o serviço está no ar… Nunca vimos isso: um chefe da Sûreté desaparecer sem deixar rasto!

– As duas criadas?

– Gertrude desapareceu. Estão à procura dela.

– E a irmã, Suzanne?

– O senhor Weber e o senhor Formerie a interrogaram. Não há nada contra ela.

– É tudo o que vocês têm para me dizer?

– Oh, não! Há outras coisas, tudo o que não dissemos aos jornais.

Então eles contaram sobre os acontecimentos que marcaram os últimos dois dias do senhor Lenormand, a visita noturna de dois bandidos no vilarejo de Pierre Leduc, depois, no dia seguinte, a tentativa de sequestro cometida por Ribeira e a caça pelos bosques de Saint-Cucufa; em seguida, a chegada do velho Steinweg, seu interrogatório na Sûreté, na frente da senhora Kesselbach, sua fuga do palácio...

– E ninguém, exceto vocês, sabe desses detalhes?

– Dieuzy sabe do incidente com Steinweg, pois foi ele quem nos contou.

– E ainda confiam em vocês na Chefatura?

– A confiança é tamanha que estamos oficialmente empregados. O senhor Weber põe a mão no fogo por nós.

– Pois bem – disse o príncipe –, nem tudo está perdido. Se o senhor Lenormand cometeu alguma imprudência que lhe custou a vida, como suponho, ele já tinha feito um bom trabalho antes, e basta dar sequência a ele. O inimigo está em vantagem, mas nós vamos alcançá-lo.

– Teremos dificuldade, chefe.

– Com o quê? Trata-se simplesmente de encontrar o velho Steinweg, pois é ele quem tem a chave do enigma.

– Sim, mas onde é que o Ribeira escondeu o velho Steinweg?

– Na casa dele, oras!

– Então precisamos descobrir onde ele mora.

– Diabos!

Depois de dispensá-los, ele foi até a casa de repouso. Alguns carros estacionavam à porta, e dois homens iam e vinham como se estivessem de guarda.

No jardim, perto do pavilhão da senhora Kesselbach, ele viu, sentados num banco, Geneviève, Pierre Leduc e um cavalheiro robusto que usava um monóculo. Os três conversavam. Nenhum deles o viu.

Mas várias pessoas saíram do pavilhão. Eram o senhor Formerie, o senhor Weber, um escrivão e dois inspetores. Geneviève entrou; o cavalheiro de monóculo dirigiu a palavra ao juiz e ao subchefe da Sûreté e partiu caminhando lentamente ao lado deles.

Sernine chegou ao banco onde Pierre Leduc estava sentado e sussurrou:

– Não se mexa, Pierre Leduc, sou eu.

– O senhor! O senhor!

Era a terceira vez que o jovem via Sernine desde a horrível noite de Versalhes, e isso sempre o perturbava.

– Diga... quem é o indivíduo de monóculo?

Pierre Leduc gaguejou, completamente pálido. Sernine beliscou-lhe o braço.

– Responda, droga! Quem é ele?

– O barão Altenheim.

– De onde ele vem?

– Era um amigo do senhor Kesselbach. Chegou da Áustria há seis dias e se colocou à disposição da senhora Kesselbach.

Os magistrados saíram do jardim, bem como o barão Altenheim.

O príncipe levantou-se e, enquanto se dirigia ao pavilhão da imperatriz, continuou:

– O barão fez perguntas a você?

– Sim, muitas. Ele está interessado no meu caso e gostaria de me ajudar a encontrar a minha família. Ele apela para as minhas memórias de infância.

– E o que você diz?

– Nada, já que não sei nada. Por acaso tenho alguma lembrança? O senhor me fez trocar de lugar com outra pessoa, e eu nem mesmo sei quem ela é.

– Nem eu! – o príncipe zombou. – E é precisamente nisso que consiste a estranheza do seu caso.

– Ah! O senhor ri... O senhor continua achando graça... Mas eu estou ficando cansado disso. Estou envolvido num monte de coisas inapropriadas, para não falar do perigo que corro ao fingir ser quem não sou.

– Como... quem você não é? Você é o duque, tanto quanto eu sou o príncipe... Talvez ainda mais. Além disso, se você não é, passe a sê-lo, droga! Geneviève só pode se casar com um duque. Olhe para ela. Vale a pena vender a alma pelos lindos olhos dela?

Ele nem sequer a observou, indiferente ao que pensava. Eles tinham entrado e, no fundo dos degraus, Geneviève apareceu, graciosa e sorridente.

– O senhor voltou? – ela disse ao príncipe. – Ah, tanto melhor! Fico contente... Quer ver Dolorès?

Um momento depois, ela o levou até o quarto da senhora Kesselbach. O príncipe ficou surpreso. Dolorès estava ainda mais pálida, mais definhada do que no último dia em que a tinha visto. Deitada num sofá, envolta em tecidos brancos, parecia com aqueles enfermos que desistiram de lutar. Era contra a vida que ela já não lutava, contra o destino que a esmagava com seus golpes.

Sernine olhou para ela com profunda pena, e com uma emoção que não tentava dissimular. Ela agradeceu-lhe pela sua simpatia. Falou também do barão Altenheim, em termos amigáveis.

– A senhora já o conhecia? – ele perguntou.

– De nome, sim, e pelo meu marido, com quem ele tinha uma forte ligação.

– Conheci um Altenheim que vivia na rua Daru. A senhora acha que é o mesmo?

– Oh, não! Esse vive... Na verdade, não sei muita coisa. Ele me disse o endereço dele, mas eu não saberia repetir...

Depois de alguns minutos de conversa, Sernine se despediu.

Geneviève esperava por ele no vestíbulo.

– Preciso falar com o senhor – disse ela – sobre coisas sérias... O senhor o viu?

– Quem?

– O barão Altenheim... Mas esse não é o nome dele... ou pelo menos ele tem outro... Eu o reconheci... mas ele nem desconfia...

Ela o acompanhava até o lado de fora e caminhava muito agitada.

– Fique calma, Geneviève...

– É o homem que tentou me raptar... Sem o pobre senhor Lenormand, eu estaria perdida... Ora, o senhor deve saber, o senhor sabe de tudo...

– Então, qual é o nome verdadeiro dele?

– Ribeira.

– Tem certeza?

– Ele mudou bastante a aparência, o sotaque, as maneiras, mas logo percebi que era ele, por causa do horror que me inspira. Mas eu não disse nada... até o senhor voltar.

– Também não disse nada à senhora Kesselbach?

– Nada. Ela parecia tão feliz por se encontrar com um amigo do marido. Mas o senhor vai contar a ela, não vai? Vai protegê-la... Não sei o que ele planeja contra ela, contra mim... Agora que o senhor Lenormand se foi, ele não teme nada, está dominando a situação. Quem poderia desmascará-lo?

– Eu. Eu respondo por tudo. Mas nem uma palavra a ninguém.

Eles tinham chegado em frente à casa dos concierges. A porta foi aberta.

O príncipe disse outra vez:

– Adeus, Geneviève, e fique tranquila. Estou aqui.

Ele fechou a porta, virou-se e fez um movimento de recuo.

Diante dele estava, de cabeça erguida, ombros largos, corpulento, o homem de monóculo, o barão Altenheim.

Eles se entreolharam durante dois ou três segundos, em silêncio. O barão sorria.

Ele disse:

– Eu estava à sua espera, Lupin.

Por mais seguro que fosse, Sernine estremeceu. Ele tinha vindo desmascarar seu adversário, e era seu adversário quem o desmascarava, e rápido. E, ao mesmo tempo, esse adversário se oferecia para a luta, ousadamente, descaradamente, como se estivesse certo da vitória. O gesto foi corajoso e provou sua grande bravura.

Os dois homens mediram um ao outro, com olhos violentamente hostis.

– E o que mais? – disse Sernine.

– Ora, não acha que precisávamos nos ver?

– Por quê?

– Preciso falar com você.

– Que dia fica bom para você?

– Amanhã. Almoçaremos juntos no restaurante.

– Por que não na sua casa?

– Você não sabe onde moro.

– Sei, sim.

O príncipe rapidamente pegou um jornal que saía do bolso de Altenheim, que ainda tinha a etiqueta com as coordenadas do destinatário, e disse:

– Vila Dupont, 29.

– Muito bem observado – disse o outro. – Então até amanhã em minha residência.

– Até amanhã em sua residência. A que horas?

– À uma hora.

– Estarei lá. Meus cumprimentos.

Eles iam se separar. Altenheim parou.

– Ah! Só mais uma palavra, príncipe. Leve suas armas.

– Por quê?

– Tenho quatro criados, e você estará sozinho.

– Tenho os meus punhos – disse Sernine. – A partida será equilibrada.

Ele virou-lhe as costas, e então, chamando-o novamente:

– Ah! Só mais uma coisa, barão. Contrate mais quatro criados.

– Por quê?

– Eu refleti. E vou com o meu chicote.

2

À uma hora em ponto, um cavaleiro atravessou o portão do vilarejo Dupont, pacífica rua provincial cuja única saída dá para a rua Pergolèse, bem próxima da avenida do Bosque.

Jardins e belos hotéis a cercavam. E, no final, ela era fechada por uma espécie de pequeno parque onde se ergue uma casa grande e antiga atrás da qual passa a estrada férrea de Ceinture.

Era lá, no número 29, que vivia o barão Altenheim.

Sernine jogou a rédea de seu cavalo para um criado de libré que ele havia enviado com antecedência, e disse-lhe:

– Traga-o de volta às duas e meia.

Ele tocou a campainha. A porta do jardim foi aberta, e ele se dirigiu ao alpendre, onde dois grandes rapazes de libré o esperavam e o introduziram em um enorme vestíbulo de pedra, frio e sem nenhum ornamento. A porta se fechou atrás dele com um estrondo, e, por mais indomável que fosse sua coragem, ele teve uma dolorosa impressão de se sentir sozinho, rodeado de inimigos, naquela prisão isolada.

– Anunciem o príncipe Sernine.

O salão ficava próximo. Ele logo foi introduzido.

– Ah! Aí está o senhor, meu caro príncipe – disse o barão, ficando diante dele. – Muito bem! Imagine o senhor... Dominique, sirva o almoço em vinte minutos. Até lá, não nos incomodem. Imagine, meu caro príncipe, que eu não acreditava muito na sua visita.

– Ah! Por quê?

– Ora, sua declaração de guerra nesta manhã foi tão clara que qualquer conversa passou a ser inútil.

– Minha declaração de guerra?

O barão desdobrou uma edição do *Grand Journal* e apontou para um artigo assim concebido: *Comunicado.*

"O desaparecimento do senhor Lenormand não passou despercebido por Arsène Lupin. Depois de uma investigação sumária, e como resultado de seu plano para elucidar o caso Kesselbach, Arsène Lupin decidiu que encontraria o senhor Lenormand vivo ou morto, e que entregaria à justiça o autor ou os autores dessa abominável série de acontecimentos."

– Foi o senhor quem enviou esse comunicado, meu caro príncipe?

– De fato, fui eu.

– Portanto, eu tinha razão, isto é uma guerra.

– Sim.

Altenheim convidou Sernine para sentar-se e disse-lhe em um tom conciliatório:

– Pois bem, não posso admitir isso. É impossível dois homens como nós lutarem e ferirem um ao outro. Só precisamos nos explicar, encontrar os meios: fomos feitos para nos entender.

– Pelo contrário, acho que dois homens como nós não foram feitos para se entender.

O outro reprimiu um gesto de impaciência e retomou:

– Ouça, Lupin… A propósito, quer que eu o chame de Lupin?

– Como devo chamá-lo? Altenheim, Ribeira ou Parbury?

– Oh! Oh! Vejo que está ainda mais documentado do que eu pensava! Peste, você está no ataque… Mais uma razão para nos entendermos.

E, inclinando-se para ele:

– Ouça, Lupin, pense bem nas minhas palavras, não é algo que eu tenha pesado de forma madura. Veja… Somos ambos fortes… Você ri? Está errado… Você pode ter recursos que eu não tenho, mas eu tenho recursos que você ignora. Além disso, como sabe, não tenho muito escrúpulo… nem destreza… e uma aptidão para mudar a personalidade que um mestre como você deve apreciar. Em suma, os adversários estão equilibrados. Mas resta uma pergunta: Por que somos adversários? Você não diria que perseguimos o mesmo objetivo? E depois? Sabe o que vai acontecer com nossa rivalidade? Cada um de nós vai paralisar os esforços e destruir o trabalho do outro, e ambos falharemos em nosso objetivo! Em benefício de quem? De um Lenormand qualquer, de um terceiro ladrão… Isso é muito estúpido.

– É muito estúpido, de fato – concordou Sernine –, mas há uma maneira.

– Qual?

– Afaste-se.

– Não brinque. Isso é sério. A proposta que vou apresentar a você é daquelas que não rejeitamos antes de avaliar. Em suma, aqui está ela: sejamos sócios.

– Oh! Oh!

– Claro, vamos permanecer livres, cada um do seu lado, em relação a tudo o que nos diz respeito. Mas, para o caso em questão, somaremos nossos esforços. Isso lhe convém? De mãos dadas, juntos.

– O que você oferece?

– Eu?

– Sim. Você sabe o que eu valho, já dei provas disso. Na união que me propõe, você conhece o valor do meu dote, por assim dizer... Qual é o seu?

– Steinweg.

– É pouco.

– É muitíssimo. Através de Steinweg, descobriremos a verdade sobre Pierre Leduc. Por Steinweg, saberemos do famoso projeto Kesselbach.

Sernine gargalhou.

– E você precisa de mim para isso?

– Como?

– Vamos, meu caro, sua oferta é pueril. Uma vez que Steinweg está em suas mãos, se quer minha cooperação é porque não conseguiu fazê-lo falar. Caso contrário, você passaria bem sem mim.

– E então?

– Então eu me recuso!

Os dois homens se levantaram novamente, implacáveis e violentos.

– Recuso-me – articulou Sernine. – Lupin não precisa de ninguém além de si mesmo para agir. Sou um daqueles que caminham sozinhos. Se você fosse igual a mim, como diz ser, a ideia de uma associação nunca teria passado pela sua cabeça. Quando se está à altura de um chefe, age-se sozinho. Unir-se é obedecer. Eu não obedeço!

– Você recusa? Recusa? – repetiu Altenheim, pálido de indignação.

– Tudo o que posso fazer por você, meu caro, é oferecer uma vaga em meu bando. Soldado simples, para começar. Sob o meu comando, verá como um general vence uma batalha... e como ele embolsa os despojos, sozinho e somente para si. Isso lhe serve, soldado?

Altenheim rangeu os dentes, fora de si. Ele resmungou:

– Está enganado, Lupin… está enganado… Também não preciso de ninguém, e este caso não me preocupa mais do que um monte de outros que levei até o fim… Eu falava sobre chegar mais rapidamente ao objetivo e sem grandes incômodos.

– Você não me incomoda – disse Lupin, desdenhosamente.

– Então vamos! Se não nos associarmos, só um vai conseguir.

– Isso me basta.

– E isso só acontecerá depois de um passar por cima do cadáver do outro. Está pronto para esse tipo de duelo, Lupin? Um duelo mortal, você entende? Você despreza a facada, mas e se receber uma direto na jugular, Lupin?

– Ah! Ah! No fim das contas, é isso que você me propõe?

– Não, não gosto muito de sangue… Olhe meus punhos… Eu bato, e o outro cai. Tenho minhas próprias armas… Mas o *outro* mata, lembre-se disso… A pequena ferida na garganta. Ah! Esse aí. Lupin, cuidado com ele… Ele é terrível e implacável. Nada pode pará-lo.

Ele proferiu essas palavras em voz baixa e com tanta emoção que Sernine estremeceu diante da lembrança abominável do desconhecido.

– Barão – ele zombou –, parece que você tem medo do seu cúmplice!

– Temo pelos outros, por aqueles que estão no nosso caminho, por você, Lupin. Aceite ou estará perdido. Eu mesmo agirei se for preciso. O objetivo está muito próximo… Estou quase lá… Vá embora, Lupin!

Ele estava cheio de energia e com uma vontade exasperada, e tão brutal que era possível dizer que estava prestes a golpear seu inimigo naquele instante.

Sernine encolheu os ombros.

– Deus, estou com tanta fome! – disse ele bocejando. – Como se come tarde em sua casa!

A porta foi aberta.

– O almoço está servido, senhor – anunciou o mordomo.

– Ah, que boa notícia!

À porta, Altenheim agarrou seu braço, e, sem se preocupar com a presença do criado:

– Conselho de amigo... Aceite. A situação está complicada, e é melhor assim, juro, é melhor assim... Aceite...

– Caviar! – exclamou Sernine. – Ah! É muita gentileza. Você se lembrou de que está tratando com um príncipe russo.

Sentaram-se de frente um para o outro, e o galgo do barão, uma grande fera com longos pelos grisalhos, sentou-se entre eles.

– Este é Sirius, meu amigo mais fiel.

– Um compatriota – disse Sernine. – Nunca me esquecerei daquele que o czar gentilmente me deu quando tive a honra de lhe salvar a vida.

– Ah! O senhor teve a honra... Uma conspiração terrorista, sem dúvida.– Sim, um complô que eu mesmo organizei. Imagine que esse cão se chamava Sebastopol...

O almoço continuou de modo alegre. Altenheim tinha retomado seu bom humor, e os dois homens rivalizaram em graça e cortesia. Sernine contou anedotas às quais o barão respondeu com outras anedotas, e eram histórias de caça, esportes, viagens, nas quais eram retomados a todo momento os nomes mais antigos da Europa, os grandes da Espanha, lordes ingleses, magiares, arquiduques austríacos.

– Ah, que belo trabalho o nosso! – disse Sernine. – Ele nos coloca em relação com tudo o que há de bom na terra. Aqui, Sirius, pegue um pouco de ave trufada.

O cão não tirava os olhos dele, produzindo um pequeno estalo com a garganta para tudo o que Sernine lhe oferecia.

– Uma taça de Chambertin, príncipe?

– Com prazer, barão.

– Recomendo fortemente. Ele vem das caves do rei Leopold.

– Um presente?

– Sim, um presente que dei a mim mesmo.

– É delicioso... Um verdadeiro *bouquet*! Com este patê de fígado, é uma combinação perfeita. Meus parabéns, barão, o seu chefe é de primeira.

– O chefe é uma cozinheira, príncipe. Trouxe-a a um preço de ouro de Levraud, o deputado socialista. Tome, experimente esta iguaria de sorvete de cacau, e chamo sua atenção também para os biscoitinhos que o acompanham. Estes biscoitos são uma invenção genial.

– Eles são encantadores na forma, de todo modo – disse Sernine, servindo-se. – Se o sabor for compatível com a imagem... Aqui, Sirius, você deve adorar isto. Locuste não faria melhor.

Ele pegou rapidamente um dos biscoitos e o ofereceu ao cachorro. Este engoliu tudo de uma só vez, ficou imóvel por dois ou três segundos, com ar estúpido, e logo deu duas voltas e caiu, fulminado.

Sernine se lançou para trás, para não parecer ter agido de forma pérfida aos olhos de um dos criados, e começou a rir:

– Ora, barão, quando quiser envenenar um dos seus amigos, certifique-se de que a sua voz se mantém calma e de que as suas mãos não tremem. Caso contrário, eles irão desconfiar. Mas eu pensei que você repugnava os assassinatos.

– A facadas, sim – disse Altenheim, sem se incomodar. – Mas sempre quis envenenar alguém. Queria saber que gosto tem.

– Caramba! Meu caro, você escolhe bem suas presas. Um príncipe russo!

Ele se aproximou de Altenheim e disse-lhe em tom confidencial:

– Sabe o que teria acontecido se você tivesse conseguido, isto é, se os meus amigos não me vissem retornar no máximo às três horas? Bem, às três e meia, o comandante-geral saberia exatamente o que fazer com o chamado barão Altenheim, que seria apanhado antes do fim do dia e levado para a prisão.

– Bobagem! – reagiu Altenheim. – É sempre possível fugir da prisão quando não estamos voltando do reino para onde eu queria enviar você.

– Claro, mas primeiro eu teria de ser enviado para lá, e isso não é fácil.

– Uma mordida num dos biscoitos seria suficiente.

– Tem certeza disso?

– Tente.

– Decididamente, meu caro, você ainda não tem a envergadura de um grande mestre da aventura, e provavelmente nunca terá, já que tentou me pegar em uma armadilha como essa. Quando acreditamos que somos dignos de ter a vida que temos a honra de ter, também devemos ser capazes de administrá-la e, para isso, devemos estar prontos para todas as eventualidades... inclusive para não morrer se algum canalha tentar envenená-lo... Uma alma intrépida num corpo inatacável, este é o ideal que deve ser proposto... e alcançado. Trabalhe, meu caro. Eu sou intrépido e inatacável. Lembre-se do rei Mitrídates.

E voltando a sentar-se:

– Passemos à mesa! Mas, como eu gosto de provar as virtudes que atribuo a mim mesmo, e como, por outro lado, não quero desapontar sua cozinheira, passe-me esse prato de doces.

Ele pegou um biscoito, repartiu-o ao meio e ofereceu metade ao barão:

– Coma!

O outro recuou.

– Medroso! – exclamou Sernine.

E, diante dos olhos espantados do barão e dos seus acólitos, começou a comer a primeira, depois a segunda metade do doce, tranquilamente, seriamente, como se come uma iguaria da qual se teria pena de perder a menor migalha.

3

Eles voltaram a se encontrar.

Nessa mesma noite, o príncipe Sernine convidou o barão Altenheim para o Cabaret Vatel e o fez jantar com um poeta, um músico, um financista e duas belas atrizes, membros do Théâtre-Français.

No dia seguinte almoçaram juntos no bosque, e à noite se encontraram na Ópera.

E todos os dias, durante uma semana, voltaram a se ver.

Era possível dizer que eles não conseguiam ficar um sem o outro e que uma grande amizade os unia, baseada em confiança, estima e simpatia. Eles se divertiam muito, bebiam bons vinhos, fumavam excelentes charutos e riam como loucos.

Na realidade, eles se espreitavam ferozmente. Inimigos mortais, separados por um ódio selvagem, cada um deles certo de vencer e com uma vontade enorme de fazê-lo, eles esperavam o auspicioso minuto: Altenheim para eliminar Sernine, e Sernine para atirar Altenheim no abismo que ele cavava à sua frente. Ambos sabiam que o resultado não tardaria. Um ou outro entregaria sua pele, e era uma questão de horas, dias no máximo.

Um drama emocionante e do qual um homem como Sernine devia provar o estranho e poderoso sabor. Conhecer o seu adversário e viver ao seu lado, saber que, ao menor passo, à mínima leviandade, a morte espera por você, que deleite!

Um dia, no jardim do círculo da rua Cambon, do qual Altenheim também fazia parte, eles estavam sozinhos, no horário do crepúsculo em que se começa a jantar no mês de junho, e os jogadores ainda não haviam chegado.

Eles caminhavam pelo gramado ao longo do qual havia, limitada por maciços, uma parede em que figurava um pequeno portão. E de repente, enquanto Altenheim falava, Sernine tinha a impressão de que sua voz estava ficando menos segura, quase tremendo. Do canto do olho, ele o observou. A mão de Altenheim estava no bolso de seu casaco, e Sernine viu, através do tecido, essa mão se fechar no cabo de um punhal, hesitante, indecisa, cada vez mais resoluta e sem força.

Momento delicioso! Ele ia golpear? Quem ganharia: o instinto covarde ou a vontade consciente, inclinada para o ato de matar?

Ereto, com os braços atrás das costas, Sernine esperava, com arrepios de angústia e de prazer. O barão estava calado, e ambos caminhavam em silêncio, lado a lado.

– Então dê o golpe! – o príncipe exclamou com impaciência.

Ele parou e se voltou para o seu companheiro:

– Dê logo o golpe – ele repetia –, é agora ou nunca! Ninguém consegue vê-lo. Você sai por aquela porta, cuja chave, por acaso, está pendurada na parede, e adeus, barão… ninguém sabe, ninguém viu… Mas estou pensando que tudo isso foi combinado... Você me trouxe até aqui... E agora hesita? Então termine com isso!

Ele o olhava no fundo dos olhos. O outro estava lívido e tremia da cabeça aos pés.

– Covarde! – tripudiou Sernine. – Nunca faria nada com você. Quer que eu diga a verdade? Bem, eu assusto você. Mas é claro, você nunca tem certeza do que vai acontecer quando está diante de mim. Você quer agir, mas são minhas possíveis ações que dominam a situação. Não, definitivamente, não é você que vai fazer minha estrela parar de brilhar!

Ele mal terminou essa frase e sentiu que alguém lhe prendia pelo pescoço e o puxava para trás. Alguém que estava escondido no maciço, perto do portãozinho, agarrou-o pelo pescoço. Viu um braço se erguer, armado com uma faca cuja lâmina reluzia. O braço desceu, e a ponta da faca lhe atingiu a garganta.

Nesse exato momento, Altenheim saltou sobre ele para finalizar o golpe, e eles rolaram pelo canteiro de flores. Tudo isso durou no máximo vinte ou trinta segundos. Por mais forte que fosse, mais treinado com os exercícios de luta, Altenheim cedeu quase imediatamente, soltando um grito de dor. Sernine se levantou e correu para o portãozinho que tinha acabado de ser fechado por uma figura sombria. Tarde demais! Ele ouviu o som da chave na fechadura. Não conseguiu abrir.

– Ah! Bandido! – ele vociferou. – Quando eu o pegar vou cometer meu primeiro crime! Mas pelo amor de Deus!

Ele voltou, abaixou-se e recolheu os pedaços do punhal que tinha quebrado ao golpeá-lo.

Altenheim estava começando a se mexer. Ele lhe disse:

– Barão, está melhor? Você não conhecia esse golpe, hein? Isso é o que eu chamo de golpe direto no plexo solar, isto é, ele apaga seu sol vital como se fosse uma vela. É limpo, rápido, indolor... e infalível. Já uma facada... Ora! Você só tem que usar um pequeno gorjal de malha de aço, como eu mesmo faço, e ninguém oferece perigo, especialmente seu pequeno camarada todo de preto, já que ele sempre ataca na garganta, aquele monstro estúpido! Olhe para o brinquedo preferido dele... Migalhas!

Ele lhe estendeu a mão.

– Vamos, levante-se, barão. Convido-o para jantar. E, por favor, lembre-se do segredo da minha superioridade: uma alma intrépida num corpo inatacável.

Ele entrou nos salões do círculo, reservou uma mesa para duas pessoas, sentou-se num sofá e esperou pela hora do jantar, pensando:

"Obviamente o jogo está divertido, mas está ficando perigoso. Preciso acabar com isso... Caso contrário, esses animais vão me enviar para o céu mais cedo do que eu pretendo ir... O mais irritante é que não posso fazer nada contra eles até encontrar o velho Steinweg, porque, no fundo, essa é a única coisa interessante, Steinweg. E, se me agarro ao barão, sem dúivida é porque espero sempre recolher alguma pista... Que diabo fizeram com ele? Não há dúvida de que Altenheim se comunica com ele diariamente, não há dúvida de que ele está tentando o impossível para extrair dele informações sobre o projeto Kesselbach. Mas onde é que ele o encontra? Onde é que ele o enfiou? Na casa de amigos? Na casa dele, na vila Dupont, 29?"

Ele refletiu por um bom tempo, depois acendeu um cigarro, deu três tragadas e o jogou fora. Deve ter sido um sinal, pois dois jovens que ele parecia não conhecer vieram sentar-se ao lado dele e começaram a interagir furtivamente.

Eram os irmãos Doudevilles, que naquele dia estavam à paisana.

– O que se passa, chefe?

– Leve seis dos nossos homens até a vila Dupont, número 29.

– Caramba! Mas como?

– Em nome da lei. Por acaso vocês não são inspetores da Sûreté? Com um mandado.

– Mas não temos o direito...

– Encontrem um meio.

– E os criados? Se resistirem?

– Eles são apenas quatro.

– Se gritarem?

– Eles não vão gritar.

– E se Altenheim voltar?

– Ele não voltará antes das dez. Eu cuido disso. Vocês têm duas horas e meia. É mais do que suficiente para revistar a casa de cima a baixo. Se encontrarem o velho Steinweg, venham me avisar.

Quando o barão Altenheim se aproximou, foi ter com ele.

– Vamos jantar, não vamos? O pequeno incidente no jardim acabou por abrir meu apetite. A esse respeito, meu caro barão, tenho alguns conselhos para lhe dar...

Sentaram-se à mesa.

Após a refeição, Sernine sugeriu uma partida de bilhar, que foi aceita. Quando o jogo terminou, eles passaram para a sala de bacará. O crupiê anunciava:

– A banca vale cinquenta luíses. Quem vai querer?

– Cem luíses – disse Altenheim.

Sernine olhou para o relógio. Dez horas. Os Doudevilles não haviam retornado. Isso significava que as buscas não tinham dado resultado.

– Banco – disse ele.

Altenheim sentou-se e distribuiu as cartas.

– Eu aposto.

– Não.

– Sete.

– Seis.

– Perdi – disse Sernine. – Aposta o dobro?

– Que seja – disse o barão.

Ele distribuiu as cartas.

– Oito – disse Sernine.

– Nove – matou o barão.

Sernine virou de costas, murmurando:

– Isso vai me custar trezentos luíses, mas estou tranquilo. Ele ficará por aqui.

Poucos instantes depois, seu carro o deixava na frente do número 29 da vila Dupont, e ele logo encontrou os Doudevilles e seus homens reunidos no vestíbulo.

– Encontraram o velhote?

– Não.

– Raios! Mas ele deve estar em algum lugar! Onde estão os criados?

– Ali, no escritório, amarrados.

– Bem. Prefiro não ser visto. Podem ir embora. Jean, fique lá embaixo vigiando. Jacques, mostre-me a casa.

Ele rapidamente visitou a cave, o sótão. Não parou, pois sabia bem que não descobriria em poucos minutos o que seus homens não tinham sido capazes de descobrir em três horas. Mas ele registrava fielmente a forma e a sequência dos cômodos.

Quando terminou, voltou para um quarto que Doudeville havia indicado ser de Altenheim, e examinou-o cuidadosamente.

– Isso vai me servir – disse ele, levantando uma cortina que escondia um armário preto cheio de roupas. – Daqui vejo todo o quarto.

– E se o barão revistar a casa?

– Por quê?

– Ele saberá que viemos, por meio de seus criados.

– Sim, mas ele não vai imaginar que um de nós se instalou em sua casa. Ele pensará que a tentativa falhou, só isso. Portanto, eu fico.

– E como o senhor sairia?

– Ah, está me fazendo perguntas demais! O mais importante era entrar. Vá, Doudeville, feche as portas. Encontre seu irmão, e podem ir embora. Até amanhã… ou melhor…

– Ou melhor…

– Não se preocupem comigo. Eu sinalizarei quando precisar.

Ele sentou-se numa pequena caixa, no fundo do armário. Uma quádrupla fileira de roupas penduradas o protegia. Exceto em caso de investigação, ele estaria seguro ali.

Passaram-se dez minutos. Ele ouviu o trote surdo de um cavalo vindo do vilarejo, e o som de um sino. Um carro parou, a porta abaixo bateu, e quase imediatamente ele ouviu vozes, exclamações, todo um rumor que ia ficando mais forte, provavelmente quando um dos prisioneiros foi liberado de sua mordaça.

"Estão se explicando", ele pensou. "A raiva do barão deve estar no auge. Ele agora compreende a razão da minha conduta nesta noite, no círculo, e que eu o enganei direitinho… Bem, enganei, depende, porque, de todo modo, ainda não encontrei Steinweg. É a primeira coisa de que ele vai tratar: resgataram Steinweg de suas garras? Para descobrir, ele vai correr para o esconderijo. Se ele subir, é porque o esconderijo fica lá em cima. Se descer, é porque fica no porão."

Ele escutou. O barulho das vozes continuava nos quartos do térreo, mas não parecia que alguém se movia. Altenheim devia estar interrogando seus acólitos. Foi só depois de meia hora que Sernine ouviu passos subindo as escadas.

"Então seria em cima, mas porque demoraram tanto?", pensou.

– Retirem-se todos para seus quartos – disse a voz de Altenheim.

O barão entrou no quarto com um dos seus homens e fechou a porta.

– E também vou para a cama, Dominique. Poderíamos discutir a noite toda e não avançaríamos.

– Minha opinião – disse o outro – é que ele veio à procura de Steinweg.

– Compartilho dessa opinião, e é por isso que estou rindo por dentro, já que Steinweg não está aqui.

– Mas, então, onde ele está? O que o senhor fez com ele?

– Esse é o meu segredo, e você sabe que guardo os meus segredos para mim. Tudo o que posso dizer é que a prisão é boa, e ele não vai se safar até falar.

– Então o príncipe vai ficar de mãos abanando?

– Acredite nisso. E ele deve ter desembolsado uma boa soma para chegar nesse belo resultado. Sério, estou rindo muito! Príncipe infeliz!

– Não importa – retomou o outro –, é bom se livrar dele logo.

– Não se preocupe, meu amigo, isso acontecerá em breve. Em menos de oito dias, presentearei você com uma carteira de honra, feita com a pele do Lupin. Agora vou me deitar; estou morrendo de sono.

Houve um barulho de porta fechando. Depois Sernine ouviu o barão trancar a porta, esvaziar os bolsos, tirar o relógio e se despir.

Ele estava alegre, assobiava, cantava e até falava em voz alta.

– Sim, com a pele do Lupin... e em menos de oito dias... em menos de quatro dias! Senão é ele quem vai nos matar, aquele sacripanta! Não importa, ele perdeu sua oportunidade nesta noite... Mas o cálculo estava certo... Steinweg só pode estar aqui. No entanto...

Ele foi para a cama e imediatamente apagou a luz. Sernine tinha avançado para perto da cortina, que ele levantou ligeiramente, e viu a luz vaga da noite filtrada através das janelas, deixando a cama em uma escuridão profunda.

"Decididamente, eu sou o ingênuo", ele pensou. "Fui totalmente enganado. Assim que ele começar a roncar, eu me mando..."

Mas um barulho abafado o surpreendeu, um barulho cuja origem ele não conseguia identificar, mas que vinha da cama. Era uma espécie de rangido muito sutil.

– E então, Steinweg, onde estamos?

Era o barão que falava! Não havia dúvida de que era ele quem falava, mas como ele poderia falar com Steinweg se este não estava no quarto?

E Altenheim continuou:

– Você ainda é intratável? Sim? Imbecil! Mas você precisa decidir logo contar o que sabe... Não? Boa noite, então, e até amanhã...

"Estou sonhando, estou sonhando!", pensou Sernine. "Ou é ele quem está sonhando em voz alta. Vejamos, Steinweg não está ao lado dele, não está no quarto ao lado, nem sequer está na casa. Altenheim disse isso... Então, que história assombrosa é essa?"

Ele hesitou. Ele saltaria sobre o barão, o pegaria pelo pescoço e obteria dele, por força e ameaça, o que não tinha conseguido obter por astúcia? Absurdo! Altenheim nunca se deixaria intimidar.

– Vamos lá, vou-me embora – sussurrou ele –, preciso me conformar que foi uma noite perdida.

Mas ele não foi embora. Sentia que era impossível partir, que tinha de esperar, que o acaso ainda poderia servi-lo.

Com um cuidado enorme, ele pegou quatro ou cinco ternos e paletós, estendeu-os no chão, instalou-se e, com as costas na parede, adormeceu tranquilamente.

O barão não madrugou. Um relógio em algum lugar badalou nove vezes quando ele saltou da cama e chamou seu criado.

Ele leu a correspondência que o criado trouxe, vestiu-se sem dizer uma palavra e começou a escrever cartas, enquanto o criado pendurava cuidadosamente no armário as roupas do dia anterior. Sernine, punhos em riste, pensou: "Vejamos, será que terei de golpear o plexo solar desse indivíduo?"

Às dez horas o barão ordenou:

– Retire-se!

– Aqui está o colete...

– Retire-se, eu disse. Volte só quando eu chamar, não antes.

Ele mesmo fechou a porta atrás do criado, esperou, como um homem que pouco confia nos outros, e, aproximando-se de uma mesa onde havia um aparelho de telefone, pegou o receptor.

– Alô... senhorita, por favor, coloque-me em contato com Garches... Sim, senhorita, pode me anunciar...

Ele ficou perto do aparelho de telefone.

Sernine estremecia de impaciência. O barão ia se comunicar com seu misterioso companheiro de crime?

A campainha tocou.

– Alô – disse Altenheim... – Ah, é o Garches. Perfeito. Senhorita, quero o número 38... sim, 38, duas vezes quatro...

E, depois de alguns segundos, com a voz mais baixa e nítida quanto foi possível, ele disse:

– Número 38? Sou eu, sem palavras desnecessárias... Ontem? Sim, você o perdeu no jardim... Numa outra vez, claro... Mas ele está com pressa... Mandou revistar a casa à noite... Eu vou lhe contar... Não encontrou nada, é claro... O quê?... Alô! Não, o velho Steinweg se recusa a falar... Ameaças, promessas, nada faz efeito... Alô... Sim, por Deus, ele sabe que não podemos fazer nada... Só conhecemos parcialmente o projeto de

Kesselbach e a história de Pierre Leduc... Só ele tem a resposta do enigma... Oh! Ele vai falar, isso eu garanto... e ainda esta noite, senão... Ei! O que você quer? Faço qualquer coisa para não o deixar escapar! Não percebe que o príncipe está tentando tomá-lo de nós? Oh! Aquele ali, em três dias, vai ter o que merece... Você tem alguma ideia? Realmente... a ideia é boa. Oh! Oh! Excelente... Eu cuido disso... Quando nos vemos? Pode ser na terça-feira? Está bem. Irei na terça-feira... às duas horas...

Ele colocou o telefone de volta no gancho e saiu. Sernine ouviu-o dar ordens.

– Cuidado dessa vez, hein? Não se deixem enganar como ontem. Não estarei em casa antes do anoitecer.

A porta pesada do vestíbulo se fechou, depois vieram o barulho do portão do jardim e o guizo de um cavalo que se afastava.

Após vinte minutos, dois criados apareceram, abriram as janelas e arrumaram o quarto, conversando sobre amenidades.

Quando saíram, Sernine ainda esperou por um bom tempo, até um horário próximo da refeição. Depois, supondo que estavam na cozinha, sentados à mesa, ele saiu do armário e começou a inspecionar a cama e a parede onde a cama estava encostada.

– Estranho – disse ele –, muito estranho... Não tem nada de especial. A cama não tem fundo duplo. Por baixo, sem alçapão. Vamos ver o quarto ao lado.

Lentamente, ele foi até lá. Era um quarto vazio, sem nenhuma mobília.

– Não é aqui que o velho está hospedado. Na espessura desta parede? Impossível. É uma divisória, muito fina. Caramba! Não estou entendendo nada.

Polegada a polegada, ele inspecionou o chão, a parede, a cama, desperdiçando seu tempo em tentativas inúteis. Definitivamente, havia algo ali, talvez muito simples, mas que, por ora, ele não compreendia.

"A menos que Altenheim tenha realmente delirado...", ele pensou. "É a única hipótese aceitável. E, para confirmá-la, só há uma maneira: ficar aqui. E eu vou ficar, aconteça o que acontecer."

Com medo de ser surpreendido, ele voltou para o seu esconderijo e não se moveu dele, adormecendo e sonhando, atormentado por uma fome violenta.

E o dia passou. E escureceu.

Altenheim só voltou depois da meia-noite. Ele foi para o seu quarto, sozinho dessa vez, despiu-se, foi para a cama e, imediatamente, como no dia anterior, apagou a luz.

Mesma espera ansiosa. Mesmo grunhido inexplicável. E, com sua mesma voz zombadora, Altenheim articulou:

– E então, como vai o amigo… Insultos? Mas não, mas não, meu caro, não é isso que querem de você! Está enganado. O que preciso é de boas confidências, bem detalhadas, sobre tudo o que você revelou a Kesselbach… a história de Pierre Leduc. Está claro?

Sernine escutava com espanto. Não havia nenhum engano dessa vez: o barão estava *realmente* falando com o velho Steinweg. Um debate impressionante! Ele tinha a impressão de estar ouvindo o diálogo misterioso entre um vivo e um morto, uma conversa com um ser indescritível, respirando em outro mundo, um ser invisível, impalpável, inexistente.

O barão retomou, irônico e cruel:

– Tem fome? Coma, então, meu caro. Lembre-se apenas de que lhe dei toda a provisão de pão, e que, se comer um pouco por vez, ou seja, algumas migalhas a cada vinte e quatro horas, você terá pão por no máximo uma semana… Vamos dizer dez dias! Em dez dias, vrau, não haverá mais padre Steinweg. A não ser que a essa altura você tenha concordado em falar. Não? Veremos isso amanhã… Durma, meu amigo.

No dia seguinte, perto de uma da tarde, depois de uma noite e uma manhã sem incidentes, o príncipe Sernine deixou pacificamente a vila Dupont e, com a cabeça fraca, as pernas moles, enquanto se dirigia para o restaurante mais próximo, resumiu a situação:

– Então, na próxima terça-feira, Altenheim e o assassino do Palace Hotel têm um compromisso em Garches, numa casa cujo telefone contém o número 38. Então terça-feira eu vou entregar os dois culpados e vou entregar o senhor Lenormand. Na mesma noite, será a vez do velho Steinweg, e finalmente vou descobrir se Pierre Leduc é ou não o filho de um açougueiro, e se posso fazer dele o digno marido de Geneviève. Que assim seja!

Na manhã de terça-feira, por volta das onze horas, Valenglay, presidente do conselho, mandou chamar o comandante-geral, o subchefe da Sûreté, senhor Weber, e mostrou-lhes uma missiva, assinada por príncipe Sernine, que ele tinha acabado de receber.

Senhor presidente do conselho,

Sabendo de todo o interesse que tem pelo senhor Lenormand, venho informá-lo dos fatos que o acaso me revelou.

O senhor Lenormand está trancado nas caves da vila Glycines, em Garches, perto da casa de repouso.

Os bandidos do Palace Hotel resolveram matá-lo hoje às duas horas.

Se a polícia precisar da minha ajuda, estarei a uma hora e meia de distância, no jardim da casa de repouso, ou na casa da senhora Kesselbach, de quem tenho a honra de ser amigo.

Receba, senhor presidente do conselho, meus cumprimentos, etc.

Assinado: PRÍNCIPE SERNINE.

– Isso é extremamente grave, meu caro senhor Weber – disse Valenglay. – Gostaria de acrescentar que temos de ter plena confiança nas declarações do príncipe Paul Sernine. Jantei com ele várias vezes. É um homem sério, inteligente...

– O senhor me permite, senhor presidente – disse o subchefe da Sûreté –, apresentar outra carta que também recebi nesta manhã?

– Sobre o mesmo caso?

– Sim.

– Vejamos.

Ele pegou a carta e leu:

Senhor,

O senhor está avisado de que o príncipe Paul Sernine, que se declara amigo da senhora Kesselbach, não é outro senão Arsène Lupin.

Apenas uma prova será suficiente: Paul Sernine é o anagrama de Arsène Lupin. Trata-se das mesmas letras. Nenhuma a mais ou a menos.

Assinado: L. M.

E o senhor Weber acrescentou, enquanto Valenglay continuava confuso:

– Desta vez, nosso amigo Lupin encontrou um adversário à sua altura. Enquanto ele o denuncia, o outro o entrega a nós. E a raposa finalmente caiu na armadilha.

– E então? – disse Valenglay.

– E então, senhor presidente, tentaremos fazê-los chegar em um acordo… E, para isso, levarei duzentos homens.

A SOBRECASACA OLIVA

1

Meio-dia e quinze. Um restaurante perto da Madeleine. O príncipe está almoçando. Dois jovens ocupam a mesa vizinha. Ele os cumprimenta e começa a falar com eles como se fossem seus amigos.

– Vocês são da expedição, não são?

– Sim.

– Quantos homens no total?

– Seis, ouvi dizer. Cada um vai chegar separadamente. Nos encontraremos com o senhor Weber à uma e quarenta e cinco, perto da casa de repouso.

– Pois bem, estarei lá.

– O quê?

– Não sou eu quem lidera a expedição? E não sou eu quem deve encontrar o senhor Lenormand, já que o anunciei publicamente?

– Então, chefe, o senhor acha que o senhor Lenormand não está morto?

– Eu não acho. Tenho certeza disso. Sim, desde ontem, tenho certeza de que Altenheim e o seu bando levaram o senhor Lenormand e Gourel à ponte de Bougival e os atiraram de lá de cima. Gourel afundou, o senhor Lenormand fugiu. Vou fornecer todas as provas necessárias quando chegar o momento certo.

– Mas, se ele está vivo, por que não aparece?

– Porque ele não é livre.

– Então é verdade o que o senhor disse? Ele está realmente nas caves da vila Glycines?

– Tenho todos os motivos para acreditar nisso.

– Mas como é que o senhor sabe? Que indício...?

– Esse é o meu segredo. O que posso dizer é que a reviravolta será... como posso dizer.... sensacional. Terminaram?

– Sim.

– Meu carro está atrás da Madeleine. Venham comigo.

Em Garches, Sernine dispensou o carro, e eles caminharam até a passagem que dava acesso à escola de Geneviève. Lá, ele parou.

– Ouçam-me, rapazes. Vou lhes dar instruções de suma importância. Toquem a campainha da casa de repouso. Como inspetores, vocês têm suas credenciais, não têm? Vocês irão até o pavilhão Hortense, aquele que está desocupado. Lá vocês descerão até o subsolo e encontrarão um velho painel que só precisa ser levantado para abrir espaço para o orifício de um túnel que eu descobri nestes dias e que estabelece uma comunicação direta com a vila Glycines. Era ali que Gertrude e o barão Altenheim se encontravam. E foi por lá que o senhor Lenormand passou para, enfim, cair nas mãos de seus inimigos.

– O senhor acha, chefe?

– Sim, acho que sim. E agora é disso que se trata. Vocês vão se certificar de que o túnel está exatamente como eu o deixei naquela noite, que as duas portas que o bloqueiam estão abertas e que ainda há, em um buraco perto da segunda porta, um pacote embrulhado em sarja preta que eu mesmo deixei lá.

– Devemos desfazer o pacote?

– É inútil, são roupas de reserva. Podem ir, e que ninguém perceba a presença de vocês. Estarei à sua espera.

Dez minutos depois, eles estavam de volta.

– As duas portas estão abertas – disse Doudeville.

– E o pacote de sarja preta?

– Permanece no mesmo lugar, perto da segunda porta.

– Perfeito! São uma hora e vinte e cinco. Weber vai aparecer com seus campeões. Estão vigiando a vila. Ela está cercada desde que Altenheim entrou. Eu, em acordo com Weber, vou tocar, alguém vai abrir a porta, e eu chegarei à praça. Lá chegando, tenho meu plano. Vamos, acredito que ninguém irá nos incomodar.

E Sernine, depois de dispensá-los, afastou-se pelo caminho da escola, proferindo um monólogo.

– Tudo vai bem. A batalha será travada no terreno escolhido por mim. Ganharei fatalmente e me livrarei dos meus dois adversários, ficando sozinho para cuidar do caso Kesselbach… sozinho, com dois belos trunfos: Pierre Leduc e Steinweg. Além disso, o Rei… isto é, Bibi. Mas há um obstáculo. O que Altenheim pode estar fazendo? Obviamente, ele também tem seu plano de ataque. Por onde ele me ataca? E como posso admitir que ele ainda não o tenha feito? É perturbador. Será que me denunciou à polícia?

Ele caminhou ao longo do pequeno pátio da escola, cujos alunos estavam na aula, e bateu à porta da frente.

– Ah, aí está você! – disse a senhora Ernemont, ao abrir. – Então você deixou Geneviève em Paris?

– Para isso seria necessário que Geneviève estivesse em Paris – ele respondeu.

– Mas ela estava lá, uma vez que você mandou chamá-la.

– O que você está dizendo? – ele exclamou, agarrando-lhe o braço.

– Como? Mas você sabe melhor do que eu!

– Não sei de nada… não sei de nada. Fale!

– Você não escreveu para Geneviève pedindo que ela o encontrasse na estação Saint-Lazare?

– E ela foi?

– Ora, sim. Vocês deveriam almoçar juntos no Hotel Ritz…

– A carta... deixe-me ver a carta.

Ela subiu para buscar e a entregou a ele.

– Mas você não percebeu que ela era falsa? A imitação da caligrafia está bem-feita... mas é falsa... Isso salta aos olhos.

Ele colou os punhos contra a têmpora raivosamente:

– Aí está o golpe que eu aguardava. Ah! O miserável! É através dela que ele me ataca. Mas como é que ele sabe? Ei! Não, ele não sabe... Já é a segunda vez que ele se aventura com Geneviève, porque ele tem uma queda por ela. Oh! Isso não, nunca! Ouça, Victoire, você tem certeza de que ela não o ama? Ah, isso! Estou perdendo a cabeça! Vejamos... vejamos... Preciso refletir, mas agora não é o momento...

Sernine consultou o relógio.

– Uma hora e trinta e cinco, tenho tempo. Imbecil! Tempo para fazer o quê? Por acaso sei onde ela está?

Ele ia e vinha, como um louco, e sua velha babá parecia atordoada ao vê-lo tão inquieto, tão descontrolado.

– Afinal de contas – disse ela –, não há evidência de que ela não percebeu a armadilha no último momento...

– Onde ela poderia estar?

– Não tenho a menor ideia. Talvez na casa da senhora Kesselbach...

– É verdade, é verdade, você tem razão – Sernine exclamou, de repente esperançoso, e correu na direção da casa de repouso.

No caminho, perto da porta, encontrou os irmãos Doudevilles entrando na casa da concierge, cujo aposento tinha vista para a estrada, o que lhes permitia vigiar os arredores de Glycines. Sem parar, ele foi direto para o pavilhão da imperatriz, chamou por Suzanne e foi conduzido até a casa da senhora Kesselbach.

– Geneviève? – ele perguntou.

– Geneviève?

– Sim, ela não veio aqui?

– Não, e já tem alguns dias que ela não aparece.

– Mas ela deve vir, não é mesmo?

– O senhor acha?

– Ora, tenho certeza. Onde mais ela poderia estar? Reflita…

– Estou pensando. Garanto-lhe que Geneviève e eu não marcamos de nos encontrar.

E subitamente assustada:

– Mas o senhor está preocupado? Aconteceu algo com Geneviève?

– Não, nada.

Ele partiu. Uma ideia lhe veio à mente. E se o barão Altenheim não estivesse na vila Glycines? E se a hora do encontro tivesse mudado?

"Preciso vê-lo", Sernine pensava. "Preciso vê-lo a qualquer custo."

E ele correu em um ritmo desordenado, indiferente a tudo. Mas, em frente ao aposento, recuperou imediatamente sua compostura: ele tinha visto o subchefe da Sûreté, que conversava com os irmãos Doudevilles no jardim.

Se ele tivesse lançado mão de sua vidência habitual, teria surpreendido o pequeno tremor que tomou conta do senhor Weber com sua aproximação, mas ele não viu nada.

– Senhor Weber, correto? – ele perguntou.

– Sim… A quem devo a honra?

– Príncipe Sernine.

– Ah! Muito bem, o comandante-geral me advertiu sobre o considerável serviço que o senhor está prestando a nós.

– Esse serviço não estará completo até eu entregar os bandidos.

– Isso não vai demorar para acontecer. Acho que um dos bandidos acabou de chegar. Um homem bastante forte, com um monóculo…

– De fato, é o barão Altenheim. Os seus homens estão aqui, senhor Weber?

– Sim, escondidos na estrada, a duzentos metros daqui.

– Bem, senhor Weber, acho que poderia reuni-los e trazê-los para a entrada deste aposento. Daqui, iremos até a vila. Vou tocar. Como o barão Altenheim me conhece, suponho que abrirão a porta para mim, e eu entrarei… com os senhores.

– O plano é excelente – disse o senhor Weber. – Volto já.

Ele saiu do jardim e seguiu pela estrada, do lado oposto a Glycines.

Sernine rapidamente agarrou um dos irmãos Doudevilles pelo braço.

– Vai atrás dele, Jacques... Ocupe-o enquanto entro em Glycines. E depois atrase o ataque... tanto quanto possível... Invente pretextos. Preciso de dez minutos. Cerquem a vila, mas não entrem. E você, Jean, fique de guarda no pavilhão Hortense, na saída do subsolo. Se o barão quiser sair por ali, golpeie sua cabeça.

Os Doudevilles saíram. O príncipe rastejou para fora e correu até um portão alto, blindado de ferro, que era a entrada da Glycines.

Será que ele ia tocar a campainha?

Não havia ninguém perto dele. Ele subiu no portão, apoiou o pé na testa da fechadura e, agarrando-se às barras, flexionando seus joelhos, erguendo-se com a força de seus punhos, conseguiu, correndo o risco de cair sobre a ponta afiada das barras, atravessar o portão e saltar.

Havia um pátio pavimentado, que ele rapidamente atravessou, e depois subiu os degraus de um peristilo com colunas e janelas, todas cobertas, até as empostas, com persianas sólidas.

Enquanto ele ponderava sobre como entrar na casa, a porta foi entreaberta, emitindo um ruído de ferro que o fez lembrar-se da porta da vila Dupont, e Altenheim apareceu.

– Ora, príncipe, é assim que o senhor entra em propriedades particulares? Serei forçado a recorrer aos gendarmes, meu caro.

Sernine o agarrou pelo pescoço e, jogando-o contra uma banqueta:

– Geneviève... Onde está Geneviève? Se você não me disser o que fez com ela, seu miserável!

– Por favor, note – o barão gaguejou – que está me enforcando.

Sernine o soltou.

– Vamos aos fatos! E rápido! Responda. Geneviève?

– Há uma coisa – replicou o barão – que é muito mais urgente, especialmente quando se trata de homens da nossa espécie, que é se sentir em casa...

E, cuidadosamente, ele empurrou a porta que barricou com fechaduras. Então, levando Sernine para a sala vizinha, uma sala sem mobília, sem cortinas, ele disse:

– Agora sou um de seus homens. Como posso servi-lo, príncipe?

– Geneviève?

– Ela está ótima.

– Ah! Você admite?

– Diabos! Eu diria até mesmo que a sua imprudência a esse respeito me surpreendeu. Como é que você não tomou algumas precauções? Era inevitável...

– Já chega! Onde ela está?

– Você não é educado.

– Onde ela está?

– Entre quatro paredes, livre...

– Livre?

– Sim, livre para ir de um muro a outro.

– Provavelmente na vila Dupont? Na prisão que planejou para Steinweg?

– Ah! Você sabe... Não, ela não está aqui.

– Mas onde, então? Fale, senão...

– Vejamos, meu príncipe, você acha que eu seria estúpido o suficiente para lhe entregar o segredo pelo qual eu o mantenho preso? Você ama a pequena...

– Cale-se! – exclamou Sernine, fora de si. – Eu o proíbo...

– E o que mais? Então isso é uma desonra? Eu gosto dela e arrisquei...

Ele não concluiu, intimidado pela raiva assustadora de Sernine, raiva contida, silenciosa, que perturbava sua fisionomia.

Eles se entreolharam por um longo tempo, cada um deles à procura do ponto fraco do adversário. No final, Sernine avançou e, com a voz clara, como um homem que ameaça em vez de propor um pacto:

– Ouça-me. Lembra-se da oferta de associação que me fez? O caso Kesselbach para ambos... Caminharíamos juntos... partilharíamos os lucros. Eu recusei. Hoje eu aceito...

– Tarde demais.

– Espere. Aceito algo melhor: eu desisto do caso... não me envolvo em mais nada... você terá tudo. Eu ajudarei, se necessário.

– Qual é a condição?

– Diga onde está Geneviève!

O outro encolheu os ombros.

– Você está delirando, Lupin. Isso me dá pena... Na sua idade...

Nova pausa entre os dois inimigos. Terrível. O barão tripudiou:

– Admito que é um prazer enorme ver você choramingar e pedir esmolas. Tenho a sensação de que o simples soldado está golpeando seu general.

– Imbecil – murmurou Sernine.

– Príncipe, vou enviar-lhe as minhas testemunhas nesta noite... se você ainda estiver neste mundo.

– Imbecil! – repetiu Sernine com imenso desprezo.

– Você prefere acabar com tudo imediatamente? Como queira, meu príncipe, a sua última hora chegou. Pode encomendar a sua alma a Deus. Você ri? Está enganado. Tenho uma enorme vantagem sobre você: eu mato quando necessário...

– Imbecil! – disse Sernine mais uma vez.

Ele puxou o relógio.

– Duas horas, barão. Você só tem mais alguns minutos. Às duas e cinco, duas e dez no mais tardar, o senhor Weber e meia dúzia de homens fortes e sem escrúpulos vão forçar a entrada no seu covil e pôr as mãos em seu pescoço. Você também não tem por que sorrir. A saída com que você está contando foi descoberta, eu a conheço, ela está sendo vigiada. Então, você está definitivamente arruinado. É o cadafalso, meu velho.

Altenheim estava lívido. Ele balbuciou:

– Você fez isso? Você teve a audácia...

– A casa está cercada. O ataque é iminente. Fale, e eu o salvo.

– Como?

– Os homens que vigiam a saída do pavilhão estão sob meu comando. Basta uma palavra e você estará a salvo. Fale.

Altenheim refletiu por alguns segundos, pareceu hesitar, mas, de repente, decidido, declarou:

– É uma piada. Você não seria ingênuo o suficiente para se atirar na boca do lobo.

– Você está esquecendo de Geneviève. Não fosse ela, acha que eu estaria aqui? Fale.

– Não.

– Que seja. Vamos esperar – disse Sernine. – Um cigarro?

– Com prazer.

– Você está ouvindo? – disse Sernine depois de alguns segundos.

– Sim... Sim... – disse Altenheim se levantando.

Dispararam tiros no portão. Sernine pronunciou:

– Nem ao menos as notificações habituais... nenhuma preliminar... Ainda está determinado?

– Mais do que nunca.

– Você sabe que, com os instrumentos que eles têm, não devemos esperar muito tempo?

– Eles logo estarão neste cômodo que eu recusei a você.

O portão cedeu. Ouviram o ranger das dobradiças.

– Deixar-se capturar – respondeu Sernine – eu até admito, mas estender as próprias mãos às algemas é muito estúpido. Vamos, não seja teimoso. Fale e suma daqui.

– E você?

– Eu fico. O que tenho a temer?

– Veja.

O barão apontou uma fenda através das persianas.

Sernine espiou pela abertura e recuou num sobressalto:

– Ah, bandido, você também me denunciou! Não são dez homens, são cinquenta, cem, duzentos homens que Weber está trazendo...

O barão ria alto:

– E, se são tão numerosos, é porque estão atrás do Lupin, é claro. Meia dúzia seriam suficientes para mim.

– Você alertou a polícia?

– Sim.

– Que provas deu?

– Seu nome... Paul Sernine, ou seja, Arsène Lupin.

– E você descobriu isso sozinho? O que nunca ninguém pensou? Vamos! Foi o outro, admita.

Ele olhava pela janela. Enxames de agentes se espalhavam pela vila, e agora os golpes ressoavam na porta.

Era preciso pensar, ou em um esconderijo, ou na execução do projeto que ele tinha imaginado. Mas afastar-se, mesmo por um instante, era deixar Altenheim, e quem poderia garantir que o barão não tinha outra saída por onde escapar? Essa ideia perturbou Sernine. O barão, livre! O barão livre para se juntar a Geneviève, e torturá-la, e escravizá-la com seu odioso amor!

Contrariado em seus desígnios, forçado a improvisar novo plano de imediato, e subordinando tudo ao perigo que Geneviève corria, Sernine passou por um momento atroz de indecisão. Com os olhos fixos nos do barão, ele tinha vontade de arrancar o segredo dele e partir, mas nem sequer tentou convencê-lo, pois cada palavra lhe parecia inútil. E, continuando suas reflexões, ele se perguntava quais poderiam ser as do barão, quais eram suas armas e qual sua esperança de salvação.

A porta do vestíbulo, embora fortemente trancada, embora blindada com ferro, começou a tremer.

Os dois homens estavam de frente para a porta, imóveis.

O som das vozes, os significados das palavras chegavam até seus ouvidos.

– Você parece muito tranquilo – disse Sernine.

– Diabos! – exclamou o outro, dando-lhe uma rasteira que o derrubou e fugiu.

Sernine imediatamente se levantou, atravessou, sob a grande escadaria, uma pequena porta através da qual Altenheim tinha desaparecido, e, desabando pelos degraus de pedra, desceu para o porão...

Um corredor... uma sala ampla e baixa, quase obscura... O barão estava de joelhos, levantando a tampa de um alçapão.

– Idiota – exclamou Sernine, atirando-se sobre ele –, você sabe que vamos encontrar os meus homens no final deste túnel, e eles têm ordens para matá-lo sem piedade. A não ser que... a não ser que você conheça outra saída além desta. Ei, é isso mesmo, diabos! Eu adivinhei... e você acredita...

A luta foi feroz. Altenheim, um verdadeiro colosso, dotado de uma musculatura excepcional, tinha agarrado seu adversário pela cintura, paralisando seus braços e tentando sufocá-lo.

– É claro... é claro... – dizia este com dificuldade –, obviamente, está tudo muito bem articulado. Enquanto eu não puder usar minhas mãos para quebrar alguma parte sua, você estará em vantagem. Mas... você vai conseguir me vencer?

Sernine sentiu um arrepio. O alçapão, que estava fechado, e sobre cuja tampa eles se apoiavam com todo o peso de seus corpos, parecia se mover debaixo deles. Ele sentia os esforços que *estavam* fazendo para levantá-la, e o barão deve ter sentido também, pois tentava desesperadamente se mover no campo de batalha para que o alçapão pudesse abrir.

"É o *outro*!", pensou Sernine, tomado pelo medo irracional que esse misterioso ser lhe causava. "É o outro. Se ele conseguir passar, estou perdido."

Por gestos insensíveis, Altenheim conseguiu mover-se e tentava arrastar seu adversário. Mas este estava com as pernas agarradas às do barão, ao mesmo tempo que, pouco a pouco, conseguia livrar uma de suas mãos.

Abaixo deles, grandes golpes, pancadas de aríete...

"Eu tenho cinco minutos", pensou Sernine. "Em um minuto, esse grandalhão..."

E falando bem alto:

– Cuidado, meu caro. Segure-se bem.

Ele aproximou um joelho do outro com uma energia indescritível. O barão gritou ao ter uma das coxas retorcida.

Em seguida, Sernine, aproveitando-se do sofrimento do adversário, fez um esforço, liberou sua mão direita e o segurou pelo pescoço.

– Perfeito! Assim nós ficamos muito mais confortáveis... Não, não perca tempo procurando sua faca, senão vou ter de estrangulá-lo como se fosse um frango. Você percebe, estou sendo civilizado… Não estou pressionando muito… só o suficiente para que você não ouse espernear.

Enquanto falava, ele tirou uma corda muito fina do bolso e, com uma das mãos, usando de extrema habilidade, amarrou-lhe os pulsos. Já ofegante, o barão não tentou resistir. Com alguns gestos precisos, Sernine o amarrou fortemente.

– Como você é comportado! Na hora certa! Não o reconheço mais. Tome, caso queira fugir, aqui está um rolo de arame para completar meu trabalho… Os pulsos primeiro… Agora os tornozelos… Pronto. Meu Deus! Como você é gentil!

O barão estava se recompondo aos poucos. Ele gaguejou:

– Se você me entregar, Geneviève morre.

– Sério! E como? Explique-se…

– Ela está escondida. Ninguém sabe onde fica o cativeiro. Se eu desaparecer, ela vai morrer de fome… Como Steinweg…

Sernine estremeceu. Ele retomou:

– Sim, mas você vai falar.

– Nunca.

– Vai, sim. Agora não, é tarde demais, mas nesta noite.

Ele se inclinou e disse baixinho ao seu ouvido:

– Ouça, Altenheim, e entenda bem. Daqui a pouco você será preso. Nesta noite, vai dormir na prisão. Isso é inevitável. Eu mesmo não posso mudar nada. E, amanhã, vão levá-lo à Santé, e depois, sabe para onde? Bem, vou dar-lhe mais uma oportunidade para se salvar. Nesta noite, está me ouvindo? Nesta noite, vou entrar na sua cela, na prisão, e você me dirá onde está Geneviève. Duas horas depois, se não mentir, estará livre. Caso contrário… significa que você não dá muita importância à própria vida.

O outro não respondeu. Sernine levantou-se e ouviu. Lá em cima, um grande estrondo. A porta da frente cedia. Alguns passos martelaram o teto do vestíbulo e o piso do salão.

O senhor Weber e os seus homens procuravam.

– Adeus, barão. Reflita até esta noite. A cela é boa conselheira.

Ele empurrou o prisioneiro para livrar a entrada do alçapão e levantou a abertura. Como já esperava, não havia mais ninguém lá embaixo, nos degraus das escadas.

Ele desceu, cuidando para deixar o alçapão aberto, como se tivesse a intenção de voltar.

Havia vinte degraus e então, logo depois, o início do corredor que o senhor Lenormand e Gourel tinham percorrido na direção oposta.

Ele penetrou e soltou um grito. Teve a impressão de sentir a presença de alguém. Acendeu sua lanterna de bolso. O corredor estava vazio. Então ele armou o revólver e disse em voz alta:

– Azar seu... Vou atirar.

Nenhuma resposta. Nenhum barulho.

"Provavelmente é uma ilusão", pensou ele. "Esse ser está me deixando obcecado. Vamos lá, se quiser chegar até a saída, preciso me apressar... O buraco no qual coloquei o pacote de roupas não está longe. Eu pego o pacote, e o serviço está completo... E que serviço! Um dos melhores de Lupin..."

Ele encontrou uma porta que estava aberta e parou imediatamente. À direita havia uma escavação, a que o senhor Lenormand tinha feito para escapar da água que subia.

Ele se abaixou e projetou a luz na abertura.

– Oh! – ele reagiu, ficando arrepiado. – Não, não é possível... Doudeville deve ter empurrado o pacote para mais longe.

Mas ele procurou, examinou na escuridão. O pacote já não estava lá, e ele não duvidava de que o ser misterioso o havia roubado.

– Que pena! Estava tudo tão bem planejado! A aventura retomava seu curso natural, e eu chegava ao fim com mais segurança... Agora preciso sair daqui o mais depressa possível. Doudeville está no pavilhão... Meu esconderijo está protegido. Chega de piadas, preciso me apressar e colocar tudo de volta nos eixos, se possível. Além disso, vão cuidar *dele*... Ah, isso se ele escapar das minhas *garras*!

Uma exclamação de estupor escapou-lhe. Ele chegava perto da outra porta, a última antes do pavilhão, mas ela estava fechada.

Ele se precipitou até ela. Para quê? O que ele podia fazer?

– Desta vez – murmurou ele –, estou arruinado.

E, apanhado por uma espécie de cansaço, sentou-se. Ele tinha a convicção de sua fraqueza diante do ser misterioso. Altenheim não importava mais. Mas o outro, esse personagem das trevas e do silêncio, o outro o dominava, perturbava todas as suas estratégias e o esgotava com seus ataques furtivos e infernais.

Ele estava derrotado.

Weber o encontraria ali, como um animal encurralado, no fundo da sua caverna.

2

– Ah! Não, não! – ele disse, endireitando-se imediatamente. – Se fosse só eu, talvez! Mas há Geneviève. Geneviève tem de ser salva nesta noite... Afinal, nada está perdido. Se o *outro* escapou mais cedo, é porque há uma segunda saída por aqui. Vamos lá, vamos lá, o Weber e o bando dele ainda não me pegaram.

Ele já estava explorando o túnel, com lanterna na mão, estudando os tijolos que formavam as paredes, quando um grito chegou até ele, um grito horrível, abominável, que o fez tremer de angústia.

Esse grito vinha do lado do alçapão.

De repente ele se lembrou de que tinha deixado o alçapão aberto enquanto tinha a intenção de voltar para a vila Glycines.

Ele retornou depressa e cruzou a primeira porta. No caminho, com a lanterna apagada, sentiu algo, ou melhor, alguém que esfregava seus joelhos, alguém que escalava a parede. E ele teve a nítida impressão de que esse ser desaparecia, desmaiava, ele não sabia onde.

Nesse instante, ele colidiu contra um degrau.

"Esta é a saída", pensou ele, "a segunda saída por onde *ele* passa".

No topo, o grito ecoou novamente, menos alto, seguido de gemidos, de grunhidos...

Ele subiu as escadas correndo, apareceu na sala rebaixada e se precipitou sobre o barão.

Altenheim agonizava com a garganta sangrando. Suas amarras tinham sido cortadas, mas os arames que amarravam os pulsos e os tornozelos estavam intactos. *Incapaz de soltá-lo, seu cúmplice o havia degolado.*

Sernine contemplava o espetáculo com pavor. O suor o estarrecia. Ele pensava em Geneviève presa, sem ajuda, já que somente o barão sabia de seu esconderijo.

Ele ouviu nitidamente os agentes abrindo a pequena porta do vestíbulo. Também nitidamente, ele os ouviu descendo as escadas de serviço.

Ele estava separado deles somente por uma porta, a da sala rebaixada onde ele estava. Trancou-a, então, no exato momento em que os agressores pegaram na fechadura.

O alçapão estava aberto do lado dele... Era a fuga possível, já que ainda havia a segunda saída.

"Não", ele pensou. "Primeiro Geneviève. Depois disso, se tiver tempo, me preocuparei comigo..."

Ajoelhado, pôs a mão no peito do barão.

O coração ainda palpitava. Ele se inclinou mais:

– Você me ouve, certo?

As pálpebras piscaram discretamente.

Havia um sopro de vida no moribundo. Era possível tirar alguma coisa dessa aparente existência?

A porta, último baluarte, foi atacada pelos agentes. Sernine murmurou:

– Eu o salvarei, eu o salvarei. Tenho remédios infalíveis... Basta uma palavra... Geneviève?

Foi como se essa palavra de esperança lhe suscitasse alguma força.

Altenheim tentou articular.

– Responda – exigiu Sernine –, responda e eu salvo você... É a vida hoje... a liberdade amanhã. Responda!

A porta tremia sob os golpes.

O barão esboçou sílabas ininteligíveis. Inclinado sobre ele, apavorado, investido de toda a sua energia, Sernine ofegava de angústia. Os agentes, sua inevitável captura, a prisão, ele nem sequer pensava nisso, mas Geneviève... Geneviève morreria de fome, e uma única palavra daquele miserável poderia salvá-la!

– Responda, você precisa dizer...

Ele ordenava, suplicava. Altenheim gaguejou, como se hipnotizado, vencido por essa autoridade feroz:

– Ri... Rivoli...

– Rua Rivoli, é isso? Você a trancou em uma casa nessa rua? Que número?

Um tumulto... urros de triunfo... a porta tinha caído.

– Saltem para cima dele – gritou o senhor Weber –, peguem-no! Peguem os dois!

E Sernine, de joelhos:

– O número... responda... Se você a ama, responda... Por que se calar agora?

– Vinte... Vinte e sete... – o Barão cochichou.

Algumas mãos tocavam Sernine. Dez revólveres o ameaçavam.

Ele enfrentou os agentes, que recuaram com um medo instintivo.

– Se você se mexer, Lupin – gritou o senhor Weber, com a arma apontada –, é um homem morto.

– Não atire – disse Sernine num tom grave –, é inútil, eu me rendo.

– Balela! Essa é mais uma das suas armadilhas...

– Não – insistiu Sernine –, a batalha está perdida. Você não tem o direito de atirar. Eu não estou me defendendo.

Ele tirou dois revólveres dos bolsos e os atirou no chão.

– Balela! – insistiu o senhor Weber, implacável. – Mirem no coração, rapazes! Ao menor gesto: fogo! À menor palavra: fogo!

Havia dez homens presentes. Ele convocou outros cinco e direcionou os quinze braços para o alvo. E, furioso, tremendo de satisfação e medo, vociferava:

– No coração! Na cabeça! E sem misericórdia! Se ele se mexer, se falar... à queima-roupa, fogo!

Com as mãos nos bolsos, impassível, Sernine sorria. A cinco centímetros de sua têmpora, a morte estava à sua espera. Os dedos se contraíam nos gatilhos.

– Ah! – escarneceu o senhor Weber. – Como é prazeroso ver isso... E acho que desta vez alcançamos nosso objetivo, e de uma forma bem desagradável para você, senhor Lupin...

Ele abriu as persianas de uma grande janela através da qual a luz do dia entrou subitamente, e se voltou para Altenheim. Mas, para seu espanto, o barão que ele pensava estar morto abriu os olhos, olhos ternos, assustadores, já preenchidos pelo nada. Ele olhou para o senhor Weber. Depois pareceu procurar, e, vendo Sernine, teve uma convulsão de raiva. Seria possível dizer que ele despertava de seu torpor, e que seu ódio de repente revivia e lhe devolvia parte de suas forças.

Ele se apoiou em ambos os pulsos e tentou falar.

– O senhor o reconhece, não é mesmo? – disse Weber.

– Sim.

– É o Lupin, não é?

– Sim... Lupin...

Sernine, sempre sorrindo, escutava.

– Deus! Como isso é divertido! – ele declarou.

– O senhor tem algo mais a dizer? – perguntou Weber, que via os lábios do barão se agitarem desesperadamente.

– Sim.

– Sobre o senhor Lenormand, talvez?

– Sim.

– O senhor o escondeu? Onde? Responda...

Com o corpo todo retesado, o olhar tenso, Altenheim apontou para um armário no canto da sala.

– Ali... ali... – ele disse.

– Ah! Ah! Está esquentando – Lupin tripudiou.

O senhor Weber abriu. Numa das prateleiras havia um pacote embrulhado em sarja preta.

Ele o desdobrou e encontrou um chapéu, uma caixa pequena, roupas...

Ele hesitou. Havia reconhecido a sobrecasaca cor de oliva do senhor Lenormand.

– Ah, miseráveis! – ele exclamou. – Eles o assassinaram.

– Não – disse Altenheim, fazendo um sinal.

– E então?

– É ele... ele...

– Como ele? Foi Lupin quem matou o chefe?

– Não.

Com uma teimosia aflitiva, Altenheim se agarrava à existência, ávido por falar e acusar. O segredo que ele queria revelar estava na ponta de seus lábios, e ele não podia, não sabia mais como traduzi-lo em palavras.

– Vejamos – insistiu o subchefe –, o senhor Lenormand está morto, ou não?

– Não.

– Ele está vivo?

– Não.

– Não entendo... Vejamos, estas roupas? Esta sobrecasaca?

Altenheim virou os olhos para o lado de Sernine. Uma ideia atingiu o senhor Weber.

– Ah! Compreendo! Lupin tinha roubado as roupas do senhor Lenormand e planejava vesti-las para fugir...

– Sim... Sim...

– Nada mal! – exclamou o subchefe. – É um golpe típico dele. Nesta sala, teríamos encontrado Lupin disfarçado de senhor Lenormand, provavelmente acorrentado. Seria a salvação para ele. Só que ele não teve tempo. É isso que iria acontecer, não é mesmo?

– Sim... Sim...

Mas, pelo olhar do moribundo, Weber sentiu que havia algo mais e que ainda não era bem esse o segredo.

O que seria, então? Qual seria o estranho e indecifrável enigma que o moribundo queria revelar antes de morrer?

Ele questionou:

– E o senhor Lenormand, onde está?

– Aqui...

– Como assim, aqui?

– Sim.

– Mas só estamos nós nesta sala!

– Há... há...

– Então fale...

– Há... Ser... Sernine...

– Sernine! Hein? O quê?

– Sernine... Lenormand...

O senhor Weber sobressaltou-se. Uma luz o iluminou de repente.

– Não, não, não é possível – ele murmurou –, isso é loucura!

Ele espiou o prisioneiro. Sernine parecia se divertir muito e assistir à cena como um espectador que se entretém e que adoraria saber o final.

Exausto, Altenheim caiu completamente. Ele ia morrer antes de revelar a chave do enigma criado por suas palavras obscuras? O senhor Weber, abalado por uma hipótese absurda e implausível, que ele não aceitava e que o obstinava, precipitou-se novamente.

– Explique-se. O que está por trás disso? Que mistério?

O outro parecia não ouvir, inerte, o olhar fixo.

O senhor Weber deitou-se sobre ele e pronunciou claramente, para que cada sílaba penetrasse nas profundezas daquela alma já coberta pelas sombras:

– Ouça... Eu compreendi bem, não é? Lupin e o senhor Lenormand...

Ele precisou fazer um grande esforço para continuar, de tão monstruosa que a frase lhe parecia. No entanto, os olhos ternos do barão pareciam contemplá-lo com angústia. Ele concluiu, palpitando de emoção, como se tivesse proferido uma blasfêmia:

– É isso, não é? Você tem certeza? Os dois são apenas um?

Os olhos não se mexiam. Um fio de sangue escorria pelo canto da boca... Dois ou três soluços... Uma convulsão suprema. E isso foi tudo.

Na sala inferior, lotada de gente, houve um longo silêncio. Quase todos os agentes que cercavam Sernine haviam se afastado, e, atordoados, sem compreender ou se recusando a fazê-lo, ainda *escutavam* a incrível acusação que o bandido não tinha conseguido formular.

O senhor Weber pegou a caixa encontrada no pacote de sarja preta e a abriu. Nela havia uma peruca grisalha, óculos com armações prateadas, um lenço marrom, e, em um fundo duplo, frascos de maquiagem e uma caixinha com pequenos cachos de cabelo grisalho – em suma, o suficiente para reproduzir um rosto muito semelhante ao do senhor Lenormand.

Ele se aproximou de Sernine e, contemplando-o por alguns momentos sem dizer uma palavra, pensativo, reconstituindo todas as fases daquela aventura, sussurrou:

– Então, é verdade?

Sernine, que não tinha perdido sua calma sorridente, respondeu:

– A hipótese não carece de elegância nem de ousadia. Mas, antes de qualquer coisa, diga aos seus homens para me deixarem em paz com seus brinquedinhos.

– Está bem – concordou o senhor Weber, acenando para os seus homens. – Agora responda.

– O quê?

– O senhor é Lenormand?

– Sim.

Exclamações se elevaram. Jean Doudeville, que estava lá enquanto seu irmão vigiava a passagem secreta, Jean Doudeville, cúmplice de Sernine, olhou para ele com perplexidade. O senhor Weber, sufocado, permaneceu indeciso.

– Ficou espantado, não é? – disse Sernine. – Admito que é muito divertido... Deus, como você me fazia rir às vezes, quando trabalhávamos juntos, você e eu, o chefe e o subchefe! E o mais engraçado é que você pensou que ele estava morto, o corajoso senhor Lenormand... assim como o pobre Gourel. Mas não, mas não, meu velhote, o bom homem ainda está vivo...

Ele apontou para o cadáver de Altenheim.

– Veja, foi esse bandido quem me atirou na água, dentro de um saco, com uma pedra amarrada na cintura. Só que ele se esqueceu de tirar a faca de mim... E, com uma faca, rasgam-se sacos e cortam-se cordas. Eis o que acontece, infeliz Altenheim... Se tivesse pensado nisso, não estaria onde está. Mas já falamos demais... Paz às suas cinzas!

O senhor Weber ouvia sem saber o que pensar. Por fim, ele fez um gesto de desespero, como se renunciasse a formar uma opinião racional.

– As algemas – disse ele, de repente alarmado.

– É tudo o que imagina fazer? – perguntou Sernine. – Você está sem imaginação... Enfim, se isso o divertir – completou Sernine.

E, percebendo a presença de Doudeville na primeira fila dos seus agressores, estendeu-lhe as mãos:

– Tome, amigo, tenha a honra, e não precisa ficar nervoso... Estou jogando limpo... já que não há maneira de fazer o contrário...

Ele disse isso em um tom que fez Doudeville entender que a luta tinha acabado por agora, e que só lhe restava submeter-se.

Doudeville entregou-lhe as algemas. Sem mover os lábios, sem contrair um músculo sequer do rosto, Sernine cochichou:

– Rua Rivoli, 27... Geneviève.

Weber não pôde conter um gesto de satisfação ao ver tal espetáculo.

– Em frente! – disse ele. – Para a Sûreté!

– É isso, para a Sûreté! – exclamou Sernine. – O senhor Lenormand vai encarcerar Arsène Lupin, que vai encarcerar o príncipe Sernine.

– Você é muito perspicaz, Lupin.

– É verdade, Weber, não podemos nos dar bem.

Durante o trajeto, no automóvel que era seguido por outros três carregados de agentes que faziam a escolta, ele não disse uma só palavra.

Eles apenas passaram pela Sûreté. O senhor Weber, lembrando-se das fugas organizadas por Lupin, levou-o imediatamente para a antropometria, e depois para a prisão, de onde foi encaminhado à Santé.

Notificado por telefone, o diretor os aguardava. As formalidades do registro e a passagem pela sala de revista foram rápidas.

Às sete horas da noite, o príncipe Paul Sernine atravessou o limiar da cela 14, segunda divisão.

– Nada mal, o apartamento, nada mal – ele observou. – A luz elétrica, o aquecimento central, o sanitário... em suma, todo um conforto moderno. Está perfeito, temos de concordar. Senhor diretor, vou ficar com este apartamento.

Ele se atirou sobre a cama.

– Ah, senhor diretor, tenho um pequeno pedido a lhe fazer!

– Qual?

– Não tragam meu chocolate quente amanhã de manhã antes das dez horas... Estou morrendo de sono.

Ele se virou para a parede.

Cinco minutos depois, já dormia profundamente.

SANTÉ-PALACE

1

Foi uma explosão de riso por todo o mundo. Certamente, a captura de Arsène Lupin produziu um grande alvoroço, e o público não fez à polícia o elogio que ela merecia por essa vingança tão esperada e tão plenamente obtida. O grande aventureiro tinha sido apanhado. O extraordinário, o genial, o invisível herói mofava, como os outros, entre as quatro paredes de uma cela e esmagado por esse formidável poder chamado Justiça que, mais cedo ou mais tarde, fatalmente rompe com os obstáculos que se opõem a ele e destrói a obra de seus adversários.

Tudo isso foi dito, impresso, repetido, comentado, reforçado. O comandante-geral recebeu a condecoração de Comandante, e o senhor Weber, a de Oficial. A habilidade e a coragem de seus mais modestos colaboradores foram exaltadas. Aplaudiram. Cantaram vitória. Escreveram artigos e discursos.

Pois bem! Mas algo, no entanto, dominou esse maravilhoso concerto de elogios, essa alegria barulhenta. Foi um riso louco, enorme, espontâneo, inextinguível e tumultuoso.

Arsène Lupin, há quatro anos, era chefe da Sûreté!!!

Há quatro anos! Ele o era realmente, legalmente, com todos os direitos que esse título confere, com a estima dos seus chefes, com a aprovação do governo, com a admiração de todos.

Durante quatro anos, o conforto dos habitantes e a defesa da propriedade foram confiados a Arsène Lupin. Ele assegurava o cumprimento da lei. Ele protegia os inocentes e perseguia os culpados.

E que serviços ele tinha prestado! Nunca a ordem havia sido menos perturbada, nunca o crime tinha sido descoberto com tamanha certeza e rapidez! Recordemos o caso Denizou, o roubo do Crédit Lyonnais, o ataque ao expresso Orléans, o assassinato do barão Dorf... tantos triunfos inesperados e fulminantes, tantas magníficas proezas que poderiam ser comparadas às mais célebres vitórias dos mais ilustres policiais.

Outrora, num dos seus discursos, por ocasião do incêndio do Louvre e da captura dos culpados, o presidente do conselho, Valenglay, para defender a forma um tanto arbitrária como Lenormand havia agido, declarou:

– Por sua clarividência, por sua energia, pelas suas qualidades de decisão e execução, pelos seus processos inesperados, pelos seus recursos inesgotáveis, o senhor Lenormand nos lembra do único homem que, se ainda vivesse, poderia ter enfrentado Arsène Lupin. O senhor Lenormand é um Arsène Lupin a serviço da sociedade.

E eis que o senhor Lenormand não era outro senão Arsène Lupin!

Que ele fosse um príncipe russo, ninguém se importava muito! Lupin era um *habitué* dessas metamorfoses. Mas chefe da Sûreté! Que ironia encantadora! Que capricho na condução dessa vida extraordinária entre todas as outras!

O senhor Lenormand! Arsène Lupin!

Hoje, era possível explicar as façanhas aparentemente miraculosas que recentemente haviam confundido a multidão e desnorteado a polícia. Era possível compreender o esconderijo do seu cúmplice em pleno Palais de Justice, em plena luz do dia, na data marcada. Ele mesmo havia declarado:

"Quando souberem da simplicidade dos meios que usei para essa fuga, ficarão embasbacados. 'Isso é tudo?', dirão. Sim, isso é tudo, mas era necessário pensar nisso."

Era, de fato, de uma simplicidade infantil: bastava ser o chefe da Sûreté.

Lupin era o chefe da Sûreté, e todos os agentes, obedecendo às suas ordens, tornaram-se cúmplices involuntários e inconscientes dele.

A bela farsa! Blefe admirável! A farsa monumental e reconfortante em nossa época de frouxidão! Embora prisioneiro, apesar de irremediavelmente derrotado, Lupin, apesar de tudo, era o grande vencedor. De sua cela, ele resplandecia em Paris. Mais do que nunca ele era o ídolo, mais do que nunca, o Mestre!

Ao acordar, no dia seguinte, em seu apartamento no "Santé-Palace", como imediatamente o designou, Arsène Lupin teve uma visão muito clara do enorme burburinho que sua prisão iria produzir sob o duplo nome de Sernine e Lenormand e sob o duplo título de príncipe e chefe da Sûreté.

Ele esfregou as mãos e considerou:

– Nada melhor para fazer companhia ao homem solitário do que a aprovação dos seus contemporâneos. Ó, glória! O sol dos vivos!

Sob a claridade, sua cela lhe agradava ainda mais. A janela, colocada no alto, mostrava os ramos de uma árvore através da qual se podia ver o azul do céu. As paredes eram brancas. Havia apenas uma mesa e uma cadeira, presas ao chão. Mas tudo estava limpo e tinha um bom aspecto.

– Vamos – ele disse –, um pequeno descanso revigorante aqui não deixa de ter seu charme... Mas agora sigamos para nossa toilette. Tenho tudo de que preciso? Não... Neste caso, dois toques para a camareira.

Ele pressionou, perto da porta, um mecanismo que acionou um sinal no corredor.

Um instante depois, ferrolhos e grades de ferro foram abertos, a fechadura foi acionada, e um guarda apareceu.

– Água quente, meu amigo – disse Lupin.

O outro olhou para ele, ao mesmo tempo perplexo e furioso.

– Ah! – fez Lupin. – E uma tolha de banho! Caramba, não tem toalha de banho!

O homem resmungou:

– Você está de brincadeira comigo, não é? Isso não se faz.

Ele estava se retirando quando Lupin agarrou seu braço violentamente:

– Cem francos se você levar uma carta aos correios.

Ele tirou de seu bolso uma nota de cem francos, que havia escondido no momento da revista, e estendeu o braço.

– A carta… – disse o guarda ao pegar o dinheiro.

– Ótimo! É só o tempo de a escrever.

Ele sentou-se à mesa, desenhou algumas palavras a lápis numa folha, que deslizou para dentro de um envelope, e escreveu:

Senhor S. B. 42.
Poste Restante, Paris.

O guarda pegou a carta e se retirou.

– Eis uma missiva – disse Lupin a si mesmo – que vai com tanta certeza ao seu destino como se eu mesmo a entregasse. Dentro de uma hora, no máximo, terei a resposta. O tempo necessário para examinar com calma minha situação.

Ele sentou-se em sua cadeira e, a meia-voz, resumiu:

– Em suma, neste momento, tenho de combater dois adversários: primeiro, a sociedade que me detém e com a qual não me importo; segundo, um personagem desconhecido que não me detém, mas com quem me importo bastante. Foi ele quem disse à polícia que eu era Sernine. Foi ele quem adivinhou que eu era o senhor Lenormand. Foi ele quem fechou a porta da saída subterrânea, e foi ele quem me pôs na prisão.

Arsène Lupin pensou por um segundo, depois continuou:

– Então, no final, a luta é entre mim e ele. E, para apoiar esse combate, ou seja, para descobrir e resolver o caso Kesselbach, eu estou preso, enquanto ele está livre, é desconhecido, inacessível, tem os dois trunfos que eu pensava que tinha, Pierre Leduc e o velho Steinweg. Em suma, ele está chegando ao objetivo depois de ter me afastado dele, definitivamente.

Nova pausa meditativa, depois novo monólogo:

– A situação não é vantajosa. De um lado, tudo; do outro, nada. Diante de mim, um homem com a minha força, mais forte até, já que não tem os escrúpulos que me preocupam. E não tenho armas para atacá-lo.

Ele repetiu essas últimas palavras várias vezes com um tom de voz maquinal, então se calou, e, apoiando a cabeça em suas mãos, permaneceu pensativo por um longo tempo.

– Entre, senhor diretor – disse ele, vendo a porta se abrir.

– O senhor estava à minha espera?

– Não lhe escrevi, senhor Diretor, pedindo que viesse? Não duvidei nem por um segundo que o guarda lhe entregaria minha carta. Confiei tanto que escrevi no envelope as suas iniciais: S. B. e a sua idade: 42.

O nome do diretor era, de fato, Stanislas Borély, e ele tinha quarenta e dois anos de idade. Era um homem de figura agradável, gentil, e tratava os prisioneiros com a maior clemência possível. Ele disse a Lupin:

– O senhor menosprezou a probidade do meu subordinado. Aqui está o seu dinheiro. Ele lhe será devolvido quando o senhor for libertado... Agora o senhor vai passar novamente na sala de "revista".

Lupin seguiu o senhor Borély até a pequena sala reservada para esse fim, despiu-se, e, enquanto suas roupas foram inspecionadas com uma justificável desconfiança, ele próprio também foi submetido a um exame mais meticuloso.

Em seguida, ele foi levado de volta para sua cela, e o senhor Borély declarou:

– Estou mais tranquilo. Está feito.

– E muito bem-feito, senhor diretor. Seus funcionários exercem essa função com uma delicadeza que devo agradecer em testemunho da minha satisfação.

Ele deu uma nota de cem francos ao senhor Borély, que se sobressaltou.

– Ah! Mas de onde veio isso?

– Inútil tentar quebrar a cabeça, senhor. Um homem como eu, levando a vida que leva, está sempre pronto para todas as eventualidades, e nenhum percalço, não importa quão penoso seja, o pega desprevenido, nem mesmo a prisão.

Ele segurou entre o polegar e o indicador da sua mão direita o dedo médio da mão esquerda, arrancou-o com um puxão e o apresentou calmamente ao senhor Borély.

– Não fique tão espantado, senhor diretor. Isto não é meu dedo, mas um tubo simples de borracha, artisticamente colorido, e que se encaixa exatamente no meu dedo médio, de modo a dar a ilusão de um dedo real.

E acrescentou, rindo:

– E, é claro, de modo a esconder uma terceira nota de cem francos... O que o senhor pensa? Temos a carteira que podemos ter... e é preciso tirar proveito disso...

Ele parou diante do rosto assustado do senhor Borély.

– Por favor, senhor diretor, não pense que quero seduzi-lo com meus pequenos talentos de sociabilidade. Eu gostaria apenas de lhe mostrar que o senhor está lidando com um... cliente de natureza um pouco... especial... e dizer que não se surpreenda se eu for culpado por certas violações das regras normais da sua instituição.

O diretor tinha se recuperado. Ele disse claramente:

– Quero acreditar que o senhor irá se adaptar às regras e que não me obrigará a adotar medidas rigorosas...

– Que lhe deixariam cansado, não é mesmo, senhor diretor? É precisamente disso que eu gostaria de poupá-lo, provando antecipadamente que essas medidas não me impediriam de agir como eu quisesse, de me corresponder com meus amigos, de defender fora daqui os graves interesses que me são confiados, de escrever aos jornais sujeitos à minha inspiração, de continuar a realizar os meus projetos e, em última análise, de preparar minha fuga.

– Sua fuga!

Lupin começou a rir prazerosamente.

– Pense, senhor diretor... a minha única desculpa para estar na prisão é sair dela.

O argumento não parecia suficiente para o senhor Borély. Ele se esforçou para também rir.

– Um homem precavido vale por dois...

– Era o que eu queria. Tome todas as precauções, senhor diretor, não negligencie nada, para que mais tarde não tenham razões para censurá-lo. De minha parte, eu me organizarei de tal maneira que, quaisquer que sejam os problemas que o senhor tiver de suportar como resultado dessa fuga, pelo menos sua carreira não sofrerá com isso. Era o que eu tinha para lhe dizer, senhor diretor. Pode se retirar agora.

E, enquanto o senhor Borély ia embora, profundamente perturbado por esse singular pensionista, e muito preocupado com os acontecimentos que estavam por vir, o prisioneiro se atirou sobre a cama, murmurando:

– E então, meu velho Lupin, você tem culhões! Parece até que você já sabe como sair daqui!

2

A prisão da Santé foi construída de acordo com o sistema de irradiação. No centro da parte principal, há uma rotatória da qual todos os corredores convergem, de modo que um preso não pode sair de sua cela sem ser imediatamente visto pelos guardas da cabine de vidro que ocupa o centro dessa rotatória.

O que surpreende o visitante que percorre a prisão é encontrar, a todo momento, prisioneiros sem escolta que parecem circular como se estivessem livres. Na realidade, para ir de um ponto a outro da sua cela, por exemplo, até a viatura penitenciária que os espera no pátio para levá-los ao Palais de Justice, ou seja, à instrução, eles cruzam linhas retas que terminam em uma parte que lhes é aberta por um guarda encarregado unicamente de abrir essa porta e de vigiar as duas linhas retas que ela divide.

E assim os prisioneiros, aparentemente livres, são enviados de porta em porta, de olhar a olhar, como pacotes que são passados de mão em mão.

Do lado de fora, os guardas municipais recebem o objeto e o inserem em uma das prateleiras do "cesto de salada".

Tal é o costume.

Com Lupin, nada disso foi levado em conta.

Desconfiaram desse passeio pelos corredores. Desconfiaram do carro celular. Desconfiaram de tudo.

O senhor Weber veio pessoalmente, acompanhado por doze agentes – os seus melhores homens, escolhidos a dedo, armados até os dentes –, resgatou o temível prisioneiro do limiar do seu quarto e o levou até um fiacre cujo condutor era um de seus homens. À direita e à esquerda, na frente e atrás, trotavam soldados da guarda municipal.

– Bravo! – exclamou Lupin. – Estão tendo comigo cuidados que me deixam comovido. Uma guarda de honra. Peste, Weber, você tem senso de hierarquia! Não se esqueça do que deve ao seu chefe imediato.

E, dando um tapinha em seu ombro:

– Weber, tenho a intenção de pedir demissão. Vou nomeá-lo como meu sucessor.

– Isso já está quase feito – disse o subchefe.

– Que boa notícia! Estava preocupado com a minha fuga. Agora estou tranquilo. Assim que Weber se tornar chefe da Sûreté...

O senhor Weber não deu atenção ao ataque. No fundo, tinha um sentimento estranho e complexo diante do seu adversário, um sentimento feito do medo que Lupin lhe inspirava, da deferência que tinha pelo príncipe Sernine e da respeitosa admiração que sempre tinha testemunhado pelo senhor Lenormand. Tudo isso misturado com ressentimento, inveja e muito ódio.

Estavam chegando ao Palais de Justice. No fundo da "Ratoeira", agentes da Sûreté aguardavam, entre os quais o senhor Weber se alegrou ao ver seus dois melhores tenentes, os irmãos Doudevilles.

– O senhor Formerie está? – ele perguntou.

– Sim, chefe, o juiz de instrução está no gabinete dele.

O senhor Weber subiu as escadas, seguido por Lupin, que os Doudevilles cercavam.

– Geneviève? – murmurou o prisioneiro.

– A salvo…

– Onde ela está?

– Na casa da avó.

– A senhora Kesselbach?

– Em Paris, no hotel Bristol.

– Suzanne?

– Desapareceu.

– Steinweg?

– Não sabemos nada.

– A Villa Dupont está sendo vigiada?

– Sim.

– As notícias da imprensa desta manhã são boas?

– Excelentes.

– Bem. Para me escrever, eis minhas instruções.

Eles chegavam ao corredor interno do primeiro andar. Lupin colocou uma pequena bola de papel na mão de um dos irmãos.

O senhor Formerie disse uma frase deliciosa assim que Lupin entrou em seu gabinete na companhia do subchefe.

– Ah! Aí está o senhor! Não tinha dúvida de que, cedo ou tarde, o pegaríamos.

– Eu também não tinha dúvida, senhor juiz de instrução – disse Lupin –, e estou feliz que seja o senhor a quem o destino nomeou para fazer justiça ao homem honesto que eu sou.

"Ele está gozando da minha cara", pensou o senhor Formerie.

E, no mesmo tom irônico e sério, ele replicou:

– O homem honesto que é, senhor, deve se explicar agora a respeito dos trezentos e quarenta e quatro casos de roubo, assalto, fraude, falsidade ideológica, chantagem, receptação etc. Trezentos e quarenta e quatro!

– Como! Não são mais? – questionou Lupin, arguto. – Estou realmente muito envergonhado.

– O homem honesto que o senhor é deve se explicar hoje sobre o assassinato do senhor Altenheim.

– Ah, essa é novidade. A ideia é sua, senhor juiz de instrução?

– Precisamente.

– Excelente! Na verdade, está fazendo progressos, senhor Formerie.

– A posição em que o surpreenderam não deixa dúvida.

– Nenhuma, mas permita-me perguntar o seguinte: de que tipo de ferimento Altenheim foi morto?

– De uma facada na garganta.

– E onde está a faca?

– Não a encontraram.

– Como não a encontraram se sou eu o assassino, já que fui surpreendido ao lado do homem que supostamente matei?

– E de acordo com o senhor, o assassino...?

– Não é outro senão o responsável pelo assassinato do senhor Kesselbach, Chapman etc. A natureza da ferida é prova suficiente.

– Por onde ele teria escapado?

– Por um alçapão que o senhor encontrará na mesma sala onde o drama aconteceu.

O senhor Formerie tinha um ar meio ridículo.

– E, como é que o senhor não seguiu esse exemplo salutar?

– Tentei segui-lo, mas a saída estava bloqueada por uma porta que não consegui abrir. Foi durante essa tentativa que o outro voltou para a sala e matou seu cúmplice, por medo das revelações que este certamente faria. Ao mesmo tempo, ele dissimulou no fundo do armário, onde foi encontrado, o pacote de roupas que eu tinha preparado.

– Por que essas roupas?

– Para me disfarçar. Quando fui a Glycines, meu propósito era o seguinte: entregar Altenheim à justiça, desaparecer como príncipe Sernine, e reaparecer sob o disfarce...

– Do senhor Lenormand, talvez?

– Exato.

– Não.

– O quê?

O senhor Formerie sorria com um ar astuto e balançava o dedo indicador da direita para a esquerda e da esquerda para a direita.

– Não – ele repetiu.

– O quê, não?

– A história do senhor Lenormand…

– Isso é bom para o público, meu amigo. Mas o senhor não fará o senhor Formerie engolir que o Lupin e o Lenormand eram a mesma pessoa.

Ele gargalhou.

– Lupin, chefe da Sûreté? Não! Tudo o que quiser, mas isso, não! Há limites… Sou um bom rapaz, mas mesmo assim… Vejamos, aqui entre nós, por que essa nova mentira? Admito que não entendo bem…

Lupin olhou para ele com espanto. Apesar de tudo o que sabia sobre o senhor Formerie, não imaginava tal grau de presunção e cegueira. A dupla personalidade do príncipe Sernine não tinha, naquele momento, um único incrédulo. Só o senhor Formerie…

Lupin virou-se para o subchefe, que ouvia de boca aberta.

– Meu chefe Weber, o seu progresso parece-me estar completamente comprometido. Porque, afinal, se o senhor Lenormand não sou eu, é porque ele existe… E, se existir, não tenho dúvida de que o senhor Formerie, com todo o seu faro, acabará por descobri-lo… E, nesse caso…

– Vamos descobrir, senhor Lupin – bradou o juiz de instrução. – Eu me encarrego disso e confesso que o confronto entre o senhor e ele não será banal.

Ele gargalhava e tamborilava na mesa.

– Como isso é divertido! Ah! Nunca nos entediamos com o senhor. Então o senhor seria o senhor Lenormand, e teria prendido o seu cúmplice, Marco!

– Perfeitamente! Não era necessário agradar o presidente do conselho e salvar o Gabinete? É um fato histórico.

O senhor Formerie segurava as costelas.

– Ah! É de morrer de rir! Deus, como isso é engraçado! A resposta dará a volta ao mundo. E então, de acordo com sua teoria, foi com o senhor que eu fiz a investigação inicial no Palace, depois do assassinato de Kesselbach?

– Foi comigo que o senhor acompanhou o caso do diadema quando eu era o duque de Charmerace – respondeu Lupin de forma sarcástica.

O senhor Formerie sobressaltou-se. Toda a sua alegria se apagou com essa odiosa lembrança. De repente sério, ele pronunciou:

– Então o senhor insiste nessa teoria absurda?

– Sou obrigado a fazê-lo, porque é a verdade. Se o senhor pegasse o paquete para a Cochinchina, seria fácil encontrar em Saigon as provas da morte do verdadeiro senhor Lenormand, do bravo homem a quem eu substituí, e cuja certidão de óbito eu poderei lhe apresentar.

– Balela!

– Por Deus, senhor juiz de instrução, confesso que tudo isso me é indiferente. Se não lhe agrada que eu seja o senhor Lenormand, não falemos mais disso. Se lhe satisfaz o fato de que eu sou o assassino de Altenheim, que assim o seja. O senhor vai se divertir tentando encontrar as provas. Repito, tudo isso não tem a menor importância para mim. Considero todas as suas perguntas e respostas inúteis e sem nenhum efeito. Sua instrução não conta, pelo simples motivo de que eu estarei no fim do mundo quando ela for concluída. Mas…

Sem cerimônia, ele pegou uma cadeira e sentou-se diante de Formerie, do outro lado da mesa. E num tom seco:

– Só há uma coisa: o senhor entenderá que, apesar das aparências e apesar das suas intenções, não pretendo perder o meu tempo. O senhor tem os seus negócios… e eu tenho os meus. O senhor é pago para cuidar dos seus. Eu cuido dos meus e me pago por isso… Ora, o caso que estou investigando neste momento é um daqueles que não podem ter um minuto de distração, nem um segundo de paralisação na preparação e execução das ações necessárias para que ele dê certo. Por isso eu o persigo, e, uma vez que o senhor me obrigou, temporariamente, a ficar sem fazer nada entre as quatro paredes de uma cela, é de vocês dois, cavalheiros, que eu cobro os meus interesses. Entendido?

Ele estava de pé, com um ar insolente e a expressão de desdém, e tal era o poder de dominação desse homem que seus dois interlocutores não se atreveram a interrompê-lo.

Formerie escolheu sorrir, como um observador que se entretém.

– É engraçado! É cômico!

– Cômico ou não, senhor, é assim que vai ser. Meu julgamento, o fato de saber se matei ou não, a busca por meus antecedentes, por meus delitos e assuntos passados, todas as frivolidades com que se distraem, desde que, no entanto, não perca de vista nem por um momento o propósito da sua missão.

– Que é? – perguntou o senhor Formerie, ainda trocista.

– Que é substituir-me nas minhas investigações sobre o projeto do senhor Kesselbach e, particularmente, encontrar Steinweg, um sujeito alemão, raptado e sequestrado pelo falecido barão Altenheim.

– Mas que história é essa?

– É a história que guardei para mim quando era… ou melhor, quando pensava que era o senhor Lenormand. Parte dela aconteceu no meu escritório, aqui perto, e Weber não deve ignorá-la completamente. Em poucas palavras, o velho Steinweg sabe a verdade sobre o misterioso projeto que o senhor Kesselbach estava perseguindo, e Altenheim, que também estava na pista, escamoteou o padre Steinweg.

– Não se escamoteiam pessoas desse tipo. Esse Steinweg está em algum lugar.

– Certamente.

– Sabe onde?

– Sim.

– Estou curioso…

– Está no número 29 da vila Dupont.

O senhor Weber encolheu os ombros.

– Na casa de Altenheim, então? No hotel onde ele vivia?

– Sim.

– Finalmente podemos dar crédito a alguma coisa em meio a todas essas bobagens! Encontrei seu endereço no bolso do barão. Uma hora depois, o hotel estava ocupado por meus homens!

Lupin deu um suspiro de alívio.

– Ah, uma boa notícia! Eu, que temia a intervenção do cúmplice, daquele que não consegui capturar, e um segundo rapto de Steinweg. Os criados?

– Partiram!

– Sim, um telefonema do outro os avisou. Mas Steinweg está aqui.

O senhor Weber se impacientou:

– Mas não há ninguém. Repito que meus homens não saíram do hotel.

– Senhor subchefe da Sûreté, dou-lhe um mandado para revistar pessoalmente o hotel da vila Dupont... Amanhã o senhor me reportará o resultado da busca.

Weber encolheu os ombros outra vez e sem considerar a impertinência de Lupin:

– Tenho coisas mais urgentes...

– Senhor subchefe da Sûreté, não há nada mais urgente. Se o senhor demorar, todos os meus planos irão por água abaixo. O velho Steinweg nunca falará.

– Por quê?

– Porque ele estará morto de fome se, dentro de um dia, dois dias no máximo, o senhor não lhe der de comer.

3

– Muito grave... Muito grave – murmurou o senhor Formerie depois de um minuto de reflexão. – Infelizmente...

Ele sorriu.

– Infelizmente, a sua revelação está maculada por uma grande falha.

– Ah! Qual?

– É que tudo isso, senhor Lupin, não passa de uma grande farsa... Vamos, não se zangue... O que o senhor pensa? Estou começando a conhecer seus truques, e, quanto mais obscuros eles me parecem, mais me desafio.

– Idiota – resmungou Lupin.

O senhor Formerie se levantou.

– Bem, é isso. Como pode ver, este foi apenas um interrogatório puramente formal, na presença dos dois duelistas. Agora que as espadas estão em riste, só nos falta o testemunho obrigatório dos passes das armas, o seu advogado.

– Bobagem! Isso é indispensável?

– Indispensável.

– Colocar um dos grandes advogados para trabalhar em debates tão... problemáticos?

– É necessário.

– Neste caso, escolho o senhor Quimbel.

– O bastonário. No momento certo, o senhor será bem defendido.

A primeira sessão tinha acabado. Descendo as escadas da Ratoeira, entre os dois Doudevilles, o prisioneiro articulou, em pequenas sentenças imperativas:

– Vigiem a residência de Geneviève... quatro homens de plantão. A senhora Kesselbach também... Elas estão ameaçadas. Vão revistar a vila Dupont... Estejam lá. Se encontrarem Steinweg, certifiquem-se de que ele ficará calado... Um pouco de pólvora, se necessário.

– Quando estará livre, chefe?

– Não há nada para fazer agora. Além disso, não há pressa... Estou descansando.

No andar de baixo, juntou-se aos guardas municipais que cercavam o carro.

– Para casa, meus rapazes – exclamou ele –, e depressa. Tenho um compromisso comigo às duas horas.

A viagem aconteceu sem incidentes.

Retornando à sua cela, Lupin escreveu uma longa carta com instruções detalhadas para os irmãos Doudevilles e duas outras cartas.

Uma era para Geneviève.

Geneviève, você sabe quem eu sou agora, e você vai entender por que eu escondi de você o nome daquele que, duas vezes, a carregou em seus braços, ainda criança.

Geneviève, eu era amigo da sua mãe, um amigo distante cuja existência dupla ela ignorava, mas com quem ela acreditava que podia contar. E é por isso que, antes de morrer, ela me escreveu e me implorou para cuidar de você.

Por mais indigno que seja da sua estima, Geneviève, permanecerei fiel a esse voto. Não me arranque de seu coração.

ARSÈNE LUPIN.

A outra carta era dirigida a Dolorès Kesselbach.

Seu interesse fez o príncipe Sernine se aproximar da senhora Kesselbach. Mas uma imensa necessidade de se dedicar a ela o manteve ali.

Hoje, o príncipe Sernine não é ninguém além de Arsène Lupin, e ele pede à senhora Kesselbach que não lhe tire o direito de protegê-la, de longe, como se protege alguém que nunca mais veremos.

Havia envelopes sobre a mesa. Ele pegou um, depois dois, mas, quando pegou o terceiro, viu uma folha de papel branco cuja presença o surpreendeu e na qual tinham sido coladas palavras visivelmente recortadas de um jornal. Ele decifrou:

A luta com Altenheim não terminou. Desista do caso e não me oporei à sua fuga.

Assinado: L. M.

Mais uma vez, Lupin teve um sentimento de repulsa e terror que lhe inspirava esse ser inominável e fabuloso. O sentimento de desgosto que se sente ao tocar um animal peçonhento, um réptil.

– De novo ele – disse –, e até aqui!

Era também isso que o assustava, a visão repentina que tinha, em certos momentos, dessa potência inimiga, uma potência tão grande quanto a sua, e que dispunha de meios formidáveis de que ele mesmo não se dava conta.

Ele logo desconfiou de seu guarda. Mas como é que esse homem rude e severo poderia ter sido corrompido?

– Tanto melhor, de todo modo! – exclamou. – Até agora só lidei com principiantes... Para lutar contra mim mesmo, tive de me nomear rapidamente como chefe da Sûreté... Desta vez, estou sendo servido! Eis um homem que me tem sob controle... e com certa habilidade, eu diria. Se eu conseguir, de dentro da minha prisão, evitar seus golpes e derrotá-lo, ver o velho Steinweg e arrancar-lhe sua confissão, colocar o caso Kesselbach nos eixos e desvendá-lo por completo, defender a senhora Kesselbach e conquistar a felicidade e a fortuna para Geneviève... Bem... isso significará que Lupin... será sempre Lupin e, para isso, vamos começar por dormir.

Ele se deitou na cama, sussurrando:

– Steinweg, espere até amanhã à noite para morrer, e eu juro...

Ele dormiu o restante do dia, a noite toda e também a manhã seguinte. Por volta das onze horas, vieram lhe anunciar que o senhor Quimbel o esperava no locutório dos advogados, ao que respondeu:

– Digam ao senhor Quimbel que, se ele precisar de informações sobre as minhas ações, basta consultar os jornais dos últimos dez anos. O meu passado pertence à história.

Ao meio-dia, o mesmo cerimonial e as mesmas precauções do dia anterior para levá-lo ao Palais de Justice. Ele viu o mais velho dos Doudevilles, com quem trocou algumas palavras e a quem ele entregou as três cartas que havia preparado, e foi então conduzido até a sala do senhor Formerie.

O senhor Quimbel estava lá com uma pasta cheia de documentos.

Lupin logo se desculpou.

– Lamento muito, meu caro mestre, por não o ter recebido, e lamento também pelo trabalho que o senhor vai assumir. Um trabalho inútil, pois...

– Sim, sim, nós sabemos – interrompeu o senhor Formerie – que o senhor estará viajando. Está combinado. Mas, até lá, vamos fazer o nosso trabalho. Arsène Lupin, apesar de todas as nossas buscas, não encontramos nenhuma informação precisa a respeito do seu verdadeiro nome.

– Que estranho! Nem eu.

– Nem sequer podemos afirmar que o senhor é o mesmo Arsène Lupin que foi detido na Santé em 19... e que escapou uma primeira vez.

– Uma "primeira vez" é uma palavra muito justa.

– Acontece, de fato – continuou o senhor Formerie –, que a ficha de Arsène Lupin encontrada no serviço antropométrico oferece uma descrição física de Arsène Lupin que difere em todos os aspectos da sua descrição atual.

– Cada vez mais estranho.

– Indicações diferentes, medidas diferentes, impressões digitais diferentes. As duas fotografias não têm nenhuma relação. Peço-lhe, portanto, que nos indique sua identidade exata.

– Era exatamente isso que eu queria perguntar. Vivi sob tantos nomes diferentes que acabei por me esquecer do meu. Já não me reconheço.

– Então, recusa-se a responder.

– Sim.

– E por quê?

– Porque sim.

– O senhor está decidido?

– Sim. Eu já disse que sua investigação não me interessa. Ontem eu lhe dei a missão de prosseguir com uma investigação que me interessa. Estou à espera do resultado.

– E eu – esbravejou Formerie – lhe disse ontem que não acreditava em uma só palavra de sua história com Steinweg, e que eu não iria me ocupar com isso.

– Então por que, ontem, depois da nossa conversa, o senhor visitou a vila Dupont e, na companhia do senhor Weber, procurou minuciosamente pelo número 29?

– Como é que o senhor sabe? – perguntou o juiz de instrução, bastante irritado.

– Pelos jornais.

– Ah, o senhor lê os jornais!

– É preciso ficar atualizado.

– De fato, para ficar com a consciência tranquila, visitei essa casa sumariamente e sem dar muita importância a isso...

– Pelo contrário, o senhor atribui tanta importância, e cumpre a missão que lhe confiei de forma tão louvável que, neste momento, o subchefe da Sûreté está fazendo buscas no local.

Formerie parecia perplexo. Ele balbuciou:

– Que invenção! O senhor Weber e eu, nós temos mais o que fazer.

Nesse momento, um oficial de justiça entrou e disse algumas palavras ao ouvido do senhor Formerie.

– Mande-o entrar! – exclamou. – Mande-o entrar!

E precipitando-se:

– E então? Senhor Weber, alguma novidade? Encontraram o tal homem?

Ele nem se deu ao trabalho de dissimular, de tão ansioso que estava para saber.

O subchefe da Sûreté respondeu:

– Nada.

– Ah! O senhor tem certeza?

– Afirmo que não há ninguém naquela casa, nem vivo nem morto.

– Mas...

– Essa é a verdade, senhor juiz de instrução.

Ambos pareciam desapontados, como se a convicção de Lupin os tivesse vencido.

– Vê, Lupin? – o senhor Formerie disse num tom de arrependimento.

E acrescentou:

– Tudo o que podemos presumir é que o velho Steinweg, depois de ter sido enclausurado, já não está lá.

Lupin declarou:

– Anteontem de manhã, ele ainda estava.

– E, às cinco horas da tarde, meus homens ocuparam o edifício – observou o senhor Weber.

– Deve-se admitir, portanto, que ele foi raptado na parte da tarde – concluiu Formerie.

– Não – disse Lupin.

– O senhor acha?

Eram um tributo ingênuo à clarividência de Lupin essa questão instintiva do juiz de instrução e essa espécie de submissão antecipada a tudo o que o adversário decretaria.

– Eu faço mais do que achar – disse Lupin da forma mais clara possível –; é materialmente impossível que o senhor Steinweg tenha sido libertado nesse momento. Steinweg está no número 29 da vila Dupont.

O senhor Weber ergueu os braços em direção ao teto.

– Mas isso é uma loucura! Eu estive lá! Vasculhei todos os quartos! Um homem não se esconde como uma moeda de um centavo.

– Então, o que fazemos? – gemeu Formerie.

– O que fazer, senhor juiz de instrução? – replicou Lupin. – É muito simples. Subir no carro e me conduzir, com todas as precauções que o senhor quiser tomar, ao número 29 da vila Dupont. É uma hora. Às três horas, terei encontrado Steinweg.

A oferta foi precisa, imperiosa, exigente. Os dois magistrados suportaram o peso dessa formidável vontade.

O senhor Formerie olhou para Weber. Afinal, por que não? O que os opunha a essa prova?

– O que acha, senhor Weber?

– Pfff… não sei.

– No entanto… trata-se da vida de um homem…

– É evidente – disse o subchefe, que começava a ceder.

A porta foi aberta. Um oficial de justiça trouxe uma carta que o senhor Formerie abriu e na qual leu estas palavras:

Não ousem. Se Lupin entrar na casa da vila Dupont, ele sairá livre. A fuga dele está preparada. – L. M.

O senhor Formerie ficou pálido. O perigo do qual ele tinha acabado de escapar o aterrorizava. Uma vez mais, Lupin o havia enganado. Steinweg não existia.

Muito baixo, o senhor Formerie resmungou algumas palavras de ação de graças. Sem o milagre dessa carta anônima, ele estaria perdido, desonrado.

– Chega por hoje. – disse ele. – Retomaremos o interrogatório amanhã. Guardas, levem o detento de volta à Santé.

Lupine não protestou. Ele pensou que o golpe provinha do *Outro*. Ele disse para si mesmo que havia vinte chances contra uma de que o resgate de Steinweg não aconteceria de imediato, mas que, no fim das contas, essa vigésima primeira chance ainda existia, e que não havia nenhuma razão para ele, Lupin, se desesperar.

Então ele simplesmente pronunciou:

– Senhor juiz de instrução, amanhã de manhã, às dez horas, encontro o senhor no número 29 da vila Dupont.

– O senhor é louco! Eu já disse que não quero!

– Mas eu quero, e isso basta. Até amanhã às dez. Seja pontual.

4

Como das outras vezes, assim que voltou para a cela, Lupin se deitou bocejando e refletiu:

– No fundo, nada é mais conveniente para a condução dos meus negócios do que esta situação. Todos os dias dou o pequeno impulso que liga toda a máquina, e só tenho de esperar até o dia seguinte. Os acontecimentos se dão sozinhos. Que descanso para um homem sobrecarregado!

E, virando-se para a parede:

– Steinweg, se você tem amor à vida, não morra agora!!! Só lhe peço um pouco de boa vontade. Faça como eu: durma.

Com exceção do horário da refeição, ele dormiu novamente até a manhã seguinte e só acordou com o barulho das fechaduras e dos trincos.

– Levante-se – disse o guarda –, vista-se. Estamos com pressa.

O senhor Weber e seus homens o receberam no corredor e o levaram ao fiacre.

– Cocheiro, vamos para a vila Dupont, número 29 – disse Lupin entrando no veículo. – E depressa.

– Ah! Então o senhor sabe que iremos até lá? – disse o subchefe.

– É evidente que eu sei, já que ontem marquei um encontro com o senhor Formerie no número 29 da vila Dupont, às dez horas. Quando Lupin diz uma coisa, essa coisa acontece. Eis a prova...

Já na rua Pergolèse, as precauções multiplicadas pela polícia despertaram a alegria do prisioneiro. Esquadrões de agentes lotavam a rua. Quanto à vila Dupont, ela estava pura e simplesmente interditada à circulação.

– Estado de sítio – escarneceu Lupin. – Weber, você vai dar um luís de minha parte para cada um desses pobres tipos que você incomodou sem razão. De fato, vocês devem estar muito inquietos. Mais um pouco e você me algemaria.

– Só estava à espera do seu pedido – disse o senhor Weber.

– Vá em frente, meu caro. Temos de deixar as coisas equilibradas entre nós! Pense que vocês são apenas trezentos hoje!

Com as mãos algemadas, ele saiu do carro em frente ao alpendre, e foi imediatamente conduzido para uma sala onde estava Formerie. Os agentes saíram. Somente Weber permaneceu.

– Perdoe-me, senhor juiz de instrução – disse Lupin –, devo estar um ou dois minutos atrasado. Tenha certeza de que da próxima vez vou me organizar...

O senhor Formerie estava pálido. Um tremor nervoso o agitava. Ele gaguejou:

– Senhor, a senhora Formerie...

Ele se interrompeu, sem fôlego, com um nó na garganta.

– Como está a gentil senhora Formerie? – perguntou Lupin, bastante interessado. – Tive o prazer de dançar com ela neste inverno, no baile do Hotel de Ville, e essa lembrança...

– Senhor – retomou o juiz de instrução –, a senhora Formerie recebeu um telefonema da mãe dela ontem à noite, pedindo-lhe para ir até lá, imediatamente. A senhora Formerie saiu em seguida, e sem mim, infelizmente, porque eu estava estudando seu dossiê.

– O senhor está estudando meu dossiê? Eis um grande deslize – observou Lupin.

– À meia-noite – prosseguiu o juiz –, vendo que a senhora Formerie ainda não havia retornado, e muito inquieto, corri até a casa da mãe dela. A senhora Formerie não estava lá. A mãe dela não lhe havia telefonado. Tudo não passava da mais abominável das armadilhas. Até o momento, a senhora Formerie ainda não retornou.

– Ah! – fez Lupin, indignado.

E, depois de refletir:

– Se bem me lembro, a senhora Formerie é muito bonita, não é?

O juiz não parecia entender. Ele avançou para Lupin e, com uma voz ansiosa e a atitude um pouco teatral:

– Senhor, fui avisado nesta manhã, por carta, que a minha esposa seria devolvida imediatamente depois que o senhor Steinweg fosse encontrado. Aqui está esta carta. Está assinada por Lupin. Foi o senhor quem a escreveu?

Lupin examinou a carta e concluiu:

– É minha.

– O que significa que quer obter de mim, por coerção, a direção das investigações relativas ao senhor Steinweg?

– Eu exijo.

– E minha mulher estará livre logo depois?

– Ela estará livre.

– Mesmo no caso de as buscas serem infrutíferas?

– Essa hipótese não é admissível.

– E se eu recusar? – exclamou Formerie, num inesperado acesso de revolta.

Lupin sussurrou:

– A recusa poderia ter consequências graves… A senhora Formerie é bonita…

– Que seja. Busque… o senhor é o mestre – protestou o senhor Formerie.

E cruzou os braços, como um homem que sabe, quando necessário, resignar-se à força superior dos acontecimentos.

O senhor Weber não tinha pronunciado uma só palavra, mas mordiscava o bigode com raiva, e era possível perceber a ira que ele sentia por ter de ceder mais uma vez aos caprichos desse inimigo, vencido e sempre vitorioso.

– Vamos lá para cima – disse Lupin.

Eles subiram.

– Abram a porta deste quarto.

Abriram-na.

– Tirem-me as algemas.

Houve um minuto de hesitação. O senhor Formerie e o senhor Weber se consultaram num olhar.

– Tirem-me as algemas – repetiu Lupin.

– Eu respondo por tudo – garantiu o subchefe.

E, acenando aos oito homens que o acompanhavam:

– Empunhem suas armas! Ao primeiro comando, fogo!

Os homens pegaram seus revólveres.

– Baixem as armas – ordenou Lupin –, e mãos nos bolsos.

E, diante da hesitação dos agentes, declarou fortemente:

– Dou minha palavra de que estou aqui para salvar a vida de um homem agonizante, e que não vou tentar fugir.

– A palavra de Lupin… – balbuciou um dos agentes.

Um pontapé seco na perna fez com que ele soltasse um uivo de dor. Todos os agentes deram um salto de regozijo.

– Alto! – gritou Weber, intervindo. – Vá, Lupin, você tem uma hora… Sim, daqui a uma hora…

– Não quero condições – objetou Lupin, intratável.

– Ah, sim, faça o que quiser então, seu animal! – resmungou o subchefe, exasperado.

E ele recuou, levando seus homens consigo.

– Maravilha – disse Lupin. – Assim, podemos trabalhar tranquilamente.

Ele sentou-se numa confortável poltrona, pediu um cigarro, acendeu--o e começou a lançar anéis de fumaça para o teto, enquanto os outros esperavam com uma curiosidade que não tentavam esconder. Depois de um momento:

– Weber, mande deslocar a cama.

A cama foi mudada de lugar.

– Tirem todas as cortinas da alcova.

As cortinas foram retiradas.

Houve um longo silêncio. Parecia uma daquelas experiências de hipnotismo que testemunhamos com uma ironia misturada com angústia, com o medo obscuro das coisas misteriosas que podem acontecer. Talvez veriam um moribundo surgir do espaço, evocado pelo irresistível encantamento do mágico. Talvez veriam...

– O quê! Já? – exclamou o senhor Formerie.

– Aí está – disse Lupin.

– Então, senhor juiz de instrução, o senhor acredita que não penso em nada na minha cela, e que fui trazido para cá sem ter nenhuma ideia específica sobre o assunto?

– E então? – disse o senhor Weber.

– Envie um dos seus homens ao quadro de campainhas elétricas. Ele deve estar localizado próximo das cozinhas.

Um dos agentes seguiu a ordem.

– Agora, aperte o botão da campainha elétrica que está localizada aqui, na alcova, na altura da cama. Muito bem, aperte com força. Não solte. Assim está bom... Agora chame de volta o sujeito que enviamos lá para baixo.

Um minuto depois, o oficial retornou.

– E então? E então, artista, você ouviu a campainha?

– Não.

– Algum dos números do quadro disparou?

– Não.

– Perfeito. Não me enganei – disse Lupin. – Weber, tenha a gentileza de desparafusar essa campainha, que é falsa, como você pode ver. É isso… comece girando o pequeno sino de porcelana que envolve o botão… Perfeito. E agora, o que você vê?

– Uma espécie de funil. – respondeu o senhor Weber. – Parece a extremidade de um tubo.

– Incline-se… Aplique a boca nesse tubo, como se fosse um megafone…

– Pronto.

– Chame… Chame: "Steinweg! Olá, Steinweg!" Não precisa gritar… Apenas fale… Então?

– Ninguém responde.

– Tem certeza? Ouça… Ninguém responde?

– Não.

– Uma pena. Isso significa que ele deve estar morto… ou fora de condições de responder.

O senhor Formerie exclamou:

– Neste caso, tudo está perdido.

– Nada está perdido – disse Lupin –, mas vai demorar mais. Esse tubo tem duas extremidades, como todos os tubos; basta segui-lo até a segunda extremidade.

– Mas a casa terá de ser demolida.

– Não… claro que não. O senhor vai ver…

Ele mesmo se pôs a trabalhar, rodeado por todos os agentes, que, aliás, pensavam muito mais em observar o que ele estava fazendo do que em vigiá-lo.

Ele passou para a outra sala, e imediatamente, como havia planejado, viu um tubo de chumbo emergindo de um canto e subindo até o teto como um tubo de água.

– Ah! Ah! – fez Lupin. – Isso sobe! Nada mal… Normalmente procura-se nas caves…

O fio estava descoberto; bastava se deixar guiar. Eles chegaram ao segundo andar, depois ao terceiro, depois às mansardas. E então viram que o teto de uma das mansardas tinha sido perfurado e que o tubo passava para um sótão muito baixo, que também estava perfurado em sua parte superior.

Na parte de cima, havia o telhado. Eles apoiaram uma escada e atravessaram uma lucarna. O telhado era formado por chapas de metal.

– Não é uma boa pista – declarou o senhor Formerie.

Lupin encolheu os ombros.

– De modo algum.

– No entanto, o tubo termina sob as placas de metal.

– Isso prova simplesmente que entre essas placas de metal e a parte superior do sótão há um espaço livre onde vamos encontrar o que estamos procurando.

– Impossível!

– Veremos. Ergam as placas… Não, aí não… É aqui que o tubo deve desembocar.

Três agentes executaram a ordem. Um deles exclamou:

– Ah, chegamos!

Inclinaram-se. Lupin tinha razão. Sob as placas sustentadas por uma estrutura de ripas de madeira apodrecidas, havia um vazio em uma altura de um metro no máximo, no lugar mais alto.

O primeiro agente que desceu partiu o chão e caiu no sótão.

Era necessário seguir pelo telhado cuidadosamente, levantando a folha de metal.

Um pouco mais adiante, havia uma chaminé. Lupin, que caminhava à frente do grupo e acompanhava o trabalho dos agentes, parou e disse:

– Aí está.

Um homem – um cadáver, na verdade –, cujo rosto viram, à luz do dia, lívido e convulsivo de dor, jazia. Correntes o prendiam a anéis de ferro presos ao corpo da chaminé. Havia duas tigelas vazias ao lado dele.

– Ele está morto – disse o juiz de instrução.

– Como o senhor sabe? – replicou Lupin.

Ele se deixou escorregar, tateou com o pé o chão cuja estrutura lhe pareceu mais sólida naquele lugar, e aproximou-se do cadáver.

O senhor Formerie e o subchefe seguiram seu exemplo. Após analisar por um instante, Lupin declarou:

– Ele ainda está respirando.

– Sim – disse o senhor Formerie –, o coração bate fraco, mas bate. Acha que podemos salvá-lo?

– É evidente que sim! Já que ele não está morto... – Lupin declarou com grande segurança.

E ordenou:

– Tragam um pouco de leite, rápido! Leite com água de Vichy. Depressa! E eu respondo por tudo.

Vinte minutos depois, o velho Steinweg abriu os olhos.

Lupin, que estava ajoelhado perto dele, sussurrou lentamente, claramente, de modo a gravar suas palavras no cérebro do enfermo:

– Ouça, Steinweg, não revele o segredo do Pierre Leduc a ninguém. Eu, Arsène Lupin, posso comprá-lo pelo preço que quiser. Eu me ocupo disso.

O juiz de instrução pegou Lupin pelo braço e disse com seriedade:

– E a senhora Formerie?

– A senhora Formerie está livre. Ela está à sua espera, impaciente.

– Como assim?

– Ora, senhor juiz de instrução, eu sabia que concordaria com a pequena expedição que lhe propus. Uma recusa da sua parte não era admissível...

– Por quê?

– A senhora Formerie é muito bonita.

UMA PÁGINA DA HISTÓRIA MODERNA

1

Lupin lançou violentamente os dois punhos para a direita e para a esquerda, depois os levou de volta ao peito, para em seguida lançá-los e trazê-los de volta novamente.

Esse movimento, que ele executou trinta vezes seguidas, foi substituído por uma flexão do torso para a frente e para trás, seguida por uma elevação alternada das pernas, e depois, de flexões alternadas dos braços.

Isso durou um quarto de hora, o quarto de hora que ele dedicava todas as manhãs para desenferrujar seus músculos e para exercícios de ginástica sueca.

Em seguida, ele se instalou em frente à sua mesa, pegou folhas de papel em branco que estavam dispostas em pacotes numerados, e, dobrando uma delas, fez um envelope – tarefa que ele repetiu com uma série de folhas sucessivas.

Essa era a tarefa que ele havia aceitado e à qual ele se dedicava todos os dias, já que os prisioneiros tinham o direito de escolher o trabalho de que gostavam: colagem de envelopes, confecção de leques de papel, bolsas de metal etc.

E assim, enquanto ocupava suas mãos em um exercício mecânico e amaciava seus músculos com flexões mecânicas, Lupin não parava de pensar nos seus negócios.

O ranger das trancas, o estrondo da fechadura...

– Ah! É o senhor, excelente carcereiro. Este é o minuto da toilette suprema, do corte de cabelo que precede o grande corte final?

– Não – disse o homem.

– As instruções, então? A caminhada até o Palais? Isso me deixa surpreso, porque esse bom senhor Formerie me avisou por estes dias que, a partir de agora, e por prudência, me interrogaria em minha própria cela. O que, admito, contraria os meus planos.

– Uma visita para o senhor – disse o homem em um tom lacônico.

"Finalmente", pensou Lupin.

E, enquanto ia ao locutório, disse para si mesmo:

– Por Deus, se for o que acredito, sou um tipo sagaz! Em quatro dias, e do fundo da minha masmorra, ter colocado este caso de pé, que golpe de mestre!

Munidos de uma permissão em ordem, assinada pelo diretor da primeira divisão da Chefatura de Polícia, os visitantes são introduzidos nas celas estreitas que servem como locutório. Essas celas, divididas ao meio por duas grades separadas por um intervalo de cinquenta centímetros, têm duas portas que dão para dois corredores diferentes. O detento entra por uma porta, o visitante, por outra. Não podem, portanto, nem se tocar, nem falar em voz baixa, nem trocar qualquer tipo de objeto. Além disso, em alguns casos, um guarda pode assistir à entrevista.

Nesse caso, foi o chefe da guarda quem teve a honra.

– Quem, diabos, recebeu autorização para me fazer uma visita? – esbravejou Lupin entrando na sala. – Hoje não é meu dia de receber visitas.

Enquanto o guarda fechava a porta, ele se aproximou da grade e examinou a pessoa que estava atrás da outra grade e cujas características eram confusamente discernidas na penumbra.

– Ah! – ele reagiu com alegria. – É o senhor Stripani! Que bela sorte!

– Sim, sou eu, meu querido príncipe.

– Não, sem títulos, por favor, caro amigo. Aqui eu renunciei a todas essas vaidades humanas. Me chame apenas de Lupin; é mais condizente com a situação.

– Eu entendo, mas foi o príncipe Sernine que eu conheci, foi o príncipe Sernine quem me salvou da miséria e me devolveu a felicidade e a fortuna, e o senhor precisa entender que, para mim, sempre será o príncipe Sernine.

– A propósito, senhor Stripani... A propósito! O tempo do chefe da guarda é precioso, não temos o direito de abusar dele. Em suma, o que o traz aqui?

– O que me traz aqui? Oh, meu Deus, é muito simples! Pensei que o senhor ficaria zangado se eu me dirigisse a outra pessoa para completar a obra que o senhor mesmo começou. Além disso, apenas o senhor teve nas mãos todos os elementos que lhe permitiram, naquela época, reconstituir a verdade e contribuir para me salvar. Portanto, somente o senhor é capaz de impedir o novo golpe que me ameaça. Foi o que o comandante-geral compreendeu quando lhe expliquei a situação...

– Realmente, fiquei surpreso com o fato de o autorizarem...

– A recusa era impossível, meu caro príncipe. Sua intervenção é necessária num caso em que há tantos interesses em jogo, e interesses que não são apenas meus, mas que dizem respeito aos personagens da alta patente que o senhor conhece...

Lupin observava o guarda de soslaio. Ele ouvia com muita atenção, o torso inclinado, ávido por surpreender o significado secreto das palavras trocadas.

– De modo que...? – perguntou Lupin.

– De modo que, meu caro príncipe, imploro que reúna todas as suas lembranças sobre este documento impresso, escrito em quatro línguas, e cujo início, pelo menos, estava relacionado...

Um soco no maxilar, um pouco abaixo da orelha, e o chefe da guarda cambaleou durante dois ou três segundos, e, como uma massa inerte, sem gemer, caiu nos braços de Lupin.

– Ótimo golpe, Lupin – disse este. – Eis um trabalho “limpo”. Diga, Steinweg, o senhor tem o clorofórmio?

– Tem certeza de que ele desmaiou?

– Claro que sim! Temos três ou quatro minutos, mas isso não seria suficiente.

O alemão tirou de seu bolso um tubo de cobre que ele estendeu como um telescópio e em cuja extremidade havia um minúsculo frasco encaixado.

Lupin pegou o frasco, derramou algumas gotas em um lenço e aplicou esse lenço sob o nariz do chefe da guarda.

– Perfeito! O tipo teve o que merecia… Vou apanhar oito ou quinze dias de masmorra como punição, mas esses são os pequenos benefícios do ofício.

– E eu?

– O senhor? O que podem fazer com o senhor?

– Ora! O soco…

– A culpa não foi sua.

– E a permissão para vê-lo? É falsa. Simples assim.

– A culpa não foi sua.

– Estou tirando proveito disso.

– Como! Anteontem, o senhor apresentou uma solicitação regular em nome de Stripani. Nesta manhã, recebeu uma resposta oficial. O restante não lhe diz respeito. Só os meus amigos, que criaram a resposta, podem ficar preocupados. Vá ver se eles estão vindo!

– E se formos interrompidos?

– Por quem?

– Pareceram sem ar quando apresentei minha autorização para ver Lupin. O diretor mandou me chamar e examinou a autorização de cabo a rabo. Não duvido de que telefonem para a Chefatura.

– Eu tenho certeza disso.

– E então?

– Está tudo planejado. Não fique preocupado, conversemos. Suponho que, se veio até aqui, é porque sabe do que se trata.

– Sim. Seus amigos me explicaram…

– E você aceita?

– O homem que me salvou da morte pode me usar como lhe convier. Sejam quais forem os serviços que posso prestar a ele, continuarei sempre em dívida.

– Antes de entregar seu segredo, pense na minha posição… prisioneiro… impotente…

Steinweg riu:

– Não, por favor, não vamos brincar. Eu tinha contado meu segredo a Kesselbach porque ele era rico e podia, melhor do que qualquer outro, tirar partido dele; mas, ainda que esteja na prisão e se considere impotente, eu o considero cem vezes mais corajoso do que Kesselbach com seus cem milhões.

– Oh! Oh!

– E o senhor sabe bem disso! Cem milhões não seriam suficientes para descobrir o buraco onde eu agonizava, nem para me trazer aqui, durante uma hora, diante do prisioneiro indefeso que o senhor é. Precisamos de outra coisa. E o senhor a tem.

– Neste caso, fale. E sigamos na ordem. O nome do assassino?

– Isso é impossível.

– Como, impossível? Mas, já que o conhece, tem que revelar tudo.

– Tudo, menos isso.

– Mas…

– Mais tarde.

– Você está louco! Mas por quê?

– Não tenho provas. Mais tarde, quando o senhor estiver livre, procuraremos juntos. Além disso, é sério, não posso dizer.

– Tem medo dele?

– Sim.

– Está bem. – disse Lupin. – Afinal, isso não é o mais urgente. Quanto ao resto, está determinado a falar?

– Sobre tudo.

– E então, responda! Como se chama Pierre Leduc?

– Hermann IV, príncipe de Berncastel, grão-duque de Deux-Ponts--Veldenz, Conde de Fistingen, senhor de Wiesbaden e de outros lugares.

Lupin teve um frisson de contentamento ao saber que seu protegido, definitivamente, não era o filho de um açougueiro.

– Caramba! – ele exclamou. – Isso é que são títulos! Até onde sei, o grão-ducado de Deux-Ponts-Veldenz fica na Prússia, não é?

– Sim, em la Moselle. A casa de Veldenz é um ramo da casa Palatina de Deux-Ponts. O grão-ducado foi ocupado pelos franceses após o acordo de paz de Luneville e fazia parte do departamento de Mont-Tonnerre. Em 1814, ele foi reconstituído em benefício de Hermann I, bisavô do nosso Pierre Leduc. O filho, Hermann II, teve uma juventude tempestuosa, arruinou-se, esbanjou as finanças de seu país, tornou-se insuportável para seus súditos, que acabaram queimando parcialmente o velho castelo de Veldenz e expulsaram seu mestre de seus Estados. O grão-ducado foi, então, administrado e governado por três regentes, em nome de Hermann II, que, estranhamente, não abdicou e manteve o seu título de grão-duque reinante. Ele viveu muito pobre em Berlim, mais tarde fez campanha na França, ao lado de Bismarck, de quem era amigo, foi atingido por estilhaços de granada no cerco de Paris, e, morrendo, confiou a Bismarck seu filho Hermann… Hermann III.

– Portanto, o pai de nosso Leduc. – observou Lupin.

– Sim. Hermann III caiu nas graças do chanceler que, em diversas ocasiões, o usou como um enviado secreto junto de personalidades estrangeiras. Após a queda de seu protetor, Hermann III deixou Berlim, viajou e retornou para se estabelecer em Dresden. Quando Bismarck morreu, Hermann III estava lá. Ele próprio morreu dois anos depois. Esses são os fatos públicos, conhecidos por todos na Alemanha, e essa é a história dos três Hermanns, grão-duques de Deux-Ponts-Veldenz no século XIX.

– Mas e o quarto, Hermann IV, aquele que nos interessa?

– Falaremos disso mais tarde. Passemos agora aos fatos ignorados.

– E que só você conhece – disse Lupin.

– Eu e alguns outros.

– Como assim, alguns outros? Então o segredo não foi mantido?

– Sim, sim, o segredo está bem guardado por aqueles que o conhecem. Não tenha medo, eles têm todo o interesse, eu lhe asseguro, de não o divulgar.

– Então! Como você soube dele?

– Por um antigo criado e secretário particular do grão-duque Hermann, último da linhagem. Esse criado, que morreu nos meus braços na cidade do Cabo, primeiro me segredou que seu mestre tinha casado secretamente e que havia deixado um filho. Depois, revelou-me o famoso segredo.

– O mesmo que você revelou mais tarde a Kesselbach?

– Sim.

– Fale.

No preciso momento em que ele pronunciou essa palavra, ouviram o barulho de uma chave na fechadura.

2

– Nem uma palavra – murmurou Lupin.

Ele se escondeu contra a parede junto à porta. A porta foi aberta. Lupin a fechou de volta, violentamente, empurrando um homem, um carcereiro que soltou um grito.

Lupin o agarrou pelo pescoço.

– Quietinho, meu rapaz. Se resistir, está perdido.

Ele o deitou no chão.

– Você é sensato? Compreende a situação? Sim? Perfeito. Onde está o seu lenço? Mostre os pulsos, agora... Bem, estou tranquilo. Ouça. Enviaram você por precaução, não foi? Para auxiliar o chefe da guarda, se necessário?

Excelente medida, mas um pouco tardia. Está vendo? O chefe da guarda está morto! Se você se mexer, se gritar, também vai passar para o outro lado.

Ele pegou as chaves do homem e introduziu uma delas na fechadura.

– Assim, estamos tranquilos.

– Do seu lado, mas e do meu? – observou o velho Steinweg.

– Por que mais alguém viria?

– E se alguém ouviu o grito dele?

– Eu tenho a impressão que não. Mas, em todo caso, meus amigos lhe deram as chaves falsas?

– Sim.

– Então tranque a fechadura... Está feito? Muito bem! Agora temos, na pior das hipóteses, dez minutos. Você vê, meu caro, como as coisas aparentemente mais difíceis são, na realidade, simples. Basta ter um pouco de sangue-frio e saber se adaptar às circunstâncias. Vamos, não fique preocupado, fale logo. Prefere falar em alemão? É inútil deixar esse tipo participar dos segredos de estado que estamos discutindo. Prossiga, meu caro, e pausadamente. Aqui, estamos em casa.

Steinweg retomou:

– Na mesma noite da morte de Bismarck, o grão-duque Hermann III e seu fiel criado, meu amigo da Cidade do Cabo, embarcaram num trem que os levou a Munique a tempo de tomar o expresso para Viena. De Viena foram para Constantinopla, depois ao Cairo, Nápoles, Túnis, depois Espanha, Paris, Londres, São Petersburgo, Varsóvia... E não pararam em nenhuma cidade. Eles saltavam para um fiacre, mandavam carregar suas duas malas, galopavam pelas ruas, corriam para uma estação próxima ou para o cais, e pegavam o trem ou o paquete.

– Em suma, perseguidos, eles tentavam despistar – concluiu Arsène Lupin.

– Uma noite, eles deixaram a cidade de Trêves, vestidos com casacos de operários e usando bonés, um bastão pendurado sobre o ombro e um embrulho amarrado na ponta do bastão. Eles percorreram a pé os trinta e cinco quilômetros que os separavam de Veldenz, onde se encontra o antigo castelo de Deux-Ponts, ou melhor, as ruínas do antigo castelo.

– Sem descrição.

– Durante todo o dia, ficaram escondidos numa floresta vizinha. Na noite seguinte, aproximaram-se das antigas muralhas. Lá, Hermann ordenou a seu criado que esperasse por ele, e escalou o muro pela brecha chamada de la Brèche-au-Loup. Uma hora depois ele voltou. Na semana seguinte, após novas peregrinações, voltou para casa, em Dresden. A expedição tinha chegado ao fim.

– E qual o propósito dessa expedição?

– O grão-duque não disse nada ao criado. Mas este, por certos detalhes, pela coincidência dos fatos que ocorreram, foi capaz de reconstruir a verdade, pelo menos em parte.

– Rápido, Steinweg, o tempo está se esgotando, e estou ansioso para saber.

– Quinze dias após a expedição, o conde de Waldemar, um oficial da guarda do imperador e um de seus amigos pessoais, apresentou-se ao grão-duque acompanhado por seis homens. Ele permaneceu lá o dia todo, trancado no escritório do grão-duque. Em diferentes momentos, ouviu-se o barulho de altercações e de agressivas discussões. Esta frase foi identificada pelo criado, que estava passando pelo jardim, debaixo das janelas: "Esses documentos lhe foram entregues, Sua Majestade tem certeza disso. Se não quiser me entregar de livre e espontânea vontade..." O resto da frase, o significado da ameaça e toda a cena, aliás, podem ser facilmente identificados na sequência: a casa de Hermann foi revistada de fio a pavio.

– Mas era ilegal.

– Teria sido ilegal se o grão-duque tivesse se oposto, mas ele próprio acompanhou o conde em sua busca.

– E o que procuravam? As memórias do chanceler?

– Melhor do que isso. Estavam à procura de uma pilha de documentos secretos, cuja existência conheciam graças às indiscrições cometidas, e que sabiam, com certeza, que haviam sido confiados ao grão-duque Hermann.

Lupin tinha os cotovelos apoiados contra a grade, e seus dedos, contraídos entre a malha de arame. Ele murmurou, com a voz comovida:

– Documentos secretos... e certamente muito importantes?

– Da maior importância. A publicação desses documentos teria resultados que sequer se pode prever, não só do ponto de vista da política interna, mas também do ponto de vista das relações exteriores.

– Oh! – repetia Lupin com o coração palpitante. – Oh, mas será possível? Que provas você tem?

– Que provas? O próprio testemunho da esposa do grão-duque, as confidências que ela fez ao criado após a morte do seu marido.

– Realmente… realmente… – balbuciou Lupin. – É o próprio testemunho do grão-duque que temos.

– Melhor ainda! – exclamou Steinweg.

– O quê?

– Um documento! Um documento escrito a mão e assinado por ele, que contém…

– Que contém?

– A lista dos documentos secretos que lhe foram confiados.

– Em suma?

– Em suma, é impossível. O documento é longo, entremeado de anotações, de notas por vezes incompreensíveis. Cito apenas dois títulos que correspondem a duas pilhas de documentos secretos: "Cartas originais de Kronprinz a Bismarck". As datas mostram que essas cartas foram escritas durante os três meses do reinado de Frédéric III. Para imaginar o que elas podem conter, lembre-se da doença de Frédéric III, dos seus desentendimentos com o filho…

– Sim… sim… eu sei… E o outro título?

– "Fotografias das cartas de Frédéric III e da imperatriz Victoria à rainha Victoria da Inglaterra…"

– Isso existe?… Isso existe? – reagiu Lupin com a garganta seca.

– Ouça as anotações do grão-duque: "Texto do tratado com a Inglaterra e a França". E estas palavras um pouco obscuras: "Alsácia-Lorena… Colônias… Limitação naval…"

– Isso existe – balbuciou Lupin. – E é obscuro, você diz? Ao contrário, palavras fascinantes! Ah! Como é possível?

Barulho na porta. Bateram.

– Ninguém entra – ele disse –, estou ocupado…

Bateram à outra porta, do lado de Steinweg. Lupin gritou:

– Um pouco de paciência, terminarei em cinco minutos.

Ele disse ao velho num tom imperioso:

– Fique tranquilo e continue… Então, na sua opinião, a expedição do grão-duque e do criado dele ao castelo de Veldenz não tinha outro propósito senão esconder esses papéis?

– A dúvida não é admissível.

– Que seja. Mas o grão-duque conseguiu recuperá-los depois.

– Não, ele não deixou Dresden até sua morte.

– Mas os inimigos do grão-duque, aqueles que tinham todo o interesse em capturá-lo e aniquilá-lo, conseguiram pegar esses papéis lá onde eles estavam guardados?

– De fato, a busca os levou até lá.

– Como você sabe?

– O senhor deve imaginar que eu não fiquei ocioso, e que o meu primeiro cuidado, quando essas revelações me foram feitas, foi ir até Veldenz e me informar nos vilarejos vizinhos. Ora, eu soube que, por duas vezes, o castelo tinha sido invadido por uma dúzia de homens vindos de Berlim e acreditados junto aos regentes.

– E então?

– E então! Eles não encontraram nada, porque, desde então, não é permitido visitar o castelo.

– Mas quem impede a entrada?

– Uma guarnição de cinquenta soldados que vigiam o castelo dia e noite.

– Soldados do grão-ducado?

– Não, soldados da guarda pessoal do imperador.

Vozes foram ouvidas no corredor, e bateram novamente à porta, chamando pelo chefe da guarda.

– Ele está dormindo, senhor diretor – disse Lupin, que reconheceu a voz do senhor Borély.

– Abra! Ordeno que o senhor abra.

– Impossível, a fechadura está emperrada. Se posso lhe dar um conselho, faça uma incisão em volta da fechadura.

– Abra!

– E quanto ao destino da Europa, sobre o qual estamos discutindo, o que o senhor tem a ver com ele?

Ele se voltou para o velhote:

– Então você não conseguiu entrar no castelo?

– Não.

– Mas está convencido de que os famosos documentos estão escondidos lá.

– Ora essa! Eu já não lhe dei todas as provas? Não está convencido?

– Sim, sim – murmurou Lupin –, é lá que eles estão escondidos, não há dúvida, é lá mesmo que eles estão escondidos.

Ele parecia ver o castelo. Parecia evocar o misterioso esconderijo. E a visão de um tesouro inesgotável, a evocação de baús repletos de pedras preciosas e riquezas, não o teria comovido mais do que a ideia dos pedaços de papel vigiados pela guarda do Kaiser. Que maravilhosa conquista a empreender! E que digna dele! E como tinha, mais uma vez, dado provas de lucidez e intuição, lançando-se de forma aleatória nessa pista desconhecida!

Do lado de fora, estavam "trabalhando" na fechadura. Ele perguntou ao velho Steinweg:

– De que morreu o grão-duque?

– De pleurisia, em poucos dias. Ele mal conseguiu recuperar a consciência, e o mais horrível era que se viam, ao que parece, os espantosos esforços que ele fazia, entre dois acessos de delírio, para reunir suas ideias e pronunciar as palavras. De tempos em tempos, ele chamava sua esposa, olhava para ela com ar de desespero e agitava seus lábios em vão.

– Então, ele falou? – disse bruscamente Lupin, a quem o "trabalho" feito em volta da fechadura começava a preocupar.

– Não, ele não falou. Mas, em um minuto mais lúcido, recuperando um pouco de energia, ele conseguiu desenhar sinais em uma folha de papel que sua esposa lhe deu.

– E então? Esses sinais?

– Quase todos indecifráveis...

– Quase todos... mas e os outros? – reagiu Lupin com avidez. – Os outros?

– Primeiro há três números perfeitamente distinguíveis: um 8, um 1 e um 3...

– 813... sim, eu sei... depois?

– Depois, letras... várias letras entre as quais é possível reconstruir com certeza apenas um grupo de três e, imediatamente depois, um grupo de duas letras.

– "Apoon", não é mesmo?

– Ah! O senhor sabe...

A fechadura tremia; quase todos os parafusos tinham sido removidos. Lupin perguntou, de repente ansioso com a possibilidade de ser interrompido:

– De modo que essa palavra incompleta, "Apoon", e esse número, 813, são as fórmulas que o grão-duque legou a sua esposa e a seu filho para lhes permitir encontrar os documentos secretos?

– Sim.

Lupin se agarrou à fechadura com as duas mãos, para evitar que caísse.

– Senhor diretor, vocês vão acordar o chefe da guarda. Isso não é nada gentil. Só mais um minuto, está bem? Steinweg, o que aconteceu com a esposa do grão-duque?

– Morreu pouco depois do marido, de desgosto, pode-se dizer.

– E a criança, foi acolhida pelos parentes?

– Que parentes? O grão-duque não tinha irmãos nem irmãs. Além disso, ele se casou apenas de forma morganática e em segredo. Não, a criança foi levada pelo antigo criado de Hermann, que o criou sob o nome de Pierre Leduc. Era um menino muito mau, independente, caprichoso, difícil de conviver. Um dia ele partiu, e não voltaram a vê-lo.

– Ele sabia do segredo do seu nascimento?

– Sim, e lhe mostraram a folha de papel em que Hermann havia escrito letras e números, 813 etc.

– E depois essa revelação só foi feita a você?

– Sim.

– E você só a compartilhou com o senhor Kesselbach?

– Exclusivamente com ele. Mas, por prudência, eu mostrei a ele a folha com os sinais e as letras, assim como a lista de que lhe falei, e guardei esses documentos. O evento provou que eu estava certo.

– E você tem esses documentos?

– Sim.

– Estão seguros?

– Absolutamente.

– Em Paris?

– Não.

– Ainda bem. Não se esqueça de que sua vida está em perigo e que o estão perseguindo.

– Eu sei. Ao menor deslize, estou perdido.

– Exato. Por isso, tome todas as precauções necessárias, despiste o inimigo, vá buscar esses papéis e aguarde minhas instruções. O negócio já está no papo. No mais tardar dentro de um mês, iremos visitar o castelo Veldenz juntos.

– E se eu estiver na prisão?

– Eu tiro você de lá.

– Isso é possível?

– No dia seguinte à minha saída. Não, estou enganado, na mesma noite… uma hora depois.

– Então o senhor tem meios para fazê-lo?

– Sim, faz dez minutos, e eles são infalíveis. Não tem nada para me dizer?

– Não.

– Então, vou abrir.

Ele puxou a porta e se curvou diante do senhor Borély:

– Senhor diretor, nem sei como me desculpar…

Ele não concluiu. A irrupção do diretor e de três homens não lhe deixou tempo. O senhor Borély estava pálido de raiva e indignação. A visão dos dois guardas no chão o perturbou.

– Mortos! – exclamou.

– Não, claro que não – ironizou Lupin. – Veja, aquele ali está se mexendo. Fale alguma coisa, seu animal.

– Mas e o outro? – retomou o senhor Borély, correndo para o chefe da guarda.

– Sonolento apenas, senhor diretor. Ele estava muito cansado, por isso dei-lhe alguns momentos de descanso. Intercedi a favor dele. Eu lamentaria se esse pobre homem…

– Chega de gracinhas – disse o senhor Borély em um tom agressivo. E então, dirigindo-se aos guardas: – Levem-no de volta à cela. Quanto a este visitante…

Lupin não soube nada a respeito das intenções do senhor Borély em relação ao velho Steinweg. Mas essa questão lhe era absolutamente insignificante. Ele levava para sua solidão problemas de uma importância muito maior do que o destino do velhote. Ele possuía o segredo do senhor Kesselbach!

A GRANDE COMBINAÇÃO DE LUPIN

1

Para seu espanto, pouparam-lhe da masmorra.

O senhor Borély veio pessoalmente dizer-lhe, algumas horas depois, que julgava essa punição inútil.

– Mais do que inútil, senhor diretor, perigosa – respondeu Lupin. – Perigosa, desastrosa e sediciosa.

– E em quê? – reagiu o senhor Borély, a quem seu hóspede inquietava cada vez mais.

– Nisto, senhor diretor. O senhor acaba de chegar da Chefatura, onde contou a quem de direito a respeito da revolta do detento Lupin, e também onde exibiu a autorização de visita acordada ao senhor Stripani. Sua desculpa foi muito simples, uma vez que, quando o senhor Stripani lhe apresentou a autorização, o senhor teve a precaução de telefonar para a Chefatura e manifestar sua surpresa, quando lhe foi dito que a autorização era perfeitamente válida.

– Ah! O senhor sabe...

– Eu sei bem disso porque foi um dos meus agentes quem lhe respondeu na Chefatura. Imediatamente, e a seu pedido, fizeram uma investigação imediata sobre quem de direito; quem de direito descobre que a autorização nada mais é do que uma falsificação... Estão tentando descobrir por quem ela foi feita, e, fique tranquilo, nada será descoberto...

O senhor Borély sorriu em protesto.

– Então – continuou Lupin –, estão interrogando meu amigo Stripani, que não hesita em confessar seu verdadeiro nome, Steinweg! Mas será possível! Mas, neste caso, o prisioneiro Lupin teria conseguido introduzir alguém na prisão da Santé e conversar durante uma hora com essa pessoa! Que escândalo! É melhor abafá-lo, não acha? Libertamos o senhor Steinweg e enviamos o senhor Borély como embaixador junto ao detento Lupin, com todos os poderes para comprar o seu silêncio. Não é verdade, senhor diretor?

– Absolutamente verdadeiro! – disse Borély, que optou pela brincadeira para esconder seu embaraço. – Daria para desconfiar de que o senhor tem uma dupla visão. E então, o senhor aceita nossas condições?

Lupin gargalhou.

– Ou seja, subscrevo às suas súplicas! Sim, senhor diretor, tranquilize esses senhores da Chefatura. Permanecerei calado. Afinal, tenho vitórias suficientes para lhe conceder o favor do meu silêncio. Não farei nenhuma declaração à imprensa. Pelo menos não sobre este assunto. Reservo a liberdade de fazê-lo sobre outros assuntos.

Toda a atividade de Lupin, de fato, convergiria em direção a este duplo objetivo: corresponder-se com seus amigos e, através deles, realizar uma daquelas campanhas de imprensa em que ele se destacava.

Desde o primeiro instante de sua prisão, aliás, ele tinha dado as instruções necessárias para os dois Doudevilles, e ele estimava que os preparativos estavam quase prontos.

Todos os dias ele se comprometia, conscientemente, a confeccionar os envelopes cujos materiais lhe eram trazidos todas as manhãs em pacotes numerados, e que eram retirados todas as noites, dobrados e pincelados de cola.

Como a distribuição dos pacotes numerados era sempre realizada da mesma forma entre os presos que tinham escolhido esse tipo de trabalho, inevitavelmente, o pacote distribuído a Lupin devia ter o mesmo número de série todos os dias.

Por experiência, o cálculo estava certo. Restava apenas subornar um dos empregados da empresa particular à qual o fornecimento e o envio de envelopes eram confiados.

Foi fácil.

Lupin, certo de obter sucesso, esperava tranquilamente que o sinal, acordado entre seus amigos e ele, aparecesse na folha superior do pacote.

O tempo, aliás, passava depressa. Por volta do meio-dia, ele recebia a visita diária do senhor Formerie, e, na presença do senhor Quimbel, seu advogado, uma testemunha taciturna, Lupin era submetido a um rigoroso interrogatório.

Era a alegria dele. Tendo finalmente convencido Formerie da sua não participação no assassinato do barão Altenheim, ele tinha confessado ao juiz de instrução negócios absolutamente imaginários, e as investigações logo ordenadas pelo senhor Formerie levavam a resultados assombrosos, a mal-entendidos escandalosos nos quais o público reconhecia o toque pessoal do grande mestre da ironia que era Lupin.

Brincadeirinhas inocentes, como ele dizia. Não era necessário se divertir?

Mas o momento das ocupações mais sérias se aproximava. No quinto dia, Arsène Lupin observou, no pacote que lhe foi trazido, o sinal acordado, uma marca de unha que atravessava a segunda folha.

– Enfim – disse ele –, aqui estamos.

Ele tirou um pequeno frasco de um esconderijo, abriu-o, umedeceu a ponta do dedo indicador com o líquido que o frasco continha, e passou o dedo sobre a terceira folha do pacote.

Depois de um tempo, algumas formas se desenharam; em seguida, letras; depois, palavras e frases.

Ele leu:

Está tudo bem. Steinweg livre. Escondido na província. Geneviève Ernemont em boa saúde. Ela vai muitas vezes ao hotel Bristol para ver a senhora Kesselbach doente. Ela sempre se encontra com Pierre Leduc. Responda pelo mesmo meio. Nenhum perigo.

Assim, as comunicações com o exterior foram estabelecidas. Mais uma vez, os esforços de Lupin foram bem-sucedidos. Agora ele só precisava executar seu plano, para destacar as confidências do velho Steinweg, e conquistar sua liberdade por meio de uma das combinações mais extraordinárias e brilhantes que já haviam brotado em seu cérebro.

E, três dias depois, estas poucas linhas apareceram no *Grand Journal*:

Além das memórias de Bismarck, que, de acordo com pessoas bem-informadas, contêm apenas a história oficial dos eventos em que o grão-chanceler estava envolvido, há uma série de cartas confidenciais de interesse considerável.

Essas cartas foram encontradas. Sabemos por fontes seguras que elas serão publicadas em breve.

Lembremo-nos da repercussão que teve no mundo todo essa nota enigmática, os comentários feitos, as suposições, e especialmente as polêmicas da imprensa alemã. Quem teria inspirado essas linhas? De que cartas se tratava? Que pessoas haviam escrito ao chanceler, ou quem as recebeu dele? Seria uma vingança póstuma? Ou então uma indiscrição de um correspondente de Bismarck?

Uma segunda nota fixou a opinião sobre certos pontos, mas a superexcitou de forma estranha.

Ela tinha a seguinte composição:

Santé-Palace, cela 14, 2ª Divisão.

Senhor diretor do Grand Journal,

O senhor inseriu na edição de terça-feira passada uma breve nota redigida a partir de algumas palavras que me escaparam na outra noite, durante uma conferência que eu dei na Santé sobre política externa. Essa nota, verdadeira em suas partes essenciais, requer, no entanto, uma pequena retificação. As cartas de fato existem, e ninguém pode contestar sua importância excepcional, uma vez que, há dez anos, elas são objeto de investigação contínua por parte do governo interessado. Mas ninguém sabe onde elas estão e ninguém conhece uma única palavra contida nelas…

O público, tenho certeza, não vai me culpar por fazê-lo esperar antes de satisfazer sua legítima curiosidade. Para além do fato de não ter nas minhas mãos todos os elementos necessários à procura da verdade, as minhas ocupações atuais não me permitem dedicar a esse assunto o tempo que gostaria.

Tudo o que posso dizer neste momento é que essas cartas foram confiadas pelo moribundo a um de seus amigos mais fiéis, e que esse amigo teve de sofrer, posteriormente, as pesadas consequências de sua devoção. Espionagem, investigações domiciliares, nada lhe foi poupado.

Ordenei aos dois melhores agentes da minha polícia secreta que retomem essa pista de seu início, e não tenho dúvida de que, dentro de dois dias, serei capaz de desvendar esse apaixonante mistério.

Assinado: Arsène LUPIN.

Então era Arsène Lupin quem conduzia o caso! Era ele quem, do fundo de sua cela, encenava a comédia ou tragédia anunciada na primeira nota. Que aventura! Era um verdadeiro deleite. Com um artista como ele, o espetáculo tinha tudo de pitoresco e de imprevisível.

Três dias depois, lia-se no *Grand Journal*:

O nome do amigo dedicado a quem aludi foi-me informado. Trata-se do grão-duque Hermann III, príncipe reinante (embora deposto) do grão-ducado de Deux-Ponts-Veldenz e confidente de Bismarck, com quem tinha estreita amizade.

Uma investigação foi feita em sua casa pelo conde de W... acompanhado por doze homens. O resultado dessa investigação foi infrutífero, mas a evidência de que o grão-duque estava em posse dos documentos foi averiguada.

Onde é que ele os teria escondido? Essa é uma questão a que provavelmente ninguém no mundo pode responder neste momento.

Peço vinte e quatro horas para resolver o caso.

Assinado: Arsène LUPIN.

Com efeito, vinte e quatro horas depois, a nota prometida apareceu:

As famosas cartas estão escondidas no castelo feudal de Veldenz, sede do grão-ducado de Deux-Ponts, castelo parcialmente devastado durante o século XIX.

Em que local exato? E o que são exatamente essas cartas? Eis os dois problemas com que estou lidando e cuja solução apresentarei dentro de quatro dias.

Assinado: Arsène LUPIN.

No dia anunciado, o *Grand Journal* foi disputadíssimo. Para a grande decepção de todos, as informações prometidas não estavam lá. No dia seguinte, o mesmo silêncio. No outro, também.

O que teria acontecido?

Soube-se por uma indiscrição cometida na Chefatura. O diretor da Santé tinha sido advertido, ao que parece, de que Lupin se comunicava com seus cúmplices através dos pacotes de envelopes que confeccionava. Ninguém conseguiu descobrir nada, mas, na dúvida, interromperam todos os trabalhos do insuportável detento.

A que o insuportável detento respondeu:

– Como não tenho mais nada para fazer, tratarei do meu julgamento. Avisem meu advogado, o bastonário Quimbel.

Era verdade. Lupin, que até então tinha recusado qualquer conversa com o senhor Quimbel, concordou em recebê-lo e em preparar a sua defesa.

2

Já no dia seguinte o senhor Quimbel, todo alegre, perguntou por Lupin no locutório dos advogados.

Ele era um homem idoso, que usava óculos cujas grossas lentes o deixavam com olhos enormes. Ele colocou o chapéu sobre a mesa, abriu sua pasta e imediatamente dirigiu uma série de perguntas que havia cuidadosamente preparado.

Lupin respondeu com extrema complacência, chegando até a se perder em uma infinidade de detalhes que o senhor Quimbel imediatamente anotava em fichas presas umas sobre as outras.

– E então – retomava o advogado, com a cabeça pendendo sobre o papel –, o senhor disse que naquela época…

– Eu disse que naquela época – respondia Lupin.

Insensivelmente, por pequenos gestos, totalmente naturais, ele tinha apoiado os cotovelos sobre a mesa. Ele abaixou o braço pouco a pouco, deslizou a mão por sob o chapéu do senhor Quimbel, inseriu o dedo dentro do couro e agarrou uma daquelas tiras de papel dobradas que são inseridas entre o couro e o forro quando o chapéu é muito grande.

Ele desdobrou o papel. Era uma mensagem de Doudeville, escrita em sinais pré-combinados.

Fui contratado como camareiro do senhor Quimbel. O senhor pode me responder, sem medo, pelo mesmo meio.

Foi L... M..., o assassino, quem denunciou o truque dos envelopes. Felizmente o senhor previu o ataque!

Isso foi seguido por um relato cuidadoso de todos os fatos e comentários gerados pelas divulgações de Lupin.

Lupin tirou de seu bolso uma tira semelhante de papel contendo suas instruções, substituiu-a sutilmente pela outra, e trouxe a mão de volta para perto de seu corpo. A ação estava concluída.

E a correspondência de Lupin com o *Grand Journal* foi retomada sem demora.

Peço desculpa ao público por quebrar minha promessa. O serviço postal do Santé-Palace é deplorável.

A propósito, estamos chegando ao final. Tenho nas mãos todos os documentos que estabelecem a verdade sobre fundamentos indiscutíveis. Vou esperar para publicá-los. No entanto, saibam disto: entre as cartas, há algumas que foram endereçadas ao chanceler por aquele que se declarava seu aluno e seu admirador, e que, vários anos depois, teve de se livrar desse incômodo tutor e governar por si mesmo.

Faço-me entender de forma clara?

E no dia seguinte:

Essas cartas foram escritas durante a convalescença do último imperador. Isso é suficiente para demonstrar toda a sua importância?

Quatro dias de silêncio, e depois esta última nota de cuja repercussão ninguém se esqueceu:

Minha investigação chegou ao fim. Agora sei de tudo. De tanto refletir, adivinhei o segredo do esconderijo.

Meus amigos irão para Veldenz, e, apesar de todos os obstáculos, entrarão no castelo por uma passagem que lhes indiquei.

Os jornais publicarão, então, a fotografia dessas cartas, cujo conteúdo eu já conheço, mas que quero reproduzir na íntegra.

Essa publicação, certa e inevitável, acontecerá durante duas semanas, dia após dia, até o próximo dia 22 de agosto.

Até lá, ficarei calado... e esperando.

As comunicações com o *Grand Journal* foram, de fato, interrompidas, mas Lupin não deixou de se corresponder com seus amigos por meio "do chapéu", como eles diziam entre si. Era tão simples! Não havia nenhum perigo. Quem poderia imaginar que o chapéu do senhor Quimbel serviria a Lupin como caixa de correio?

A cada duas ou três manhãs, em cada visita, o famoso advogado trazia fielmente o correio do seu cliente, cartas de Paris, cartas da província, cartas da Alemanha, todas reduzidas, condensadas por Doudeville em fórmulas breves e linguagem codificada.

E, uma hora depois, o senhor Quimbel levava com dignidade as ordens de Lupin.

Um dia, o diretor da Santé recebeu uma mensagem telefônica assinada por L... M..., avisando-o de que o senhor Quimbel deveria, muito provavelmente, servir a Lupin como um carteiro inconsciente, e que seria melhor monitorar as visitas do bom homem.

O diretor advertiu o senhor Quimbel, que então decidiu que seu secretário passaria a acompanhá-lo.

Assim, desta vez, apesar de todos os esforços de Lupin, apesar de sua fecunda inventividade, apesar dos milagres de engenhosidade que ele renovava após cada derrota, mais uma vez Lupin se viu separado do mundo exterior pelo gênio infernal de seu formidável adversário.

E ele tinha sido separado do mundo no momento mais crítico, no momento solene em que, do fundo de sua cela, ele lançava seu último trunfo contra as forças da coalizão que o esmagavam sem piedade.

Em 13 de agosto, enquanto ele estava sentado em frente a dois advogados, sua atenção foi atraída para um jornal que embrulhava alguns dos papéis do senhor Quimbel.

Como título, em letras garrafais: "*813*".

Como subtítulo: *Um novo assassinato. Agitação na Alemanha. O segredo de Apoon teria sido desvendado?*

Lupin empalideceu de angústia. Na parte de baixo, leu estas palavras:

Duas mensagens sensacionais nos chegaram de última hora.

O corpo de um idoso que foi esfaqueado até a morte foi encontrado perto de Augsburgo. Sua identidade foi revelada: tratava-se do senhor Steinweg, que estava envolvido no caso Kesselbach.

Em contrapartida, recebemos um telégrafo informando que o famoso detetive inglês Herlock Sholmes foi chamado às pressas em Cologne. Lá ele se encontrou com o imperador, e de lá ambos foram para o castelo de Veldenz.

Herlock Sholmes teria assumido o compromisso de descobrir o segredo do Apoon.

Se ele conseguir, será o aborto implacável da campanha incompreensível que Arsène Lupin vem travando há um mês de forma tão estranha.

3

Talvez a curiosidade do público nunca tenha sido tão abalada quanto pelo anunciado duelo entre Sholmes e Lupin, um duelo invisível pelas circunstâncias, anônimo, pode-se dizer, mas um duelo impressionante por todo o escândalo que se produzia em torno da aventura, e pelas apostas dos dois inimigos irreconciliáveis, opostos um ao outro novamente.

E não se tratava de pequenos interesses particulares, de roubos insignificantes, de míseras paixões individuais, mas de um assunto realmente global, no qual estava envolvida a política de três grandes nações do Ocidente, e que poderia perturbar a paz do universo.

Por isso, todos esperavam ansiosamente e não sabiam exatamente o que esperar. Porque, afinal, se o detetive saísse vitorioso do duelo, se encontrasse as cartas, quem saberia? Que prova existiria desse triunfo?

Basicamente, a esperança estava depositada em Lupin, no seu conhecido hábito de levar o público a testemunhar as suas ações. O que ele iria fazer? Como conseguiria afastar o terrível perigo que o ameaçava? Teria ele, pelo menos, consciência disso? Eis as perguntas que todos se faziam.

Entre as quatro paredes de sua cela, o detento número 14 fazia as mesmas perguntas, e não se tratava de mera curiosidade que o estimulava, mas de uma preocupação real, uma angústia constante.

Sentia-se irrevogavelmente sozinho, com as mãos impotentes, uma vontade impotente, o cérebro impotente. Por mais hábil, engenhoso, destemido e heroico que tenha sido, isso não tinha mais nenhuma serventia. A luta continuava para além dele. Agora seu papel tinha terminado. Ele tinha montado as peças e esticado todas as molas da grande máquina que estava prestes a funcionar, que de alguma forma produziria mecanicamente sua liberdade, e lhe parecia impossível fazer qualquer gesto para aperfeiçoar e supervisionar sua obra.

Numa data fixa, tudo começaria. Até lá, poderiam ocorrer inúmeros incidentes contrários, milhares de obstáculos, sem que houvesse meios para combater esses incidentes ou ultrapassar esses obstáculos.

Lupin então viveu as horas mais dolorosas de sua vida. Duvidou de si mesmo. Ele se perguntou se sua existência seria enterrada no horror da prisão.

Não teria ele se enganado em seus cálculos? Não seria ingênuo por acreditar que, numa data fixa, o evento libertador aconteceria?

– Loucura! – ele exclamou. – Meu raciocínio está errado… Como admitir tal coincidência de circunstâncias? Haverá um pequeno acontecimento que destruirá tudo… o grão de areia…

A morte de Steinweg e o desaparecimento dos documentos que o velho lhe daria não o incomodavam. A rigor, ele passaria sem os documentos e, com as poucas palavras que Steinweg tinha lhe dito, ele poderia, por força da adivinhação e de sua genialidade, reconstituir o que as cartas do imperador continham e preparar o plano de batalha que lhe daria a vitória. Mas ele pensou em Herlock Sholmes, que estava lá, no centro do campo de batalha, procurando, e acabaria por encontrar as cartas, demolindo, assim, o edifício tão pacientemente construído.

E ele pensava no *Outro,* o Inimigo implacável, emboscado em torno da prisão, escondido na prisão talvez, e que adivinhava seus planos mais secretos, mesmo antes de eclodirem no mistério de seu pensamento.

17 de agosto... 18 de agosto... 19... Mais dois dias... Ou melhor, dois séculos! Oh, os intermináveis minutos! Tão calmo normalmente, tão controlado, tão engenhoso para se entreter, Lupin estava febril, ora exuberante, ora deprimido, sem forças contra o inimigo, desconfiando de tudo, moroso.

20 de agosto...

Ele queria agir e não podia. O que quer que fizesse, era impossível avançar a hora do desfecho. Esse desfecho ocorreria ou não, mas Lupin não teria certeza até que a última hora do último dia tivesse transcorrido até o último minuto. Só então ele saberia do fracasso definitivo do seu estratagema.

– Fracasso inevitável – ele não parava de repetir –, o sucesso depende de circunstâncias muito sutis, e só pode ser alcançado por meios psicológicos demais... Não há dúvida de que estou delirando sobre o valor e o alcance das minhas armas. E, ainda assim...

A esperança voltava. Ele ponderava suas chances. De repente, elas lhe pareceram reais e formidáveis. O fato ia acontecer como ele havia previsto, e pelas mesmas razões em que acreditava. Era inevitável...

Sim, inevitável. A não ser, é claro, que Sholmes encontrasse o esconderijo...

E novamente ele pensou em Sholmes, e novamente um imenso desânimo o dominou.

O último dia...

Ele acordou tarde, depois de uma noite de pesadelos.

Não viu ninguém naquele dia, nem o juiz de instrução, nem o seu advogado.

A tarde se arrastou, lenta e triste, e a noite chegou, a noite tenebrosa das celas. Ele teve febre. Seu coração dançava no peito como um animal assustado.

E os minutos passavam, irremediáveis...

Às nove, nada. Às dez, nada.

Com todos os seus nervos tensionados como a corda de um arco, ele ouvia os ruídos indistintos da prisão, tentava captar através das paredes inexoráveis tudo o que poderia brotar da vida externa.

Oh! Como ele quis parar a marcha do tempo e dar ao destino um pouco mais de lazer! Mas para quê? Não estava tudo acabado?

– Ah! – ele exclamou. – Estou enlouquecendo. É melhor que tudo isso acabe logo! Vou recomeçar de outro modo... tentar outra coisa. Mas não posso mais, não posso...

Ele segurava a cabeça entre as mãos, apertando-a com toda a força, cerrando a si mesmo e concentrando todo o seu pensamento em um mesmo objeto, como se quisesse criar o evento formidável, assombroso, *inadmissível*, ao qual ele tinha ligado sua independência e fortuna.

– Precisa ser assim – murmurou –, precisa ser, precisa, não porque eu quero, mas porque é lógico. E vai ser... vai ser...

Ele deu socos na cabeça, e palavras de delírio lhe vieram aos lábios...

A fechadura rangeu. Mergulhado em sua raiva, ele não tinha ouvido o som de passos no corredor, e de repente um raio de luz entrou em sua cela, e a porta se abriu.

Três homens entraram.

Lupin não ficou surpreso nem por um momento.

O inaudito milagre estava se concretizando, e isso logo lhe pareceu natural, normal, em perfeita harmonia com a verdade e a justiça.

Mas uma onda de orgulho o inundou. Naquele preciso minuto, ele teve a clara convicção de sua força e inteligência.

– Devo acender a luz? – disse um dos três homens, que Lupin reconheceu ser o diretor da prisão.

– Não – respondeu o maior de seus companheiros com um sotaque estrangeiro. – Esta lanterna é suficiente.

– Devo partir?

– Faça de acordo com o seu dever, senhor – disse o mesmo indivíduo.

– Segundo as instruções que me foram dadas pelo comandante-geral, devo cumprir plenamente os seus desejos.

– Nesse caso, senhor, é melhor se retirar.

O senhor Borély foi embora, deixando a porta entreaberta, e permaneceu do lado fora, ao alcance da voz.

O visitante falou por um momento com aquele que ainda não tinha falado, e Lupin tentou em vão distinguir suas fisionomias no escuro. Ele via apenas silhuetas pretas, vestidas com longos casacos de automobilistas e usando chapéus de abas rebaixadas.

– O senhor é Arsène Lupin? – disse o homem, lançando a luz da lanterna na cara dele.

Ele sorriu.

– Sim, eu sou o tal Arsène Lupin, atualmente detento da Santé, cela 14, segunda divisão.

– Foi o senhor – continuou o visitante – quem publicou no *Grand Journal* uma série de notas mais ou menos fantasiosas, referindo-se às supostas cartas…

Lupin o interrompeu:

– Desculpe, senhor, mas, antes de continuar esta conversa cujo objetivo, entre nós, não está claro para mim, eu ficaria muito grato se me dissesse com quem tenho a honra de falar.

– Absolutamente inútil – respondeu o estranho.

– Absolutamente indispensável – afirmou Lupin.

– Por quê?

– Por razões de cortesia, senhor. O senhor sabe o meu nome, eu não sei o seu; há nisso uma falha com que não posso concordar.

O estranho ficou impaciente.

– O simples fato de que o diretor desta prisão nos autorizou a entrar prova…

– Que o senhor Borély ignora os bons modos – disse Lupin. – O senhor Borély deveria nos apresentar. Estamos aqui em pé de igualdade. Não há um superior e um subordinado, um prisioneiro e um visitante que se condescende em vê-lo. Há dois homens, e um deles tem um chapéu na cabeça que ele não deveria ter.

– Ah! Essa agora…

– Tome a lição como quiser, senhor – disse Lupin.

O estranho aproximou-se e quis falar.

– O chapéu primeiro – insistiu Lupin –, o chapéu…

– O senhor está me ouvindo?

– Não.

– Está, sim.

– Não.

A situação estava ficando bem tensa. Aquele dos dois estranhos que estava calado colocou a mão no ombro do seu companheiro e disse em alemão:

– Deixe comigo.

– Como? Está entendido…

– Cale a boca e saia daqui.

– Devo deixá-los sozinhos?

– Sim.

– Mas e a porta?

– Feche-a e fique longe…

– Mas este homem… o senhor o conhece… Arsène Lupin…

– Saia…

O outro saiu resmungando.

– Feche a porta – gritou o segundo visitante. – Direito. Isso, muito bem…

Então ele se virou, pegou a lanterna e levantou-a pouco a pouco.

– Devo dizer quem sou? – ele perguntou.

– Não – respondeu Lupin.

– E por quê?

– Porque eu sei.

– Ah!

– O senhor é aquele que eu esperava.

– Eu?!

– Sim, *sire*.

CARLOS MAGNO

1

– Silêncio – reagiu o estranho. – Não pronuncie essa palavra.

– Como devo chamar Sua...

– Por nenhum nome.

Ambos se calaram, e esse momento de trégua não era daqueles que precedem a luta de dois adversários prontos para o combate. O estranho ia e vinha, como um mestre que está acostumado a comandar e ser obedecido. Lupin, imóvel, não tinha mais sua postura ordinária de provocação ou seu sorriso de ironia. Ele esperava, sério e deferente. Mas, nas profundezas de seu ser, ardentemente, loucamente, ele se esbaldava com a situação extraordinária em que se encontrava, ali, naquela cela de presídio, ele como detento, ele, o aventureiro, ele, o vigarista e ladrão, ele, Arsène Lupin e, na sua frente, esse semideus do mundo moderno, entidade formidável, o herdeiro de César e Carlos Magno.

Seu próprio poder o entusiasmou por um momento. Ele ficou com lágrimas nos olhos ao pensar no seu triunfo.

O estranho parou.

E imediatamente, desde a primeira frase, chegaram ao centro da posição.

– É amanhã, 22 de agosto. As cartas devem ser publicadas amanhã, certo?

– Ainda nesta noite. Dentro de duas horas, meus amigos devem depositar no *Grand Journal*, não as cartas, mas a lista exata dessas cartas, feita pelo grão-duque Hermann.

– Essa lista não será entregue.

– Não será.

– O senhor a entregará a mim.

– Ela será entregue nas mãos de Sua... nas suas mãos.

– Todas as cartas também.

– Todas as cartas também.

– Sem que nenhuma tenha sido fotografada.

– Sem que nenhuma tenha sido fotografada.

O estranho falava com uma voz calma. Não havia a menor entonação de oração, nem a menor inflexão de autoridade. Ele não ordenava nem questionava: ele enunciava os atos inevitáveis de Arsène Lupin. Seria assim. E isso, quaisquer que fossem as exigências de Arsène Lupin, qualquer que fosse o preço que ele taxaria pela execução desses atos. As condições foram previamente aceitas.

"Caramba", pensou Lupin, "estou lidando com coisa grande. Se alguém falar da minha generosidade, estou perdido".

O próprio modo como a conversa foi conduzida, a franqueza das palavras, a sedução da voz e dos modos, tudo lhe agradava infinitamente.

Ele se endureceu para não vacilar e não desistir de todas as vantagens que tinha conquistado com tanta dificuldade.

E o estranho retomou:

– O senhor leu as cartas?

– Não.

– Mas alguém dos seus as leu?

– Não.

– E então?

– Então, tenho a lista e as anotações do grão-duque. Além disso, conheço o esconderijo onde ele guardou os documentos.

– Por que ainda não as pegou?

– Só soube do segredo do esconderijo depois que cheguei aqui. Neste momento, os meus amigos estão a caminho.

– O castelo está cercado: duzentos dos meus homens mais fiéis o estão ocupando.

– Dez mil não seriam suficientes.

Após um minuto de reflexão, o visitante perguntou:

– Como o senhor descobriu o segredo?

– Adivinhei.

– Mas tinha outras informações, coisas que os jornais não publicaram?

– Nada.

– No entanto, durante quatro dias, mandei revistar o castelo…

– Herlock Sholmes não procurou direito.

– Ah! – reagiu o estranho. – É bizarro… bizarro… E o senhor tem certeza de que seu palpite está certo?

– Não é um palpite, é uma certeza.

– Melhor assim, melhor assim… – ele murmurou. – Só haverá paz quando esses papéis deixarem de existir.

E, de repente, colocando-se à frente de Arsène Lupin:

– Quanto?

– O quê? – reagiu Lupin, confuso.

– Quanto pelos papéis? Quanto pela revelação do segredo?

Ele esperava por um número. Ele mesmo propôs:

– Cinquenta mil… cem mil…

E, como Lupin não respondeu, ele disse, com um pouco de hesitação:

– Mais? Duzentos mil? Pois bem! Eu aceito.

Lupin sorriu e disse em voz baixa:

– É uma bela soma. Mas não é provável que tal monarca, digamos, o rei da Inglaterra, chegue ao milhão? Com toda a sinceridade?

– Acredito que sim.

– E que essas cartas, para o imperador, não tenham preço, pouco importa se valem dois milhões ou duzentos mil francos… três milhões ou dois milhões?

– Acredito que sim.

– E, *se fosse necessário*, o imperador pagaria esses três milhões?

– Sim.

– Então o acordo será fácil.

– Com base nisso? – o estranho interrogou, não sem preocupação.

– Com base nisso, não. Não estou à procura de dinheiro. É outra coisa que eu desejo, algo que vale muito mais do que milhões para mim.

– O quê?

– A liberdade.

O estranho sobressaltou-se:

– Hein? A sua liberdade, mas não posso fazer nada... Isso diz respeito ao seu país, à justiça. Não tenho nenhum poder.

Lupin se aproximou e falou ainda mais baixo:

– O senhor tem todo o poder, *sire*... Minha liberdade não é um evento tão excepcional que possa lhe ser negado.

– Eu deveria solicitar isso?

– Sim.

– Para quem?

– Para Valenglay, presidente do conselho de ministros.

– Mas o senhor Valenglay não pode mais do que eu...

– Ele pode abrir-me as portas desta prisão.

– Seria um escândalo.

– Quando eu digo abrir... entreabrir bastaria... Uma fuga seria simulada. O público espera tanto que não exigiria nenhuma satisfação.

– Que seja... que seja... Mas o senhor Valenglay nunca consentirá...

– Ele vai consentir.

– Por quê?

– Porque o senhor lhe falará do seu desejo.

– Os meus desejos não são ordens para ele.

– Não, mas são uma oportunidade de ser agradável com o imperador, realizando-os. E Valenglay é demasiado político...

– Ora, vamos, o senhor então acredita que o governo francês vai cometer um ato tão arbitrário pelo único prazer de ser agradável comigo?

– Esse não será o único prazer.

– Qual será o outro?

– O prazer de servir a França, aceitando a proposta que acompanhará o pedido de liberdade.

– Devo fazer uma proposta?

– Sim, *sire*.

– Qual?

– Não sei, mas me parece que há sempre um terreno favorável para nos darmos bem... Há possibilidades de acordo...

O estranho olhou para ele sem entender. Lupin se inclinou e, como se procurasse as palavras, como se imaginasse uma hipótese:

– Suponho que dois países estão divididos por uma questão insignificante... que têm um ponto de vista diferente sobre uma questão secundária... uma questão colonial, por exemplo, em que o seu amor-próprio está em jogo, e não os seus interesses. Será que é impossível o chefe de um desses países conseguir lidar com essa questão sob um novo espírito de conciliação e dar as instruções necessárias... para...

– Para deixar o Marrocos para a França – disse o estranho, dando uma gargalhada.

A ideia que Lupin sugeriu parecia-lhe a coisa mais cômica do mundo, e ele riu com sinceridade. Havia tamanha desproporção entre o objetivo a ser alcançado e os meios oferecidos!

– É claro... é claro... – repetiu o estranho, esforçando-se em vão para retomar a sua seriedade –, é claro que a ideia é original. Toda a política moderna perturbada em prol da liberdade de Arsène Lupin! Os desígnios do Império destruídos para permitir que Arsène Lupin continue com suas façanhas. Ora, mas por que não me pede a Alsácia e a Lorena?

– Eu pensei nisso, *sire* – disse Lupin.

O estranho se divertiu mais ainda.

– Admirável! E o senhor me poupou disso?

– Desta vez, sim.

Lupin tinha cruzado os braços. Ele também se divertia interpretando seu papel de modo exagerado, e continuou com uma falsa seriedade:

– Pode haver um dia uma série de circunstâncias que façam com que eu tenha em mãos o poder de *reclamar* e *obter* essa restituição. Nesse dia, certamente não falharei. Por agora, as armas que tenho me obrigam a ser mais modesto. A paz do Marrocos é suficiente para mim.

– Só isso?

– Só isso.

– O Marrocos em troca da sua liberdade?

– Nada mais que isso. Ou melhor, uma vez que não devemos perder de vista o próprio objeto desta conversa, ou melhor: um pouco de boa vontade por parte de um dos dois grandes países em questão... e, em troca, o abandono das cartas que estão sob meu poder.

– Essas cartas. Essas cartas! – murmurou o estranho, irritado. – No fim das contas, elas não devem ter assim tanto valor...

– Está em suas mãos, *sire*. E o senhor deve atribuir a elas valor suficiente para vir até mim dentro desta cela.

– E então? O que é que isso importa?

– Mas há outras cuja proveniência o senhor desconhece, e sobre as quais posso lhe fornecer algumas informações.

– Ah! – o estranho respondeu, parecendo preocupado.

Lupin hesitou.

– Fale, fale sem rodeios – ordenou o estranho –, fale claramente.

Em meio ao profundo silêncio, Lupin declarou com certa solenidade:

– Há vinte anos, foi elaborado um projeto de tratado entre a Alemanha, a Inglaterra e a França.

– Isso não é verdade! Impossível! Quem poderia...?

– O pai do atual imperador e a rainha da Inglaterra, sua avó, ambos sob a influência da imperatriz.

– Impossível! Repito que é impossível!

– A correspondência está no esconderijo do castelo Veldenz, o esconderijo cujo segredo só eu conheço.

O estranho ia e vinha, bastante agitado. Ele parou e disse:

– O texto do tratado faz parte dessa correspondência?

– Sim, *sire*. Foi escrito com a caligrafia do seu pai.

– E o que é que ele diz?

– Nesse tratado, a Inglaterra e a França concederiam e prometeriam à Alemanha um imenso império colonial, império que a Alemanha não tem e que é hoje indispensável para garantir a sua grandeza.

– E o que a Inglaterra exigia em troca desse império?

– A limitação da frota alemã.

– E a França?

– A Alsácia e a Lorena.

O imperador se calou, encostado à mesa, pensativo. Lupin prosseguiu:

– Estava tudo pronto. Os gabinetes de Paris e Londres, questionados, concordaram. Já era uma realidade. O grande tratado de aliança estava prestes a ser concluído, fundando a paz universal e definitiva. A morte do seu pai aniquilou esse belo sonho. Mas pergunto a Vossa Majestade o que pensará o seu povo, o que pensará o mundo quando souber que Frédéric III, um dos heróis dos anos de 1870, um alemão, um alemão puro-sangue, respeitado por todos os seus concidadãos e até mesmo por seus inimigos, aceitou e, portanto, considerou justa a restituição da Alsácia-Lorena?

Ele se calou por um momento, deixando o problema surgir em termos precisos diante da consciência do imperador, diante de sua consciência como homem, como filho e como soberano.

Então concluiu:

– Vossa Majestade é quem deve decidir se quer ou não que a história registre esse tratado. Quanto a mim, *sire*, o senhor vê que a minha humilde personalidade não tem muito espaço nesse debate.

Um longo silêncio seguiu as palavras de Lupin. Ele esperou com a alma angustiada. Era seu destino que estava em jogo, naquele minuto que ele havia concebido, e que tinha de alguma forma trazido ao mundo com tanto esforço e tanta obstinação… Minuto histórico nascido de seu cérebro, e onde sua "humilde personalidade", o que quer que acontecesse, pesava muito sobre o destino dos impérios e sobre a paz do mundo…

Diante dele, na penumbra, César meditava.

O que ele diria? Que solução daria ao problema?

Ele caminhou pela cela durante alguns instantes, que pareceram intermináveis para Lupin.

Depois parou e disse:

– Há outras condições?

– Sim, *sire*, mas insignificantes.

– Quais?

– Encontrei o filho do grão-duque de Deux-Ponts-Veldenz. O grão-ducado será devolvido a ele.

– E o que mais?

– Ele ama uma jovem, que também o ama. É a mais bela e virtuosa das mulheres. Ele vai se casar com essa jovem.

– E o que mais?

– Isso é tudo.

– Não há mais nada?

– Nada. Cabe a Vossa Majestade apenas levar essa carta ao diretor do *Grand Journal* para que ele destrua, sem ler, o artigo que receberá de um momento para o outro.

Lupin estendeu a carta, o coração cerrado, a mão tremendo. Se o imperador a pegasse, isso marcaria sua aceitação.

O imperador hesitou. Então, com um gesto furioso, ele pegou a carta, colocou seu chapéu, embrulhou-se em seu traje, e saiu sem dizer uma palavra.

Lupin permaneceu por alguns segundos cambaleando, como se estivesse tonto…

Então, de repente, caiu em sua cadeira, vibrando de alegria e orgulho…

2

– Senhor juiz de instrução, é hoje que me despeço com lamento.

– Como, senhor Lupin? Então o senhor tem a intenção de nos deixar?

– A contragosto, senhor juiz de instrução, tenha certeza, porque nossas relações eram de uma cordialidade encantadora. Mas não há diversão que não acabe. Meu tratamento no Santé-Palace chegou ao fim. Outros deveres me chamam. Preciso fugir nesta noite.

– Então boa sorte, senhor Lupin.

– Obrigado, senhor juiz de instrução.

Arsène Lupin esperou pacientemente pelo momento da sua fuga, não sem se perguntar como ela aconteceria, e por que meios a França e a Alemanha, unidas por essa obra meritória, conseguiriam fazê-lo sem que isso se tornasse um grande escândalo.

No meio da tarde, o guarda ordenou que ele se dirigisse ao pátio de entrada. Ele seguiu rapidamente até lá e encontrou o diretor, que o entregou nas mãos do senhor Weber, que o fez entrar em um automóvel em que alguém já ocupava um dos lugares.

Imediatamente, Lupin teve um ataque de riso.

– Como? É você, meu pobre Weber, quem vai fazer o trabalho sujo? Você será o responsável pela minha fuga? Admita que não tem culhões para isso! Ah! Meu pobre velhote, que azar! Aclamado pela minha prisão, agora será imortalizado pela minha fuga.

Ele olhou para o outro personagem.

– Ora, senhor comandante-geral, o senhor também está no caso? Que presente de grego lhe deram, hein? Se tenho algum conselho para o senhor, é que permaneça nos bastidores. Que toda a honra seja dada a Weber! É um direito dele... É um homem e tanto!

Eles seguiam depressa ao longo do Sena e através do bosque de Boulogne. Atravessaram Saint-Cloud.

– Perfeito – disse Lupin –, vamos a Garches! Precisam de mim para reconstituir a morte do Altenheim. Desceremos ao subsolo, desaparecerei, e dirão que fugi por outra saída, conhecida apenas por mim. Meu Deus, que idiota!

Ele parecia arrependido.

– Idiota, dos mais idiotas! Estou vermelho de vergonha... Essas são as pessoas que nos governam! Que tempos são estes! Mas, infelizmente, vocês tiveram de se dirigir a mim. Eu teria elaborado uma evasão impecável, do tipo milagrosa. Tenho esse tipo de plano engavetado! O público teria aclamado a proeza e vibrado de contentamento. Mas, em vez disso… Bem, é verdade que vocês foram pegos de surpresa… Mas, mesmo assim…

O plano aconteceu como Lupin havia previsto. Entraram pela casa de repouso e seguiram até o pavilhão Hortense. Lupin e seus dois companheiros desceram e atravessaram o subsolo. Quando chegaram à outra ponta, o subchefe lhe disse:

– O senhor está livre.

– Muito bem! – disse Lupin. – Não há nada mais astucioso! Meus sinceros agradecimentos, meu caro Weber, e minhas desculpas pelo inconveniente. Senhor comandante, meus cumprimentos à sua senhora.

Ele subiu as escadas que conduziam à vila Glycines, levantou a tampa do alçapão e pulou para dentro do cômodo. Uma mão tocou seu ombro.

Diante dele estava seu primeiro visitante do dia anterior, aquele que acompanhava o imperador. Quatro homens o cercaram.

– Ah! – fez Lupin. – Que piada é essa? Então não estou livre?

– Sim, sim – resmungou o alemão com voz rude –, o senhor está livre… livre para viajar conosco… se isso lhe convier.

Lupin o contemplou por um segundo com o desejo louco de ensinar-lhe o valor de um soco no nariz.

Mas os cinco homens pareciam diabolicamente decididos. Seu líder não sentia por ele uma ternura exagerada, e ele pensou que o homem ficaria muito feliz de usar meios extremos. E depois, afinal, o que lhe interessava?

Ele tripudiou:

– Se me convier! Mas é meu sonho!

No pátio, uma grande limusine os aguardava. Dois homens sentaram-se na frente, outros dois entraram. Lupin e o estranho se instalaram na banqueta de trás.

– Em marcha – gritou Lupin em alemão –, sigamos para Veldenz.

O conde lhe disse:

– Silêncio! Essas pessoas não devem saber de nada. Fale em francês. Eles não entendem. Mas por que falar?

– A propósito – disse Lupin –, por que falar?

Viajaram durante a noite e madrugada adentro, sem nenhum incidente. Duas vezes, abasteceram o automóvel com gasolina em pequenas cidades adormecidas.

Alternadamente, os alemães vigiavam o prisioneiro, que só abriu os olhos de manhã cedo…

Pararam para a primeira refeição numa estalagem localizada em uma colina, perto da qual havia uma placa de localização. Lupin viu que estavam à mesma distância de Metz e de Luxemburgo. Lá pegaram uma estrada oblíqua para o nordeste, seguindo na direção de Trêves.

Lupin disse ao seu companheiro de viagem:

– É com o conde de Waldemar que tenho a honra de falar, o confidente do imperador, aquele que revistou a casa de Hermann III em Dresden?

O estranho permaneceu em silêncio.

"Você tem uma cara que não me agrada em nada", pensou Lupin. "Um dia vou rir de você. Você é feio, gordo, grosseiro, enfim, não gosto de você."

E declarou em voz alta:

– O senhor conde está errado em não me responder. Eu estava falando de algo de seu interesse: eu vi, quando estávamos subindo na limusine, um carro surgindo atrás de nós no horizonte. O senhor também o viu?

– Não, por quê?

– Por nada.

– Mas…

– Não, nada mesmo… Uma simples observação… Além disso, estamos dez minutos adiantados… e nosso carro tem pelo menos uns quarenta cavalos.

– Sessenta – disse o alemão, que olhava para ele de viés, bastante inquieto.

– Oh, então estamos tranquilos!

Subiram uma pequena rampa. No topo, o conde se inclinou na porta.

– Santo Deus! – ele jurou.

– O quê? – perguntou Lupin.

O conde se virou para ele e disse com a voz ameaçadora:

– Cuidado… Se acontecer alguma coisa, azar.

– Ah, sim. Ei, parece que estão se aproximando! Mas o que o senhor teme, meu caro conde? Deve ser um viajante… ou mesmo algum socorro que lhe enviaram.

– Não preciso de socorro – resmungou o alemão.

Ele se inclinou novamente. O carro estava a apenas duzentos ou trezentos metros de distância.

Ele disse aos seus homens, apontando para Lupin:

– Amarrem-no! E, se ele resistir…

Ele sacou o revólver.

– Por que eu haveria de resistir, doce Teuton? – tripudiou Lupin.

E acrescentou enquanto lhe atavam as mãos:

– É realmente curioso ver como as pessoas tomam precauções quando é inútil, e não as tomam quando é necessário. Que diabos esse automóvel pode fazer de mau? Cúmplices meus? Que ideia!

Sem responder, o alemão deu ordens ao condutor:

– À direita! Devagar… Deixe-os passar… Se também desacelerarem, pare!

Mas, para seu espanto, o carro parecia redobrar a velocidade. Ele passou diante do veículo como uma flecha, levantando poeira.

Na parte de trás do carro, que estava parcialmente descoberta, distinguiram a forma de um homem vestido de preto.

Ele levantou o braço.

Dois tiros foram disparados.

O conde, que bloqueava toda a porta esquerda, caiu no carro.

Antes mesmo de cuidarem dele, os dois companheiros saltaram sobre Lupin e terminaram de amarrá-lo.

– Imbecis! Brutos! – gritou Lupin, que tremia de raiva. – Me soltem! Vamos, parem-no! Mas, triplos idiotas, corram atrás dele… Peguem-no! É o homem de preto… o assassino… Ah, imbecis!

Amordaçaram-no. Depois cuidaram do conde. A ferida não parecia ser grave, e seria possível estancá-la rapidamente. Mas o paciente, muito excitado, foi tomado pela febre e começou a delirar.

Eram oito da manhã. Estavam em campo aberto, longe de qualquer vilarejo. Os homens não tinham nenhuma indicação do exato objetivo da viagem. Para onde ir? Quem prevenir?

Estacionaram o carro ao longo de um bosque e esperaram.

O dia inteiro transcorreu assim. Foi apenas à noite que um pelotão de cavalaria chegou, enviado de Trêves em busca do automóvel.

Duas horas depois, Lupin descia da limusine, e, ainda escoltado por seus dois alemães, subia, sob a luz de uma lanterna, os degraus de uma escada que levava a um pequeno quarto com janelas e grades de ferro.

Ele passou a noite ali.

Na manhã seguinte, um oficial o conduziu por um pátio cheio de soldados até o centro de um longo corredor de edifícios arredondados ao pé de um montículo de onde se podiam ver ruínas monumentais.

Ele foi introduzido em uma vasta sala sumariamente mobiliada. Sentado em frente a uma mesa, seu visitante do dia anterior lia jornais e relatórios, que ele rabiscava com um lápis vermelho.

– Deixem-nos a sós – disse ele ao oficial.

E, aproximando-se de Lupin:

– Os papéis.

O tom já não era o mesmo. Era agora o tom imperioso e seco do mestre que se sente em casa e que se dirige a um inferior – e que inferior! Um bandido, um aventureiro da pior espécie, diante do qual tinha sido forçado a se humilhar!

– Os papéis – ele repetiu.

Lupin não se perturbou. E disse calmamente:

– Estão no castelo de Veldenz.

– Estamos nas dependências do castelo de Veldenz.

– Os papéis estão nestas ruínas.

– Vamos. Leve-me até eles.

Lupin não se mexeu.

– E então?

– E então! *Sire*, isso não é tão simples quanto o senhor pensa. Leva algum tempo para colocar em prática os elementos necessários à abertura desse esconderijo.

– De quantas horas precisa?

– Vinte e quatro.

Um gesto de raiva, rapidamente reprimido:

– Ah! Isso não foi discutido entre nós.

– Nada foi especificado, *sire*... tampouco a pequena viagem que Vossa Majestade me fez fazer entre seis guarda-costas. Tenho de entregar os papéis, só isso.

– E eu só devo lhe dar a liberdade após a entrega desses papéis.

– É uma questão de confiança, *sire*. Eu estaria igualmente empenhado em devolver esses documentos se estivesse livre, quando saísse da prisão, e Vossa Majestade pode ter certeza de que eu não os teria carregado debaixo do braço. A única diferença é que eles já estariam em sua posse, *sire*. Porque perdemos um dia. E um dia, neste caso, é muita coisa. Mas é isso, era preciso ter confiança.

O imperador olhava com certo estupor para esse bandido desclassificado, que parecia chateado por alguém não confiar em sua palavra.

Sem responder, ele chamou.

– O oficial de serviço – ordenou ele.

O conde de Waldemar apareceu, muito pálido.

– Ah! É você, Waldemar? Está recuperado?

– Às suas ordens, *sire*.

– Leve cinco homens com você. Podem ser os mesmos, já que confia neles. Não deixe este cavalheiro até amanhã de manhã.

Ele olhou para o relógio.

– Até amanhã de manhã, às dez horas... Não, dou-lhe até o meio-dia. Você irá aonde ele quiser ir e fará o que ele ordenar. Enfim, esteja à disposição dele. Ao meio-dia, junto-me a você. Se, no último segundo antes do meio-dia, ele não tiver me entregado o pacote de cartas, você vai colocá-lo de volta no carro e, sem perder um segundo, vai levá-lo de volta para a prisão da Santé.

– Se ele tentar fugir…

– Arranje-se!

Ele saiu.

Lupin pegou um charuto da mesa e desabou em uma poltrona.

– Na hora certa! Prefiro essa forma de agir. É franco e categórico. O conde tinha ordenado que seus homens entrassem.

Ele disse a Lupin:

– Vamos!

Lupin acendeu o charuto e não se mexeu.

– Amarrem-lhe as mãos! – ordenou o conde.

E, quando a ordem foi executada, ele repetiu:

– Pronto… vamos!

– Não.

– Como não?

– Estou pensando.

– Em quê?

– No local em que pode estar o esconderijo.

O conde sobressaltou-se. E Lupin tripudiou:

– Como? O senhor não sabe?

– É que o que há de mais belo nessa aventura é que não tenho a mínima ideia de onde fica esse famoso esconderijo, nem sei como descobrir. Hein, o que o senhor diz, meu caro Waldemar? Essa é boa… não tenho a menor ideia…

AS CARTAS DO IMPERADOR

1

As ruínas de Veldenz, bem conhecidas por todos aqueles que visitam as margens do Reno e do Mosela, incluem os vestígios do antigo castelo feudal, construído em 1277 pelo arcebispo de Fistingen, e, ao lado de um enorme mirante, destruído pelas tropas de Turenne, as paredes intactas de um grande palácio renascentista, onde os grão-duques de Deux-Ponts vivem há três séculos.

Esse foi o palácio saqueado pelos súditos revoltados de Hermann II. As janelas, vazias, formam duzentos buracos enormes nas quatro fachadas. Toda a madeira, a tapeçaria e a maioria dos móveis foram queimados. As pessoas caminham sobre as vigas carbonizadas dos pisos de madeira, e o céu aparece entre um lugar e o outro através dos tetos demolidos.

Duas horas depois, Lupin, seguido por sua escolta, tinha percorrido tudo.

– Estou muito contente com o senhor, meu caro conde. Acho que nunca conheci um cicerone tão documentado e, o que é raro, tão taciturno. Agora, se o senhor aceitar, vamos almoçar.

Na realidade, Lupin não sabia mais do que no primeiro minuto, e seu embaraço só crescia. Para sair da prisão e atingir a imaginação de seu visitante, ele tinha blefado, fingindo saber de tudo, quando na verdade procurava por onde começaria a procurar.

– Isso vai mal – ele se dizia por vezes –, isso vai muito mal.

Aliás, ele não tinha sua lucidez habitual. Uma ideia o obcecava, a do desconhecido, do assassino, do monstro que ele sabia que ainda o estava perseguindo.

Como o personagem misterioso seguia seus rastros? Como soube da sua saída da prisão e da sua viagem a Luxemburgo e à Alemanha? Seria uma intuição miraculosa? Ou o resultado de informações precisas? Mas, então, a que preço, por que promessas ou por que ameaças ele poderia obtê-las?

Todas essas perguntas atormentavam a mente de Lupin.

Por volta das quatro horas, no entanto, depois de outra caminhada pelas ruínas, durante a qual ele tinha examinado inutilmente as pedras, medido a espessura das paredes, escrutado a forma e a aparência das coisas, ele perguntou ao conde:

– Nenhum servo do último grão-duque vive ainda no castelo?

– Todos os criados dessa época se foram. Apenas um continuou a viver na região.

– E onde ele está?

– Ele morreu há dois anos.

– Sem filhos?

– Ele tinha um filho que se casou e foi expulso, juntamente com a esposa, por conduta escandalosa. Eles abandonaram a filha mais nova, uma menina chamada Isilda.

– Onde é que ela mora?

– Ela mora aqui, nos fundos das dependências. O velho avô dela trabalhava como guia para os visitantes na época em que se podia visitar o castelo. Desde então, a pequena Isilda sempre viveu nestas ruínas, onde é tolerada por pena: é um pobre ser inocente que mal fala e não sabe o que diz.

– Ela sempre foi assim?

– Ouvi dizer que não. Foi por volta dos dez anos que ela pouco a pouco perdeu a razão.

– Como consequência de um sofrimento ou medo?

– Não, disseram-me que foi sem motivo. O pai era alcoólatra, e a mãe se suicidou num acesso de loucura.

Lupin refletiu e concluiu:

– Eu gostaria de vê-la.

O conde sorriu de um jeito estranho.

– O senhor pode vê-la, certamente.

Ela estava justamente num dos quartos que tinham sido abandonados.

Lupin ficou surpreso ao encontrar uma criatura mignon, muito magra, muito pálida, mas quase bonita com seu cabelo loiro e a figura delicada. Seus olhos, verde-água, tinham a expressão vaga e sonhadora dos olhos de um cego.

Ele fez algumas perguntas às quais Isilda não respondeu, e outras às quais ela respondeu com frases incoerentes, como se não entendesse nem o sentido das palavras dirigidas a ela, nem o significado das palavras que ela mesma dizia.

Ele insistiu, pegando sua mão com grande delicadeza e questionando-a, com a voz afetuosa, sobre a época em que ela ainda tinha sua razão, sobre seu avô, sobre as lembranças que sua vida de criança poderiam evocar, quando em liberdade entre as majestosas ruínas do castelo.

Ela estava em silêncio, os olhos fixos, impassiva, comovida talvez, mas sem que sua emoção pudesse despertar sua inteligência adormecida.

Lupin pediu um lápis e papel. Com o lápis, ele escreveu na folha branca "813".

O conde sorriu novamente.

– Ah! Mas do que o senhor está rindo? – exclamou Lupin, irritado.

– Nada... nada... Estou muito interessado... muito interessado...

A jovem olhou para a folha aberta diante dela e virou a cabeça com um ar distraído.

– Isso não surte nenhum efeito – reagiu o conde, irônico.

Lupin escreveu as letras "*Apoon*".

A mesma indiferença de Isilda.

Ele não renunciou ao teste e desenhou diversas vezes as mesmas letras, mas deixando diferentes espaços entre elas a cada vez. E, a cada repetição, espiava o rosto da jovem.

Ela não se mexia, os olhos colados no papel com uma indiferença que nada parecia perturbar.

Mas de repente ela pegou o lápis, arrancou a última folha das mãos de Lupin e, como se sob uma súbita inspiração, escreveu duas letras L no meio da lacuna deixada por Lupin.

Este estremeceu.

Uma palavra foi formada: *Apollon*.

Mas ela não soltou o lápis nem a folha e, com seus dedos tensos, os traços firmes, esforçou-se para submeter sua mão ao comando hesitante de seu pobre cérebro.

Lupin esperava febrilmente.

Ela rapidamente marcou, como se alucinada, uma palavra, a palavra: "*Diana*".

– Outra palavra! Outra palavra! – ele exclamou violentamente.

Ela torceu os dedos em torno do lápis, quebrou a ponta, desenhou com a ponta um J grande e deixou cair o lápis, já sem forças.

– Outra palavra! Eu quero! – ordenou Lupin agarrando-lhe o braço.

Mas ele viu em seus olhos novos traços de indiferença que essa faísca efêmera de sensibilidade não fazia mais brilhar.

– Vamos – disse ele.

Lupin já se afastava quando a jovem começou a correr e bloqueou o caminho dele. Ele parou.

– O que você quer?

Ela estendeu a mão aberta.

– O quê? Dinheiro? Ela tem o hábito de mendigar? – ele perguntou, dirigindo-se ao conde.

– Não – respondeu o outro –, e eu não tenho explicação para isso...

Isilda tirou do bolso duas moedas de ouro e as fez tilintar uma contra a outra, alegremente.

Lupin as examinou.

Eram moedas francesas, novinhas em folha, feitas naquele mesmo ano.

– Onde você conseguiu isso? – questionou Lupin, agitado. – Moedas francesas! Quem lhe deu? E quando? Foi hoje? Fale! Responda!

Ele encolheu os ombros.

– Sou um idiota! Como se ela pudesse me responder! Meu caro conde, por favor, empreste-me quarenta marcos... Obrigado. Aqui, Isilda, isto é para você...

Ela pegou as duas moedas, as fez tilintar com as duas outras na palma de sua mão, e então, estendendo o braço, mostrou as ruínas do palácio Renaissance com um gesto que parecia designar mais especificamente a ala esquerda e o topo dessa ala.

Teria sido um movimento mecânico? Ou apenas um agradecimento pelas duas moedas de ouro?

Ele observou o conde, que continuava a sorrir.

"Do que esse animal está rindo?", pensou Lupin. "Parece que está rindo da minha cara."

Ele então se dirigiu para o palácio, seguido por sua escolta.

O andar térreo era composto de enormes salas de recepção que se comunicavam umas com as outras, e onde haviam reunido os poucos móveis que escaparam do incêndio.

No primeiro andar havia, no lado norte, uma galeria comprida ao longo da qual se situavam doze belas salas absolutamente iguais.

A mesma galeria se repetia no segundo andar, mas com vinte e quatro quartos, também semelhantes uns aos outros. Tudo estava vazio, danificado, lamentável.

No topo, nada. As mansardas haviam queimado.

Durante uma hora, Lupin andou, trotou, galopou, incansável, o olhar atento.

Quando a noite caiu, ele correu para um dos doze quartos no primeiro andar, como se o houvesse escolhido por razões especiais conhecidas apenas por ele.

Ele ficou bastante surpreso ao encontrar o imperador fumando lá, sentado em uma poltrona que ele havia mandado trazer.

Sem se preocupar com sua presença, Lupin começou a inspecionar a sala, de acordo com os métodos que estava acostumado a usar nesses casos, dividindo a sala em setores que ele examinou um a um. Depois de vinte minutos, disse:

– Com licença, *sire*, vou incomodá-lo um instante. Há ali uma chaminé...

O imperador acenou.

– É realmente necessário me incomodar?

– Sim, *sire*, esta chaminé...

– Esta chaminé é como qualquer outra, e esta sala não difere de suas vizinhas.

Lupin olhou para o imperador sem entender. Este se levantou e disse, rindo:

– Acredito, senhor Lupin, que o senhor está me gozando um pouco.

– Por quê, *sire*?

– Oh! Meu Deus, não é nada de mais! O senhor obteve a liberdade com a condição de me entregar os documentos que me interessam, e não faz a menor ideia de onde eles estão. Estou definitivamente... como vocês dizem em francês? Enrolado?

– O senhor acha, *sire*?

– Ora! O que sabemos, não precisamos procurar, e o senhor já está há pelo menos dez horas nessas buscas. Não acha que chegou o momento de retornar imediatamente à prisão?

Lupin parecia atordoado:

– Vossa Majestade não fixou o limite supremo para amanhã ao meio-dia?

– Por que esperar?

– Por quê? Ora, para me permitir completar minha obra.

– Sua obra? Mas ela ainda nem começou, senhor Lupin.

– Nisso Vossa Majestade está enganado.

– Prove... e esperarei até amanhã ao meio-dia.

Lupin pensou e declarou com ar sério:

– Como Vossa Majestade precisa de provas para confiar em mim, aqui está. Os doze quartos que têm vista para esta galeria têm um nome diferente, cuja inicial está marcada na respectiva porta. Uma dessas inscrições, menos apagada pelas chamas do que as outras, chamou minha atenção quando eu atravessava a galeria. Examinei as outras portas e descobri outras iniciais, pouco legíveis, todas gravadas na galeria acima dos frontões.

"Uma dessas iniciais era um D, primeira letra de Diane. A outra, um A, primeira letra de Apolo. E esses dois nomes são nomes de divindades mitológicas. Será que as outras iniciais teriam o mesmo caráter? Eu descobri um J, inicial de Júpiter; um V, inicial de Vênus; um M, inicial de Mercúrio; um S, inicial de Saturno etc. Essa parte do problema estava resolvida: cada uma das doze salas foi nomeada em homenagem a uma divindade do Olimpo, e a combinação Apoon, complementada por Isilda, designa a sala de Apollon.

"É aqui, na sala onde estamos, que as cartas estão escondidas. Talvez alguns minutos sejam suficientes para encontrá-las."

– Alguns minutos ou alguns anos... e talvez até mais! – disse o imperador, rindo.

Ele parecia estar se divertindo, e o conde também demonstrava grande alegria.

Lupin perguntou:

– Vossa Majestade quer me explicar?

– Senhor Lupin, a apaixonante sondagem que realizou hoje, e cujos brilhantes resultados compartilha, já foi feita por mim. Sim, há duas semanas, na companhia de seu amigo Herlock Sholmes. Juntos, nós interrogamos a pequena Isilda; juntos, usamos o mesmo método que o senhor; e, juntos, encontramos as iniciais da galeria e chegamos até aqui, na sala de Apollon.

Lupin estava lívido. Ele balbuciou:

– Ah! Sholmes... conseguiu chegar... até aqui?

– Sim, depois de quatro dias de buscas. É verdade que isso não adiantou muito, pois não descobrimos nada. Mas ao menos sei que as cartas não estão aqui.

Tremendo de raiva, ele foi atingido no mais profundo do seu orgulho. Lupin se revoltou com a ironia, como se tivesse recebido chibatadas. Nunca tinha se sentido tão humilhado. Sob sua fúria, teria estrangulado o grande Waldemar, cujo riso o enfurecia.

Contendo-se, ele disse:

– Sholmes demorou quatro dias, *sire*. Eu só precisei de algumas horas. E teria precisado de menos ainda se não tivesse sido contrariado em minhas buscas.

– E por quem, meu Deus? Pelo meu fiel conde? Espero que ele não tenha se atrevido…

– Não, *sire*, foi pelo mais terrível e poderoso dos meus inimigos, pelo ser infernal que matou o cúmplice, Altenheim.

– Ele está aqui? O que o senhor acha? – exclamou o imperador com uma agitação que mostrava que nenhum detalhe dessa história dramática lhe era desconhecido.

– Ele está por toda parte onde eu estou. Ele me ameaça com o seu ódio permanente. Foi ele quem me encontrou com o senhor Lenormand, chefe da Sûreté, foi ele quem me pôs na prisão e é ele quem continua a me perseguir desde o dia em que fui libertado. Ontem, acreditando me atingir no automóvel, ele feriu o conde de Waldemar.

– Mas quem garante, quem disse que ele está em Veldenz?

– Isilda recebeu duas moedas de ouro, duas moedas francesas!

– E o que ele teria vindo fazer aqui? Com que propósito?

– Não sei, *sire*, mas ele é o espírito do mal. Tenha cuidado, Vossa Majestade! Ele é capaz de tudo.

– Impossível! Tenho duzentos homens nestas ruínas. Ele não teria como entrar. Alguém o teria visto.

– Alguém o viu, fatalmente.

– Quem?

– Isilda.

– Ela precisa ser interrogada! Waldemar, leve seu prisioneiro até essa jovem.

Lupin mostrou as mãos amarradas.

– Vai ser uma batalha difícil. Posso lutar assim?

O imperador disse ao conde:

– Desamarre-o... E me mantenha informado...

Assim, em um súbito esforço, incluindo no debate, sem nenhuma prova, a visão abominável do assassino, Arsène Lupin ganhou tempo e retomou a direção de suas buscas.

"Ainda restam dezesseis horas", disse ele a si mesmo. "É mais do que preciso."

Ele chegou às instalações ocupadas por Isilda, no final das antigas dependências, edifícios que serviam como quartéis para os duzentos guardiões das ruínas e cuja ala esquerda inteira, e especialmente aquela, estava reservada aos oficiais.

Isilda não estava lá.

O conde enviou dois dos seus homens à procura dela. Eles voltaram.

Ninguém tinha visto a jovem.

– No entanto, ela não teria conseguido sair das ruínas. Quanto ao palácio da Renaissance, ele estava, por assim dizer, protegido por metade das tropas, e ninguém poderia entrar nele. Ademais, a esposa de um tenente que vivia na habitação ao lado afirmou que tinha permanecido na janela o tempo todo e que não viu a jovem sair.

– Se não tivesse saído – exclamou Waldemar –, ela estaria aqui, e ela não está!

Lupin observou:

– Há um andar acima?

– Sim, mas não há escadas ligando este quarto ao andar superior.

– Há, sim, uma escada.

Ele apontou para uma pequena porta aberta num recanto escuro. Na sombra, era possível ver os primeiros degraus de uma escada bastante íngreme.

– Por favor, meu caro conde – ele disse a Waldemar, que queria subir –, permita-me ter a honra.

– Por quê?

– Porque é perigoso.

Ele se precipitou e, imediatamente, saltou em um desvão estreito e baixo.

Ele soltou um grito:

– Oh!

– O que aconteceu? – perguntou o conde, aparecendo.

– Aqui… no chão… Isilda…

Ele se ajoelhou, mas logo percebeu que a jovem estava apenas atordoada e que não tinha nenhum traço de ferimento, exceto alguns arranhões em seus pulsos e nas mãos.

Na boca, um lenço a amordaçava.

– É isso mesmo – disse ele. – O assassino estava aqui com ela. Quando chegamos, ele a esmurrou e amordaçou, para que não ouvíssemos seus gritos.

– Mas por onde ele fugiu?

– Por ali, veja. Há um corredor que dá acesso a todas as mansardas do primeiro andar.

– E depois de lá?

– Depois ele desceu as escadas de uma das habitações.

– Mas alguém o teria visto!

– Bobagem! Alguém o conhece? Esse ser é invisível. Pode ser qualquer um! Envie seus homens para procurá-lo. Mande-os vasculhar todas as mansardas e todos os aposentos do térreo!

Ele hesitou. Iria ele também procurar pelo assassino? Mas um barulho desviou sua atenção para a jovem. Ela tinha se levantado, e uma dúzia de moedas de ouro caíram de suas mãos. Ele as examinou. Todas eram francesas.

– Ora – disse ele –, eu não estava enganado. Mas por que tanto ouro? Para recompensar o quê?

De repente, ele viu um livro no chão e abaixou-se para pegá-lo. Mas, com um movimento rápido, a jovem se precipitou, pegou o livro e o cerrou contra o peito com uma energia selvagem, como se estivesse pronta para defendê-lo de qualquer ataque.

– É isso – disse ele –, as moedas de ouro foram oferecidas em troca desse livro, mas ela se recusa a separar-se dele. Por isso os arranhões nas mãos. O mais importante seria descobrir por que o assassino quer esse livro. Será que ele já o leu antes?

Lupin disse a Waldemar:

– Meu caro conde, ordene, por favor...

Waldemar acenou. Três de seus homens se atiraram sobre a jovem e, depois de uma luta feroz na qual a infeliz esperneou de raiva e se contorceu, gritando, conseguiram tirar o volume de suas mãos.

– Calma, criança – disse Lupin –, fique calma... Tudo isso é por uma boa causa... Vigiem-na! Enquanto isso, vou examinar o objeto do litígio.

De acordo com a antiga encadernação, que datava de pelo menos um século, tratava-se de um raro tomo de Montesquieu, cujo título era: *Viagem ao Templo de Gnide*. Assim que Lupin o abriu, exclamou:

– Ora, ora, isso é muito estranho. Uma folha de pergaminho foi colada em cada uma das páginas, e nessas folhas há linhas escritas em letras bem pequenas.

Ele leu, no início:

Diário do cavaleiro Gilles de Malrèche, criado francês de Sua Alteza Real, o príncipe de Deux-Ponts-Veldenz, iniciado no ano da graça de 1794.

– Como? Está escrito isso? – reagiu o conde.

– O que o surpreende?

– O avô de Isilda, o velho que morreu há dois anos, chamava-se Malreich, ou seja, o mesmo nome, só que germanizado.

– Maravilhoso! O avô de Isilda deve ter sido o filho ou neto do criado francês que escreveu o seu diário num tom bem diferente de Montesquieu. E assim esse diário chegou às mãos de Isilda.

Ele o folheou ao acaso:

15 de setembro de 1796. – Sua Alteza caçou.

20 de setembro de 1796. – Sua Alteza andou a cavalo. Ele subiu até o Cupidon."

– Caramba – murmurou Lupin. – Até agora, não há nada emocionante.

Ele foi mais longe:

12 de março de 1803.

Dei dez écus a Hermann. Ele é cozinheiro em Londres.

Lupin começou a rir.

– Oh! Oh! Hermann está destronado. O respeito degringolou.

– O grão-duque reinante – observou Waldemar –, foi realmente expulso de seus Estados por tropas francesas.

Lupin continuou:

1809. Hoje, terça-feira, Napoleão dormiu em Veldenz. Fui eu quem fez a cama de Sua Majestade, e quem no dia seguinte, esvaziou a banheira após seu banho.

– Ah! – disse Lupin. – Napoleão parou em Veldenz?

– Sim, sim, juntando-se ao seu exército, durante a campanha da Áustria, que terminaria em Wagram. É uma honra da qual a família ducal, posteriormente, se orgulhou muito.

Lupin retomou:

28 de outubro de 1814. Sua Alteza Real regressou aos seus Estados.

813

29 de outubro. Nesta noite, conduzi Sua Alteza ao esconderijo e fiquei feliz em mostrar-lhe que ninguém havia descoberto sua existência. Além disso, como alguém poderia suspeitar de que um esconderijo pudesse existir em...

Uma pausa brusca... Um grito de Lupin... Isilda havia conseguido se desvencilhar dos homens que a seguravam, atirou-se sobre ele e fugiu levando o livro consigo.

– Ah! Que malandra! Que malandra! Corram... Deem a volta por baixo. Vou persegui-la pelo corredor.

Mas a jovem tinha fechado a porta e empurrado o trinco. Ele teve de descer e caminhar pelas dependências, assim como os outros, em busca de uma escada que o levasse de volta ao primeiro andar.

Como a quarta habitação era a única aberta, ele conseguiu subir. Mas o corredor estava vazio, e ele teve de bater nas portas, forçar fechaduras e entrar em quartos desocupados, enquanto Waldemar, tão excitado quanto ele com a perseguição, cutucava cortinas e tapeçarias com a ponta de sua espada.

Gritos foram ouvidos vindos da ala direita do andar térreo. Eles seguiram nessa direção. Era uma das esposas dos oficiais, que acenava para eles no final do corredor e disse que a jovem estava em casa.

– Como a senhora sabe? – perguntou Lupin.

– Tentei entrar no meu quarto. A porta estava fechada, e então ouvi um barulho.

Lupin, de fato, não conseguiu abrir.

– A janela – ele exclamou –, deve haver uma janela.

Acompanharam-no até o lado de fora, e ele imediatamente pegou a espada do conde e começou a quebrar os vidros.

Depois, apoiado por dois homens, segurou na parede, passou o braço, girou a cremona e saltou para dentro do quarto.

Agachada na frente da chaminé, Isilda surgiu no meio das chamas.

– Oh! Miserável! – proferiu Lupin. – Ela o atirou no fogo!

Ele a empurrou brutalmente, tentou pegar o livro e queimou as mãos. Depois, com a ajuda de pinças, ele o tirou de dentro da chaminé e o cobriu com a toalha da mesa para abafar as chamas.

Mas era tarde demais. As páginas do velho manuscrito, totalmente consumidas pelo fogo, desmancharam-se em cinzas.

2

Lupin olhou para a jovem durante um bom tempo. O conde disse:

– Parece que ela sabe o que está fazendo.

– Não, ela não sabe. O avô dela deve ter confiado este livro a ela como um tesouro, um tesouro que ninguém deveria contemplar, e, seguindo seu instinto estúpido, ela preferiu atirá-lo às chamas a entregá-lo.

– E então? Então o que aconteceu? O senhor não conseguirá encontrar o esconderijo?

– Ah! Ah! Meu caro conde, em algum momento o senhor considerou que eu teria sucesso? Então Lupin não lhe parece um charlatão? Fique tranquilo, Waldemar, Lupin tem diversas cordas em seu arco. Eu vou conseguir.

– Antes da décima segunda hora de amanhã?

– Antes da décima segunda hora, ainda nesta noite. Mas estou morrendo de fome. E, se for um efeito da sua bondade…

Ele foi levado para uma sala das dependências, designada ao messe dos suboficiais, e uma refeição substancial lhe foi servida enquanto o conde foi apresentar seu relato ao imperador.

Vinte minutos depois, Waldemar voltou. Eles se sentaram um de frente para o outro, silenciosos e reflexivos.

– Waldemar, um bom charuto seria bem-vindo… Obrigado. Este aqui crepita como os havanos de respeito.

Ele acendeu o charuto e, depois de um ou dois minutos:

– O senhor pode fumar, senhor conde, não me importo.

Uma hora se passou; Waldemar estava sonolento e de vez em quando, para acordar, tomava uma taça de champanhe. Os soldados iam e vinham em serviço.

– Café – pediu Lupin.

Trouxeram-lhe café.

– Que café ruim – ele reclamou. – Se for este que César bebeu! Mesmo assim, tome mais um gole, Waldemar. Pode ser uma longa noite. Oh, que café horrível!

Ele acendeu outro charuto e não disse mais nada.

Os minutos passaram. Ele continuava sem se mexer e sem falar.

De repente, Waldemar pôs-se de pé e disse a Lupin, indignado:

– Agora, levante-se!

Nesse momento, Lupin assobiava. E continuou a assobiar calmamente.

– Levante-se!

Lupin virou-se. Sua Majestade tinha acabado de entrar. Ele se levantou.

– Em que pé estamos? – disse o imperador.

– Creio, *sire*, que em breve poderei dar satisfação a Vossa Majestade.

– O quê? O senhor sabe...

– Onde fica o esconderijo? Praticamente. *Sire*, alguns detalhes ainda me escapam, mas, estando aqui, tudo vai se explicar, não tenho dúvida.

– Devemos ficar aqui?

– Não, *sire*, peço que me acompanhe ao Palácio Renaissance. Mas temos tempo, e, se Vossa Majestade me autorizar, eu gostaria, antes, de refletir sobre dois ou três pontos.

Sem esperar pela resposta, ele sentou-se, para a grande indignação de Waldemar.

Um instante depois, o imperador, que tinha se afastado e conversava com o conde, reaproximou-se.

– O senhor Lupin está pronto agora?

Lupin se manteve em silêncio. Nova pergunta... Ele baixou a cabeça.

– Mas ele está dormindo. Dá para acreditar que ele dormiu?

Furioso, Waldemar o sacudiu bruscamente pelo ombro. Lupin caiu de sua cadeira, rolou pelo chão, teve duas ou três convulsões e não se mexeu mais.

– O que é que ele tem? – interrogou o imperador. – Espero que não esteja morto!

Ele pegou uma lanterna e se aproximou.

– Como ele está pálido! Parece uma figura de cera! Olhe, Waldemar... Sinta o coração... Ele está vivo, certo?

– Sim, *sire* – disse o conde, passado um momento. – O coração está batendo regularmente.

– Então o que aconteceu? Não estou entendendo mais nada. O que houve?

– Devo chamar o médico?

– Vá, depressa...

O médico encontrou Lupin no mesmo estado, inerte e impassivo. Ele pediu que o deitassem sobre uma cama, examinou-o por um longo tempo e perguntou sobre o que o homem desfalecido tinha comido.

– O senhor acha que ele foi envenenado, doutor?

– Não, *sire*, não há vestígios de envenenamento. Mas suponho... O que são esta bandeja e esta xícara?

– Café – disse o conde.

– Para o senhor?

– Não, para ele. Eu não bebi.

O médico serviu café, provou-o e concluiu:

– Não me enganei: o paciente adormeceu com um narcótico.

– Mas quem fez isso? – interrogou o imperador, bastante irritado. – Ora, Waldemar, tudo o que está acontecendo aqui é exasperante!

– *Sire*...

– Ah, sim, já estou farto! Estou começando a acreditar que este homem tem razão e que há alguém no castelo... Aquelas moedas de ouro, esse narcótico...

– Se alguém tivesse entrado neste complexo, nós saberíamos, *sire*. Há três horas estamos fazendo buscas por toda parte.

– No entanto, não fui eu que preparei o café, eu lhe garanto. E, a não ser que tenha sido você...

– Oh! *Sire*!

– Então procure, reviste! Você tem duzentos homens à disposição, e as dependências não são assim tão grandes! Porque, afinal, o bandido deve estar rondando estes edifícios... e para os lados da cozinha, não acha? Ande! Mexa-se!

Durante toda a noite, o grande Waldemar se movimentou com afinco, já que essa era a ordem do mestre, mas sem convicção, pois era impossível para um estranho se esconder entre ruínas tão bem vigiadas. E, de fato, o evento provou que ele estava certo: as investigações foram inúteis, e não foi possível descobrir que mão misteriosa havia preparado a bebida soporífera.

Lupin passou aquela noite na cama, inanimado. De manhã, o médico, que não o tinha deixado, respondeu a um enviado do imperador que o paciente continuava adormecido.

Às nove horas, no entanto, ele fez um primeiro gesto, uma espécie de esforço para acordar. Um pouco mais tarde, ele balbuciou:

– Que horas são?

– Nove e trinta e cinco.

Ele fez um novo esforço, e foi possível perceber que, em meio ao torpor, todo o seu ser se esforçava para retornar à vida. Um pêndulo soou dez vezes. Ele estremeceu e disse:

– Levem-me... levem-me ao palácio.

Com a aprovação do médico, Waldemar chamou seus homens e mandou avisar o imperador.

Lupin foi colocado em uma maca e seguiu em direção ao palácio.

– No primeiro andar – sussurrou ele.

Subiram com ele.

– No final do corredor – disse ele –, último quarto à esquerda.

Levaram-no para a última sala, que era a décima segunda, e deram-lhe uma cadeira sobre a qual ele sentou-se, exausto.

O imperador chegou: Lupin não se movia, parecia inconsciente, o olhar inexpressivo.

Então, depois de alguns minutos, ele pareceu acordar, olhou em volta para as paredes, o teto, as pessoas e falou:

– Um narcótico, certo?

– Sim – confirmou o médico.

– O homem foi encontrado?

– Não.

Lupin parecia meditar, e por diversas vezes acenou com a cabeça, mas logo perceberam que ele dormia novamente. O imperador se aproximou de Waldemar.

– Ordene para que tragam seu automóvel.

– Ah? Mas então... *Sire*?

– Ora, o que foi? Começo a acreditar que ele está brincando conosco, e que tudo isto não passa de encenação para ganhar tempo!

– Talvez... realmente... – concordou Waldemar.

– É evidente que sim! Ele explora certas coincidências curiosas, mas não sabe nada, e sua história de moedas de ouro, seu narcótico, tantas invenções! Se continuarmos nos prestando a esse joguinho, ele vai deslizar por entre nossos dedos. Seu carro, Waldemar.

O conde deu as ordens e retornou. Lupin ainda não tinha despertado. O imperador, que estava inspecionando a sala, disse a Waldemar:

– Esta é a sala de Minerva, certo?

– Sim, *sire*.

– Mas, então, por que esse N em dois lugares?

Havia, de fato, dois N, um acima da chaminé, o outro acima de um velho relógio embutido na parede, todo destroçado, e cujo complicado mecanismo se podia ver, com os pesos inertes na extremidade das cordas.

– Esses dois N... – disse Waldemar.

O imperador não ouviu a resposta. Lupin ainda estava agitado, abrindo os olhos e articulando sílabas indistintas. Ele se levantou, caminhou pela sala e sentou-se novamente, exausto.

Começou então a luta, a luta feroz do seu cérebro, de seus nervos, de sua vontade, contra aquele torpor terrível que o paralisava, a luta do moribundo contra a morte, a luta da vida contra o nada.

E era um espetáculo infinitamente doloroso.

– Ele está sofrendo – murmurou Waldemar.

– Ou pelo menos finge que está sofrendo – declarou o imperador –, e finge maravilhosamente bem. Que ator!

Lupin balbuciou:

– Uma injeção, doutor, uma injeção de cafeína... rápido...

– O senhor me permite, *sire*? – o médico perguntou.

– Certamente. Até o meio-dia, devemos fazer o que ele quiser. Ele tem minha palavra.

– Quantos minutos até o meio-dia? – retomou Lupin.

– Quarenta – responderam.

– Quarenta? Vou conseguir... Tenho certeza de que vou conseguir... É preciso...

Ele segurou a cabeça com as duas mãos.

– Ah! Se eu tivesse o meu cérebro, o verdadeiro, o meu cérebro pensante, seria uma questão de segundos! Há apenas um ponto obscuro. Mas não posso... meu pensamento me escapa... Não consigo agarrá-lo... É atroz...

Seus ombros saltitavam. Será que ele estava chorando? Foi possível ouvi-lo repetir:

– 813... 813...

E mais baixo:

– 813... um 8... um 1... um 3... Sim, claro... mas por quê? Isso não é suficiente...

O imperador sussurrou:

– Ele me impressiona. Mal posso acreditar que um homem possa representar tão bem um papel... Metade do tempo... três quartos...

Lupin permanecia imóvel, os punhos colados à têmpora.

O imperador esperava, com os olhos fixos em um cronômetro que Waldemar segurava.

– Mais dez minutos... mais cinco...

– Waldemar, o automóvel está aqui? Seus homens estão prontos?

– Sim, *sire*.

– Seu cronômetro está ligado?

– Sim, *sire*.

– Quando der a última badalada do meio-dia, então...

– No entanto...

– Na última badalada do meio-dia, Waldemar.

A cena tinha algo de trágico, essa espécie de grandeza e solenidade que as horas ganham com a aproximação de um possível milagre. Parece que é a própria voz do destino que vai se expressar.

O imperador não escondia sua angústia. Esse estranho aventureiro chamado Arsène Lupin, e cuja vida prodigiosa ele conhecia, o perturbava e, embora determinado a pôr fim a toda essa história equívoca, ele não podia se privar de esperar e esperançar.

Mais dois minutos... mais um minuto. Então começaram a contar os segundos.

Lupin parecia adormecido.

– Vamos, prepare-se – disse o imperador ao conde.

Este avançou na direção de Lupin e colocou a mão em seu ombro.

A campainha argentina do cronômetro começou vibrar... um, dois, três, quatro, cinco...

– Waldemar, tire os pesos do velho relógio.

Um momento de estupor. Foi Lupin quem falou, muito calmo.

Waldemar deu de ombros, indignado com a informalidade do tratamento.

– Obedeça, Waldemar – disse o imperador.

– Sim, obedeça, meu caro conde – insistiu Lupin, que recuperava sua ironia. – Está em suas mãos, e você só tem de puxar as cordas do relógio alternadamente... uma, duas... Que maravilha, era assim que se fazia antigamente.

De fato, o pêndulo foi restabelecido, e ouviram o tique-taque regular.

– Agora os ponteiros – disse Lupin. – Mude-os para pouco antes do meio-dia... Não mexa mais nele e deixe-me agir...

Ele se levantou e avançou na direção do quadrante, ficando no máximo a um passo de distância, os olhos fixos, todo o seu ser atento.

Os doze golpes soaram, doze golpes pesados e profundos.

Um longo silêncio. Nada aconteceu. No entanto, o imperador esperava como se tivesse certeza de que algo iria acontecer. E Waldemar não se mexia, de olhos arregalados.

Lupin, que estava inclinado sobre o quadrante, endireitou-se e murmurou:

– Perfeito... consegui...

Ele voltou para sua cadeira e comandou:

– Waldemar, coloque os ponteiros em dois minutos para o meio-dia. Ah, não, meu velho, não no sentido contrário! Pois é! Vai demorar um pouco, mas o que você queria?

Todas as horas exatas e todas as meias horas ressoaram até as onze e meia.

– Ouça, Waldemar – disse Lupin.

E ele falava a sério, sem zombaria, e parecia emocionado e ansioso.

– Ouça, Waldemar, você vê no quadrante um pequeno ponto arredondado que marca a primeira hora? Essa ponta está vibrando, não está? Coloque o dedo indicador da mão esquerda sobre ela e aperte. Muito bem. Faça o mesmo com o polegar na ponta que marca a terceira hora. Muito bem. Com a mão direita, empurre a ponta da oitava hora. Muito bem. Obrigado. Pode se sentar, meu caro.

Passou um instante, e então o grande ponteiro se moveu e raspou na décima segunda ponta... E soou meio-dia outra vez.

Lupin estava calado e muito pálido. No silêncio, cada um dos doze golpes ressoou.

No décimo segundo, houve um barulho de acionamento. O relógio parou por completo. O pêndulo ficou imóvel.

E de repente o enfeite de bronze que decorava o quadrante e representava a cabeça de um carneiro caiu, deixando descoberta uma espécie de pequeno nicho talhado na própria pedra.

Nesse nicho havia uma caixinha de prata cinzelada.

– Ah! – fez o imperador. – O senhor tinha razão.

– O senhor tinha alguma dúvida sobre isso, *sire*? – observou Lupin.

Ele pegou a caixa e a apresentou.

– Vossa Majestade pode abri-la pessoalmente. As cartas que me deu a missão de procurar estão aí.

O imperador levantou a tampa e pareceu muito surpreso.

A caixa estava vazia.

3

A caixa estava vazia!

Foi uma grande reviravolta, totalmente inesperada. Após o sucesso dos cálculos feitos por Lupin, após a engenhosa descoberta do segredo do relógio, o imperador, para quem o sucesso final não estava mais em dúvida, parecia confuso.

Diante dele, Lupin, pálido, as mandíbulas contraídas, o olhar rubro de sangue, grunhia de raiva e ódio impotentes.

Ele limpou a testa coberta de suor, depois agarrou a caixa, virou-a, examinou-a como se esperasse encontrar um fundo falso. Finalmente, para ter certeza, num ataque de fúria, ele a esmagou com um aperto irresistível.

Isso o aliviou. Ele respirou melhor. O imperador lhe disse:

– Quem fez isso?

– Sempre o mesmo, *sire*, aquele que segue o mesmo caminho que eu e que caminha em direção ao mesmo objetivo, o assassino do senhor Kesselbach.

– Quando?

– Nesta noite. Ah! *Sire*, por que não me deixou livre quando saí da prisão? Livre, eu chegaria aqui sem perder um minuto sequer. Eu chegaria antes dele! Antes dele, eu daria ouro a Isilda! Antes dele eu teria lido o diário de Malreich, o velho criado francês!

– Então o senhor acha que foi pelas revelações desse diário...?

– Ah, sim, *sire*, ele teve tempo para ler. E, nas sombras, não sei onde, foi informado de todos os nossos gestos, não sei por quem! Ele me fez dormir para se livrar de mim ontem à noite.

– Mas o palácio estava protegido.

– Protegido por seus soldados, *sire*. E isso faz alguma diferença para homens como ele? Além disso, não tenho dúvida de que Waldemar concentrou as buscas nas dependências, deixando as portas do palácio desprotegidas.

– Mas e o barulho do relógio? As doze badaladas no meio da noite?

– Um truque, *sire*! Um truque para impedir que o relógio soasse!

– Tudo isso me parece realmente inverossímil.

– Tudo isso me parece absolutamente claro, *sire*. Se fosse possível revistar os bolsos de todos os seus homens agora, ou saber de todas as despesas que vão fazer durante o próximo ano, encontraríamos pelo menos dois ou três que, neste momento, são proprietários de algumas cédulas de dinheiro. Cédulas francesas, é claro.

– Oh! – protestou Waldemar.

– Sim, meu caro conde, é uma questão de preço, e *aquele lá* não se importa com isso. Se ele quisesse, tenho certeza de que o senhor mesmo...

O imperador não escutava, absorto em suas reflexões. Ele caminhou de um lado para o outro da sala, depois acenou para um dos oficiais que se encontrava na galeria.

– Meu automóvel... Apressem-se... Vamos partir.

Ele parou, observou Lupin por um instante e, aproximando-se do conde:

– Você também, Waldemar, ponha-se em marcha. Direto para Paris, sem nenhuma parada...

Lupin ergueu a orelha. Ele ouviu Waldemar responder:

– Eu preferiria ter uma dúzia de guardas a mais à disposição, com esse diabo de homem!

– Leve-os. E rápido, você precisa chegar nesta noite.

Lupin bateu com o pé violentamente:

– Não, *sire*! Não, não, não! Isso não vai acontecer, eu juro. Ah não, jamais!

– Como não?

– E as cartas, *sire*? As cartas que roubaram?

– Ora...

– Então Vossa Majestade renuncia à luta? – questionou Lupin, cruzando os braços, indignado. – Ela considera a derrota irremediável? Ela se dá por vencida? Pois eu, não, *sire*. Eu comecei. Eu vou terminar.

O imperador sorriu com essa bela declaração.

– Não vou desistir, mas minha polícia irá a campo.

Lupin gargalhou.

– Que Vossa Majestade me desculpe! É tão engraçado! A polícia de Sua Majestade! Ela vale o que todas as polícias do mundo valem, ou seja, nada, absolutamente nada! Não, *sire*, não vou voltar à Santé. Não dou a mínima para a prisão. Mas preciso da minha liberdade contra esse homem, e vou mantê-la.

O imperador se impacientou.

– O senhor nem sabe quem é esse homem.

– Eu saberei, *sire*. E só eu posso saber. Ele sabe que sou o único que pode saber. Sou o único inimigo dele. Sou o único que o ataca. Era a mim que ele queria atingir no outro dia com a bala do revólver. Era a mim que bastava adormecer, ontem à noite, para ficar livre para agir. O duelo é entre nós. O mundo não tem nada a ver com isso. Ninguém pode me ajudar, e ninguém pode ajudá-lo. Nós somos dois, e isso é tudo. Até aqui, a sorte o favoreceu. Mas no final é inevitável, é fatal que eu ganhe.

– Por quê?

– Porque sou o mais forte.

– E se ele o matar?

– Ele não vai me matar. Vou arrancar-lhe as garras, vou reduzi-lo à impotência. E o senhor terá as cartas, *sire*. Não há nenhum poder humano que possa me impedir de as entregar ao senhor.

Ele falava com tal convicção e com um tom de certeza que dava às coisas que ele profetizava a aparência real das coisas já realizadas.

O imperador não podia se defender de um sentimento confuso e inexplicável em que havia uma espécie de admiração e muito também daquela confiança que Lupin exigia de forma tão autoritária. No fundo, era apenas por escrúpulo que ele hesitava em empregar esse homem e torná-lo, por assim dizer, seu aliado. E inquieto, sem saber que partido tomar, ele caminhava da galeria até as janelas sem dizer uma palavra.

Enfim, disse:

– E quem nos garante que as cartas foram roubadas ontem à noite?

– O roubo tem data, *sire*.

– O que o senhor está dizendo?

– Examine a parte interna do frontão, que ocultava o esconderijo. A data está inscrita em giz branco: meia-noite, 24 de agosto.

– Realmente... realmente... – murmurou o imperador, confuso. – Como é que eu não percebi isso?

E acrescentou, deixando perceber a sua curiosidade:

– É como aqueles dois N pintados na parede... Eu não encontro uma explicação. Este é o quarto de Minerva.

– Este é o quarto onde Napoleão, imperador dos franceses, dormiu – observou Lupin.

– Como o senhor sabe?

– Pergunte a Waldemar, *sire*. Para mim, quando percorri o diário do velho criado, foi como um clarão. Percebi que eu e o Sholmes tínhamos nos enganado. *Apoon*, a palavra incompleta que o grão-duque Hermann traçou em seu leito de morte, não é uma contração da palavra Apollon, mas da palavra *Napoléon*.

– Isso mesmo... o senhor tem razão. – disse o imperador. – As mesmas letras compõem ambas as palavras, e na mesma ordem. É óbvio que o grão-duque queria escrever *Napoléon*. Mas e esse número, *813*?

– Ah! Este foi o ponto mais difícil de esclarecer. Sempre pensei que tínhamos de acrescentar os três números 8, 1 e 3, e o número 12, resultado dessa soma, parecia corresponder a esta sala, que é a décima segunda da galeria. Mas isso não foi suficiente. Devia existir outra coisa, outra coisa que o meu cérebro enfraquecido não conseguia formular. A vista do relógio localizado precisamente na sala Napoléon foi uma revelação para mim. O número 12, de fato, fazia referência à décima segunda hora. Meio-dia! Meia-noite! E esse não é um momento solene, que costuma ser mais comumente escolhido? Mas por que esses três números 8, 1 e 3, em vez de outros que resultariam na mesma soma?

"Foi então que eu pensei em tocar o relógio pela primeira vez, como uma tentativa. E foi ao fazê-lo soar que eu vi que as pontas da primeira, da terceira e da oitava hora eram móveis. Então eu obtive os três números, 1, 3 e 8, que, colocados na ordem fatídica, resultaram no número 813. Waldemar empurrou os três ponteiros. Ocorreu o acionamento. Vossa Majestade conhece o resultado...

"*Sire*, essa é a explicação desse enigma, e desses três números *813* que o grão-duque escreveu com sua mão agonizante, e graças aos quais ele tinha a esperança de que um dia seu filho descobriria o segredo de Veldenz e se transformaria no detentor das famosas cartas que ele havia escondido."

O imperador tinha ouvido com grande atenção, cada vez mais surpreso com tudo o que observava naquele homem: engenhosidade, clarividência, fineza, inteligência nata.

– Waldemar? – ele perguntou.

– *Sire*?

Mas, quando ele estava prestes a falar, exclamações foram ouvidas na galeria. Waldemar saiu e retornou.

– É a louca, *sire*. Estão impedindo a passagem dela.

– Que ela entre – exclamou Lupin –, deixe-a entrar, *sire*.

A um gesto do imperador, Waldemar foi buscar Isilda.

Houve um estupor com a entrada da jovem. A sua figura, tão pálida, estava coberta de manchas pretas. Seus traços, convulsivos, denunciavam o mais intenso sofrimento. Ela estava ofegante e apertava as duas mãos contra o peito.

– Oh! – reagiu Lupin com horror.

– O que aconteceu? – perguntou o imperador.

– Chame seu médico, *sire*! Não podemos perder um minuto!

E avançando:

– Fale, Isilda. Você viu alguma coisa? Você tem alguma coisa a dizer?

A jovem tinha parado, seus olhos menos vagos, como se iluminados pela dor. Ela articulou sons, mas nenhuma palavra.

– Ouça… – disse Lupin. – Responda sim ou não… um movimento com a cabeça. Você o viu? Sabe onde ele está? Sabe quem ele é? Ouça, se você não responder…

Ele reprimiu um gesto de raiva. Mas de repente, lembrando-se da provação do dia anterior, e de que ela parecia ter conservado alguma memória visual da época em que ainda era dotada de razão, ele escreveu na parede branca um L e um M maiúsculos.

Ela estendeu a mão para as cartas e acenou com a cabeça como se aprovasse.

– E o que mais? – fez Lupin. – O que mais? Escreva você também.

Mas ela deu um grito terrível e se jogou no chão.

Então, de repente, silêncio, imobilidade. Um outro sobressalto. E ela não se mexeu mais.

– Morta? – disse o imperador.

– Envenenada, *sire*.

– Ah! Que infeliz… E por quem?

– Por *ele*, *sire*. Ela certamente o conhecia. Ele deve ter ficado com medo das revelações dela.

O médico chegava. O imperador apontou para a jovem.

Então, dirigindo-se a Waldemar:

– Todos os seus homens a postos. Revistem toda a casa. Enviem um telegrama para os postos fronteiriços…

O imperador se aproximou de Lupin:

– De quanto tempo o senhor precisa para recuperar as cartas?

– Um mês, *sire*…

– Pois bem, Waldemar estará aqui à sua espera. Ele assumirá as minhas ordens e terá plenos poderes para lhe conceder o que o senhor desejar.

– O que eu desejo, *sire*, é a liberdade.

– O senhor está livre.

Lupin o observou afastar-se e disse entre os dentes:

– A liberdade primeiro… E depois, quando eu lhe entregar as suas cartas, Majestade, um pequeno aperto de mãos. Então estaremos quites.

OS SETE BANDIDOS

1

– A senhora pode receber?

Dolorès Kesselbach pegou o cartão que o empregado lhe entregava e leu: *André Beauny.*

– Não, disse ela, não o conheço.

– Esse senhor insiste bastante, senhora. Ele diz que a senhora espera por sua visita.

– Ah!... Talvez... Na verdade, traga-o até aqui.

Desde os acontecimentos que tinham perturbado sua vida e que a tinham atingido com uma obstinação implacável, Dolorès, depois de uma estadia no hotel Bristol, acabava de se instalar em uma casa sossegada na rua Vignes, na parte de trás de Passy.

Um belo jardim se estendia na parte de trás, enquadrado por outros espessos jardins. Quando as crises mais dolorosas não a mantinham dias inteiros em seu quarto, de persianas fechadas, invisível a todos, ela pedia que a levassem para debaixo das árvores, e ficava lá, deitada, melancólica, incapaz de reagir ao péssimo destino. A areia do caminho estalou novamente, e, acompanhado pelo empregado, um homem jovem apareceu, de fisionomia elegante, vestido de maneira muito simples, da forma um pouco ultrapassada de alguns pintores, colarinho puído, gravata flutuante de bolinhas brancas em fundo azul-marinho.

O empregado se afastou.

– André Beauny, certo? – disse Dolorès.

– Sim, senhora.

– Não tenho a honra...

– Sim, senhora. Sabendo que eu era amigo da senhora d'Ernemont, a avó de Geneviève, a senhora escreveu a ela, em Garches, dizendo que gostaria de falar comigo. Estou aqui.

Dolorès se levantou, muito emocionada.

– Ah! O senhor é...

– Sim.

Ela balbuciou:

– Mesmo? O senhor é?... Eu não o reconheço.

– A senhora não reconhece o príncipe Paul Sernine?

– Não, não se parece com ele... nem a testa... nem os olhos... E também não é assim que...

– Que os jornais têm representado o prisioneiro da Santé. – ele disse sorrindo. – No entanto, sou eu mesmo.

Um longo silêncio seguiu-se em que eles permaneceram envergonhados e sem graça.

Finalmente ele pronunciou:

– Posso saber a razão?

– Geneviève não lhe disse?

– Eu não a vi... Mas a avó dela acreditou ter entendido que a senhora precisaria dos meus serviços...

– É isso... é isso...

– E para quê? Eu estou tão feliz...

Ela hesitou um segundo, depois murmurou:

– Tenho medo.

– Medo! – exclamou.

– Sim – disse ela em voz baixa –, tenho medo, medo de tudo, medo do que é e do que virá a ser amanhã, depois de amanhã... medo da vida. Eu tenho sofrido tanto... Não aguento mais.

Ele olhou para ela com grande piedade. O sentimento confuso que ele sempre teve em relação a essa mulher tomava um caráter mais preciso agora que ela pedia proteção. Era um desejo ardente de se dedicar a ela, inteiramente, sem esperança de recompensa.

Ela prosseguiu:

– Estou sozinha, agora, totalmente sozinha, com os empregados que contratei ao acaso, e tenho medo... Sinto que eles se movimentam à minha volta.

– Mas com que objetivo?

– Não sei. Mas o inimigo ronda e se aproxima.

– A senhora os viu? A senhora observou alguma coisa?

– Sim, na rua, nestes últimos dias, dois homens passaram diversas vezes e pararam diante da casa.

– Como eles eram?

– Um deles eu vi melhor. Ele é grande, forte, barba feita e vestido com um casaco de tecido preto, muito curto.

– Um mordomo?

– Sim, um mordomo. Eu pedi que meus empregados o seguissem. Ele tomou a rua Pompe e entrou em uma casa de aparência desagradável, cujo térreo é ocupado por um mercado de vinhos, a primeira à esquerda nesta rua. Finalmente, outra noite...

– Outra noite?

– Percebi, pela janela do meu quarto, uma sombra no jardim.

– Isso é tudo?

– Sim.

Ele pensou e propôs a ela:

– Permita que dois dos meus homens durmam embaixo, em um dos quartos do térreo, sim?

– Dois de seus homens?

– Oh! Não se preocupe com nada... São pessoas valorosas, o senhor Charolais e o filho dele... que não se parecem em nada com o que eles são. Com eles aqui, a senhora ficará tranquila. Quanto a mim...

Ele hesitou. Esperava que ela pedisse para ele voltar. Como ela se calou, ele disse:

– Quanto a mim, é melhor que não seja visto aqui... Sim, é melhor... para a senhora. Meus homens me manterão atualizado.

Ele quis falar mais, ficar, sentar-se perto dela e reconfortá-la. Mas tinha a impressão de que, quanto ao que tinham para dizer, tudo estava dito e que somente uma palavra a mais, pronunciada por ele, seria um ultraje.

Então ele a cumprimentou muito baixo e se retirou.

Ele atravessou o jardim, caminhando rapidamente, com pressa de estar fora dali e dominar sua emoção. O empregado o esperava na soleira da porta. No momento em que ele atravessava a porta de entrada, na rua, alguém batia, uma jovem.

Ele estremeceu:

– Geneviève!

Ela fixou nele seus olhos espantados e, de repente, ainda que desconcertada pela tenra idade daquele olhar, ela o reconheceu, e isso lhe causou um distúrbio tão grande que ela vacilou e precisou apoiar-se na porta.

Ele havia retirado seu chapéu e contemplava a moça sem ousar lhe estender a mão. Ela lhe estenderia a sua? Não era mais o príncipe Sernine... Era Arsène Lupin. E ela sabia que ele era Arsène Lupin e que saíra da prisão.

Chovia lá fora. Ela deu seu guarda-chuva ao empregado balbuciando:

– Abra-o, por favor, e guarde.

E ela seguiu para a direita.

"Meu pobre velho", pensou Lupin indo embora, "veja só os abalos para uma criatura nervosa e sensível como você. Cuide desse coração, senão... Veja só, bem, então seus olhos estão molhados! Mau sinal, senhor Lupin, você está ficando velho."

Ele bateu no ombro de um rapaz que atravessava a calçada da Muette e se dirigia para a rua Vignes. O rapaz parou e, depois de alguns segundos:

– Desculpe, senhor, mas eu não tenho a honra, me parece...

– Pois parece estar enganado, meu caro senhor Leduc. Ou então sua memória está bem falha. Lembre-se de Versalhes, o pequeno quarto de hotel dos Deux-Impereurs...

– O senhor!

O rapaz tinha saltado para trás, horrorizado.

– Meu Deus, sim, eu mesmo, o príncipe Sernine, ou melhor, Lupin, porque você sabe meu verdadeiro nome! Então você achou que Lupin havia passado desta para uma melhor? Ah, sim, eu entendo, a prisão! Você esperava... Pobrezinho!

Ele bateu suavemente nos seus ombros.

– Vamos nos recompor, meu rapaz, ainda temos alguns bons dias agradáveis para passar fazendo versos. A hora ainda não chegou. Faça versos, poeta!

Ele o abraçou violentamente e disse, cara a cara:

– Mas a hora se aproxima, poeta. Não se esqueça de que você é meu, de corpo e alma. E se prepare para cumprir seu papel. Ele será rude e magnífico. Meu Deus! Você me parece mesmo o homem certo para esse papel!

Ele desatou a rir, deu uma pirueta e deixou o jovem Leduc atordoado.

Na esquina da rua Pompe, um pouco mais distante, estava o comércio de vinhos de que a senhora Kesselbach havia falado. Ele entrou e, por muito tempo, jogou conversa fora com o dono. Depois tomou um automóvel e foi até o Grande Hotel, onde morava, sob o nome de André Beauny.

Lá, os irmãos Doudevilles esperavam por ele.

Ainda que já estivesse farto desse tipo de gozo, Lupin não deixava de saborear os testemunhos de admiração e dedicação que seus amigos derramavam sobre ele.

– Então, chefe, explique para nós. O que está acontecendo? Com o senhor, estamos habituados aos prodígios... mas, mesmo assim, há limites...

Então, o senhor está livre? E bem aqui, no coração de Paris, apenas disfarçado.

– Um charuto? – ofereceu Lupin.

– Não... obrigado.

– Você deveria, Doudeville. Estes aqui são muito bons. Eu os obtive de um profundo conhecedor, que se orgulha de ser meu amigo.

– Ah! Pode-se saber quem?

– O Kaiser. Vamos, não faça essa cara de bobo e me atualize; eu não li os jornais. Minha fuga, qual foi o efeito no público?

– Arrebatador, chefe!

– E a versão da polícia?

– A fuga teria acontecido em Garches durante uma reconstituição do assassinato de Altenheim. Por azar, os jornalistas provaram que isso seria impossível.

– E então?

– Então, pura perplexidade. Todos procuram, riem e se divertem muito.

– Weber?

– Weber está muito comprometido.

– Fora isso, nada de novo no serviço da Sûreté? Nenhuma descoberta sobre o assassino? Nenhum indício que nos permita descobrir a identidade de Altenheim?

– Não.

– Eles são estúpidos! E pensar que nós pagamos milhões por ano para alimentar essa gente aí. Se isso continuar assim, me recuso a pagar minhas contribuições. Pegue uma cadeira e uma pluma. Nesta noite você levará uma carta ao *Grand Journal*. Já faz muito tempo que o universo não tem notícias minhas. Deve estar ofegante de impaciência. Escreva:

Senhor diretor,

Desculpo-me diante do público, cuja legítima impaciência será decepcionada.

Eu me evadi da prisão, e é impossível que eu revele como o fiz. Mesmo assim, depois de minha fuga, descobri o famoso segredo e também não posso dizer qual é este segredo e como eu o descobri.

Mais dia, menos dia, tudo isso será objeto de uma narrativa um tanto original que será publicada, de acordo com minhas notas, por um biógrafo qualquer. É uma página da História da França que nossos netos lerão com interesse.

Por agora, tenho coisa melhor a fazer. Revoltado de ver nas mãos de quem caíram as funções que eu exercia, farto de constatar que o caso Kesselbach-Altenheim permanece no mesmo ponto, destituo o senhor Weber e retomo o posto de honra que eu ocupava, com tanto brilho, e pela satisfação geral, com o nome de senhor Lenormand.

Arsène Lupin,
Chefe da Sûreté.

2

Às oito horas da noite, Arsène Lupin e Doudeville entravam no Caillard, o restaurante da moda. Lupin, apertado em seu fraque, mas com as calças um pouco largas de artista e uma gravata um pouco frouxa demais; Doudeville de sobrecasaca, a vestimenta e o ar grave de um magistrado.

Eles escolheram a parte rebaixada do restaurante, que era separada do grande salão por duas colunas.

Um mordomo, correto e impertinente, atendeu aos pedidos com uma caderneta na mão. Lupin fez seu pedido com a meticulosidade e exigência de um profundo apreciador.

– Certamente – ele disse –, o ordinário da prisão era aceitável, mas mesmo assim isso dá gosto, uma refeição impecável.

Ele comeu com bom apetite e silenciosamente, contentando-se em pronunciar, às vezes, uma frase que indicava a sequência de suas preocupações.

– Obviamente, isso vai se resolver... mas será difícil. Que adversário! O que me espanta é que, depois de seis meses de luta, eu não saiba nem mesmo o que ele quer! O principal cúmplice está morto, nós estamos chegando ao final da batalha, e mesmo assim não vejo mais claramente o seu jogo. O que ele quer, esse miserável? Quanto a mim, meu plano é claro: meter a mão no grão-ducado, conduzir ao trono um grão-duque que componha comigo, dar a ele Geneviève como esposa e reinar. Um plano cristalino, honesto e justo. Mas ele, o ignóbil personagem, essa larva das trevas, qual seu objetivo final?

Ele chamou:

– Garçom!

O mordomo se aproximou.

– O senhor deseja?

– Os charutos.

O mordomo voltou e abriu diversas caixas.

– Qual deles o senhor me aconselha? – disse Lupin.

– Estes são excelentes Upman.

Lupin ofereceu um Upman a Doudeville, pegou um para si mesmo e o cortou. O mordomo acendeu um fósforo e o apresentou a Lupin.

Rapidamente Lupin agarrou seu pulso.

– Nenhuma palavra... Eu conheço você... O seu verdadeiro nome é Dominique Lecas...

O homem, que era gordo e forte, quis se afastar. Ele sufocou um grito de dor. Lupin tinha torcido seu pulso.

– Você se chama Dominique, mora na rua Pompe, no quarto andar, para onde se retirou com uma pequena fortuna adquirida no serviço. Mas escute bem, imbecil, ou eu quebro seus ossos: adquirida no serviço prestado ao barão Altenheim, na casa em quem você era mordomo.

O outro ficou imóvel, pálido de medo.

Em volta deles, a pequena sala estava vazia. Ao lado, no restaurante, três senhores fumavam, e dois casais batiam papo enquanto bebiam licores.

– Está vendo? Estamos tranquilos, podemos conversar.

– Quem é o senhor? Quem é o senhor?

– Não se lembra de mim? No entanto, lembre-se daquele famoso almoço na vila Dupont. É você mesmo, o velho fantoche que me ofereceu o prato de bolos. E que bolos!

– O príncipe... o príncipe... – balbuciou o outro.

– Isso mesmo, o príncipe Arsène, o príncipe Lupin em pessoa... Ah! Ah! Respire, você deve estar pensando que não tem nada a temer de Lupin, não é? Errado, meu velho, você tem tudo a temer.

Ele tirou do bolso um cartão e mostrou ao homem:

– Tome, veja, eu sou da polícia agora. O que você quer? Nós acabamos sempre assim... nós, os grandes senhores do roubo, os imperadores do crime.

– E então? – retomou o mordomo, ainda inquieto.

– Vamos, atenda àquele cliente que está chamando ali, faça seu serviço e volte. Atenção, nada de gracinhas, nem tente sair dessa. Tenho dez agentes lá fora que estão de olho em você. Pode ir.

O mordomo obedeceu. Cinco minutos depois ele estava de volta, e, de pé diante da mesa, de costas para o restaurante, como se falasse com os clientes sobre a qualidade dos charutos, disse:

– O que foi? Do que se trata?

Lupin enfileirou sobre a mesa algumas notas de cem francos.

– Quanto mais respostas precisas às minhas questões, mais notas.

– Feito.

– Vou começar. Quantos vocês eram com o barão Altenheim?

– Sete, sem contar comigo.

– Não eram mais?

– Não. Uma vez apenas, nós recrutamos operários italianos para fazer as passagens subterrâneas da vila Glycines, em Garches.

– Havia duas passagens subterrâneas?

– Sim, uma levava ao pavilhão Hortense, a outra se conectava com a primeira e se abria abaixo do pavilhão da senhora Kesselbach.

– O que queriam?

– Raptar a senhora Kesselbach.

– As duas camareiras, Suzanne e Gertrude, eram cúmplices?

– Sim.

– Onde elas estão?

– No exterior.

– E seus sete companheiros do bando Altenheim?

– Eu não estou mais com eles. Eles continuam na ativa.

– Onde posso encontrá-los?

Dominique hesitou. Lupin desdobrou duas notas de mil francos e disse:

– Seus escrúpulos o honram, Dominique. Não resta mais que se sentar em cima deles e responder.

Dominique respondeu:

– O senhor pode encontrá-los na estrada da Révolte, número 3, em Neuilly. Um deles é chamado de Brocanteur.

– Perfeito. E, agora, o nome, o verdadeiro nome de Altenheim. Você sabe?

– Sim. Ribeira.

– Dominique, isso vai acabar mal. Ribeira era apenas um nome de guerra. Estou lhe perguntando o verdadeiro nome.

– Parbury.

– Outro nome de guerra.

O mordomo hesitava. Lupin mostrou três bilhetes de cem francos.

– Ah, droga! – exclamou o homem. – De todo modo, ele está morto, não é? E bem morto.

– Qual é o nome dele? – disse Lupin.

– O nome dele? O cavalheiro de Malreich.

Lupin saltou na cadeira.

– O quê? O que você disse? O cavalheiro?... Repita... O cavalheiro?

– Raoul de Malreich.

Um longo silêncio se fez. Lupin, os olhos fixos, pensava na louca de Veldenz que foi morta envenenada. Isilda tinha esse mesmo sobrenome: Malreich. E era também o sobrenome do pequeno cavalheiro francês que foi à corte de Veldenz no século dezoito.

Ele disse:

– De que país é esse Malreich?

– De origem francesa, mas nascido na Alemanha. Eu vi alguns papéis uma vez. Foi assim que tomei conhecimento do nome dele. Ah, se ele tivesse descoberto, acho que teria me estrangulado!

Lupin pensou e disse:

– Era ele que encomendava tudo?

– Sim.

– Mas ele tinha um cúmplice, um comparsa?

– Ah! Cale-se… cale-se…

De repente, a figura do mordomo exprimiu a mais forte ansiedade. Lupin percebeu o mesmo tipo de temor, de repulsa que ele experimentava quando pensava no assassino.

– O que é? Você o viu?

– Oh! Não vamos falar daquele homem… não devemos falar dele.

– O que é? Estou perguntando.

– O mordomo… o chefe… ninguém o conhece.

– Mas você o viu. Responda. Você o viu?

– Na penumbra, algumas vezes… à noite. Nunca à luz do dia. As ordens dele chegavam em pedacinhos de papel ou por telefone.

– Qual é o nome dele?

– Não sei. Nós nunca falávamos dele. Isso trazia má sorte.

– Ele se vestia de preto, não é?

– Sim, de preto. Ele é pequeno e magro… loiro…

– Ele mata, não é mesmo?

– Sim, ele mata… Ele mata como alguém que rouba um pedaço de pão.

Sua voz estava trêmula. Ele suplicou:

– Vamos nos calar… Não é preciso falar dele… Isso eu digo… traz má sorte.

Lupin se calou, impressionado, contra sua vontade, pela angústia do homem.

Ele permaneceu pensativo por um bom tempo, depois levantou-se e disse ao mordomo:

– Tome, aqui está seu dinheiro, mas, se você quer viver em paz, será muita sabedoria sua não soltar uma só palavra do que conversamos para ninguém.

Lupin saiu do restaurante com Doudeville e caminhou até a porta Saint-Denis, sem dizer nenhuma palavra, preocupado com tudo que tinha acabado de descobrir.

Finalmente, pegou o braço de seu companheiro e disse:

– Escute aqui, Doudeville. Você vai à Gare du Nord, aonde chegará a tempo de embarcar no expresso de Luxemburgo. Você irá a Veldenz, a capital do grão-ducado de Deux-Ponts-Veldenz. Na prefeitura, você facilmente conseguirá o registro de nascimento do cavalheiro de Malreich e informações sobre a família dele. Sábado, depois de amanhã, você estará de volta.

– Devo avisar a Sûreté?

– Eu me encarrego disso. Vou telefonar avisando que você está doente. Ah! Mais uma coisa. Nós nos encontraremos ao meio-dia, em um pequeno café da estrada da Révolte chamado restaurante Buffalo. Vista-se como um operário.

No dia seguinte, Lupin, vestindo uma gandola e usando boné, dirigiu-se a Neully e começou sua busca no número 3 da estrada da Révolte. Uma grande porta de madeira se abria em um primeiro pátio, e, lá dentro, uma verdadeira cidade medieval, sequências de passagens e ateliês onde borbulhava uma população de artesãos, mulheres e crianças.

Em alguns minutos, ele ganhou a simpatia da concierge, com quem tagarelou por uma hora sobre os assuntos mais variados possíveis. Durante essa hora, ele viu passar, um após o outro, três indivíduos cuja aparência lhe chamou a atenção.

"Esses são caça e cheiram forte... Dá para seguir o rastro pelo cheiro... O jeito de gente honesta, claro, mas o olhar de fera que sabe que o inimigo está por toda parte, e que todo arbusto, toda touceira pode esconder uma armadilha", pensou ele.

Durante a tarde e na manhã de sábado, ele prosseguiu com suas investigações e certificou-se de que todos os sete cúmplices de Altenheim moravam nesse conjunto de habitações. Entre eles, quatro exerciam abertamente a profissão de "comerciantes de roupas". Dois outros vendiam jornais, o sétimo se dizia *Brocanteur*[1], vendia artigos de segunda mão, e era assim, aliás, que era conhecido.

Eles passavam uns pelos outros sem transparecer que se conheciam. Mas, à noite, Lupin constatou que eles se reuniam em uma espécie de galpão situado no fundo do último pátio. Nesse galpão, Brocanteur acumulava suas mercadorias, ferro-velho, salamandras quebradas, canos de fogão enferrujados... e sem dúvida a maior parte dos objetos era roubada.

"Vamos", pensou ele, "a labuta está avançando. Eu pedi um mês ao meu primo da Alemanha, mas acho que uns quinze dias serão suficientes. E o que me dá gosto é poder começar a operação pelos fanfarrões que me afundaram no rio Sena. Meu pobre velho Gourel, finalmente vou vingá-lo. Não tão cedo!"

Meio-dia, na entrada do restaurante Buffalo, em uma pequena sala do andar de baixo, onde os pedreiros e cocheiros vinham comer o prato do dia, alguém veio se sentar perto dele.

– Está feito, chefe.

– Ah, é você, Doudeville! Melhor assim. Estou ansioso para saber. Você conseguiu as informações? O registro de nascimento? Ande logo, me conte.

– Ora, ora! Veja. O pai e a mãe de Altenheim morreram no exterior.

– Prossiga.

– Eles deixaram três filhos.

– Três?

[1] Vendedor de sucatas. (N.T.)

– Sim, o mais velho hoje tem trinta anos. Ele se chamava Raoul de Malreich.

– É o nosso homem, Altenheim. E depois?

– O mais jovem era uma menina, Isilda. No registro consta, em tinta fresca, a menção "Falecida".

– Isilda... Isilda – falou novamente Lupin –, era bem o que eu estava pensando, Isilda era irmã de Altenheim. Bem que eu tinha notado nela uma fisionomia conhecida. Aí está o laço que os conectava. Mas e o outro, o terceiro filho, ou melhor, o segundo, o caçula?

– Um menino. Atualmente teria vinte e seis anos.

– Qual é o nome dele?

– Louis de Malreich.

Lupin teve um pequeno choque.

– É isso! Louis de Malreich... As iniciais L. M... A terrível e assustadora assinatura... O assassino se chama Louis de Malreich... Era o irmão de Altenheim e de Isilda. E ele matou um e outro por medo das revelações dele...

Lupin permaneceu taciturno por um bom tempo, sombrio, com a obsessão, sem dúvida, do ser misterioso.

Doudeville considerou:

– O que ele poderia temer de sua irmã Isilda? Ela era louca, me disseram.

– Louca, sim, mas capaz de se lembrar de certos detalhes da infância. Ela teria reconhecido o irmão com o qual ela foi criada. E essa recordação custou a vida dela.

E acrescentou:

– Louca! Mas toda essa gente é louca... A mãe, louca... O pai, alcoólatra... Altenheim, um verdadeiro bruto... Isilda, uma pobre demente... E quanto ao outro, o assassino, é um monstro, um maníaco imbecil...

– Imbecil, o senhor acha, chefe?

– Claro que sim, um imbecil! Com clarões de genialidade, com malícia e intuição de um demônio, mas um desequilibrado, um louco como toda essa família Malreich. Somente os loucos matam, ainda mais loucos como este aí. Porque, enfim...

Ele se interrompeu, e sua fisionomia se contraiu tão profundamente que Doudeville se assustou.

– O que foi, chefe?

– Veja.

3

Acabava de entrar no restaurante um homem que pendurou seu chapéu em um gancho – um chapéu preto, de feltro macio –, sentou-se a uma mesinha, examinou o menu que um garçom lhe oferecia, fez o pedido, imóvel, o torso rígido, os dois braços cruzados sobre a toalha.

E Lupin olhou e viu bem a sua cara.

Ele tinha um rosto magro e seco, era totalmente calvo, órbitas profundas no centro das quais se notavam olhos acinzentados, cor de ferro. A pele parecia esticada de um osso a outro, como um pergaminho, tão reto, tão espesso, que nenhum pelo conseguiria perfurá-lo.

E a fisionomia era sombria. Não demonstrava nenhuma expressão. Nenhum pensamento parecia viver sob aquela testa de marfim. E as pálpebras, sem cílios, jamais se mexiam, o que dava ao olhar a fixidez do olhar de uma estátua.

Lupin fez sinal a um dos garçons do estabelecimento.

– Quem é aquele senhor?

– O que está almoçando?

– Sim.

– É um cliente. Ele vem duas ou três vezes por semana.

– Você sabe o nome dele?

– Mas claro que sim!... Léon Massier.

– Ah! – balbuciou, agitado.

L. M... as duas letras... seria o tal Louis de Malreich?

Ele contemplou o homem avidamente. Na verdade, o aspecto do homem estava de acordo com suas previsões, com o que sabia dele e de sua existência repugnante. Mas o que incomodava era aquele olhar de morte, bem onde Lupin esperava a vida e o entusiasmo... era a impassibilidade, onde esperava o tormento, a desordem, a grimaça dos malditos.

Ele disse ao garçom:

– E este senhor, o que ele faz da vida?

– Juro por Deus, não saberia dizer. É um sujeitinho estranho. Ele está sempre sozinho. Nunca fala com ninguém. Nós aqui não conhecemos nem mesmo som da voz dele. No menu, ele aponta com o dedo os pratos que quer. Em vinte minutos, come, paga e vai embora...

– E ele volta?

– A cada quatro ou cinco dias. Não é regular.

– É ele, só pode ser ele, é o Malreich, é ele... Ele está respirando a quatro passos de mim. Aí estão as mãos que matam. Aí está o cérebro que envenena o odor do sangue. Aí está o monstro, o vampiro... – disse Lupin.

Mas será que isso é possível? Lupin tinha acabado por considerá-lo como um ser tão fantástico que estava desconcertado em vê-lo como uma forma vivente que vai, volta, age. Era inexplicável que ele comesse como os outros, pão e carne, e que ele bebesse cerveja como o cliente anterior, aquele que Lupin imaginou como uma fera imunda que se alimentava de carne viva e sugava o sangue de suas vítimas.

– Vamos embora, Doudeville.

– O que o senhor tem, chefe? Está completamente pálido.

– Preciso de ar fresco. Vamos sair.

Do lado de fora, ele respirou profundamente, limpou a testa coberta de suor e murmurou:

– Estou melhor. Estava abafado lá dentro.

E, dominando-se, retomou:

– Doudeville, o desfecho está se aproximando. Há semanas que luto tateando o inimigo invisível. E eis que, de repente, o acaso o coloca no meu caminho! Agora, a partida está empatada.

– Não seria melhor a gente se separar, chefe? Nosso homem nos viu juntos. Ele terá mais dificuldade em reparar em nós se estivermos um sem o outro.

– Ele nos viu? – indagou Lupin, pensativo. – Ele parecia não ver nada, não ouvir nada nem olhar nada. Que tipo desconcertante!

E, de fato, dez minutos depois, Léon Massier apareceu e se distanciou, sem nem mesmo observar se estava sendo seguido. Ele havia acendido um cigarro e fumava, uma das mãos atrás das costas, caminhando como um passante que aproveita o sol e o ar fresco e que não suspeita de que seu passeio pode estar sendo observado.

Ele cruzou o posto de cobrança de impostos, caminhou ao longo das fortificações, saiu de novo pela porta Champerret e refez seus passos pela estrada da Révolte.

Será que ele entraria na casa número 3? Lupin desejou muito isso, pois seria a prova certeira de sua cumplicidade com o bando de Altenheim, mas o homem se virou e entrou pela rua Delaizement, que ele seguiu até depois do velódromo Buffalo.

À esquerda, em frente ao velódromo, entre os jogos de tênis para locação e as barracas que ladeiam a rua Delaizement, havia um pequeno pavilhão isolado, rodeado por um jardim estreito.

Léon Massier parou, pegou seu molho de chaves, abriu primeiramente o portão do jardim, depois a porta do pavilhão e desapareceu.

Lupin avançou com precaução. De repente, ele notou que as casas da estrada da Révolte se prolongavam, na parte de trás, até o muro do jardim.

Aproximando-se mais, ele viu que o muro era muito alto e que um galpão construído no fundo do jardim se apoiava nele.

Pela disposição dos lugares, ele se assegurou de que o galpão estava posicionado na parte de trás do galpão construído no último pátio do número 3, e que servia de depósito para o *brocanteur*.

Assim, portanto, Léon Massier morava em uma casa contígua ao cômodo em que se reuniam os sete cúmplices do bando de Altenheim. Consequentemente, Léon Massier era certamente o chefe supremo que comandava o bando, e era evidente que era por uma passagem existente entre os dois galpões que ele se comunicava com seus comparsas.

– Eu não estava errado, Léon Massier e Louis de Malreich são a mesma pessoa – disse Lupin. – A situação está se resolvendo.

– Rudemente – concordou Doudeville –, e, em alguns dias, tudo estará resolvido.

– Ou seja, eu terei levado um corte de estilete na garganta.

– O que está dizendo, chefe? Que ideia!

– Bobagem! Quem sabe! Eu sempre tive a impressão de que esse monstro trazia má sorte.

Dali em diante, tratava-se, por assim dizer, de vigiar a vida de Malreich de forma que nenhum de seus gestos fosse ignorado.

Essa vida, acreditando nas pessoas da região que Doudeville interrogou, era das mais estranhas. O sujeito do Pavilhão, como era chamado, morava lá sozinho há alguns meses. Ele não visitava nem recebia ninguém. Ninguém conhecia um empregado seu. E as janelas, amplamente abertas, mesmo durante a noite, permaneciam sempre obscuras, sem que nunca fossem iluminadas pela claridade de uma vela ou uma lâmpada.

Além disso, na maior parte do tempo, Léon Massier saía na caída da noite e só voltava muito tarde – no alvorecer, afirmavam as pessoas que haviam se encontrado com ele ao nascer do sol.

– E as pessoas sabem o que ele faz? – perguntou Lupin a seu companheiro, quando ele chegou.

– Não. A existência dele é absolutamente irregular, ele desaparece algumas vezes durante muitos dias... ou então permanece fechado em casa. Somando tudo, não sabemos nada.

– Ora, ora! Nós saberemos, e em pouco tempo.

Ele estava enganado. Depois de oito dias de investigações e esforços contínuos, ele não tinha descoberto mais nada sobre o estranho indivíduo. Acontecia algo extraordinário enquanto Lupin o seguia. O homem que caminhava a passos curtos ao longo das ruas, sem nunca se virar e sem jamais parar, desaparecia como que por milagre. Algumas vezes ele usou casas com duas saídas. Mas, outras vezes, pareceu evaporar no meio da multidão, como um fantasma. E Lupin ficava lá, petrificado, aturdido, cheio de raiva e confuso.

Ele corria imediatamente para a rua Delaizement e montava guarda. Minutos iam se somando aos minutos, quartos de hora aos quartos de hora. Uma parte da noite transcorria. E então surgia o homem misterioso. O que ele teria feito?

4

– Uma missiva para o senhor, chefe – disse-lhe Doudeville certa noite, por volta das oito horas, quando se juntou a ele na rua Delaizement.

Lupin abriu. A senhora Kesselbach suplicava que ele fosse em seu socorro. Na caída da noite, dois homens tinham estacionado sob as janelas, e um dos dois havia dito: "Ainda bem, alarme falso... Então, está entendido, daremos o golpe nesta noite". Ela tinha descido e constatado que a persiana do escritório não fechava mais, ou que pelo menos dava para abri-la pelo lado de fora.

– Finalmente – disse Lupin –, é o próprio inimigo que nos propõe a batalha. Tanto melhor! Estou cansado de ficar plantado sob as janelas de Malreich.

– Ele está em casa agora?

– Não, novamente me pregou uma de suas peças em Paris. Eu ia pregar uma das minhas nele. Mas, primeiro, escute bem, Doudeville. Você vai reunir uns dez de nossos homens mais fortes... por exemplo, Marco e o porteiro Jérôme. Desde a história do Palace Hotel, eu dei férias para eles. Que venham agora. Uma vez nossos homens reunidos, leve-os até a rua Vignes. O velho Charolais e o filho dele já devem estar montando guarda. Você deve falar com eles, e, às onze e meia, você virá juntar-se a mim na esquina da rua Vignes com a rua Raynouard. De lá, vigiaremos a casa.

Doudeville se afastou. Lupin esperou ainda uma hora até que a sossegada rua Delaizement ficasse totalmente deserta; depois, vendo que Léon Massier não voltava mais, ele se decidiu e se aproximou do pavilhão.

Ninguém por perto... Ele tomou impulso e saltou sobre uma saliência da pedra que sustentava o portão do jardim. Alguns minutos depois, ele estava no lugar.

Seu plano consistia em forçar a porta da casa e vasculhar os quartos, a fim de encontrar as famosas cartas do imperador roubadas por Malreich em Veldenz. Mas ele pensou que uma visita ao galpão era mais urgente.

Lupin ficou muito surpreso ao ver que o galpão não estava fechado e ao constatar, em seguida, sob a luz de sua lanterna elétrica, que ele estava absolutamente vazio e que nenhuma porta atravessava o muro do fundo.

Ele procurou por muito tempo, sem nenhum sucesso. Mas, do lado de fora, viu uma escada encostada contra o galpão e que servia obviamente para subir em uma espécie de sótão construído sob o teto de ardósia.

Velhas caixas, fardos de palha, painéis de jardim encobriam esse sótão, ou pelo menos pareciam encobri-lo, pois ele descobriu facilmente uma passagem que o conduziu ao muro.

Lá, esbarrou em um painel que ele quis mover.

Não conseguindo, examinou o objeto de mais perto e tomou conhecimento, primeiro de que ele estava fixado à muralha e, depois, de que faltava um dos ladrilhos.

Ele passou o braço: estava vazio. Ele projetou intensamente a luz de sua lanterna e olhou: era um grande hangar, um galpão maior que aquele do pavilhão cheio de sucata e de todo tipo de objetos.

“Estamos chegando lá”, pensou Lupin, “esta claraboia foi feita no galpão do *brocanteur*, bem em cima, e é daqui que Louis de Malreich vê, ouve e vigia seus cúmplices, sem ser visto nem ouvido por eles. Agora ficou explicado como eles não conheciam seu chefe.”

Inteirado, ele apagou sua luz e estava disposto a partir quando uma porta se abriu na sua frente e logo abaixo.

Alguém entrou. Uma lâmpada foi acesa. Ele reconheceu Brocanteur.

Ele resolveu, então, ficar, afinal a expedição não poderia acontecer enquanto aquele homem estivesse lá.

Brocanteur tinha sacado dois revólveres de seu bolso. Ele verificou seu funcionamento e trocou as balas enquanto assobiava distraidamente um refrão de café concerto.

Uma hora se passou dessa forma. Lupin começava a se inquietar, sem se resolver, no entanto, a ir embora.

Passaram-se ainda minutos, meia hora, uma hora…

Finalmente, o homem disse em voz alta:

– Entre.

Um dos bandidos deslizou no galpão, e, sucessivamente, chegaram um terceiro, um quarto…

– Estamos todos aqui – disse Brocanteur. – Dieudonné e Joufflu nos encontrarão lá. Vamos, não temos tempo a perder… O senhor está armado?

– Até os dentes.

– Ainda bem. A coisa vai esquentar.

– Como você sabe disso, Brocanteur?

– Eu vi o chefe… Quando digo que eu o vi… Não… Enfim, ele falou comigo…

– Sim – disse um dos homens –, na sombra, como sempre, na esquina de uma rua. Ah! Eu preferia os modos de Altenheim. Pelo menos, a gente sabia o que ele fazia.

– E agora você não sabe? – retrucou Brocanteur. – Estamos roubando o domicílio da senhora Kesselbach.

– E os dois guardas? Os dois sujeitos colocados por Lupin?

– Não estou nem aí para eles. Nós somos sete. Eles só poderão ficar calados.

– E a senhora Kesselbach?

– Primeiro a mordaça, depois a corda, e a traremos para cá… Aqui, neste velho sofá. Esperaremos pelas ordens aqui.

– Paga-se bem?

– As joias da senhora Kesselbach, a princípio.

– Sim, se tudo der certo, mas estou falando do pagamento garantido.

– Três notas de cem francos, adiantadas, para cada um de nós. O dobro depois.

– Você está com o dinheiro?

– Sim.

– Na hora certa. Podem falar o que quiser, mas, quando se trata de pagamento, não há outro como esse sujeito aí.

E, com uma voz baixa que Lupin custou a ouvir:

– Mas diga, Brocanteur, se formos forçados a usar as facas, tem algum bônus?

– Sempre o mesmo. Dois mil.

– E se for Lupin?

– Três mil.

– Ah, se nós conseguíssemos pegá-lo!

Um após o outro eles deixaram o galpão. Lupin ouviu ainda estas palavras de Brocanteur:

– Aqui está o plano de ataque. Vamos nos separar em três grupos. Um apito e cada um segue seu caminho...

Com impaciência, Lupin saiu de seu esconderijo, desceu pela escada, contornou o pavilhão sem entrar por ele e passou novamente por baixo do portão.

– O Brocanteur tem razão, a coisa vai pegar fogo... Ah, é a minha pele que eles querem! Um bônus por Lupin! Que canalhas!

Ele atravessou o posto e tomou um táxi.

– Rua Raynouard.

Ele pediu para parar trezentos passos distante da rua Vignes e caminhou até a esquina das duas ruas.

Para sua grande surpresa, Doudeville não estava lá.

"Estranho", pensou Lupin, "mas passa da meia-noite... Essa situação me parece suspeita".

Ele esperou dez minutos, vinte minutos. Meia-noite e meia, ninguém. Um atraso tornava-se perigoso. Além de tudo, se Doudeville e seus amigos não pudessem vir, Charolais, seu filho e ele, Lupin, sofreria para revidar o ataque, sem contar a ajuda dos empregados.

Ele continuou, então. Mas dois homens apareceram para ele tentando se esconder na sombra de um recuo na parede.

"Caramba", pensou ele, "é a linha de frente do bando, Dieudonné e o Joufflu. Eu fiquei para trás, estupidamente".

Ele perdeu ainda mais tempo. Seria melhor ir direto até eles, para tirá--los de combate e entrar em seguida na casa pela janela do escritório que ele sabia que estava livre? Era a resolução mais prudente e que lhe permitiria também pegar imediatamente a senhora Kesselbach e colocá-la fora de perigo.

Sim, mas seria também a derrocada de seu plano e seria perder a única chance de pegar o bando inteiro em uma armadilha, e, sem dúvida nenhuma, Louis de Malreich.

De repente um apito veio de algum lugar, do outro lado casa.

Os outros já estariam lá? Aconteceria um contra-ataque pelo jardim?

Ao sinal dado, os dois homens pularam a janela e desapareceram.

Lupin subiu, escalou a sacada e saltou no escritório. Com o barulho de passos, ele acreditou que os assaltantes tinham entrado pelo jardim, e esse barulho foi tão nítido que ele ficou quieto. Charolais e seu filho não poderiam ouvir.

Ele subiu. O quarto da senhora Kesselbach ficava sobre o patamar. Ele entrou ávido.

Sob a claridade de uma lâmpada, ele percebeu a figura de Dolorès, em um divã, desvanecida. Chegou até ela, levantou-a e disse com a voz imperiosa, obrigando-a a responder:

– Escute... Charolais? O filho dele? Onde estão?

Ela balbuciou:

– Como?... Mas... foram embora...

– O quê? Foram embora!

– Você me escreveu... faz uma hora... uma mensagem...

Ela pegou perto dela um papel azul e leu:

Envie imediatamente os dois guardas... e todos os meus homens... eu os espero no Grande Hotel. Não tenha medo.

– Raios! E a senhora acreditou! Mas e os empregados?

– Foram embora.

Ele se aproximou da janela. Do lado de fora, três homens vinham da extremidade do jardim.

Pela janela do quarto vizinho, que dava para a rua, vinham outros dois, pelo lado de fora.

E ele pensou em Dieudonée, em Joufflu, e em Louis de Malreich, principalmente, que devia rondar invisível e tranquilo.

– Caramba – murmurou –, começo a acreditar que estou ferrado.

O HOMEM DE PRETO

1

Nesse instante, Arsène Lupin teve a impressão, a certeza, de que tinha sido atraído para uma emboscada, por meios que ele não tinha como saber, mas em que dava para notar a habilidade e a agilidade prodigiosas.

Tudo estava combinado, era tudo que queriam: o afastamento de seus homens, o desaparecimento ou a traição dos empregados, até mesmo sua presença na casa da senhora Kesselbach.

Obviamente tudo isso acontece ao bom grado do inimigo, graças a circunstâncias adequadas até o milagre, pois poderia ter acontecido antes que a falsa mensagem tivesse mandado seus amigos embora. Mas agora era a batalha de seu bando contra o bando de Altenheim. E Lupin, lembrando-se do comportamento de Malreich, do assassinato de Altenheim, do envenenamento da louca em Veldenz, perguntou-se se a emboscada seria dirigida somente a ele e se Malreich não teria vislumbrado uma possível confusão geral e a eliminação dos cúmplices que agora o incomodavam.

Uma intuição dele, uma ideia fugaz que passou por sua mente. A hora era de ação. Era preciso defender Dolorès, cujo rapto, hipoteticamente, era a razão do ataque.

Ele entreabriu a janela da rua e apontou o revólver. Um disparo, o alarme dado na região, e os bandidos se enfureceram.

– Ora, ora! Não – murmurou –, não. Ninguém poderá dizer que eu fugi da luta. A ocasião é perfeita... Além disso, quem disse que eles fugiriam? Eles estão em bom número e não se importam com os vizinhos.

Ele entrou no quarto de Dolorès. Havia barulho embaixo. Ele escutou, e, como o ruído vinha da escada, deu duas voltas na fechadura.

Dolorès chorava e se revolvia no divã. Ele suplicava:

– A senhora teria forças? Nós estamos no primeiro andar. Eu poderia ajudá-la a descer usando lençóis, pela janela...

– Não, não, não me deixe aqui... Eles vão me matar... Me defenda.

Ele a pegou em seus braços e a levou para o quarto vizinho.

E, inclinando-se sobre ela:

– Não se mexa e fique calma. Eu asseguro que, enquanto eu estiver vivo, nenhum desses homens tocará na senhora.

A porta do primeiro quarto foi arrombada. Dolorès gritou, agarrando-se a ele:

– Ah! São eles... são eles... Eles vão matá-lo... O senhor está sozinho...

Ele disse a ela ardentemente:

– Não estou sozinho: a senhora está aqui... a senhora está perto de mim.

Ele queria se afastar. Ela segurou a cabeça dele entre suas mãos, olhou profundamente em seus olhos e murmurou:

– Aonde o senhor vai? O que o senhor vai fazer? Não... não morra... Eu não aguentaria... É preciso viver... é preciso...

Ela balbuciou palavras que ele não entendeu e que ela parecia abafar entre seus lábios para que ele não as compreendesse, e, sem energias, extenuada, caiu inconsciente.

Lupin inclinou-se sobre ela e a contemplou por um instante.

Suavemente, tocou os cabelos dela com um beijo.

Depois, retornou ao primeiro quarto, fechou cuidadosamente a porta que separava os dois cômodos e acendeu a luz.

– Um minuto, crianças! – ele gritou. – Então vocês estão com pressa de serem massacrados? Estão sabendo que é Lupin que está aqui? Preparem a dança!

Enquanto falava, ele dobrou um biombo de forma a esconder o sofá em que agora repousava a senhora Kesselbach. Ele tinha jogado vestidos e capas sobre o sofá.

A porta iria se quebrar com o esforço dos assaltantes.

– Aí está! Estou indo! Estão prontos? Ora! Para o primeiro desses senhores!...

Rapidamente ele girou a chave e puxou a maçaneta.

Gritos, ameaças, um bando de agressores ferozes no enquadramento da porta aberta.

Mas nenhum deles ousou avançar. Antes de correrem para cima de Lupin, eles hesitaram, tomados de preocupação, cheios de medo...

Era o que ele tinha previsto.

De pé no meio do cômodo bem iluminado, braços estendidos, ele segurava entre seus dedos um pacote de notas de dinheiro com os quais ele fazia, contando um por um, sete partes iguais. E, tranquilamente, ele declarou:

– Três mil francos de bônus para cada um se Lupin for enviado *ad patres*? É isso mesmo, não é, que prometeram a vocês? Aqui está, o dobro.

Ele depositou os pacotes sobre uma mesa, ao alcance dos bandidos. Brocanteur berrou:

– Conversa! Ele está tentando ganhar tempo. Vamos partir para cima!

Ele ergueu o braço. Seus companheiros o detiveram.

E Lupin continuou:

– É claro que isso não muda nada no plano de ação de vocês. Vocês entraram aqui: primeiro, para raptar a senhora Kesselbach; segundo, e por tabela, para passar a mão nas joias dela. Eu me consideraria o último dos miseráveis se me opusesse a esse duplo propósito.

– Ah! Aonde você quer chegar? – rosnou Brocanteur, que escutava de má vontade.

– Ah! Ah! Brocanteur, então eu estou começando a lhe interessar. Entre, por favor, meu velho. Entrem todos. Passam correntes de ar no topo dessa escada, e uns garotinhos como vocês podem acabar pegando um resfriado. Qual é! Estão com medo? Eu estou sozinho aqui. Vamos, coragem, meus cordeirinhos.

Eles entraram no quarto, intrigados e desconfiados.

– Empurre a porta, Brocanteur, nós ficaremos mais à vontade. Obrigado, meu caro. Ah! Vejo, por alto, que as notas de mil já evaporaram. Quer dizer que estamos entrando num acordo. Como a gente se entende rápido entre gente de boa índole!

– E agora?

– Agora? Ora! Como nós estamos associados agora…

– Associados!

– É claro! Vocês não aceitaram meu dinheiro? Trabalhamos juntos, meu grande, e juntos nós seguiremos: primeiro, raptar a jovem; segundo, roubar as joias.

Brocanteur gargalhou:

– Você não é necessário.

– Sou, sim, grande.

– Por quê?

– Porque vocês não sabem onde é o esconderijo das joias, e eu sei.

– Nós o acharemos.

– Amanhã. Mas nesta noite, não.

– Então, diga logo. O que você quer?

– A divisão das joias.

– Por que você não pegou tudo, já que conhece o esconderijo?

– É impossível abrir sozinho. Há um segredo, mas eu não sei qual é. Como vocês estão aqui, vou usar vocês.

Brocanteur hesitava.

– Dividir... dividir... Algumas pedras e um pouco de cobre talvez...

– Imbecil! Tem mais de um milhão.

Os homens estremeceram, impressionados.

– Que seja – disse Brocanteur –, mas e se a senhora Kesselbach escapar? Ela está no outro quarto, não é?

– Não, ela está aqui.

Lupin afastou um pouco uma das folhas do biombo e deixou entrever o monte de vestidos e capas que ele havia empilhado sobre o sofá.

– Ela está aqui, desmaiada. Mas eu a entregarei apenas depois da divisão.

– Até lá...

– É pegar ou largar. Eu estou sozinho. E vocês sabem que eu valho a pena. Então...

Os homens se consultaram, e Brocanteur disse:

– Onde é o esconderijo?

– Sob a lareira, abaixo da chaminé. Mas é preciso, me parece, quando não se sabe o segredo, primeiro levantar toda a chaminé, o vidro e o mármore em um único bloco. O trabalho é pesado.

– Bobagem! Estamos prontos. Você vai ver. Em cinco minutos...

Ele deu ordens, e imediatamente seus comparsas começaram a trabalhar com entusiasmo e disciplina admiráveis. Entre eles, dois subiram em cadeiras e se esforçavam para levantar o vidro. Os outros quatro tentavam a chaminé. Brocanteur, de joelhos, vigiava a lareira e comandava:

– Força, caras! Juntos, por favor. Atenção! Um, dois... Ah! Força, está se mexendo...

Imóvel atrás deles, com as mãos nos bolsos, Lupin os observava com ternura e, ao mesmo tempo, saboreava com muito orgulho, como artista e mestre, essa prova tão forte de sua autoridade, força, da liderança inacreditável que exercia sobre os outros. Como esses bandidos poderiam ter admitido por um segundo que fosse essa história inverossímil, e perder completamente a noção das coisas, ao ponto de abandonar quaisquer chances de um confronto?

Ele tirou dos bolsos dois grandes revólveres, robustos e enormes, estendeu os dois braços e, tranquilamente, escolhendo os dois primeiros homens que ele abateria e os dois outros que tombariam a seguir, ele mirou como se mirasse em dois alvos, em um estande.

Dois disparos e depois mais dois…

Gritos. Quatro homens desmoronaram um após o outro, como bonecos em um jogo de massacre.

– Quatro fora, restam três – disse Lupin. – Preciso continuar?

Seus braços continuavam estendidos, os dois revólveres apontados para o grupo formado por Brocanteur e seus dois companheiros.

– Canalha! – rosnou Brocanteur, procurando uma arma.

– Patas ao alto – gritou Lupin – ou atiro! Perfeito! Agora, vocês dois, desarmem-no, senão…

Os dois bandidos, tremendo de medo, imobilizaram o chefe e o obrigaram a se render.

– Amarrem-no! Amarrem-no, droga! O que pode acontecer com vocês? Quando eu for embora, vocês estarão livres. Vamos, onde estávamos? Os punhos primeiro… com o cinto dele. E os tornozelos. Mais rápido…

Desamparado, vencido, Brocanteur não resistiu mais. Enquanto seus companheiros o amarravam, Lupin abaixou-se sobre eles e lhes desferiu duas terríveis coronhadas na cabeça. Eles se curvaram.

– Que belo trabalho – disse Lupin, ofegante. – Pena que não tem mais uns cinquenta… Eu estava me aquecendo… E tudo isso com uma facilidade, um sorriso nos lábios… No que você está pensando, Brocanteur?

O bandido gemia. Lupin lhe disse:

– Não fique tristonho, meu grande amigo. Você está cooperando com uma boa ação, a saúde da senhora Kesselbach. Que isso lhe sirva de consolo. Ela irá lhe agradecer pessoalmente por sua delicadeza.

Lupin foi em direção à porta do segundo quarto e a abriu.

– Ah! – disse ele, parando na soleira da porta, estupefato, surpreso.

O quarto estava vazio.

Lupin se aproximou da janela e viu uma escada apoiada na varanda, uma escada de ação desmontável.

– Raptada... raptada... – murmurou ele. – Louis de Malreich. Ah! Aquele demônio...

2

Lupin refletiu por um minuto, tentando dominar sua angústia, e pensou que, afinal de contas, como a senhora Kesselbach não parecia correr nenhum perigo imediato, não havia motivos para se alarmar. Mas uma raiva repentina mexeu com ele, e ele foi para cima dos bandidos, distribuiu alguns chutes nos feridos que se agitavam, procurou e pegou de volta suas notas e então amordaçou as bocas, amarrou as mãos com qualquer coisa que encontrava, cordões e abraçadeiras de cortina, mantas e lençóis que ele reduziu a tiras, alinhou sobre o tapete, diante do sofá, sete pacotes humanos, apertados uns contra os outros e embalados como encomendas.

– Canapé de espetinhos de múmia – gargalhou ele. – Prato suculento para um amador! Cambada de idiotas, que conta foi essa que vocês fizeram? Estão aí feito afogados no necrotério... Mas, também, foram atacar Lupin, logo Lupin, defensor da viúva e da órfã! Estão tremendo? Passo em falso, cordeirinhos! Lupin nunca fez mal a uma mosca. Acontece que Lupin é um homem honesto e não gosta de canalhices. Lupin sabe dos seus deveres. Vejamos, será que podemos viver com patifes como vocês? E então? Mais respeito pela vida do próximo? Mais respeito pela propriedade alheia? Mais leis? Mais sociedade? Mais consciência? Mais nada? Onde nós vamos parar, meu Deus, onde?

Sem ao menos se dar ao trabalho de trancar os ladrões, ele saiu do quarto, ganhou a rua e caminhou até o ponto em que tomou um táxi. Ordenou que o motorista procurasse outro automóvel e levou os dois carros para a frente da casa da senhora Kesselbach.

Uma boa gorjeta, oferecida em adiantamento, evitou explicações desnecessárias. Com a ajuda de dois homens, desceu os sete prisioneiros e os colocou nos carros, amontoados uns sobre os joelhos dos outros. Os feridos gritavam, gemiam. Ele fechou as portas.

– Cuidado com as mãos – disse ele.

Lupin sentou-se no assento do primeiro carro.

– Em frente!

– Para onde vamos? – perguntou o motorista.

– Cais dos Orfèvres, número 36, na sede da Sûreté.

Os motores roncaram. Um barulho de partida, e o estranho cortejo começou a descer pelas ladeiras do Trocadéro.

Pelas ruas, passaram por alguns carrinhos de verduras. Homens com varas nas mãos apagavam os candeeiros.

Havia estrelas no céu. Um brisa fresca soprava no ambiente.

Lupin cantarolava.

A praça da Concorde, o Louvre. Ao longe, a massa escura da Notre-Dame...

Ele se virou e entreabriu a porta do carro:

– Tudo bem aí, meus camaradas? Comigo também, obrigado. A madrugada está deliciosa, e que ar maravilhoso de se respirar!

Pararam sobre os pavimentos desnivelados do cais. E logo ali estavam o Palácio de Justiça e a porta da Sûreté.

– Fiquem aí – disse Lupin aos dois motoristas – e tomem muito cuidado com seus sete clientes.

Ele atravessou o primeiro pátio e seguiu pelo corredor da direita, que terminava no local do serviço central. Lá havia inspetores permanentemente.

– Entrega de caça, senhores – disse ele entrando –, e das grandes. O senhor Weber está aqui? Sou o novo comissário de polícia de Auteuil.

– O senhor Weber está na casa dele. Devemos avisá-lo?

– Um minuto. Estou com pressa. Vou deixar um recado para ele.

Lupin sentou-se diante de uma mesa e escreveu:

Meu caro Weber,

Estou lhe entregando os sete bandidos que formam o bando de Altenheim, os que mataram Gourel e muitos outros e que também me mataram com o nome de senhor Lenormand.

Resta apenas o chefe deles. Eu irei pegá-lo imediatamente. Venha me encontrar. Ele mora em Neuilly, na rua Delaizement, e é conhecido como Léon Massier.

Saudações cordiais.

Arsène Lupin,
CHEFE DA SÛRETÉ.

Ele selou o recado.

– Entregue para ele. É urgente. Agora preciso de sete homens para receber a mercadoria. Deixei os pacotes no cais.

Diante dos automóveis, ele foi acompanhado por um inspetor sênior.

– Ah! É o senhor, senhor Lebœuf. – disse o homem. – Fiz uma grande operação de captura... Todo o bando de Altenheim... Eles estão lá nos automóveis.

– E onde o senhor os pegou?

– Enquanto tentavam raptar a senhora Kesselbach e roubar a casa dele. Mas eu explicarei tudo isso na hora certa.

O inspetor sênior chamou Lupin de lado e, com um ar espantado:

– Desculpe, mas é que vieram me procurar da parte do comissário de Auteuil. E não me parece que... Com quem tenho a honra de falar?

– Com a pessoa que está lhe entregando um belo presente: estes sete patifes de marca maior.

– Eu ainda gostaria de saber.

– Meu nome?

– Sim.

– Arsène Lupin.

Ele deu uma rasteira violenta em seu interlocutor, correu até a rua Rivoli, saltou em um automóvel que passava e mandou que o levassem até a porta Ternes.

As casas da estrada da Révolte eram próximas; ele foi até o número 3.

Apesar de todo o sangue-frio e controle que tinha sobre si mesmo, Arsène Lupin não conseguia dominar a emoção que o invadia. Ele encontraria Dolorès Kesselbach? Louis de Malreich teria levado a jovem para sua casa ou para o galpão do *brocanteur*?

Lupin tinha tomado a chave do galpão de Brocanteur, de forma que foi fácil para ele, depois de ter atravessado todos os pátios, abrir a porta e entrar na loja de cacarecos.

Ele acendeu a lanterna e se orientou. Um pouco à direita estava o vão livre em que ele havia visto os cúmplices em sua última confabulação.

Sobre o sofá designado por Brocanteur, ele notou uma forma escura.

Coberta por capas, amordaçada, jazia Dolorès.

Ele a socorreu.

– Ah! O senhor está aqui… o senhor está aqui… – balbuciou ela – Eles fizeram alguma coisa com o senhor?

E imediatamente, recompondo-se e mostrando o fundo da loja:

– Por ali, ele foi por este lado… Eu ouvi… Tenho certeza… É preciso ir… Eu lhe peço…

– Primeiro a senhora – disse ele.

– Não, ele… Pegue-o… por favor… Pegue-o…

O medo, dessa vez, não lhe abatia, mas parecia dar-lhe forçar inusitadas, e ela repetia, em um enorme desejo de se livrar do terrível inimigo que a torturava:

– Primeiro ele… Não posso mais viver assim… Preciso que o senhor me salve dele… preciso… Não aguento mais…

Ele soltou a mulher, colocou-a cuidadosamente no sofá e disse:

– A senhora tem razão… Além disso, aqui a senhora não tem nada a temer. Me aguarde, já volto…

Como ele se afastava, ela segurou forte a mão dele:

– Mas o senhor?

– O que foi?

– Se aquele homem…

Parecia que ela temia que Lupin estivesse em risco nessa batalha suprema em que o expunha, e que, na verdade, ficaria feliz em mantê-lo ali.

Ele murmurou:

– Obrigado, fique tranquila. O que eu teria a temer? Ele está sozinho.

E, deixando a mulher, dirigiu-se ao fundo do galpão. Como era de se esperar, ele encontrou uma escada apoiada no muro e que o levou ao nível da pequena claraboia da qual ele havia assistido à reunião dos bandidos. Era o caminho que Malreich tinha seguido para chegar até sua casa na rua Delaizement.

Ele refez esse caminho da mesma forma como havia feito horas mais cedo, passou pelo outro galpão e desceu pelo jardim. Chegou atrás do próprio pavilhão ocupado por Malreich.

Lupin sentia que havia algo estranho, não tinha sombra de dúvida de que Malreich estivesse ali. Era inevitável que ele o encontrasse, e o perigoso duelo que eles sustentavam estava chegando ao fim. Mais alguns minutos e tudo estaria acabado.

Ele estava confuso! Ao pegar na maçaneta de uma porta, ela girou, e a porta cedeu com sua força. O pavilhão nem estava fechado.

Ele atravessou a cozinha, um corredor e subiu uma escada. Avançou decididamente, sem tentar abafar o barulho de seus passos.

Parou no patamar da escada. O suor escorria pela testa, e suas têmporas latejavam com o fluxo sanguíneo.

Entretanto, ele permanecia calmo, senhor de si e consciente de seus mínimos pensamentos.

Depositou em um degrau os dois revólveres.

"Nada de armas, apenas minhas mãos, nada além da força das minhas duas mãos… É suficiente… Prefiro assim", pensou ele.

Diante dele, três portas. Ele escolheu a do meio e girou a fechadura. Nenhum impedimento. Entrou.

Não havia luz no quarto, mas pela janela bem aberta penetrava a claridade da noite, e nas sombras era possível observar os lençóis e as cortinas brancas da cama.

E ali alguém se levantava.

Subitamente lançou o jato de sua lanterna sobre a silhueta.

– Malreich!

O rosto pálido de Malreich, seus olhos sombrios, sua cara de cadáver, o pescoço seco…

E tudo estava imóvel, a cinco passos dele. Ele não saberia dizer se aquele semblante inerte, a fisionomia de morte expressava algum terror ou somente um pouco de inquietação.

Lupin deu um passo, depois outro e mais outro. O homem não se mexia.

Estaria vendo Lupin? Entendendo? Não parecia que ele visse uma imagem real, mas, sim, que seus olhos fitavam o vazio e que ele estava possuído por uma alucinação.

Mais um passo…

"Ele vai se defender", pensou Lupin, "ele tem de se defender".

E Lupin o golpeou com o braço.

O homem não fez nenhum gesto, não recuou, nem suas pálpebras tremeram. O contato aconteceu.

E foi Lupin que, espantado, chocado, perdeu a cabeça. Ele derrubou o homem, deitou-o na cama, enrolou-o em lençóis, prendeu com cobertores e se ajoelhou sobre ele como se faz com uma presa, sem que o homem tivesse tentado o menor gesto de resistência.

– Ah! – exclamou Lupin, embriagado de alegria e ódio saciado. – Finalmente o esmaguei, inseto nojento. Eu sou o mestre, afinal!

Ele ouviu um barulho do lado de fora, na rua Delaizement. Batidas na grade. Foi em direção à janela e gritou:

– Weber, é você? Até que enfim! Na hora certa! Você é um empregado padrão! Force a grade, meu caro, e ande logo, você é bem-vindo aqui.

Em alguns minutos, revistou as roupas de seu prisioneiro, pegou a carteira, recolheu papéis que conseguiu encontrar nas gavetas da escrivaninha e da papeleira, jogou tudo na mesa e os examinou.

Ele deu um grito de alegria: o pacote de cartas estava lá, o pacote das famosas cartas que ele tinha prometido devolver ao imperador. Colocou os papéis de volta em seus lugares e correu para a janela.

– É isso, está feito, Weber! Pode entrar! Você vai encontrar o assassino de Kesselbach na cama, todo preparado, embrulhado… Adeus, Weber…

E Lupin, descambando escada abaixo, correu até o galpão e, enquanto Weber entrava na casa, encontrou-se com Dolorès Kesselbach.

Sozinho, pegou os sete comparsas de Altenheim!

E tinha ainda entregado à justiça o misterioso chefe do bando, o monstro infame, Louis de Malreich!

3

Em uma varanda de madeira, sentado diante de uma mesa, um jovem escrevia.

Às vezes, levantava a cabeça e contemplava com o olhar perdido o horizonte das colinas onde as árvores, sob efeito do outono, deixavam cair as últimas folhas sobre os telhados vermelhos dos vilarejos e gramados dos jardins. Depois recomeçava a escrever.

Após algum tempo, ele pegou a folha de papel e leu em voz alta:

Nossos dias passam à deriva,
Como se levados por uma corrente
Que os empurra em direção às margens
Em que descemos apenas quando morremos.

– Nada mal – ouviu alguém dizer atrás dele. – A senhora Amable Tastu não teria feito melhor. Afinal de contas, nem todo mundo pode ser um Lamartine.

– O senhor… O senhor… – balbuciou, confuso, o jovem.

– Sim, poeta, eu mesmo, Arsène Lupin veio visitar seu caro amigo Pierre Leduc.

Pierre Leduc começou a tremer, como se ardesse em febre.

– Chegou a hora? – indagou em voz baixa.

– Sim, meu excelentíssimo Pierre Leduc, é chegada a hora de você deixar, ou pelo menos interromper, essa indolente vida de poeta que está levando há tantos meses ao lado de Geneviève Ernemont e da senhora Kesselbach e interpretar o papel que está reservado para você na minha peça... uma linda peça, garanto, um bom e bem estruturado drama, de acordo com as regras da arte, com tremores, risos e ranger de dentes. Chegamos ao quinto ato. O desfecho se aproxima, e cabe a você, Pierre Leduc, ser o herói. Que glória!

O jovem se levantou:

– E se eu me recusar?

– Imbecil!

– Sim, se eu me recusar? Nessa altura, quem vai me obrigar a submeter-me à sua vontade? Quem irá me obrigar a aceitar um papel que ainda nem conheço, mas que já repugno e do qual tenho vergonha?

– Imbecil! – repetiu Lupin.

E, forçando Pierre Leduc a sentar-se próximo a ele, falou com a voz mais suave que pôde:

– Você está se esquecendo, certamente, meu bom jovem, de que seu nome não é Pierre Leduc, mas, sim, Gérard Baupré. Se você está usando o nome do admirável Pierre Leduc, é porque, Gérard Baupré, você assassinou Pierre Leduc e roubou a identidade dele.

O homem saltou com indignação:

– Que loucura é essa? O senhor sabe muito bem quem organizou tudo isso...

– Claro, sim, eu sei disso, mas a justiça, não... Quando eu provar a eles que o verdadeiro Pierre Leduc foi vítima de morte violenta e que você tomou o lugar dele...

Desolado, o jovem gaguejou:

– Vocês não vão acreditar nisso... Por que eu teria feito tal coisa? Com que objetivo?

– Imbecil! O objetivo está tão na cara que até Weber conseguiria ver. Você mente quando diz que não quer aceitar um papel que não conhece.

O papel você conhece muito bem. É o papel que Pierre Leduc teria feito se não tivesse morrido.

– Mas Pierre Leduc, para mim, para o mundo todo, não passa de um nome. Quem era ele? Quem sou eu?

– Que importa isso para você?

– Quero saber. Quero saber para onde estou indo.

– E, se souber, vai caminhar direto sem titubear?

– Sim, se o objetivo que o senhor fala valer a pena.

– Se não valesse, você acha que eu me daria tantos problemas?

– Quem sou eu? E, seja qual for o meu destino, esteja certo de que irei honrá-lo. Mas antes quero saber. Quem sou eu?

Arsène Lupin levantou seu chapéu, inclinou-se e disse:

– Hermann IV, grão-duque de Dex-Ponts-Veldenz, príncipe de Berncastel, príncipe-eleito de Trêves e soberano de outros lugares.

Três dias mais tarde, Lupin levou a senhora Kesselbach de automóvel até próximo à fronteira. A viagem foi silenciosa.

Lupin se lembrava emocionado do gesto assustado de Dolorès e das palavras que ela disse na casa da rua Vignes, no momento em que ele a defendeu dos cúmplices de Altenheim. E ela deveria se lembrar também, pois ficou envergonhada na presença dele e visivelmente comovida.

À noite, eles chegaram a um pequeno castelo, uma enorme cobertura de ardósia, rodeado por um imenso jardim de árvores seculares, o chão forrado de folhas e flores.

Lá, encontraram Geneviève já instalada. Ela estava voltando da cidade vizinha, aonde fora selecionar empregados domésticos da região.

– Então é aqui sua residência, senhora – disse Lupin. – É o castelo de Bruggen. Vocês esperarão aqui com toda a segurança até o fim dos acontecimentos. Amanhã, Pierre Leduc, a quem eu já avisei, será hóspede de vocês.

Ele dirigiu-se a Veldenz para entregar ao conde de Waldemar o pacote com as famosas cartas que havia conseguido recuperar.

– O senhor conhece minhas condições, meu caro Waldemar – disse Lupin. – Trata-se de restabelecer a casa de Deux-Ponts-Veldenz e entregar o grão-ducado ao grão-duque Hermann IV.

– A partir de hoje, começarei a negociar com o conselho de regência. Pelas minhas informações, será algo fácil. Mas o grão-duque Hermann...

– Sua Alteza atualmente vive, com o nome de Pierre Leduc, no castelo de Bruggen. Sobre sua identidade, eu darei todas as provas necessárias.

Na mesma noite, Lupin retomou a estrada para Paris com a intenção de mover ativamente o processo contra Malreich e os sete bandidos.

Seria muito entediante falar do que foi esse processo, da forma como ele foi conduzido e como se desenrolou. Além disso, os menores detalhes ainda estão presentes na memória de todos. Foi um daqueles acontecimentos tão sensacionais que até os camponeses mais rústicos dos vilarejos mais distantes contam e comentam entre si.

Mas o que eu gostaria de relembrar é da importante participação de Arsène Lupin na acusação do processo e dos incidentes da instrução.

De fato, foi ele quem conduziu a instrução. Desde o começo, ele tomou o lugar dos poderes públicos, ordenando as buscas, indicando as medidas a serem tomadas, prescrevendo as perguntas a serem feitas aos réus e tendo resposta para tudo...

Quem não se lembra do burburinho geral, todas as manhãs, quando se liam nos jornais cartas irresistíveis de lógica e autoridade, cartas que eram assinadas, respectivamente:

Arsène Lupin, juiz de instrução.
Arsène Lupin, promotor-geral.
Arsène Lupin, ministro da Justiça.
Arsène Lupin, agente.

Ele trazia para o trabalho tanto ardor, entusiasmo, e violência que espantava a si mesmo, sempre tão irônico, e, em resumo, pelo seu temperamento, tão disposto a uma indulgência de certa forma profissional.

Dessa vez, não. Ele odiava.

Ele odiava o tal Louis de Malreich, bandido sanguinário, inseto nojento de quem sempre teve medo, e, mesmo preso, mesmo derrotado, dava-lhe ainda a sensação de medo e repugnância que se sente ao ver um réptil.

Além disso, Malreich não tinha tido a audácia de atormentar Dolorès?

"Ele jogou e perdeu", pensou Lupin, "cabeças vão rolar".

Era isso que ele queria para seu terrível inimigo: o cadafalso, a manhã cinzenta em que a lâmina da guilhotina desce e mata...

Que réu estranho aquele que o juiz de instrução interrogou durante meses entre as paredes de seu gabinete! Que pessoa estranha aquele homem ossudo, esqueleto ambulante, olhos de morto!

Ele parecia ausente de si mesmo. Não estava lá, mas, sim, em outro lugar. E tão pouco atencioso ao responder!

– Eu sou Léon Massier.

Era essa sua única frase, em que parecia estar preso. E Lupin retrucava:

– Está mentido. Léon Massier, nascido em Périgueux, órfão desde os dez anos, está morto há sete anos. Você roubou os documentos dele. Mas você se esqueceu do atestado de óbito dele. Está aqui.

E Lupin enviou à Procuradoria uma cópia do atestado.

– Eu sou Léon Massier – afirmava novamente o réu.

– Você está mentindo – rebatia Lupin –, você é Louis de Malreich, o último descendente de um pequeno nobre estabelecido na Alemanha, no século XVIII. Você tinha um irmão que alternava os nomes de Parbury, Ribeira e Altenheim: e você matou esse irmão. Você tinha também uma irmã, Isilda de Malreich: e você matou também essa irmã.

– Eu sou Léon Massier.

– Está mentido. Você é Malreich. Aqui está seu registro de nascimento. O do seu irmão e o da sua irmã.

E Lupin apresentou os três registros.

Fora isso, Malreich se defendia apenas no que se tratava de sua identidade, esmagado, sem dúvida, pelo acúmulo de provas que pesavam sobre ele. O que ele poderia dizer? Constavam quarenta bilhetes escritos por ele – a comparação das grafias demonstrava isso – ao seu bando de cúmplices, e que ele não tinha se preocupado em rasgar, depois de tê-los recebido de volta.

E todos esses bilhetes eram de ordens relativas ao caso Kesselbach, ao rapto do senhor Lenormand e de Gourel, à perseguição ao velho Steinweg, à construção de túneis subterrâneos em Garches etc. Seria possível negar?

Uma coisa muito estranha desconcertou a justiça. Confrontados com o chefe, todos os sete bandidos afirmaram que não o conheciam. Eles nunca tinham visto o homem. Eles recebiam instruções, ora por telefone, ora nas sombras, justamente por meio desses pequenos bilhetes que Malreich entregava rapidamente, sem dizer uma palavra.

Mas, de resto, a comunicação entre o pavilhão da rua Delaizement e o galpão do *brocanteur* não seria prova suficiente da cumplicidade? De lá, Malreich via e ouvia. De lá, o chefe supervisionava seus homens.

As contradições? Os fatos aparentemente inconciliáveis? Lupin explicou tudo. Em um célebre artigo, publicado na manhã do julgamento, ele contou o caso desde seu início, revelou seu avesso, pegou o fio da meada, mostrou que Malreich vivia escondido de todos, no quarto de seu irmão, o falso major Parbury, indo e vindo, invisível, pelos corredores do Palace Hotel, e assim assassinou Kesselbach, o mordomo e o secretário Chapman.

Os debates são ainda lembrados. Eram assustadores e frios ao mesmo tempo; causavam medo pela atmosfera de angústia que pesava sobre a multidão e pelas lembranças dos crimes e do sangue que assombravam as memórias – frios, pesados, obscuros, sufocantes, tudo isso devido ao ameaçador silêncio que o réu mantinha.

Sem revolta. Sem movimentos. Sem palavras.

Um boneco de cera que não enxergava nem escutava nada! Visão amedrontadora de uma calma impassível! Havia tensão na sala. As imaginações agitadas, mais que um homem, evocavam uma espécie de ser sobrenatural, um gênio das lendas orientais, um deus indiano que é símbolo de tudo que é cruel, feroz, sanguinário e destruidor.

Quanto aos outros bandidos, nem se olhava para eles, eram comparsas insignificantes que desapareciam a sombra do chefe desprezível.

O depoimento mais emocionante foi o da senhora Kesselbach. Para espanto de todos, e surpresa até mesmo de Lupin, Dolorès, que não havia respondido a nenhuma das convocações do juiz e cujo refúgio era ignorado, apareceu, como viúva em sofrimento, para dar seu testemunho irrefutável sobre o assassinato de seu marido.

Ela disse simplesmente, depois de ter olhado por um longo tempo para ele:

– Foi ele mesmo que entrou na minha casa da rua Vignes, foi ele que me raptou e foi ele também quem me prendeu no galpão do *brocanteur*. Eu o reconheço.

– A senhora confirma isso?

– Eu juro por Deus e pelos homens.

Dois dias depois, Louis de Malreich, conhecido como Léon Massier, era condenado à morte. E sua personalidade absorvia tanto, por assim dizer, a dos seus cúmplices que eles se beneficiaram de circunstâncias atenuantes.

– Louis de Malreich, não tem nada a declarar? – perguntou o presidente do júri.

Ele não respondeu.

Uma única questão permaneceu obscura aos olhos de Lupin. Por que Malreich teria cometido todos aqueles crimes? O que ele queria? Qual era o objetivo?

Lupin não deveria demorar a descobrir, e estava próximo o dia em que, ofegante de horror, tomado de desespero, ferido de morte, ele saberia da terrível verdade.

Por ora, não se preocupava mais com o caso Malreich, embora a ideia não deixasse sua mente. Com uma resolução de vida nova, como ele dizia, seguro sobre o destino da senhora Kesselbach e de Geneviève, cuja existência tranquila ele seguia de longe, e enfim informado por Jean Doudeville, que ele havia enviado a Veldenz, atualizado sobre todas as negociações que se seguiram entre a Corte da Alemanha e a Regência de Deux-Ponts-Veldenz, ele empregava, por sua vez, todo o seu tempo em sepultar o passado e preparar o futuro.

A ideia de vida diferente que ele queria levar sob o olhar da senhora Kesselbach agitava nele ambições diferentes e sentimentos imprevistos. Neles, a imagem de Dolorès aparecia misturada de uma forma que ele não conseguiria precisar.

Em algumas semanas, ele apagou todas as provas que poderiam um dia comprometê-lo, todos os rastros que poderiam levar até ele. Deu a todos os seus antigos companheiros uma soma de dinheiro suficiente para não os deixar passar necessidades e lhes disse adeus, anunciando que iria embora para a América do Sul.

Em uma manhã, depois de noites de reflexão minuciosa e de um estudo detalhado da situação, ele disse a si mesmo:

– Acabou. Nada mais a temer. O velho Lupin morreu. É hora de dar lugar aos novos.

Uma entrega da Alemanha chegou para ele. Era o desfecho esperado. O conselho de regência, fortemente influenciado pela corte de Berlim, havia submetido a questão aos eleitores do grão-ducado, e os eleitores, fortemente influenciados pelo conselho de regência, tinham afirmado sua ligação com a antiga dinastia de Veldenz. O conde Waldemar foi encarregado, juntamente com três delegados da nobreza, das forças armadas e da magistratura, de ir ao castelo de Bruggen para estabelecer rigorosamente a identidade do grão-duque Hermann IV e tomar, juntamente com Sua Alteza, todas as providências relativas à sua entrada triunfal no principado de seus pais, entrada esta que aconteceria no início do mês seguinte.

"Desta vez está feito", pensou Lupin, "o grande projeto do senhor Kesselbach está se realizando. Só falta Waldemar engolir meu Pierre Leduc. Brincadeira de criança! Amanhã os proclamas de Geneviève e Pierre serão publicados. E será a noiva do grão-duque que apresentaremos a Waldemar".

E, todo feliz, ele foi embora de automóvel para o castelo de Bruggen.

Ele cantava em seu carro, assoviava, chamou seu motorista.

– Octave, você sabe quem está tendo a honra de conduzir? O senhor do mundo… Sim, meu velho, está surpreso, hein? Mas é isso, a mais pura verdade. Eu sou o senhor do mundo.

Ele esfregava as mãos e continuava seu monólogo:

– Mesmo assim, foi um longo caminho. Já faz um ano que a luta começou. Foi a luta mais genial que já lutei. Caramba, que guerra de titãs!

E repetiu:

– Mas desta vez acabou. Os inimigos foram à lona. Nenhum obstáculo a mais entre mim e o objetivo. O terreno está limpo, mãos à obra! Tenho os materiais, os operários, mãos à obra, Lupin! E que o palácio esteja à sua altura!

Ele pediu para parar a algumas centenas de metros do castelo, para que sua chegada fosse mais discreta, e disse a Octave:

– Você pode entrar daqui a vinte minutos, às quatro horas, e colocar minhas malas no pequeno chalé que fica ao fundo do parque. É aqui que vou viver.

Na primeira curva do caminho, o castelo apareceu, na extremidade da sombra de uma alameda de tílias. De longe, na escada exterior, ele notou Geneviève passando.

Seu coração se emocionou suavemente.

– Geneviève, Geneviève – disse ele com ternura –, Geneviève. Os votos que fiz à sua mãe no leito de morte também estão se realizando. Oh, minha querida Geneviève, grã-duquesa... E eu, à sombra, perto dela, velando por sua felicidade e processando as grandes maquinações de Lupin.

Ele desatou a rir, foi para trás de um grupo de árvores que ficavam à esquerda da entrada e seguiu ao longo dos densos arbustos. Com sorte, chegou ao castelo sem ser denunciado pelas janelas do salão ou dos quartos principais.

Seu desejo era ver Dolorès antes que ela o visse, e, como ele havia feito com Geneviève, pronunciou o nome dela diversas vezes, mas com uma emoção que o surpreendia:

– Dolorès... Dolorès...

Furtivamente ele seguiu os corredores e chegou até a sala de jantar. Desse cômodo, por um vidro sem estanhagem, ele conseguia ver a metade do salão.

Ele se aproximou.

Dolorès estava estendida em uma espreguiçadeira, e Pierre Leduc, de joelhos diante dela, observava-a com ar extasiado.

O MAPA DA EUROPA

1

Pierre Leduc gostava de Dolorès!

Aquilo foi uma dor profunda e aguda em Lupin, como se tivesse sido ferido em seus princípios vitais, uma dor tão forte que ele – e era a primeira vez – teve a visão nítida do que Dolorès havia se tornado para ele, pouco a pouco, sem ele notar.

Pierre Leduc gostava de Dolorès e olhava para ela como se olha para alguém de quem se gosta.

Lupin sentiu, cego e enlouquecido, um instinto assassino. Aquele olhar, um olhar de amor que era lançado para a jovem mulher, aquele olhar o perturbava. Ele tinha a impressão de sentir o grande silêncio que envolvia os dois, e, naquele silêncio, na imobilidade das atitudes, apenas sobrevivia um olhar amoroso, um hino silencioso e voluptuoso pelo qual os olhos denunciam toda a paixão, todo o desejo, todo o entusiasmo, todo o ardor de um ser pelo outro.

E ele via a senhora Kesselbach também. Os olhos de Dolorès estavam invisíveis sob as pálpebras abaixadas, suas pálpebras sedosas de longos cílios negros. Mas como ela sentia o olhar de amor que buscava o seu olhar! Como ela estremecia ante a carícia impalpável!

"Ela gosta... ela gosta...", pensou Lupin, ardendo de ciúmes.

E, quando Pierre fez um gesto:

– Oh! O miserável, se ele ousar tocá-la, eu o mato.

E pensou, constatando sua total perda de razão e se esforçando em combatê-la: "Eu sou um cretino! Como você, Lupin, foi entrar numa dessas!... Ora essa, está tudo bem se ela gosta dele... Sim, claro, você tentou adivinhar nela uma determinada emoção causada pela sua aproximação, algum embaraço... Triplamente cretino, mas você não passa de um bandido, sim, um ladrão... enquanto ele, ele é um duque, ele é jovem".

Pierre não se moveu mais. Mas seus lábios se movimentaram, e parecia que Dolorès estava acordando. Suavemente, lentamente, ela levantou as pálpebras, virou um pouco a cabeça, e seus olhos encontraram os do jovem, com o mesmo olhar que se oferece e que se entrega, e que é mais intenso que o mais intenso dos beijos.

Foi de repente, brusco como um estrondo de trovão. Em três saltos, Lupin chegou à sala, lançou-se sobre o jovem, jogou-o no chão e, com o joelho sobre o peito de seu rival, fora de si, endireitado em direção à senhora Kesselbach, ele gritou:

– Então você não sabe? Ele não lhe disse, esse dissimulado? E a senhora gosta dele! Ele por acaso tem cara de grão-duque? Ah! Tem até graça!...

Ele gargalhava com raiva, enquanto Dolorès olhava para ele estupefata:

– Um grão-duque, ele! Hermann IV, duque de Deux-Ponts-Veldenz! Príncipe regente! Grande Eleitor! Mas é de morrer de rir mesmo. Ele! Ele se chama Baupré, Gérard Baupré, o pior dos vagabundos... um mendigo que eu tirei da sarjeta. Grão-duque? Fui eu que fiz dele um grão-duque! Ah! Ah! Tem até graça! Se a senhora tivesse visto dar um corte no mindinho... Desmaiou três vezes... Um borra-botas. Ah! Você se permite crescer o olho para as senhoras e se revoltar contra seu chefe... Calma lá, grão-duque de Deux-Ponts-Veldenz.

Ele o pegou pelo braço, como um embrulho, balançou por um instante e o jogou pela janela aberta.

– Cuidado com as roseiras, grão-duque, elas têm espinhos.

Quando se virou, Dolorès estava diante dele e olhava com olhos que ele não conhecia, olhos de mulher que odeia, exasperada pela cólera. Seria mesmo Dolorès, fraca e debilitada?

Ela balbuciou:

– O que o senhor está fazendo? Como ousa? E ele? Então, é verdade? Ele mentiu para mim?

– Se ele mentiu? – exclamou Lupin, entendendo a humilhação da mulher. – Se ele mentiu? Ele, grão-duque! Apenas uma marionete, e eu era quem segurava seus cordões... um instrumento que eu afinei para tocar áreas de minha fantasia! Ah, o cretino! O cretino!

Tomado de raiva, ele bateu o pé e mostrou o punho para a janela aberta. Pôs-se a caminhar de um lado para o outro do cômodo e lançou frases em que explodia a violência de seus pensamentos mais secretos.

– Que cretino! Ele não percebeu o que eu esperava dele? Não conseguiu notar a grandeza do seu papel? Ah, vou enfiar esse papel à força na sua cabeça. Levante essa cabeça, cretino! Você será o grão-duque de Dex-Ponts-Veldenz pela minha vontade! E príncipe regente! Com um orçamento e assuntos para resolver! E um palácio que Carlos Magno irá reconstruir para você! E um chefe que serei eu, Lupin! Entendeu, molenga? Levante essa cara, droga, mais alto! Olhe para o céu, lembre-se de que um Deux-Ponts foi enforcado por roubo antes mesmo de ter sido notado pelos Hohenzollern. E você é um Deux-Ponts, céus, não um qualquer, e eu estou aqui, eu, eu, Lupin! E você será grão-duque, eu disse, boneco de grão-duque? Que seja, mas grão-duque assim mesmo, animado pelo meu sopro e ardente da minha febre. Um fantoche? Que seja. Mas um fantoche que dirá *minhas* falas, que fará *meus* gestos, que executará *minhas* vontades, que realizará *meus* sonhos... sim... meus sonhos...

Ele não se movia, como se fascinado pela magnificência de seu sonho íntimo.

Depois ele se aproximou de Dolorès, a voz abafada, com uma espécie de exaltação mística, e proferiu:

– À minha esquerda, a Alsácia-Lorena. À minha direita, Bade, o Wurtemberg, a Bavière, a Alemanha do Sul... todos estes Estados de solda fraca, descontentes, esmagados pela bota do prussiano Carlos Magno, todos prontos para se libertarem. Você consegue entender tudo o que um homem como eu pode fazer no meio disso, tudo o que ele pode despertar em aspirações, todo o ódio que ele pode inspirar, toda a revolta e cólera que ele pode suscitar?

Ainda mais baixo, ele repetiu:

– E à esquerda, a Alsácia-Lorena! A senhora compreende? E os sonhos, ora, eles são a realidade de depois de amanhã... de amanhã... Sim, eu quero... eu quero... Oh! Tudo que eu quero e tudo que vou fazer, é extraordinário!... Mas pense, a dois passos da fronteira da Alsácia! Em plena Alemanha! Perto do velho Reno! Bastará um pouco de intriga, um pouco de genialidade para revirar o mundo. A genialidade, eu tenho... para dar e vender. E eu serei o líder! Serei o que dirige. Para o outro, para o fantoche, o título e as honras; para mim, o poder! Ficarei nas sombras. Nada de obrigações: nem ministro, nem mesmo um camareiro! *Niente*. Serei um dos serviçais do palácio, quem sabe o jardineiro. É, o jardineiro. Oh, que vida maravilhosa! Cultivar flores e mudar o mapa da Europa!

Ela contemplava Lupin avidamente, dominada, submetida pela força daquele homem. E seus olhos expressavam uma admiração que ela não tentava de forma alguma esconder.

Ele colocou as mãos nos ombros da moça e disse:

– Este é o meu sonho. Por maior que ele seja, os fatos certamente ainda irão superá-los, eu juro. O Kaiser já viu o que eu valho. Um dia, ele irá me encontrar bem postado diante dele, cara a cara. Eu tenho os coringas na mão. Valenglay irá marchar pela minha causa! A Inglaterra, também... O jogo está lançado. Este é o meu sonho. Tem outro, ainda...

Ele se calou de repente. Dolorès não tirava os olhos dele, e uma emoção infinita a dominou.

Uma imensa alegria tomou conta dele ao sentir mais uma vez, e tão nitidamente, o quão mexida ela ficava perto dele. Ele já não achava que era para ela... o que ele era antes, um ladrão, um bandido, mas, sim, um homem que amava e cujo amor despertava, no fundo de uma alma amiga, sentimentos calados.

A essa altura, ele não falava, mas lhe disse, sem verbalizar, todas as palavras de ternura e adoração e pensou na vida que eles poderiam levar em algum lugar, perto de Veldenz, ignorados, porém onipotentes.

Um longo silêncio os uniu. Depois ela se levantou e ordenou docemente:

– Vá embora, eu suplico que vá embora. Pierre se casará com Geneviève, isso eu prometo, mas será melhor que o senhor vá embora, que o senhor não esteja aqui. Vá embora, Pierre se casará com Geneviève...

Ele esperou por um instante. Talvez quisesse palavras mais precisas, mas não ousava pedir nada. E ele se retirou, impressionado, inebriado e tão feliz de obedecer e de submeter ao dela seu próprio destino!

Em seu caminho em direção à porta, ele encontrou uma cadeira baixa que precisou mudar de lugar. Mas seu pé bateu em alguma coisa. Ele abaixou a cabeça. Era um espelho de bolso, de ébano, com um emblema de ouro.

De repente, ele estremeceu e pegou o objeto rapidamente.

O emblema era composto por duas letras entrelaçadas: um L e um M.

Um L e um M!

– Louis de Malreich – disse ele, tremendo.

Ele se virou para Dolorès.

– De onde veio este espelho? De quem é? Seria muito importante...

Ela pegou o objeto e o examinou:

– Não sei, nunca vi antes... De algum empregado, talvez.

– Um empregado, claro – disse ele –, mas é muito estranho... tem uma coincidência...

No mesmo momento, Geneviève entrou pela porta do salão e, sem ver Lupin, que imediatamente se escondeu atrás do biombo, disse:

– Aqui está seu espelho, Dolorès! Então a senhora o encontrou? Faz tanto tempo que o estava procurando! Onde ele estava?

E a moça saiu dizendo:

– Ah! Ainda bem! Você estava preocupada! Vou avisar aos empregados para não procurarem mais…

Lupin não se mexeu, confuso e tentando, em vão, entender. Por que Dolorès não havia dito a verdade? Por que ela não se explicou logo sobre aquele espelho?

Uma ideia surgiu em sua mente; ele jogou verde:

– A senhora conhecia Louis de Malreich?

– Sim – disse ela, observando, como se tentasse adivinhar os pensamentos de Lupin.

Ele se precipitou em direção a ela, extremamente agitado.

– A senhora o conhecia? Quem era ele? Quem é ele? Quem é ele? E por que não me disse nada antes? Onde a senhora o conheceu? Fale… responda… Eu suplico…

– Não – disse ela.

– É preciso, sim… é preciso. Pense! Louis de Malreich, o assassino! O monstro! Por que não disse nada?

Por sua vez, ela repousou as mãos nos ombros de Lupin e lhe disse, com voz muito firme:

– Escute, nunca me pergunte, porque eu nunca responderei. É um segredo que morrerá comigo. Aconteça o que acontecer, ninguém saberá, ninguém neste mundo, eu juro…

2

Durante alguns minutos, ele ficou diante dela, ansioso, o cérebro desnorteado.

Ele se lembrava do silêncio de Steinweg e do ancião quando ele pediu que revelasse o terrível segredo. Dolorès sabia, ela também sabia, mas se calava.

Sem uma palavra, ele saiu.

O ar fresco e o espaço aberto lhe fizeram bem. Ele cruzou os muros do parque e por muito tempo caminhou pelo campo. E falava em voz baixa:

– O que é? O que aconteceu? Durante meses e meses em que eu lutava e agia, eu coordenava na ponta dos cordões a dança dos personagens que deveriam contribuir para a execução dos meus projetos; e, durante todo esse tempo, esqueci completamente de olhar para eles e ver o que se passava no coração e na cabeça deles. Eu não conheço Pierre Leduc, não conheço Geneviève, nem conheço Dolorès. E os tratei como marionetes, sendo que eram personagens vivos. E, agora, encaro obstáculos…

Ele bateu o pé e disse:

– Aos obstáculos que não existem! O estado de espírito de Geneviève e Pierre, não estou nem aí… vou estudar isso mais tarde, em Veldenz, quando já tiver feito os dois bem felizes. Mas Dolorès… ela conhece Malreich e não disse nada! Por quê? Quais são as relações que unem os dois? Ela teria medo dele? Teria medo de que ele fugisse e viesse se vingar de uma indiscrição?

À noite, foi até o chalé que tinha reservado no fundo do parque e jantou com tremendo mau humor, xingando Octave, que o servia, ou devagar demais ou rápido demais.

– Estou satisfeito, me deixe sozinho. Você só está fazendo besteira hoje. E esse café? Está de matar.

Ele jogou a xícara ainda meio cheia, e, durante duas horas, caminhou pelo parque, meditando sobre as mesmas ideias. Finalmente, uma hipótese se desenhou: “Malreich escapou da prisão e está aterrorizando a senhora Kesselbach, e já deve saber por meio dela sobre o incidente do espelho…”.

Lupin encolheu os ombros: “E nesta noite ele virá puxar seu pé. Já estou delirando. Melhor ir me deitar”.

Ele entrou em seu quarto e deitou-se. Logo pegou no sono, um sono pesado, agitado por pesadelos. Acordou duas vezes e quis acender as velas, mas nas duas vezes se deitou de novo, como se estivesse sendo derrubado.

Mesmo assim, ouvia bater as horas no relógio do vilarejo, ou pelo menos acreditava estar ouvindo, pois ele estava submerso em uma espécie de torpor em que parecia manter todos os pensamentos.

E sonhos o aterrorizavam, sonhos de angústia e pavor. Claramente, ele percebeu o barulho de sua janela se abrindo. Claramente, através das pálpebras fechadas, através da sombra espessa, ele *viu* um vulto avançar.

E esse vulto se inclinou sobre ele.

Ele teve uma energia inacreditável de levantar as pálpebras e olhar, ou pelo menos imaginou isso. Estaria sonhando? Estaria acordado? Ele se perguntava desesperadamente.

Mais um barulho...

Alguém pegava a caixa de fósforos ao lado dele.

"Então vou conseguir ver", pensou ele com grande alegria.

Um palito de fósforo foi acesso. A vela foi acesa.

Dos pés à cabeça, Lupin sentia o suor escorrer sobre sua pele, ao mesmo tempo que seu coração parava de bater, suspenso de pavor. *O homem estava lá.*

Como seria possível? Não, não... Mesmo assim ele *o via*. Oh, que espetáculo apavorante! O homem, o monstro, estava lá.

– Não quero... não quero... – balbuciou Lupin, atormentado.

O homem, o monstro, estava lá, vestido de preto, máscara no rosto, chapéu de feltro por sobre os cabelos louros.

– Oh! Estou sonhando... sonhando – disse Lupin, rindo. – É um pesadelo...

Ele juntou todas as suas forças, toda a sua vontade, para fazer um gesto, um único, que espantasse o fantasma.

Não conseguiu.

E, de repente, lembrou-se: a xícara de café! O gosto da preparação... parecido com o sabor do café que ele tinha bebido em Veldenz...

Ele soltou um grito, um último esforço, e caiu, exaurido.

Mas, em seu delírio, notou que o homem soltou a parte de cima da camisa, desnudou sua garganta e levantou o braço. Ele viu sua mão apertando o cabo de um punhal, um pequeno punhal de aço, parecido com aquele que atingiu o senhor Kesselbach, Chapman, Altenheim e tantos outros.

3

Algumas horas mais tarde, Lupin acordou, o corpo moído de cansaço, a boca amarga.

Passou alguns minutos organizando as ideias e de repente, lembrando-se, fez um movimento de defesa instintivo, como se alguém o atacasse.

– Eu sou mesmo um imbecil – gritou ele –, pulando da cama. – Foi um pesadelo, uma alucinação. É só pensar. Se tivesse sido *ele*, se tivesse mesmo sido um homem, de carne e osso, que nesta noite ergueu o braço contra mim, ele teria me degolado como um frango. *E aquele lá* não titubeia. Vamos ser coerentes. Por que ele me pouparia? Pelos meus belos olhos é que não seria! Não, estive sonhando, é isso...

Ele começou a assobiar, vestiu-se, aparentando grande calma, mas sua mente continuou a trabalhar, e seus olhos procuravam...

No passeio, na beirada da janela, nenhum rastro. Como seu quarto ficava no térreo e ele dormiu com a janela aberta, seria óbvio que o agressor chegaria por ela.

Mas ele não encontrou nada. Nada também na base da parede externa, na areia que rodeava o chalé.

– Mas... mas... – repetia ele entre os dentes.

Chamou Octave.

– Onde você preparou o café da noite passada?

– No castelo, chefe, como todo o resto. Não tem fogão aqui.

– Você bebeu desse café?

– Não.

– Jogou o resto fora?

– Infelizmente, sim, chefe. O senhor achou tão ruim. Só conseguiu beber uns goles.

– Ainda bem. Prepare o automóvel. Vamos embora.

Lupin não era homem de ficar em dúvida. Queria uma explicação definitiva de Dolorès. Mas, para isso, ele precisava antes esclarecer alguns pontos que pareciam obscuros e também se encontrar com Doudeville, que tinha enviado de Veldenz informações um tanto estranhas.

Em uma viagem direta de duas horas, foi até o grão-ducado. Ele teve uma conversa com o conde de Waldemar e pediu a ele, sob um pretexto qualquer, que atrasasse a viagem dos delegados da regência a Bruggen. Depois ele foi se encontrar com Jean Doudeville em uma taverna em Veldenz.

Doudeville o levou para outra taverna, onde ele lhe apresentou um pequeno senhor de trajes bem pobres: *Herr* Stockli, empregado dos arquivos do estado civil.

A conversa foi longa. Eles saíram juntos, e os três passaram furtivamente pelo escritório da prefeitura. Às sete horas, Lupin jantou e foi embora. Às dez, chegou ao castelo de Bruggen e perguntou por Geneviève, com a intenção de entrar com ela no quarto da senhora Kesselbach.

Responderam que a senhorita Ernemont tinha sido chamada a Paris por uma questão envolvendo sua avó.

– Que seja – disse ele –, mas a senhora Kesselbach está por aqui?

– Ela se retirou logo depois do jantar. Deve estar dormindo.

– Não, eu vi a luz de seu *boudoir* acessa. Ela irá me receber.

Mal esperou a resposta da senhora Kesselbach. Ele entrou no aposento quase atrás da criada, despachou a moça, e disse a Dolorès:

– Tenho algo a dizer, senhora, é urgente. Desculpe, sei que minha forma de agir pode parecer inoportuna, mas a senhora irá entender, tenho certeza...

Ele estava muito agitado e não parecia disposto a dar explicações, ainda mais que, antes de entrar, ele achou que tinha ouvido um barulho.

Mas Dolorès estava sozinha, deitada, e disse-lhe com a voz cansada:

– Será que poderia ser... amanhã...

Ele não respondeu. De repente, sentiu um cheiro de tabaco que pairava naquele cômodo feminino. E, de repente, teve uma intuição, a certeza de que havia um homem ali, no momento em que ele chegou, e que ele estava escondido, disfarçado em algum lugar...

Pierre Leduc? Não, Pierre Leduc não fumava. E então?

Dolorès murmurou:

– Vamos parar por aqui, por favor.

– Sim, sim, mas antes… a senhora poderia me dizer…?

Ele se interrompeu. Do que adiantaria interrogá-la? Se houvesse mesmo um homem escondido, ela o entregaria?

Então, ele se decidiu e, tentando esconder o incômodo temeroso que o oprimia por sentir a presença estranha, pronunciou bem baixo, de forma que somente Dolorès ouvisse:

– Ouça, descobri uma coisa que não estou entendendo… e que está me incomodando muito. Preciso que me responda, está bem, Dolorès?

Ele disse aquele nome com uma grande doçura e como se tentasse dominar Dolorès pela amizade e ternura na voz.

– Que coisa é? – disse ela.

– No registro de nascimento de Veldenz constam três nomes, e são os nomes dos últimos descendentes da família Malreich, estabelecida na Alemanha.

– Sim, o senhor havia contado isso.

– A senhora se lembra, primeiro foi Raoul de Malreich, mais conhecido pelo nome de guerra, Altenheim, o bandido, o maior canalha deste vasto mundo, agora morto, assassinado.

– Sim.

– Depois Louis de Malreich, o monstro, aquele lá, o assassino sanguinolento, que será decapitado em alguns dias.

– Sim.

– Então, finalmente, Isilda, a louca…

– Sim.

– Tudo está bem alinhado, não é?

– Sim.

– Ora, ora! – disse Lupin, inclinando-se ainda mais sobre ela. – Depois de uma busca que acabei de fazer, descobri que o segundo dos três primeiros nomes, Louis, ou especialmente a parte da linha na qual ele está escrito, foi objeto de uma rasura. A linha sofreu uma nova escrita, traçada com tinta muito mais nova, mas que, no entanto, não apagou completamente o que estava escrito por baixo. De modo que...

– De modo que...? – indagou a senhora Kesselbach, em voz baixa.

– De modo que, com uma boa lupa e principalmente procedimentos especiais de que disponho, pude reviver algumas sílabas apagadas e, sem erro, com toda a certeza, reconstituir a escrita anterior. E não é Louis de Malreich que está lá, é...

– Oh! Cale-se, cale-se...

Subitamente curvada pelo longo esforço de resistência que ele oferecia, ela se dobrou e, com a cabeça entre as mãos, os ombros sacudindo em convulsões, começou a chorar.

Lupin olhou por um bom tempo aquela criatura indolente e frágil, tão deplorável, tão desamparada. E ele quis se calar, parar o interrogatório torturante que infligia a ela.

Mas não era justamente para salvá-la que ele agia assim? E, para salvá-la, não precisaria saber a verdade, por mais dolorosa que fosse?

Ele disse:

– Por que essa falsificação?

– Foi meu marido – balbuciou ela –, foi ele quem fez. Com a fortuna dele, ele podia tudo, e, antes de nosso casamento, conseguiu que um empregado subalterno mudasse o registro do primeiro nome do segundo filho.

– O nome e o sexo – disse Lupin.

– Sim – disse ela.

– Então, não estou enganado – retomou ele. – O antigo nome, o verdadeiro, era Dolorès?

– Sim.

– Mas por que seu marido...?

Ela murmurou, o rosto coberto de lágrimas, toda envergonhada:

– O senhor não entende?

– Não.

– Então pense – disse ela, tremendo –, eu era a irmã de Isilda, a louca, a irmã de Altenheim, o bandido. Meu marido, na verdade, meu noivo, não queria que eu fosse essa pessoa. Ele me amava. E eu também o amava, por isso consenti. Ele suprimiu os registros de Dolorès de Malreich, comprou outros documentos para mim, outra personalidade, outro registro de nascimento, e eu me casei na Holanda com outro nome de solteira, Dolorès Amonti.

Lupin pensou por um instante e em seguida disse:

– Sim, sim, entendo... Mas então Louis de Malreich não existe. O assassino do seu marido, o assassino da sua irmã e do seu irmão, não se chama assim... Seu nome...

Ela se endireitou e disse energicamente:

– O seu nome! Sim, ele se chama assim... Sim, de qualquer forma é o nome dele. Louis de Malreich, L e M, lembra-se? Ah! Não tente descobrir, o segredo é terrível... Além disso, o que importa? O culpado está lá... Ele é o culpado, estou dizendo... Ele se defendeu quando eu o acusei, cara a cara? Ele poderia se defender, com esse nome ou algum outro? Foi ele, foi ele... Ele matou, ele desferiu o punhal, o punhal de aço... Ah! Se fosse possível dizer tudo! Louis de Malreich. Se eu pudesse...

Ela rolou na espreguiçadeira, em uma crise nervosa, e sua mão estava grudada à de Lupin. Ele a ouviu gaguejar entre palavras desconexas:

– Proteja-me... Proteja-me... Só o senhor pode... Ah! Não me abandone... Sou tão infeliz! Ah, que tortura! Que tortura! Isso é um inferno.

Com a mão que estava livre, ele alisou os cabelos e a testa dela com uma doçura imensa, e, com esse carinho, ela relaxou e se acalmou pouco a pouco.

Então, ele olhou novamente para ela, por muito tempo, muito tempo mesmo, e se perguntou o que poderia estar por detrás daquela face pura, que segredo devastava aquela alma misteriosa. Ela também tinha medo? Mas de quem? De quem ela suplicava que fosse protegida?

Mais uma vez, ele foi atormentado pela imagem do homem de preto, daquele Louis de Malreich, inimigo tenebroso e incompreensível, cujos ataques ele deveria frear sem saber de onde eles vinham, e nem mesmo sabia se eles aconteciam.

Que ele ficasse na prisão, vigiado noite e dia, grande coisa! Lupin não sabia, por sua vez, que existem seres para os quais a prisão não existe e que se livram das correntes na hora fatídica? Louis de Malreich era um desses tipos.

Sim, tinha alguém preso na Santé, na cela dos condenados à morte. Mas poderia ser um cúmplice, ou até uma vítima de Malreich, enquanto ele, Malreich, rondava o castelo de Bruggen, deslizava pelas sombras, como um fantasma invisível, entrava no chalé do bosque e, na madrugada, erguia seu punhal contra Lupin, adormecido e paralisado.

E era Louis de Malreich que atormentava Dolorès, que a aterrorizava com ameaças, que a mantinha aprisionada por algum terrível segredo, obrigando-a ao silêncio e à submissão.

E Lupin imaginava o plano do inimigo: lançar Dolorès, apavorada e trêmula, nos braços de Pierre Leduc, excluir Lupin e reinar em seu lugar, com o poder do grão-duque e os milhões de Dolorès.

Hipótese provável, hipótese certa, que se casava com os acontecimentos e apresentava uma solução para todos os problemas.

"Todos, mesmo?", objetou Lupin. "Sim... mas então por que ele não me matou à noite no chalé? Bastava querer, e *ele não quis*. Um gesto, e eu estaria morto. E esse gesto ele não fez. Por quê?"

Dolorès abriu os olhos, viu Lupin e sorriu, um sorriso pálido.

– Me deixe sozinha – disse ela.

Ele se levantou, com alguma hesitação. Deveria ver se o inimigo estava atrás da cortina ou escondido atrás dos vestidos do armário? Ela repetiu suavemente:

– Vamos, vou dormir...

Lupin se foi.

Mas, do lado de fora, ele parou sob as árvores que criavam uma espessa sombra diante da fachada do castelo e viu a luz no *boudoir* de Dolorès. Depois esta luz passou para o quarto. Em alguns minutos, a escuridão.

Lupin esperou. Se o inimigo estivesse lá, talvez saísse do castelo?

Passou-se uma hora... duas... nenhum barulho.

"Nada a fazer", pensou Lupin. "Ou ele está metido em algum canto do castelo ou saiu por uma das portas que não consigo ver daqui… A menos que tudo isso não seja, da minha parte, a mais absurda das hipóteses."

Ele acendeu um cigarro e retornou em direção ao chalé. Quando estava se aproximando, percebeu, ainda bem longe, uma sombra que parecia se afastar.

Lupin ficou imóvel, temendo dar alarme.

A sombra atravessou o caminho. Na claridade da luz, pensou ter reconhecido a silhueta escura de Malreich.

Ele foi atrás.

A sombra fugiu e desapareceu.

– Vamos – Lupin disse a si mesmo –, isso fica para amanhã. E aí, então…

4

Lupin entrou no quarto de Octave, seu motorista, acordou o homem e ordenou:

– Pegue o carro. Você estará em Paris às seis horas da manhã, se encontrará com Doudeville e dirá a ele: primeiro, para me dar notícias do condenado à morte; segundo, para me enviar, assim que o correio abrir, o seguinte telegrama…

Ele escreveu a mensagem em um pedaço de papel e acrescentou:

– Assim que cumprir sua missão, você irá voltar, mas por aqui, pelos muros do bosque. Vá, ninguém pode dar falta da sua presença.

Lupin foi até o quarto, acionou a lanterna e começou uma inspeção minuciosa.

– É isso – ele considerou depois de um instante –, vieram nesta madrugada enquanto eu vigiava a janela. E, se vieram, desconfio de qual era a intenção. Realmente, não estava enganado… está esquentando… Desta vez, posso ter certeza da minha punhaladazinha.

Por prudência, Lupin pegou um cobertor, escolheu um lugar bem isolado no bosque e dormiu sob a luz das estrelas.

Por volta de onze horas da manhã, Octave se apresentava de volta.

– Está feito, chefe. O telegrama foi enviado.

– Bem. E Louis de Malreich, ainda está na prisão?

– Ainda. Doudeville passou diante da cela ontem à noite na Santé. O guarda estava de saída. Eles conversaram. Malreich continua o mesmo, parece, mudo como uma carpa. Está esperando.

– Esperando o quê?

– A hora da morte, oras! Na chefatura de polícia, disseram que a execução será depois de amanhã.

– Ainda bem, ainda bem – disse Lupin. – Está claro como água que ele não fugiu.

Ele desistiu de entender e até mesmo de achar a solução do enigma, pois sentia que a verdade completa seria revelada em breve. Bastava armar um plano para que o inimigo caísse na armadilha.

"Ou que eu mesmo caia nela", pensou ele, sorrindo.

Ele estava muito feliz, cabeça leve, pois nenhuma batalha antes tinha se anunciado para ele com perspectivas tão boas.

Do castelo, um empregado trouxe a encomenda que ele tinha pedido para Doudeville enviar, e que o carteiro tinha acabado de entregar. Ele abriu e a colocou no bolso.

Um pouco antes do meio-dia, encontrou Pierre Leduc em um caminho, e, sem preâmbulos:

– Estava procurando você... Há coisas sérias acontecendo, e preciso que me responda com sinceridade. Desde que você está no castelo, você notou algum outro homem além dos empregados alemães que eu contratei?

– Não.

– Pense bem. Não se trata de um visitante qualquer. Estou falando de um homem que se esconderia, cuja presença você tenha constatado, ou que pelo menos tenha suspeitado, algum indício, alguma impressão?

– Não. O senhor suspeita de que...?

– Sim. Alguém se esconde aqui… ronda por aí… Onde? E quem é? E por quê? Não sei… mas saberei. Já tenho suspeitas. É melhor você abrir o olho e, principalmente, nem um pio sobre isso com a senhora Kesselbach. É inútil inquietá-la…

Ele se foi.

Pierre Leduc, confuso, perturbado, retomou o caminho do castelo.

Durante o trajeto, sobre a relva, viu um papel azul e o pegou. Era um telegrama, não estava amassado como um papel jogado fora, mas dobrado com cuidado – certamente perdido.

Ele estava endereçado ao senhor Meauny, nome que Lupin usava em Bruggen. E continha as seguintes palavras:

Sabemos toda a verdade. Revelações impossíveis por carta. Pegarei o trem nesta noite. Nos encontramos amanhã de manhã oito horas na estação Bruggen.

"Caiu!", pensou Lupin, que, de um bosque próximo, vigiava a manobra de Pierre Leduc. "Perfeito! Daqui a dois minutos, este jovem tonto irá mostrar o telegrama para Dolorès e colocá-la a par de todas as minhas apreensões. Eles falarão sobre isso o dia todo, e o *outro* ouvirá, o *outro* saberá, pois ele sabe de tudo, pois ele vive na sombra de Dolorès, e Dolorès está em suas mãos como uma presa fascinada. E nesta noite irá agir, por medo do segredo que devem me revelar."

Ele se afastou cantarolando.

– Nesta noite, nesta noite teremos baile… Nesta noite… que valsa, meus amigos! A valsa do sangue, embalada pelo pequeno punhal niquelado… Finalmente, nós vamos rir!"

Na porta do pavilhão, ele chamou Octave, subiu para o quarto, jogou-se na cama e disse ao motorista:

– Pegue essa cadeira, Octave, e não durma. Seu chefe irá descansar. Me vigie, servidor fiel.

Ele dormiu bem.

– Como fez Napoleão na manhã de Austerlitz – disse ao acordar.

Estava na hora do jantar. Ele se fartou; depois, fumando um cigarro, inspecionou as armas e carregou as balas dos dois revólveres.

– Pólvora seca e espada afiada, como diz meu parceiro Kaiser… Octave!

Octave veio.

– Vá jantar no castelo com os empregados. Anuncie que você vai para Paris nesta noite, de automóvel.

– Com o senhor, patrão?

– Não, sozinho. E, de fato, assim que a refeição acabar, você partirá à vista de todos.

– Mas não irei a Paris?

– Não, você vai esperar fora do bosque, na estrada, a um quilômetro de distância, até que eu chegue. Será uma longa espera.

Ele fumou outro cigarro, caminhou, passou diante do castelo, notou a luz dos aposentos de Dolorès, depois voltou para o chalé.

Lá, pegou um livro. Era a *Vida dos homens ilustres*.

– Falta uma vida e a mais ilustre – disse ele. – Mas o futuro está chegando e vai colocar as coisas em seus devidos lugares. E, mais dia, menos dia, eu terei o meu Plutarco.

Ele leu a *Vida de César* e anotou algumas reflexões nas páginas.

Às onze e meia, ele subiu.

Pela janela aberta, ele se inclinou para a vasta noite, clara e sonora, toda tremulante de ruídos indistintos. Lembranças lhe vieram aos lábios, lembranças de frases de amor que ele havia lido ou pronunciado, e ele disse muitas vezes o nome de Dolorès, com um fervor de adolescente que custa a confiar até ao silêncio o nome de sua amada.

– Vamos nos preparar – disse ele.

Deixou a janela entreaberta, afastou uma mesinha que atrapalhava a passagem e enfiou suas armas no travesseiro. Depois, calmamente, sem a menor emoção, deitou-se na cama, vestido, e assoprou a vela.

E o medo começou.

Foi imediato. Assim que as sombras o envolveram, o medo começou!

– Pelo amor de D...! – exclamou.

Ele pulou da cama, pegou as armas e as atirou no corredor.

– As mãos, somente minhas mãos! Nada vale mais que o aperto das minhas mãos!

Ele se deitou. Sombra e silêncio novamente. E de novo o medo, o medo traiçoeiro, lancinante, invasivo...

No relógio do vilarejo, doze batidas.

Lupin pensou no ser imundo que, lá fora, a cem metros, a cinquenta metros dele, se preparava, testava a ponta aguda de seu punhal...

– Venha para cima! Que venha! – murmurou ele, trêmulo, e os fantasmas se dissiparam.

Uma hora no vilarejo.

E minutos, minutos intermináveis, minutos de agitação e angústia. Gotículas de suor se formavam na raiz dos cabelos e escorriam sobre a testa, e parecia um suor de sangue que lhe banhava todo...

Duas horas...

E finalmente, em algum lugar, muito perto, um barulho imperceptível tremulava, um barulho de folhas remexidas, que sem dúvida não era o barulho de folhas que se movem com a brisa da noite.

Como Lupin havia previsto, ele sentiu em si, instantaneamente, uma calma imensa. Sua natureza de grande aventureiro sobressaltava-se de alegria. Finalmente o confronto!

Rangido de outro barulho, mais nítido, abaixo da janela, mas ainda tão fraco que era preciso o ouvido treinado de Lupin para perceber.

Minutos, minutos apavorantes... A sombra estava impenetrável. Nenhuma claridade de estrelas ou luar a abrandava.

E, de súbito, sem que ele ouvisse nada, soube que o homem estava no quarto.

E o homem caminhou na direção dele. Ele andava como um fantasma, sem mover o ar do quarto e sem esbarrar nos objetos que tocava.

Mas, com todo o instinto, toda a potência nervosa, Lupin via os gestos do inimigo e adivinhava até mesmo a sucessão de suas ideias.

Quanto a ele, não se movia, escorado contra a parede, quase de joelhos, pronto para saltar.

Sentiu que a sombra tocava delicadamente, apalpava os lençóis da cama para se assegurar do local onde iria golpear. Lupin ouviu sua respiração. Ele acreditou até ter ouvido os batimentos cardíacos. E constatou com orgulho que seu coração já não batia tão forte, enquanto o coração do outro... Oh! Sim, como ele ouvia, aquele coração desordenado, enlouquecido, que bate, como o badalo de um sino, na paróquia do peito.

A mão do *outro* se levantou. Um, dois segundos...

Estaria hesitante? Iria poupar novamente seu adversário?

E Lupin falou no meio do grande silêncio:

– Dê logo o golpe! Golpeie!

Um grito de raiva. O braço caiu como uma mola. E então um gemido.

Aquele braço. Lupin tinha segurado o braço no meio movimento, à altura do pulso. E, correndo para fora da cama, corajoso, visceral, agarrou o homem pela garganta e o derrubou.

E isso foi tudo. Não houve luta. Nem poderia ter havido luta. O homem estava na lona, imobilizado, pregado com cravos de aço, as mãos de Lupin. Não havia homem no mundo, por mais forte que fosse, capaz de escapar daquele aperto.

E nenhuma palavra! Lupin não disse nenhuma de suas falas em que normalmente regozijava sua verve debochada. Não tinha vontade de falar. O momento era solene demais.

Nenhuma alegria vã lhe motivava, nenhuma exaltação vitoriosa. No fundo, só tinha pressa de uma coisa, saber quem estava lá. Louis de Malreich, o condenado à morte? Outra pessoa? Quem?

Correndo o risco de estrangular o homem, ele apertou ainda mais sua garganta, e um pouco mais, e mais ainda.

E sentiu que toda a força do inimigo, que tudo que tinha sobrado de forças, tinha lhe abandonado. Os músculos dos braços relaxaram, ficaram inertes. A mão se abriu e largou o punhal.

Então, livre para se mexer, com a vida do adversário suspensa sob a terrível pressão de seus dedos, pegou a lanterna de bolso, aproximou-a da figura do homem, sem apertar o botão com o dedo indicador.

Só era preciso apertar o botão, só era preciso querer, e ele saberia.

Por um segundo, saboreou seu poder. Um fluxo de emoção lhe subiu. A visão de seu triunfo o cegou. Mais uma vez, orgulhosamente, heroicamente, ele era o Senhor.

Num estalo, acendeu a luz. O rosto do monstro apareceu.

Lupin soltou um grito de horror.

Dolorès Kesselbach!

OS TRÊS CRIMES DE ARSÈNE LUPIN

1

No cérebro de Lupin, foi como se um furacão, um ciclone ou as pancadas dos trovões, as borrascas de vento, as rajadas dos elementos enlouquecidos se desencadeassem tumultuosamente em uma noite de caos.

E grandes relâmpagos chicoteassem a escuridão. E, sob a luminosidade ofuscante daqueles clarões, Lupin perdido, sacudido por calafrios, em convulsões de horror, Lupin via e se esforçava para entender.

Ele não se movia, agarrado à garganta do inimigo, como se seus dedos enrijecidos não pudessem ceder ao aperto. Além disso, ainda que já soubesse, não tinha por assim dizer a percepção exata de que era Dolorès. Era ainda o homem de preto, Louis de Malreich, a besta imunda das trevas; e ele tinha essa besta em suas mãos e não a largaria.

Mas a verdade bateu forte em sua mente e em sua consciência, e, vencido, torturado de angústia, murmurou:

– Oh! Dolorès... Dolorès...

De repente, ele viu a desculpa: a loucura. Ela devia ser louca. A irmã de Altenheim e de Isilda, a filha dos últimos Malreichs, de mãe demente e pai bêbado, ela só poderia ser louca. Louca estranha, louca com aparência de sã, mas ainda assim louca, desequilibrada, doente, desnaturada, verdadeiramente monstruosa.

Com toda a certeza, entedia o que estava fazendo! Era a loucura do crime. Obstinada por um fim para o qual caminhava automaticamente, ela matava, ávida por sangue, inconsciente e infernal.

Ela matava porque queria alguma coisa, matava para se defender, matava para esconder que tinha matado. Mas ela matava também, e principalmente, por *matar*. O assassinato satisfazia nela apetites repentinos e viscerais. Em alguns instantes da vida, algumas circunstâncias, diante de tal ser transformado subitamente em adversário, era preciso que seu braço batesse.

E ela batia, embriagada de raiva, ferozmente, freneticamente.

Louca estranha, inconsequente de seus assassinatos e, no entanto, lúcida de sua cegueira! Tão lógica na sua desordem! Tão inteligente no seu absurdo! Que agilidade! Que perseverança! Que combinações ao mesmo tempo detestáveis e admiráveis!

E Lupin, com rápida visão, com uma acuidade prodigiosa de olhar, viu a longa série de aventuras sangrentas e descobriu os misteriosos caminhos que Dolorès teria seguido.

Ele a via, obstinada e possuída pelo projeto de seu marido, projeto que ela só devia conhecer em parte. Ele a via também procurando aquele Pierre Leduc que seu marido perseguia, procurando para se casar com ele e para voltar, rainha, ao pequeno reino de Veldenz de onde seus pais haviam sido vergonhosamente expulsos.

E ele a via no Palace Hotel, no quarto de seu irmão Altenheim, enquanto se supunha que ela estivesse em Montecarlo. Ele a via, por dias, espionando o marido, recostada nas paredes, misturada às sombras, indistinta e despercebida no disfarce de sombra.

E, em uma madrugada, ela encontrou o senhor Kesselbach acorrentado e o apunhalou.

E de manhã, perto de ser denunciada pelo camareiro, apunhalou.

Uma hora mais tarde, perto de ser denunciada por Chapman, ela o arrastou para o quarto de seu irmão e o apunhalou.

Tudo isso sem piedade, de forma selvagem, com uma habilidade diabólica.

E, com a mesma habilidade, ela se comunicou por telefone com as camareiras Gertrude e Suzanne, ambas recém-chegadas a Montecarlo, onde uma delas assumiu o papel de dona da casa. E Dolorès, vestindo novamente as roupas femininas, tirando a peruca loura que a tornava irreconhecível, desceu ao térreo, encontrando-se com Gertrude no momento em que ela entrava no hotel e fingia estar chegando também, sem saber da desgraça que a esperava.

Como uma atriz incomparável, interpretou a esposa que teve sua existência destruída. Ela causava pena. Ela provocava choro. Quem poderia suspeitar dela?

E então começava a guerra contra ele, Lupin, essa guerra bárbara, guerra alucinante que ela travou contra o senhor Lenormand e depois contra o príncipe Sernine, o dia todo deitada na espreguiçadeira, doente e debilitada, mas, nas noites, de pé, correndo pelos caminhos obscuros, incansável e aterrorizadora.

E eram sequências infernais, Gertrude e Suzanne, cúmplices apavoradas e domadas, ambas lhe servindo de emissárias, disfarçando-se como ela, possivelmente, nos dias em que o velho Steinweg foi levado pelo barão Altenheim, em pleno Palácio da Justiça.

E essa foi a série de crimes. Gourel afogado. Altenheim, seu irmão, apunhalado. Oh! A luta implacável nos subterrâneos da vila Glycines, o trabalho invisível do monstro na escuridão, como tudo isso parecia claro agora!

E foi ela quem tirou sua máscara de príncipe, ela que o denunciou, ela que o jogou na prisão, ela que estragou seus planos, gastando milhões para ganhar a batalha.

E depois os acontecimentos se sucederam. Suzanne e Gertrudes desapareceram, mortas com certeza! Steinweg, assassinado! Isilda, a irmã, assassinada.

– Oh! O ultraje, o horror! – balbuciou Lupin, em um sobressalto de repugnância e ódio.

Ele a execrava, aquela abominável criatura. Ele quis esmagá-la, destruí-la. E era desconcertante que esses dois seres estivessem agarrados um ao outro, inertes, imóveis na palidez da alvorada que começava a se misturar com as sombras da madrugada.

– Dolorès... Dolorès... – murmurou ele, com desespero.

Ele saltou para trás, ofegante de terror, olhos de alucinado. O quê? O que tinha ali? O que era aquela sensação ignóbil de frio que congelava suas mãos?

– Octave! Octave! – ele gritou, sem se lembrar da ausência do motorista.

Socorro! Ele precisava de socorro! Alguém que o tranquilizasse e cuidasse dele. Ele estava trêmulo de medo. Oh! Esse frio, o frio da morte que ele sentia. Isso seria possível? Então, durante alguns trágicos minutos, ele sentiu os dedos travados...

Violentamente, forçou-se a olhar. Dolorès não se movia.

Ele se aproximou de joelhos e a puxou junto ao seu corpo.

Ela estava morta.

Ele permaneceu alguns instantes como se anestesiado, sua dor parecia se dissolver. Já não sofria. Não havia mais fúria, nem ódio, nem nenhum sentimento de espécie alguma, apenas um abatimento estúpido, a sensação de um homem que recebeu uma porretada e que não sabe direito se ainda está vivo, se ainda pensa, ou se não passa do joguete de um pesadelo.

Mesmo assim, parecia-lhe que algo justo tinha acabado de acontecer e não lhe ocorria, nem por um segundo, que ele é que a havia matado. Não, não tinha sido ele. Foi algo além de sua vontade. Foi o destino, inflexível destino que tinha cumprido a ordem de justiça, matando o animal nocivo.

Do lado de fora, pássaros cantavam. A vida se animava sob as velhas árvores que a primavera prepara para florir. E Lupin, acordando de seu torpor, sentiu pouco a pouco brotar nele uma indefinida e absurda compaixão pela miserável mulher – odiosa, sim, abjeta e vinte vezes criminosa, mas tão jovem ainda, e já não estava ali.

Ele pensou nas torturas a que ela devia ter se submetido nos momentos de lucidez; quando a razão voltava, a abominável louca tinha a visão sinistra de suas ações.

– Proteja-me... Eu sou tão infeliz! – suplicava ela.

Era contra si própria que ela pedia proteção, contra seus instintos de fera, contra o monstro que a habitava e lhe forçava a matar, sempre matar.

– Sempre? – perguntou-se Lupin.

E ele se lembrou da noite da antevéspera, em que, de pé diante dele, com o punhal na direção do inimigo que, depois de meses, a buscava, do inimigo infatigável que tinha lhe acuado de todas as formas, ele se lembrou de que, naquela noite, ela não matou. No entanto, era fácil: o inimigo gemia inerte e incapaz. Do nada, a implacável luta acabava. Não, ela não tinha matado, submissa, ela também, a sentimentos mais fortes que sua crueldade, sentimentos obscuros de simpatia e admiração por aquele que a tinha dominado por tantas vezes.

Não, ela não tinha matado; daquela vez, não. E eis que, por um capricho realmente surpreendente do destino, foi ele quem a matou.

"Eu matei", pensou ele, trêmulo dos pés à cabeça. "Minhas mãos tiraram a vida de um ser vivo, e este ser, é Dolorès! Dolorès... Dolorès..."

Ele não parava de repetir seu nome, seu nome de dor, e não parava de olhar para ela, triste coisa inanimada, agora inofensiva, pedaço de carne amorfa, sem mais consciência que um pequeno monte de folhas ou um passarinho degolado na beira da estrada.

Oh! Como ele teria conseguido não estremecer de compaixão, pois, entre os dois, ele era o assassino, ele, e quem não estava mais ali era ela, apenas uma vítima?

– Dolorès... Dolorès... Dolorès...

A luz do dia o surpreendeu sentado perto da morta, lembrando e pensando, enquanto seus lábios articulavam, vez ou outra, as desoladas sílabas: Dolorès... Dolorès...

No entanto, era preciso agir, e, na avalanche de suas ideias, ele não sabia mais em que sentido deveria agir, nem por onde começar.

"Melhor começar fechando os olhos dela", pensou ele.

Completamente vazios, cheios de nada, tinham, ainda, os belos olhos dourados, a doçura melancólica que lhes dava tanto charme. Era possível que aqueles olhos tivessem sido os olhos do monstro? Contra sua própria vontade e diante da implacável realidade, Lupin não conseguia fundir em um só personagem os dois seres cujas imagens eram tão diferentes no fundo de seus pensamentos.

Rapidamente ele se inclinou na direção dela, baixou as longas e sedosas pálpebras e recobriu com um véu a pobre figura descomposta.

Então pareceu-lhe que Dolorès ficava cada vez mais distante e que o homem de preto, por sua vez, estava bem ali, ao seu lado, com suas vestes escuras, seu disfarce de assassino.

Ele ousou tocá-la e apalpar suas roupas.

Em um bolso interior havia duas carteiras. Ele pegou uma delas e abriu.

Primeiro encontrou uma carta assinada por Steinweg, o velho alemão.

Ela continha as seguintes linhas:

Se eu morrer antes de ter podido revelar o terrível segredo, deixo saber aqui: o assassino de meu amigo Kesselbach é a mulher dele, cujo verdadeiro nome é Dolorès de Malreich, irmã de Altenheim e de Isilda.

As iniciais L e M fazem referência a ela. Na intimidade, Kesselbach nunca chamava sua mulher de Dolorès, *pois é um nome de dor, de luto, mas, sim, de* Lœtitia, *que quer dizer alegria. L et M – Laetitia de Malreich – eram as iniciais inscritas em todos os presentes que ele lhe dava. Por exemplo, a cigarreira encontrada no Palace Hotel, que pertencia à senhora Kesselbach. Em viagens, ela tinha contraído o hábito de fumar.*

Laetitia! Ela de fato foi sua alegria durante quatro anos, quatro anos de mentiras e hipocrisia em que ela preparava a morte daquele que a amava com tanta bondade e confiança.

Talvez eu devesse ter falado logo. Não tive coragem, em consideração ao meu velho amigo Kesselbach, cujo sobrenome ela portava.

Além disso, eu tinha medo... No dia em que eu a desmascarei, no Palácio de Justiça, eu li nos seus olhos minha sentença de morte. Minha fraqueza me salvará dela?

"Até ele", pensou Lupin, "até ele ela matou! Está na cara, ele sabia coisas demais! As iniciais, esse tal nome, Laetitia, o hábito secreto de fumar..."

E ele se lembrou da noite anterior, daquele cheiro de tabaco que havia no quarto dela.

E continuou a inspeção da primeira carteira.

Havia bilhetes, em linguagem cifrada, entregues a Dolorès, sem dúvida por seus cúmplices, durante seus tenebrosos encontros...

Havia também endereços em pedaços de papel, endereços de costureiras ou modelistas, mas também endereços de espeluncas e hotéis de gosto duvidoso. E nomes também... vinte, trinta nomes, nomes estranhos, Hector Le Boucher, Armand de Grenelle, Malade...

Mas uma fotografia chamou a atenção de Lupin. Ele a observou. E de repente, como se arremessado por uma mola, largando a carteira, ele saiu do quarto, saiu do pavilhão e seguiu pelo parque.

Tinha reconhecido o retrato de Louis de Malreich, prisioneiro na Santé.

E somente então, somente naquele exato minuto, ele se lembrou: a execução deveria acontecer no dia seguinte.

O homem de preto, já que o assassino não era ninguém mais do que Dolorès, Louis de Malreich se chamava realmente Léon Massier e era inocente.

Inocente? Mas e as provas encontradas na casa dele, as cartas do imperador, e tudo, tudo o que acusava inegavelmente aquele homem, todas as provas irrefutáveis?

Lupin parou por um segundo, a cabeça fervilhava.

– Oh! – exclamou ele. – Eu também estou ficando louco. Vejamos, entretanto é preciso agir... É amanhã que ele será executado, amanhã bem cedinho...

Ele puxou o relógio.

– Dez horas… De quanto tempo preciso para chegar a Paris? É isso, logo estarei lá, logo, logo, é o jeito. Mas ainda hoje tomarei medidas para impedir… Mas que medidas? Como provar a inocência dele? Como impedir a execução? Ei, pouco importa! Vou dar um jeito quando chegar lá. Meu nome não é Lupin? Vamos…

Ele foi embora correndo, entrou no castelo e chamou:

– Pierre! Vocês viram o senhor Pierre Leduc? Ah, você está aí! Ouça…

Ele o puxou para o lado e, com uma voz irregular, imperiosa:

– Ouça, Dolorès partiu. Sim, uma viagem urgente… Ela pegou a estrada de madrugada no meu automóvel. E eu estou indo também. Boca fechada! Nenhuma palavra. Um segundo perdido será irreparável. Você vai dispensar os empregados, sem explicação. Aqui está o dinheiro. Daqui a meia-hora, o castelo deverá estar vazio. E que ninguém entre até o meu retorno! Nem você, está escutando? Eu o proíbo de voltar. Explicarei isso depois, é coisa séria. Tome, pegue a chave e me espere no vilarejo.

E de novo bateu em retirada.

Dez minutos depois, encontrava Octave. Ele embarcou em seu automóvel.

– Paris – disse.

2

A viagem foi uma verdadeira corrida suicida.

Lupin, achando que Octave não dirigia suficientemente rápido, pegou o volante num ritmo desordenado, vertiginoso. Na estrada, através dos vilarejos, nas ruas populosas das cidades, eles correram a cem quilômetros por hora. Passavam raspando nas pessoas, que gritavam de raiva: o possante ia longe, já tinha desaparecido.

– Chefe – balbuciou Octave, lívido –, nós vamos bater.

– Você, talvez, o automóvel, talvez, mas eu chegarei lá – dizia Lupin.

Parecia que não era o carro que o transportava, mas que ele é que transportava o carro e que cruzava o espaço por suas próprias forças, por sua própria vontade. Então, algum milagre poderia impedi-lo de chegar, sendo que suas forças eram inesgotáveis e sua vontade não tinha limites?

– Vou chegar, porque tenho de chegar – repetia ele.

E pensava no homem que iria morrer se ele não chegasse a tempo para salvá-lo, no misterioso Louis de Malreich, tão desconcertante com seu silêncio obstinado e sua fisionomia hermética. E, no tumulto da estrada, sob as árvores cujos galhos faziam um barulho de ondas furiosas, entre o zunir de suas ideias, Lupin se esforçava para estabelecer uma hipótese. E a hipótese se delineava pouco a pouco, lógica, implausível, certeira, pensava ele, agora que sabia da terrível verdade sobre Dolorès e que entrevia todos os recursos e todos os desígnios odiosos daquele espírito perturbado.

"Claro, foi ela que armou contra Malreich a mais horrível das maquinações. O que ela queria? Casar-se com Pierre Leduc, em que ela provocou o amor, e tornar-se soberana do pequeno reino de onde foi banida. O objetivo estava acessível, ao alcance de suas mãos. Um único obstáculo: eu. Eu, que, durante semanas e semanas, perseverante, bloqueei sua rota; eu, que ela encontrava depois de cada crime; eu, de cuja clarividência ela duvidava;; eu, que não baixaria guarda até que descobrisse o culpado e encontrasse as cartas roubadas do imperador...

"Ora! Como era preciso um culpado, o culpado seria Louis de Malreich, ou melhor, Léon Massier. Quem é esse Léon Massier? Ela o teria conhecido antes do casamento? Ela gostava dele? É possível, mas nunca teremos certeza. O fato é que ela deveria ter se impressionado com a semelhança de tamanho e aparência que poderia ser obtida com Léon Massier, vestindo-se como ele de preto e enfiando uma peruca loura. Ela deve ter observado a vida estranha daquele homem solitário, suas voltas noturnas, sua forma de andar pelas ruas e de despistar quem pudesse segui-lo. E foi em consequência dessas observações, e prevendo uma possível eventualidade, que ela aconselhou o senhor Kesselbach a raspar dos registros de nascimento o nome Dolorès e a substituí-lo pelo nome de Louis, a fim de que as iniciais fossem justamente as de Léon Massier.

"Chegou a hora de agir, e eis que ela urdiu seu complô e o executou. Léon Massier mora na rua Delaizement? Ela ordenou a seus cúmplices que se estabelecessem na rua paralela. E foi ela mesma quem me indicou o endereço do mordomo Dominique e me colocou na pista dos setes bandidos, sabendo perfeitamente que, estando na pista, eu iria até o fim, isto é, além dos sete bandidos, chegar até o chefe, até o indivíduo que lhes supervisionava e dirigia, até o homem de preto, até Léon Massier, até Louis de Malreich.

"E, de fato, cheguei primeiro aos sete bandidos. E então, o que aconteceria? Ou bem eu seria vencido, ou nós nos destruiríamos uns aos outros, como ela deve ter esperado na noite da rua Vignes. E, nesse caso, Dolorès teria se livrado de mim.

"Mas aconteceu o seguinte: fui eu que capturei os sete bandidos. Dolorès fugiu da rua Vignes. Eu a encontrei no galpão do *brocanteur*. Ela me levou até Léon Massier, ou melhor, até Louis de Malreich. Encontrei perto dela as cartas do Imperador, *que ela mesma plantou*, e eu o entreguei à justiça e denunciei a comunicação secreta que ela mesma mandou abrir entre os dois galpões, e dei todas as provas *que ela mesma preparou*, e mostrei, com a ajuda de documentos *que ela mesma maquiou*, que Léon Massier roubou o registro de nascimento de Léon Massier e que ele se chamava na verdade Louis de Malreich.

"E Louis de Malreich morreria.

"E Dolorès de Malreich, triunfante, finalmente fora de qualquer suspeita, já que o culpado tinha sido descoberto, livre de seu passado de infâmias e crimes, seu marido morto, seu irmão morto, sua irmã morta, suas duas criadas mortas, Steinweg morto, livre por intercessão minha de seus cúmplices, que eu joguei embrulhados nas mãos de Weber; finalmente, livre, ela mesma também por intercessão minha, que fiz subir ao cadafalso o inocente que tomou seu lugar, Dolorès vitoriosa, podre de rica, amada por Pierre Leduc, Dolorès seria a rainha."

– Ah! – exclamou Lupin fora de si. – Esse homem não morrerá. Eu juro pela minha cabeça, ele não vai morrer.

– Cuidado, chefe – disse Octave, com medo –, estamos chegando… Ainda é o subúrbio, as periferias…

– O que você quer que eu faça?

– Nós vamos capotar. O asfalto é escorregadio, estamos derrapando…

– Pouco importa.

– Cuidado… Ali…

– O quê?

– Um bonde, bem na curva…

– Ele que pare!

– Diminua, chefe.

– Nunca!

– Estamos lascados.

– Dá para passar.

– Não dá.

– Dá, sim.

– Ah! Misericórdia…

Uma pancada, exclamações. O carro tinha batido no bonde e tinha sido arremessado contra uma cerca, havia demolido dez metros de tábuas e, finalmente amassado, batera contra a quina de um talude.

– Motorista, o senhor está livre?

Era Lupin, caído na grama do talude, que chamava um táxi.

Ele se levantou, viu seu carro batido, as pessoas que se apressavam em volta de Octave e embarcou no carro de aluguel.

– Para o Ministério do Interior, para a praça Beauvau. Vinte francos de gorjeta…

E, instalando-se no fundo da carruagem, ele continuou:

– Ah, não, *ele* não vai morrer! Não, de jeito nenhum, não terei esse peso na consciência! Já basta ter sido o brinquedo daquela mulher e ter caído como um pato… Chega! Nem mais um erro! Eu entreguei aquele infeliz. Fiz com que ele fosse condenado à morte… Eu o levei aos pés do cadafalso.

Mas ele não subirá! Isso, não! Se ele subir, a única coisa que poderia fazer é meter uma bala na minha cabeça!

Eles se aproximavam de uma barreira. Ele se inclinou:

– Mais vinte francos, motorista, para não parar.

E ele gritou diante do posto:

– A serviço da Sûreté!

Passaram.

– Não diminua, tenha dó! – berrou Lupin. – Rápido! Mais rápido! Está com medo de machucar as velhinhas? Passe por cima. Eu pago o preço.

Em minutos, eles chegaram ao Ministério da praça Beauvau. Lupin atravessou o pátio com pressa e subiu os degraus da escadaria principal. A antecâmara estava cheia de gente. Ele escreveu em uma folha de papel: "Príncipe Sernine", e, empurrando um tabelião para o canto, disse-lhe:

– Sou eu, Lupin. Você me reconhece, não é? Comprei esse cargo para você. Boa aposentadoria, hein? Sendo breve, você vai me apresentar agora mesmo. Anda, passe meu nome. Só peço isso. O presidente irá lhe agradecer, pode ter certeza. E eu, também. Mas ande logo, cretino! Valenglay me espera...

Dez segundos depois, Valenglay em pessoa passava a cabeça pela porta de seu escritório e dizia:

– Mande entrar "o príncipe".

Lupin avançou, fechou a porta com força e, cortando a fala do presidente:

– Não, sem frases, o senhor não pode me impedir. Isso seria sua perdição e comprometeria o imperador. Não... não se trata disso. Veja. Malreich é inocente. Descobri o verdadeiro culpado. É Dolorès Kesselbach. Ela morreu. O cadáver dela está lá. Tenho provas irrecusáveis. Não há margem de dúvida. É ela...

Ele se interrompeu. Valenglay parecia não entender.

– Ora, vamos, senhor presidente, é preciso salvar Malreich. Pense, um erro judiciário! A cabeça de um inocente que rola! Dê ordens, informações suplementares, sei lá o quê! Mas rápido, o tempo urge.

Valenglay o olhava atento, depois se aproximou de uma mesa, pegou um jornal e lhe estendeu, apontando um artigo.

Lupin lançou os olhos no título e leu:

A execução do monstro. Nesta manhã, Louis de Malreich sofreu o último suplício...

Ele não concluiu. Atordoado, destruído, ele se jogou em um sofá com um gemido de desespero.

Quanto tempo ele permaneceu assim? Quando foi para o lado de fora, não soube de nada. Ele se lembrou de um grande silêncio, depois reviu Valenglay curvado sobre ele, borrifando-lhe água fria, e se lembrou da voz abafada do presidente, que sussurrava:

– Escute... não é preciso dizer nada sobre isso, não é? Inocente, pode até ser, não digo o contrário. Mas para que serviriam as revelações? Um escândalo? Um erro judiciário pode ter grandes consequências. Vale a pena? Uma reabilitação? Para quê? Ele nem foi condenado com seu verdadeiro nome. É o nome de Malreich que está consagrado à execração pública... precisamente o nome da culpada. Então?

E, empurrando Lupin pouco a pouco para a porta, ele lhe disse:

– Vá, volte para lá. Desapareça com o cadáver. E sem rastros, hein? Sem nenhum rastro dessa história toda. Conto com o senhor, ok?

E Lupin voltou para lá. E voltou como um autômato, porque mandaram que agisse assim, e também porque não tinha mais vontade própria.

Por horas, ele esperou na estação. Comeu mecanicamente, pegou seu bilhete e se instalou em um compartimento.

Dormiu mal, a cabeça fervilhando com pesadelos e intervalos em que acordava confuso e em que buscava entender por que Massier não tinha se defendido.

“Era um louco... certamente... um meio louco. Ele a conheceu certa feita, e ela envenenou a vida dele. Ela o desequilibrou. Então melhor morrer. Para que se defender?”

A explicação o satisfazia apenas em parte, e ele prometeu, um dia ou outro, esclarecer esse enigma e saber o papel exato que Massier tinha exercido na existência de Dolorès. Mas não importava no momento! Um só fato aparecia nitidamente, a loucura de Massier, e ele repetia mentalmente, com obstinação:

"Era um louco... esse Massier era certamente um louco. Aliás, todos esses Massier, uma família de loucos..."

Ele delirava, confundia os nomes, o cérebro enfraquecido.

Mas, descendo na estação de Bruggen, ele teve, no pleno ar fresco da manhã, um sobressalto de consciência. Bruscamente, as coisas ganhavam outro aspecto. Ele disse alto:

– Ah! Na verdade, tanto faz! Ele só precisava protestar. Não sou responsável por nada disso, foi ele que se suicidou... Era apenas um comparsa na aventura. E sucumbiu. Sinto muito, mas fazer o quê?!

A necessidade de agir o embriagava novamente. E, mesmo ferido, torturado por esse crime cujo autor, apesar de tudo, ele conhecia, mesmo assim ele olhava para o futuro.

"São os acidentes da guerra. Não vamos pensar nisso. Nada está perdido. Pelo contrário! Dolorès era o empecilho, já que Pierre Leduc a amava. Dolorès morreu. Então Pierre Leduc é meu. E ele irá se casar com Geneviève, como eu já tinha decidido. E ele reinará! E eu serei o líder! E a Europa, a Europa será minha!"

Ele se exaltava, se tranquilizava, cheio de uma confiança súbita, todo fervoroso, gesticulando na estrada, rotacionava os braços com uma espada imaginária, a espada do chefe que deseja, que ordena e que triunfa.

"Lupin, você será rei! Você será rei, Arsène Lupin."

No vilarejo de Bruggen, ele se informou e soube que Pierre Leduc tinha almoçado no dia anterior na estalagem. Desde então, não tinha mais sido visto.

– Como? – disse Lupin. – Ele não dormiu aqui?

– Não.

– Mas para onde ele foi depois do almoço?

– Foi pela estrada do castelo.

Lupin se foi, bastante surpreso. Ele tinha, entretanto, indicado ao rapaz que fechasse as portas e que não voltasse depois da partida dos empregados.

De repente ele teve a prova de que Pierre o tinha desobedecido: o portão estava aberto.

Ele entrou, percorreu o castelo, chamou. Nenhuma resposta.

Então pensou no chalé. Quem sabe? Pierre Leduc, condoído por aquela que ele amava e dirigido por uma intuição, teria talvez ido procurá-la por aqueles lados. E o cadáver de Dolorès estava lá.

Muito preocupado, Lupin começou a correr.

À primeira vista, parecia não haver ninguém no chalé.

– Pierre! Pierre! – ele gritou.

Não ouvindo nenhum ruído, ele entrou no vestíbulo e no quarto que ele tinha ocupado.

Parou, congelado, na porta.

Acima do cadáver de Dolorès, Pierre Leduc estava suspenso, uma corda no pescoço, morto.

3

Impassível, Lupin se contraiu dos pés à cabeça. Ele não queria se permitir um gesto de desespero. Não queria pronunciar uma só palavra de violência. Depois dos golpes atrozes que a falecida lhe desferiu, depois dos crimes e da morte de Dolorès, depois da execução de Massier, depois de tanta revolução e de catástrofes, ele sentia a necessidade absoluta de conservar em si mesmo todo o seu poder. Mesmo assim, sua razão naufragava…

– Imbecil! – disse, apontando Pierre Leduc. – Triplamente imbecil. Não poderia ter esperado? Em menos de dez anos teríamos a Alsácia-Lorena.

Por distração, ele procurou palavras para dizer, atitudes, mas suas ideias lhe escapavam, e seu crânio parecia que ia explodir.

– Ah! Não, não! – gritou ele. – Tudo menos isso! Lupin, louco também! Ah! Não, meu garoto! Meta uma bala na sua cabeça, se lhe faz bem, que seja, e, na verdade, não vejo outro desfecho possível. Mas Lupin, louco, pirado, isso não! Em grande estilo, cavalheiro, termine em grande estilo!

Ele caminhou chutando o chão e levantado os joelhos muito alto, como fazem alguns atores para simular a loucura. E proferiu:

– Cabeça erguida, meu velho, cabeça erguida, os deuses o contemplam. Nariz em pé! E estômago, coragem! Armadura! Tudo se despedaça ao redor de você? Em que isso lhe importa? É o desastre, nada vai mais acontecer, um reino afundado, estou perdendo a Europa, o universo se evaporando? E aí, depois? Sorria, oras! Seja Lupin, ou você estará perdido. Vamos, sorria! Mais intenso, meu caro. No momento certo. Meu Deus, que palhaçada! Dolorès, um cigarro, minha velha!

Ele abaixou com uma gargalhada, tocou o rosto da morta, vacilou um instante e caiu sem consciência.

Depois de uma hora ele acordou. A crise tinha terminado, e, dono de si, os nervos relaxados, sério e taciturno, ele examinou a situação.

Sentiu que era chegado o momento de tomar decisões irrevogáveis. Sua existência estava visivelmente dilacerada em poucos dias, sob o ataque de catástrofes imprevistas, chegando uma atrás da outra no minuto exato em que ele acreditava que seu triunfo estava certo. O que ele ia fazer? Recomeçar? Reconstruir? Não havia nele coragem para isso. E então?

Durante toda a manhã ele vagou pelo parque, numa caminhada trágica em que a situação se revelou em seus mínimos detalhes e em que, pouco a pouco, a ideia de morte se impunha a ele com rigor inflexível.

Mas, vivendo ou morrendo, tinha primeiro uma série de atos precisos que deveria cumprir. E esses atos, seu cérebro, repentinamente calmo, os via claramente.

O relógio da igreja soou o Ângelus do meio-dia.

– Mãos à obra – disse ele –, e sem vacilar.

Ele voltou em direção ao chalé, muito calmo, entrou em seu quarto, subiu em um banquinho e cortou a corda que prendia Pierre Leduc.

– Pobre-diabo – disse ele –, tinha de acabar assim, uma gravata de corda de forca no pescoço. Fazer o quê? Você não era feito para coisas grandes. Eu deveria ter previsto isso e não ter ligado minha fortuna a um fazedor de rimas.

Ele fuçou nas roupas do rapaz e não encontrou nada. Mas, lembrando-se da segunda carteira de Dolorès, pegou-a no bolso em que a tinha deixado.

Fez um movimento brusco. A carteira continha um pacote de cartas cujo aspecto lhe era familiar e em que ele reconheceu logo as caligrafias diferentes.

– As cartas do imperador! – ele murmurou. – As cartas ao velho conselheiro! Todo o pacote que eu mesmo recuperei na casa de Léon Massier e que eu dei ao conde de Waldemar. Como isso aconteceu? Será que ela mesma as pegou com o cretino do Waldemar?

E, de repente, batendo na própria testa:

– Não, o cretino sou eu. Estas aqui são as verdadeiras cartas! Ela as tinha guardado para chantagear o imperador na hora certa. E as outras, as que eu entreguei, são falsificações, cópias feitas por ela, obviamente, ou por um cúmplice, e deixadas ao meu alcance. E eu caí direitinho, como um soldado raso! Droga, como as mulheres envolvem a gente...

Só havia um cartão na carteira, era uma fotografia. Ele olhou. Era a sua.

– Duas fotografias, Massier e eu, os que ela amava mais, sem dúvidas. Porque ela me amava. Amor bizarro, feito de admiração pelo aventureiro que sou, pelo homem que derrubou sozinho os sete bandidos que ela tinha encarregado de me derrotar. Amor estranho! Eu a senti palpitar no dia em que contei meu grande sonho de onipotência! Ali, sem dúvidas, ela teve a ideia de sacrificar Pierre Leduc e de submeter seu sonho ao meu. Se não tivesse acontecido o incidente do espelho, ela estaria domada. Mas teve medo. Eu estava muito próximo da verdade. Para seu bem, era preciso minha morte, e ela se decidiu por isso.

Várias vezes, ele repetiu pensativo:

– Mas, no entanto, ela me amava... Sim, ela me amava, como outras me amaram... outras a quem eu trouxe infelicidade também. Fazer o quê?

Todas as mulheres que me amam morrem. E essa daí morreu também, estrangulada por mim. Para que viver?

Em voz baixa, ele disse novamente:

– Para que viver? Não seria melhor me juntar a elas, a todas essas mulheres que me amaram e que morreram por causa de seu amor, Sonia, Raymonde, Clotild Destange, *miss* Clarke?

Ele estendeu os dois cadáveres um ao lado do outro, cobriu-os com um único véu, sentou-se diante de uma mesa e escreveu:

> *Eu triunfei em tudo: e estou vencido. Chego ao final e caio. O destino é mais forte que eu... E aquela que eu amava não está mais aqui. Morrerei também.*
>
> E assinou: *Arsène Lupin.*

Ele selou a carta e a introduziu em um frasco que jogou pela janela, na terra fofa de um canteiro.

Depois ele fez um grande monte sobre o piso com jornais velhos, palha e cavacos de madeira que buscou na cozinha.

Sobre o monte, jogou óleo.

Depois acendeu uma vela, a qual ele jogou no meio dos cavacos.

Rapidamente, uma chama correu, e outras chamas irromperam, rápidas, ardentes, crepitantes.

– Em marcha – disse Lupin. – O chalé é de madeira: vai queimar como uma caixa de fósforos. E, quando chegar até o vilarejo, até que forcem os portões, corram até a extremidade do parque, será tarde demais! Encontrarão cinzas, dois cadáveres calcinados e, perto dali, uma garrafa com meu bilhete de despedida. Adeus, Lupin! Gente de bem, enterrem-me sem cerimônia. O carro funerário dos pobres, sem flores nem coroas. Uma humilde cruz e esta epígrafe:

> AQUI JAZ
>
> ARSÈNE LUPIN, AVENTUREIRO

Ele alcançou o muro da cerca, escalou e, voltando-se para trás, viu as chamas que turbilhonavam no céu...

Ele voltava a pé para Paris, errante, o coração desesperado, abatido pelo destino.

E os camponeses se espantavam ao ver aquele viajante que pagava suas refeições baratas com notas de banco.

Três ladrões de estrada aberta o atacaram, numa noite, em plena floresta. Com pauladas, eles o deixaram quase morto...

Ele passou oito dias em uma estalagem. Não sabia para onde ir. O que fazer? A que se apegar? A vida o tinha deixado. Ele não queria mais viver... não queria mais viver...

– É você!

A senhora Ernemont, mantinha-se de pé, trêmula, assustada, lívida, os olhos esbugalhados, no pequeno cômodo da vila de Garches, mirando a aparição que se desenhava diante dela.

Lupin! Lupin estava lá!

– Você! – disse ela. – Você! Mas os jornais noticiaram que...

Ele sorriu tristemente.

– Sim, estou morto.

– Como assim? Como assim? – disse ela inocentemente.

– Você quer dizer que, se morri, não tenho nada o que fazer aqui. Tenho sérias razões, Victoire, pode acreditar.

– Como você mudou! – disse ela com compaixão.

– Algumas leves decepções. Mas já passou. Escute, Geneviève está aqui?

Ela pulou sobre ele, subitamente furiosa.

– Deixe-a em paz, hein? Geneviève! Rever Geneviève! Tomá-la de volta! Ah, mas, desta vez, eu não a deixarei mais! Ela voltou cansada, completamente pálida, preocupada, e custou a recobrar suas belas cores. Você vai deixá-la em paz, eu juro!

Ele apoiou com força sua mão sobre o ombro da velha mulher.

– Eu *quero*... está ouvindo... *quero* falar com ela.

– Não.

– Vou falar com ela.

Ele empurrou a mulher. Ela se levantou de súbito e, de braços cruzados:

– Só se for por cima do meu cadáver. A felicidade da menina está aqui, não longe... Com todas as suas ideias de dinheiro e nobreza, você vai deixá-la doente. Isso não! O que foi feito do seu Pierre Leduc? E do Veldenz? Geneviève, duquesa! Você é louco. Isso não é vida. No fundo, você só pensa em si mesmo. É o seu poder, sua fortuna que você queria. Com a menina você não está nem aí. Você pelo menos perguntou se ela o amava, seu sacripanta de grão-duque? Ou por acaso indagou se ela amava alguém? Não, você perseguiu seu objetivo, olhe no que deu, sob o risco de ferir Geneviève e fazê-la infeliz para o resto da vida. Ora! Eu não aguento. O que ela precisa é de uma existência simples, honesta, e isso você não pode dar a ela. Então, o que você veio fazer aqui?

Ele pareceu abalado, mas, ainda assim, em voz baixa, com uma imensa tristeza, ele murmurou:

– Não é possível que eu não a veja nunca mais. Não é possível que eu não fale mais com ela...

– Ela acha que você morreu.

– É isso que eu não quero! Quero que ela saiba a verdade. É uma tortura pensar que ela pensa em mim como alguém que já se foi. Traga-a aqui, Victoire.

Ele falava com uma voz tão suave, tão desolada, que ela resolveu atender e lhe perguntou:

– Ouça, ouça, antes de tudo, quero saber... Isso vai depender do que você vai me responder. Seja franco, meu menino... O que você quer dela, da Geneviève?

Ele disse seriamente:

– Quero dizer a ela o seguinte: "Geneviève, eu tinha prometido à sua mãe lhe dar a fortuna, o poder, uma vida de conto de fadas. E, no dia que atingisse o meu objetivo, eu lhe pediria um lugarzinho, não muito longe de você. Feliz e rica, você se esqueceria, sim, tenho certeza, você se esqueceria do que eu sou, ou pelo menos do que eu era. Infelizmente, o destino foi mais forte que eu. Eu não lhe trouxe nem a fortuna nem o poder. Não lhe trouxe nada. E, ao contrário, sou eu que preciso de você. Geneviève, você pode me ajudar?".

– A quê? – disse a velha, ansiosa.

– A viver...

– Oh! – disse ela. – Você chegou a esse ponto, meu pobre pequenino...

– Sim – respondeu ele simplesmente, sem voz afetada –, sim, a esse ponto. Três seres acabaram de morrer, eu os matei, matei com as minhas mãos. O peso da lembrança é muito pesado. Estou sozinho. Pela primeira vez na minha existência, preciso de ajuda. Eu tenho o direito de pedir ajuda a Geneviève. E o dever dela é de me ajudar. Senão...

– Senão...?

– Estará tudo acabado.

A velha calou-se, pálida e trêmula. Naquele momento, reencontrou todo o seu afeto por aquele que ela tinha nutrido com seu leite há muito tempo, e que continuava a ser, ainda e apesar de tudo, "seu pequeno". Ela perguntou:

– O que você vai fazer com ela?

– Vamos viajar. Com você, se quiser ir conosco.

– Mas você está esquecendo.... está esquecendo...

– O quê?

– O seu passado...

– Ela o esquecerá também. Ela entenderá que eu não sou mais aquele e não posso mais sê-lo.

– Então, de verdade, o que você quer, é que ela compartilhe sua vida com você, a sua vida de Lupin?

– A vida de um homem que eu serei ainda, do homem que trabalhará para que ela seja feliz, para que ela se case de acordo com o querer dela. Nós nos instalaremos em algum canto do mundo. Lutaremos juntos, um ao lado do outro. E você sabe do que eu sou capaz...

Ela repetiu lentamente, os olhos fixos nele:

– Então, de verdade, você quer que ela compartilhe a vida de Lupin?

Ele hesitou um segundo, apenas um segundo, e afirmou claramente:

– Sim, sim, eu quero isso, é meu direito...

– Você quer que ela abandone todas as crianças a quem se dedica, toda esta existência de trabalho que ela ama e que lhe é necessária?

– Sim, eu quero, é meu direito.

A velha abriu a janela e disse:

– Nesse caso, pode chamá-la.

Geneviève estava no jardim, sentada em um banco. Quatro menininhas se aglomeravam em volta dela. Outras brincavam e corriam.

Ele a viu de frente. Ele viu seus olhos sorridentes e sérios. Com uma flor na mão, ela arrancava uma a uma as pétalas e dava explicações às crianças atentas e curiosas. Depois fazia perguntas. E cada resposta valia um beijo como recompensa para a aluna.

Lupin a observou por muito tempo, com uma emoção e uma angústia infinitas. Sentimentos desconhecidos fermentavam dentro dele. Ele sentia vontade de abraçar aquela bela moça, beijá-la e falar para ela sobre todo o seu respeito e afeição. Ele se lembrava da mãe, morta no pequeno vilarejo de Aspremont, morta de sofrimento...

– Pode chamá-la – repetiu Victoire.

Ele se deixou cair sobre uma poltrona e balbuciou:

– Não posso... não posso... Não tenho esse direito. É impossível. Deixe que ela pense que estou morto. Assim é melhor...

Ele chorava, os ombros tremiam com os soluços, tomado por um desespero imenso, cheio de uma ternura que crescia nele, como essas flores tardias que morrem no mesmo dia em que desabrocham.

A velha se ajoelhou e, com a voz trêmula:

– Ela é sua filha, não é?

– Sim, é minha filha.

– Oh, meu pobrezinho – disse ela chorando –, meu pobrezinho...

EPÍLOGO

O SUICÍDIO

1

– A cavalo – disse o imperador.

Ele se corrigiu:

– De asno, na verdade – disse ele, vendo o magnífico jumento que lhe traziam. – Waldemar, você tem certeza de que este animal é dócil?

– Respondo por ele como por mim mesmo, *sire* – afirmou o conde.

– Nesse caso, fico tranquilo – disse o imperador, sorrindo.

E, virando-se para sua escolta de oficiais:

– Senhores, a cavalo.

Havia ali, na praça principal do vilarejo de Capri, uma multidão contida por carabineiros italianos e, no meio, todos os asnos do país requisitados para a visita do imperador à ilha maravilhosa.

– Waldemar – disse o imperador, encabeçando a caravana –, começaremos pelo quê?

– Pela vila de Tibère, *sire*.

Passaram sob uma porta, depois seguiram por um caminho mal pavimentado que se eleva pouco a pouco no promontório oriental da ilha.

O imperador estava de mau-humor e zombava do colossal conde Waldemar, cujos pés tocavam o solo de cada lado do pobre asno que ele estava esmagando.

No final de três quartos de hora, chegaram primeiro a Saut-de-Tibère, rochedo prodigioso, trezentos metros de altura, de onde os tiranos atiravam suas vítimas ao mar.

O imperador desceu, aproximou-se da balaustrada e deu uma olhada no abismo. Depois ele quis caminhar a pé até as ruínas da vila de Tibère, onde ele andou por entre as ruínas de salas e corredores.

Parou por um instante.

A vista da ponta de Sorrente e de toda a ilha de Capri era magnífica. O azul ardente do mar desenhava uma curva admirável do golfo, e os odores frescos se misturavam ao perfume dos limoeiros.

– *Sire* – disse Waldemar –, da capelinha do eremita, que fica no cume, é ainda mais bonito.

– Vamos até lá.

Mas o próprio eremita estava descendo por um caminho abrupto. Era um velho, de caminhar hesitante, costas curvadas. Ele tinha um registro em que os viajantes normalmente anotavam suas impressões.

Ele colocou o registro sobre um banco de pedra.

– O que devo escrever? – disse o imperador.

– Seu nome, *sire*, e a data de sua passagem... e o que mais desejar.

O imperador pegou uma pluma que lhe entregara o eremita e se abaixou.

– Cuidado, *sire*, cuidado!

Gritos de medo. Um enorme estrondo vindo do lado da capela. O imperador se virou. Ele teve a visão de um enorme rochedo rolando para cima dele.

No mesmo instante, ele tinha sido agarrado pela cintura pelo eremita, que o lançou a dez metros de distância.

O rochedo veio se chocar contra o banco de pedras diante do qual estava o imperador um quarto de segundo antes, e quebrou o banco em pedaços.

Sem a intervenção do eremita, o imperador estaria perdido.

Ele lhe estendeu a mão e disse apenas:

– Obrigado.

Os oficiais se juntaram em torno dele.

– Não foi nada, senhores. Estamos livres do medo, mas um belo medo, eu confesso. Mesmo assim, sem a intervenção deste bravo homem...

E, aproximando-se do eremita, indagou:

– O nome do senhor, meu amigo?

O eremita mantinha o capuz. Ele se afastou um pouco e, bem baixo, de forma a ser ouvido apenas por seu interlocutor, disse:

– O nome de um homem que está muito feliz que o senhor tenha estendido a mão a ele, *sire*.

O imperador se encolheu e recuou. Depois, dominando-se rapidamente:

– Senhores – disse aos oficiais –, eu solicito que subam até a capela. Outras rochas podem se soltar, e seria talvez mais prudente avisar as autoridades locais. Em seguida, os senhores se juntarão a mim. Tenho de agradecer a este bravo homem.

Ele se afastou, acompanhado pelo eremita. E, quando se encontraram a sós, ele perguntou:

– O senhor! Por quê?

– Eu tenho algo a falar, *sire*. Uma solicitação de audiência me seria concedida? Preferi agir diretamente e pensei em me fazer reconhecer enquanto Vossa Majestade assinava o registro, quando aquele estúpido acidente...

– E então? – disse o imperador.

– As cartas que Waldemar entregou por mim, *sire*, aquelas cartas são falsas.

O imperador teve um gesto de forte contrariedade.

– Falsas? O senhor tem certeza?

– Certeza absoluta, *sire*.

– No entanto, o tal Malreich…

– O culpado não era Malreich.

– Quem era, então?

– Eu peço a Vossa Majestade que considere minha resposta como secreta: o verdadeiro culpado era a senhora Kesselbach.

– A própria mulher de Kesselbach?

– Sim, *sire*. Ela está morta agora. Foi ela quem fez ou mandou fazer as cópias que estão em sua posse. Ela mantinha consigo as cartas verdadeiras.

– E onde elas estão? – bradou o imperador. – É isso que importa! É preciso encontrá-las a qualquer preço! Considero que essas cartas têm um valor imenso…

– Aqui estão elas, *sire*.

O imperador teve um momento de susto. Ele olhou para Lupin, olhou para as cartas, levantou os olhos de novo para Lupin, depois embolsou o pacote de cartas sem o examinar.

Obviamente, aquele homem, mais uma vez, o desconcertava. De onde vinha, afinal, aquele bandido que, tendo uma arma tão terrível, entregava-a daquele jeito, generosamente, sem impor condições? Teria sido tão fácil para ele mantê-las consigo e usá-las a seu bel-prazer! Não, ele tinha prometido. Ele mantinha sua palavra.

E o imperador pensava em todas as coisas inacreditáveis que aquele homem tinha conseguido.

Ele lhe disse:

– Os jornais noticiaram sua morte…

– Sim, *sire*. Na verdade, eu morri. E a justiça do meu país, feliz em se livrar de mim, enterrou os restos calcinados e irreconhecíveis do meu cadáver.

– Então, o senhor está livre?

– Como sempre.

– Nada mais o liga a nada?

– Nada mais.

– Nesse caso...

O imperador hesitou, depois disse claramente:

– Nesse caso, trabalhe para mim. Ofereço o comando da minha polícia pessoal. O senhor será o chefe absoluto. Terá todos os poderes, até mesmo sobre a outra polícia.

– Não, *sire*.

– Por quê?

– Eu sou francês.

Houve um silêncio. A resposta desagradou o imperador. Ele disse:

– Mas, como não está mais ligado a lugar nenhum...

– Isso não tem como resolver, *sire*.

E acrescentou, rindo:

– Estou morto como homem, mas vivo como francês. Tenho certeza de que Vossa Majestade me entenderá.

O imperador deu alguns passos de um lado para o outro. E ele continuou:

– Gostaria de retribuir. Soube que as negociações pelo grão-ducado de Veldenz foram rompidas.

– Sim, *sire*. Pierre Leduc era um impostor. Ele morreu.

– O que posso fazer pelo senhor? O senhor me entregou estas cartas, me salvou a vida... O que posso fazer?

– Nada, *sire*.

– Quer que eu continue em débito com o senhor?

– Sim, *sire*.

O imperador olhou uma última vez aquele homem estranho que se colocava diante dele em pé de igualdade. Depois inclinou ligeiramente a cabeça e, sem mais nenhuma palavra, afastou-se.

– Ah! Vossa Majestade, eu realmente o deixei de queixo caído – disse Lupin, seguindo-o com os olhos.

E, filosoficamente:

– Crio que a revanche foi magra. Eu certamente preferiria ter retomado a Alsácia-Lorena. Mas, de qualquer jeito...

Ele se interrompeu e bateu o pé.

– Santo Lupin! Você será sempre o mesmo, até o último minuto de sua existência, odioso e cínico! Tem de ter decência, droga! Precisa ser sério, é agora ou nunca!

Ele escalou o caminho que levava à capela e parou diante do lugar de onde a pedra tinha se soltado.

Ele começou a rir.

– A obra foi bem-feita, e os oficiais de Sua Majestade não perceberam nada. Mas como poderiam adivinhar que tinha sido eu mesmo que trabalhei naquele rochedo e que, no derradeiro segundo, dei uma picaretada final, e que a dita rocha rolou seguindo o caminho que eu tinha traçado entre ela… e um imperador cuja vida eu tinha de salvar?

Ele suspirou.

– Ah! Lupin, como você é complicado! E tudo isso porque você tinha jurado que Sua Majestade lhe daria um aperto de mãos! Você é muito sagaz. "A mão de um imperador só tem cinco dedos", como dizia Victor Hugo.

Ele entrou na capela e abriu, com uma chave especial, a porta baixa de uma pequena sacristia.

Sobre um amontoado de palha estava um homem, as mãos e as pernas atadas, uma mordaça na boca.

– Ora, ora, eremita! – disse Lupin. – Não demorou tanto assim, não é? Vinte e quatro horas no máximo… Mas eu trabalhei bem no seu lugar! Imagine que você acabou de salvar a vida do imperador. Sim, meu velho. Você é o homem que salvou a vida do imperador. É uma sorte. Vão construir uma catedral para você e erguer uma estátua sua. Tome suas roupas.

Atordoado, quase morto de fome, o eremita se levantou titubeante.

Lupin vestiu-se rapidamente e lhe disse:

– Adeus, digno senhor. Perdoe-me por esses pequenos contratempos. E reze por mim. Vou precisar. A eternidade me abre amplamente suas portas. Adeus!

Ele ficou alguns segundos na soleira da capela. Era aquele instante solene em que se hesita, apesar de tudo, diante do terrível desfecho. Mas sua resolução era irrevogável e, sem pensar mais, ele se lançou, desceu correndo a ladeira, atravessou a plataforma de Saut-de-Tibère e pulou a balaustrada.

– Lupin, dou-lhe três minutos para ser canastrão. "Para quê?" você diria, não tem ninguém aqui... E você, você não está aqui? Não pode interpretar a sua última comédia para si mesmo? Ah, não, o espetáculo não vale a pena. Arsène Lupin, peça heroico-cômica em oitenta quadros. A cortina se levanta sobre o quadro da morte, e o papel é interpretado pelo próprio Lupin. Bravo, Lupin! Sintam meu coração, senhoras e senhores... setenta pulsações por minuto... e um sorriso nos lábios! Meus parabéns! Lupin! Ah! O engraçadinho, ele tem topete! Ei! Bem, então pule, marquês. Você está pronto? É a aventura máxima, meu bom homem. Sem arrependimentos? Arrependimentos? Por quê, meu Deus? Minha vida foi magnífica. Ah, Dolorès! Se você não tivesse aparecido, monstro abominável! E você, Malreich, por que você não falou? E você, Pierre Leduc... Cá estou! Meus três mortos, vou me juntar a vocês. Oh! Minha Geneviève, minha querida Geneviève. Ah! Isso, mas ainda não acabou, cão velho? Vamos! Vamos! Estou indo...

Ele passou a outra perna, olhou no fundo do abismo o mar imóvel e escuro e, levantando a cabeça:

– Adeus, natureza imortal e bendita! *Moriturus te salutat*[2]*!* Adeus, tudo que há de belo! Adeus, esplendor de coisas! Adeus, vida!

Ele jogou beijos ao vento, ao céu, ao sol... E, cruzando os braços, saltou.

2

Sidi-bel-Abbes. Caserna da Legião Estrangeira. Perto da sala dos relatórios, um pequeno cômodo baixo onde um subtenente fuma e lê seu jornal.

Ao lado dele, perto da janela aberta sobre o pátio, dois suboficiais endiabrados tagarelam um francês gutural, misturado a expressões germânicas.

---

[2] Em tradução livre: *o moribundo a saúda.* (N.T.)

A porta se abriu. Alguém entrou. Era um homem magro, de altura mediana, elegantemente vestido.

O suboficial se levantou, mal-humorado com o intruso, e grunhiu:

– Ah! O que é isso? Para que serve a sentinela de guarda? E o senhor, o que deseja?

– Serviço.

Isso foi dito de forma clara e imperiosa.

Os dois suboficiais riram um riso ignorante. O homem olhava de esguelha.

– Em suma, o senhor quer se alistar na Legião? – perguntou o subtenente.

– Sim, eu quero, mas com uma condição.

– Condições, só faltava essa! E qual é?

– Não mofar aqui. Há uma campanha indo para o Marrocos. Estou dentro.

Um dos suboficiais gargalhou de novo, e foi possível ouvi-lo dizer:

– Os marroquinos vão passar por maus bocados. Este senhor vai se alistar…

– Silêncio! – gritou o homem. – Não gosto que zombem de mim.

O tom foi seco e autoritário.

O suboficial, um gigante, de ar bruto, retrucou:

– Ah! Soldado raso, fale direito comigo, senão…

– Senão o quê?

– O senhor vai descobrir como eu me chamo…

O homem se aproximou dele, agarrou-o pela cintura, lançou-o pela janela e o fez cair no pátio. Depois disse ao outro:

– Sua vez. Vá embora.

O outro saiu.

O homem voltou logo em direção ao subtenente e lhe disse:

– Meu tenente, peço que avise ao major que dom Luís Perenna, membro da elite da Espanha e francês de coração, deseja prestar serviço na Legião Estrangeira. Vamos, meu amigo.

O outro não se movia, confuso.

– Vamos, meu amigo, e ande logo, não tenho tempo a perder.

O subtenente se levantou, observou o incrível personagem com olhar perplexo e, com a maior obediência do mundo, saiu.

Então, Lupin pegou um cigarro, acendeu e, em voz alta, sentando-se no lugar do subtenente, revelou:

– Já que o mar não quis nada comigo, ou porque, no último momento, eu não quis nada com o mar, vamos ver se as balas marroquinas são mais misericordiosas. Além do mais, de qualquer forma, será mais chique. Lupin enfrentando o inimigo, e pela França!